MARY McCALL

In den Armen des Templers

Buch

Frankreich, 1308: Lady Alissende von Surrey, eine bildschöne, junge und zudem wohlhabende Witwe, hat sich in ihr Château zurückgezogen. Der gewalttätige und geldgierige Hugh, Earl of Harwick, setzt ihr fortwährend zu und bedrängt sie immer heftiger, ihn zu heiraten. Er will sich ihr Vermögen sichern. Lady Alissendes Mutter und ihr wohlmeinender Cousin Michael versuchen derweil, sie von den Vorzügen einer weiteren Ehe zu überzeugen. Damit wäre sie zwar Hugh los, doch eigentlich hatte Alissende sich nach der unglücklichen ersten Ehe geschworen, von nun an ihrem Herzen zu folgen und sich nicht noch einmal zum Spielball in politischen Allianzen machen zu lassen. Doch Mutter und Cousin treiben ausgerechnet Damien de Ashby in ihre Arme – einen Mann, der ihr bereits zuvor Avancen gemacht und den sie öffentlich als leichtfertigen Schuft zurückgewiesen hatte. Inzwischen Templer, war er in die Fänge der Inquisition geraten, und die Pflege seiner Wunden beschert Lady Alissende einen ganz und gar neuen Blickwinkel auf den attraktiven Ritter …

Autorin

Mary McCall studierte Russisch und Englisch und wollte eigentlich Übersetzerin im diplomatischen Dienst werden, besann sich zum Glück für ihre Fans jedoch noch anders und wandte sich wieder ihrer Jugendliebe zu – den Büchern. Sie machte ihren Abschluss in englischer Literatur und wurde Lehrerin und Schriftstellerin. Heute lebt sie mit ihrem Mann und ihren zwei Kindern in New York.

Weitere Informationen unter: www.blanvalet.de und www.maryreedmccall.com

Von Mary McCall ist bei Blanvalet bereits erschienen:
Der Kuss des Templers (36991)

Mary McCall

In den Armen des Templers

Roman

Aus dem Englischen
von Firouzeh Akhavan

blanvalet

Die Originalausgabe erschien 2006 unter dem Titel
»Sinful Pleasures« bei Avon Books, An Imprint of
HarperCollins*Publishers*, LLC., New York.

FSC
Mix
Produktgruppe aus vorbildlich
bewirtschafteten Wäldern und
anderen kontrollierten Herkünften

Zert.-Nr. SGS-COC-1940
www.fsc.org
© 1996 Forest Stewardship Council

Verlagsgruppe Random House FSC-DEU-0100
Das für dieses Buch verwendete FSC-zertifizierte Papier
Holmen Book Cream
liefert Holmen Paper, Hallstavik, Schweden.

1. Auflage
Deutsche Erstveröffentlichung April 2009 bei Blanvalet,
einem Unternehmen der Verlagsgruppe
Random House GmbH, München

Umschlaggestaltung: HildenDesign, München
Umschlagbild: © Daeni, Pino / Literarische Agentur Thomas Schlück
GmbH, 30827 Garbsen; HildenDesign, München
Redaktion: Barbara Müller
lf · Herstellung: rf
Satz: Buch-Werkstatt GmbH, Bad Aibling
Druck und Einband: GGP Media GmbH, Pößneck
Printed in Germany
ISBN: 978-3-442-37065-8

www.blanvalet.de

Für die Freunde und Kollegen in meinem anderen Beruf, die immer so interessiert an meiner Arbeit als Autorin sind und mich dabei unterstützen: Katie, Lisa, Cathy, Pam, Andrea, Kurt, Dick (der in seinen wohlverdienten Ruhestand gegangen ist, aber das letzte Jahr schmerzlich vermisst wurde) und JoAnn (die ab dem nächsten Jahr aus dem gleichen Grund genauso sehr vermisst werden wird).

Möge die Macht mit euch sein …

Non nobis, Domine, non nobis,
sed Nomini, Tuo da Gloriam …
*(Nicht uns, o Herr, nicht uns,
sondern Deinem Namen gib Ehre …)*

Wahlspruch des Templerordens

Die Hölle gehört nicht nur den Toten. Ich begriff diese Wahrheit, als man mich – mich und Tausende meiner Templerbrüder, die der Ketzerei angeklagt waren – der französischen Inquisition auslieferte. Wenn auch nur einer schuldig war, so kannte ich ihn nicht. Was mich betrifft, so galt meine ganze Hingabe dem Ruhme Gottes. Doch das schien die Männer, die mich verhörten, gar nicht zu berühren. Wenn überhaupt, trieben meine Proteste sie nur zu noch größerer Grausamkeit an, um mich zu einem Geständnis zu pressen. In ihrem Eifer gingen sie so weit, dass ich irgendwann aufgrund der mir zugefügten Schmerzen kein einziges Wort mehr hervorbrachte. Ja, die Folterqualen waren so entsetzlich – es grenzt an ein Wunder, dass ich alles überlebt habe …

Die Briefe von Sir Damien de Ashby
Im Jahre des Herrn 1315

Prolog

Château du Étoile, außerhalb von Montivilliers, Frankreich
März 1308

Die Dunkelheit rückte rasch näher; sie durfte nicht länger zögern.

Erste Schatten mischten sich in das rötliche Licht, das sich durch die Ritzen der Läden im Turmzimmer schlich, doch Lady Alissende of Surrey rührte sich nicht. Ihre Hände waren zu Fäusten geballt, und ihr Herz pochte voller Auflehnung unter dem Gewicht der Entscheidung, die man ihr abverlangte. Sie atmete tief ein und richtete ihren gequälten Blick erst auf ihre verwitwete Mutter, die immer noch wunderschöne Lady Blanche, und dann auf ihren Großcousin, den geliebten Gespielen ihrer Kindheit, der erst vor kurzem zum Priester geweiht worden war, um zumindest bei einem von beiden eine Art Halt zu finden, während die Empfindungen in ihr tobten.

Doch an ihren Mienen konnte sie erkennen, dass Lady Blanche und Father Michael längst alles akzeptiert hatten. Und nicht nur das. Vielleicht hegten sie sogar die Erwartung, dass sie sich der Notwendigkeit beugen mochte, die sie ihr unterbreitet hatten.

Aufs Neue flammte Trotz in Alissende auf, der von ihrer Verzweiflung genährt wurde. Sie schüttelte den Kopf und erstickte fast an den Worten, die sie mühsam hervorstieß. »Ich kann das nicht tun, Michael! Bitte … es muss eine andere Möglichkeit geben …«

»Es gibt keine, *amie*«, unterbrach er sie, und tiefes Bedauern schwang in seiner Stimme mit. Sein sanfter Blick ruhte auf ihr, während er die Brauen betrübt zusammenzog. »Die Zeit reicht nicht, um nach einem anderen zu suchen. Du kennst meinen Bruder. Hugh wird erst dann seinen Anspruch auf dich aufgeben, wenn er vom Gesetz dazu gezwungen wird. Wir können von Glück sagen, dass uns ein paar Tage Aufschub vergönnt sind, indem wir bei deiner Mutter Zuflucht gesucht haben. Aber auch hier können wir nur vorübergehend bleiben.« Father Michael sah sie durchdringend und entschlossen an. »Du musst wieder heiraten, Alissende, und zwar jetzt, ehe wir nach England zurückkehren – ehe Hugh wieder Gelegenheit hat, dir nachzustellen. Die Vermählung mit Sir Damien über einen Stellvertreter stellt die einzige durchführbare Lösung dar.«

Damien.

Alissende schloss kurz die Augen, als sein Name ihr einen Stich versetzte, der gleichzeitig mit süßer Wehmut einherging. Die Erinnerung an einen längst vergangenen heißen und stillen Nachmittag im Sommer wallte in ihr auf, als die Sonne golden überhauchte Haut liebkoste … sein Gesicht, so schön und stark, über ihr, während sich in seiner Miene leidenschaftliche Lust widerspiegelte.

Sie verdrängte die bittersüße Erinnerung und öffnete die Augen.

»Und was ist mit *seinen* Wünschen?«, fragte sie mit rauer Stimme. Nicht einmal jetzt war sie in der Lage, seinen Namen laut auszusprechen. »Du kannst mit Sicherheit davon ausgehen, dass es ihm, nach dem, was damals zwischen uns vorgefallen ist, zuwider sein wird, sich in irgendeiner Form an mich zu binden.«

»Sir Damien de Ashby befindet sich seit nunmehr fast einem halben Jahr in den Fängen der Inquisition. Du kannst mir glauben, dass solche Bedenken für ihn derzeit nur eine untergeordnete Rolle spielen«, erwiderte Michael, und in seiner Stimme schwangen mühsam unterdrückte Empfindungen mit.

Sie war nicht bereit, nicht in der Lage – denn ihre geistige Gesundheit stand auf dem Spiel –, sich Gedanken darüber zu machen, was ihr Cousin mit seinen rätselhaften Worten eigentlich meinte. Wieder sah Alissende ihre Mutter an, die den Eindruck machte, als würde sie ihrer Tochter nur zu gern die quälende Last abnehmen, wenn sie denn dazu in der Lage gewesen wäre. Doch keiner konnte ihr jetzt helfen. Keiner bis auf diesen einen Mann, bei dem sie noch nicht einmal den Gedanken ertrug, ihn wiederzusehen, geschweige denn ihn zu heiraten.

»Mon Dieu, ich würde eher den Schleier nehmen, als das zu tun«, murmelte sie.

»Das geht nicht«, entgegnete Michael. »Der König würde das nie zulassen. Seine Majestät wird sogar höchst erzürnt darüber sein, dass du nach Frankreich geflohen und dich ohne seine Zustimmung wieder verheiratet hast. Aber Gott sei gedankt, ist er ein viel sanfterer Mann als es sein Vater war, und er wird wohl bereit sein, Ungehorsam zu verzeihen, wenn der Grund dafür eine Herzensangelegenheit zu sein scheint. Die Jugendliebe, die dich mit Sir Damien verband, ist wohlbekannt, und somit ist er die perfekte Wahl für eine Verbindung, die mit solcher Eile eingegangen wird. Zudem ist er hier in Frankreich und derzeit nicht in der Position, in der er solch einen Vorschlag ablehnen könnte. Du brauchst den Schutz, den du durch eine Heirat mit ihm gewinnst. Das ist die einzige Möglichkeit.«

Eine Herzensangelegenheit. Alissendes Gedanken kreisten

um diese Worte. Hätte sie in diesem Augenblick etwas sagen sollen, wären wohl nur erstickte Laute aus ihrem Munde gedrungen.

»Und auch wenn wir uns keine Gedanken darüber machen müssen, wie der König darauf reagiert«, fuhr Michael in der eindeutigen Absicht sie zu überzeugen fort, »dann bleibt da immer noch mein Bruder. Du bist zu wertvoll für ihn, als dass er auf dich verzichten würde. Sollten wir versuchen, dich entweder hier oder in England in einem Kloster in Sicherheit zu bringen, würde Hugh dich mit Gewalt an sich bringen, wie er es erst vor einem Monat versucht hat, als du auf deinem eigenen Gut Glenheim weiltest.«

»Auch ich hege keinen Zweifel daran«, meinte Lady Blanche leise, während sich die Winkel ihres elegant geschwungenen Mundes nach unten bogen.

»Doch so weit wird es gar nicht erst kommen, wenn wir diese Gelegenheit, die uns der Himmel schickt, ergreifen«, rief Michael ihnen in Erinnerung. »Es mag zwar schon Jahre her sein, doch Damien ist einer der wenigen Männer, die ich kenne, welche in der Lage sein könnten, Hugh im Kampf zu besiegen; man hat mir berichtet, dass er als Tempelritter in der Bruderschaft zu den besten Kämpfern gehörte und dass es fast keiner mit dem Schwert mit ihm aufnehmen kann. Doch mit jeder Stunde, die er länger in den Fängen der Inquisition bleibt, steigt die Gefahr, dass wir ihn verlieren. Es muss eine Entscheidung gefällt werden.« Wieder richtete er seinen durchdringenden Blick auf Alissende. »Nur du kannst entscheiden, Cousine, denn es geht hier um dein Wohlergehen.«

Übelkeit stieg in Alissende auf. Es war unbestreitbar, dass Hugh ihr so lange weiter nachsetzen würde, bis etwas oder jemand dem einen Riegel vorschob. Sie kannte ihn schon ihr ganzes Leben lang, und obwohl er und Michael Brüder waren, ähnelten sie einander so wenig wie Unschuld und sittlicher Verfall. Hugh besaß einen gewalttätigen, habgierigen Charakter, und es war offensichtlich, dass er sich nun, da er die Nachfolge seines verstorbenen Vaters, des Earl of Harwick, angetreten hatte, erkühnte zu meinen, dass er sie sich einfach nehmen könnte, und dabei über alle Hinderungsgründe hinwegschaute … sogar über Godfrey Claremont, den Earl of Denton – diesen schwierigen Mann, der seit Jahren ihr rechtmäßig angetrauter Ehemann gewesen war. Das Ganze bereitete ihr unerträgliche Angst.

Allerdings war die Alternative auch nicht weniger furchteinflößend.

»Vielleicht täusche ich mich ja in deinen Gefühlen, Alissende«, meinte Michael leise, als sie so lange schwieg. »Wenn du dir jetzt doch vorstellen kannst, mit Hugh …«

»Nein!«, unterbrach sie ihn, denn zumindest in diesem Punkt war sie sich sicher.

Michael nickte, und ein verständnisvoller Ausdruck lag in seinen freundlichen Augen. »Dann musst du Damien in Erwägung ziehen. Durch mein Priesteramt könnte ich schnell die notwendigen Papiere besorgen. Es wäre zwar nicht ganz ungefährlich, aber ich könnte auch noch, so Gott will, einen schriftlichen Sündenerlass von der Inquisition – einen Ablassbrief – beschaffen, sodass Sir Damien nicht befürchten muss, wieder festgenommen zu werden, sobald er in England eintrifft. Wir müssten den König darüber in Kenntnis setzen und damit die Ehe für rechtskräftig erklären. Dann müssten wir uns darauf einrichten, zwischen deinen Gütern hier und in England hin- und herzureisen, um ein Zusammentreffen mit Hugh zu vermeiden, bis Damien seinen Platz an deiner Seite einnehmen kann.«

Alissende merkte, dass er bei seinen letzten Worten, obwohl

sie ihn nicht direkt ansah, einen kurzen unangenehmen Moment lang wegschaute.

Endlich hob Alissende den Blick von ihren ineinander verschlungenen Fingern und sah ihren Cousin an. Tränen brannten in ihren Augen, und ihr Herz pochte voller Furcht angesichts der Ungeheuerlichkeit, die solch ein unorthodoxer Schritt bedeuten würde. Sie musste nur ihre Einwilligung geben, und damit wäre es erledigt. Die erforderlichen Papiere für eine Stellvertretertrauung würden besorgt, ein Ablassbrief beschafft und ein Teil ihres gewaltigen Vermögens zur Seite gelegt werden, um die Männer zu bezahlen, die Damien aus der Gefangenschaft befreien würden. Irgendwann würde er dann seinen Platz als Gatte an ihrer Seite einnehmen. Als ihr Gatte, gütiger Himmel. Es wäre so einfach, Ja zu sagen, und doch …

Michael musste ihren inneren Zwiespalt wohl gespürt haben, denn seine Augen strömten über vor Verständnis, ehe sich ein entschlossener Zug um seinen Mund legte, als er die letzte Äußerung tat, von der er wahrscheinlich ganz genau wusste, dass er damit ihr Schicksal besiegelte.

»Ich hatte es dir eigentlich ersparen wollen, Cousine, doch ich sehe, dass es gesagt werden muss, um dir bei deiner Entscheidung zu helfen«, erklärte er mit ruhiger Stimme. »Du musst bedenken, dass die Inquisition in Frankreich nie dafür bekannt war, Erbarmen zu zeigen, wenn es darum ging, Geständnisse aus den der Ketzerei angeklagten Gefangenen zu pressen – aber seit jetzt auch noch König Philipp der Schöne gefordert hat, dass man der gesamten Bruderschaft der Templer die Schuld an dieser Sünde nachweisen soll, scheinen die französischen Inquisitoren alle Grenzen der Grausamkeit überschritten zu haben.«

Alissende stockte der Atem, und ihr zog sich der Magen vor Übelkeit zusammen. »Ich habe nicht gewusst …« Voller Qual schüttelte sie den Kopf. »Ich – ich hielt das Gerede über die Brutalität der Inquisitoren immer für ein Gerücht, das von den Ungläubigen verbreitet wird.«

»Ich wünschte, es wäre so. Doch ich habe mit eigenen Augen gesehen, wie sie bei ihren Befragungen vorgehen«, fuhr Michael fort, und seine Worte zerrissen sie innerlich förmlich, »und die nur schwer zu ertragende Wahrheit ist, dass Damien leidet, Alissende. Er ist von seinen Häschern brutal gefoltert worden. Auch wenn es uns gelingen sollte, ihn zu befreien, wird er seine Rettung vielleicht nicht überleben.«

Entsetzen breitete sich in Alissendes Brust aus, sodass sich nur ein leises Keuchen ihrer Kehle entrang, als sie die bebenden Finger an die Lippen presste.

»Aber was wird aus Alissende, wenn er stirbt?«, fragte Lady Blanche, und in ihrem Blick war die tiefe Sorge um ihre Tochter zu erkennen.

Michael runzelte die Stirn. »Ihre Situation wird nicht schlimmer werden, als sie jetzt ist. Zumindest verschaffen wir uns durch diese Stellvertretertrauung kostbare Zeit, um unter Umständen einen anderen passenden Beschützer zu finden, der bereit ist, es mit Hugh und seinen Übergriffen aufzunehmen.«

Er hatte wohl gemerkt, wie berechnend seine Äußerung klang, denn er sah Alissende an und fügte etwas sanfter hinzu: »Aber so Gott will, wird es gar nicht erst so weit kommen, und es gelingt uns, Damien rechtzeitig zu befreien, sodass er seine frühere Kraft und Durchsetzungsfähigkeit zurückgewinnt.«

Wieder schlossen sich Alissendes Augen … doch diesmal von selbst, weil heiße Tränen unwillkürlich nach oben stiegen, wenn sie nur daran dachte, welche Folterqualen Damien nach Michaels Worten ertragen musste. *Oh Gott.*

Es lag in ihrer Macht, seine Qualen zu beenden. Das war

unwiderlegbar. Dass bei Damien schon der Gedanke an sie bestimmt Abscheu auslösen würde, spielte angesichts der schrecklichen Umstände, in denen er sich befand, keine Rolle. Ja, es musste getan werden. Wenn es so weit war, würde sie seinen Zorn so gut es ging ertragen. *Wenn er überlebte …*

Alissende nickte kurz und holte zischend Atem, ehe sie die Augen wieder öffnete und leise ihre Zustimmung gab. Ihre Stimme war kaum zu hören, so sehr schnürte es ihr die Kehle zu. »Dann sei es so, Michael. Ich erkläre mich mit deinem Vorschlag einverstanden. Leite alles in die Wege.«

Etwas Kühles strich über Damiens Gesicht, und er spürte herrlich frische Luft seinen Körper umhüllen. Er versuchte mühsam, die Augen zu öffnen, als er merkte, dass er von kräftigen Händen gepackt wurde, die ihn hochhoben. Ganz vage wurde ihm bewusst, dass er irgendwohin getragen wurde. Weg von dem Gestank, der Dunkelheit und dem Schmerz in seiner Zelle. *Aber wohin? Und warum?*

Dass seine Gefängniswärter meinten, ihn nach dieser langen Zeit, die er in stinkendem Elend verbracht hatte, fortschaffen zu müssen, konnte nichts Gutes bedeuten. Jeder noch so kurzen ihm gewährten Atempause waren noch größere Schmerzen gefolgt, die man ihm zufügte.

Ja, am Ende dieser kurzen Reise erwarteten ihn bestimmt noch mehr Grausamkeiten – schlimmere als er bisher schon hatte erdulden müssen. Dieser Gedanke durchzuckte ihn und raubte ihm den Atem. Er konnte sich keine größeren Qualen mehr vorstellen, als er schon erlitten hatte. Und er würde es auch nicht, denn sonst würde ihn allein schon der Gedanke in den Wahnsinn treiben.

Aber er musste es auch nicht geduldig über sich ergehen lassen.

Und so begann er sich mit dem Rest von Kraft, der ihm noch geblieben war, gegen seine Peiniger zu wehren. Er hörte jemanden stöhnen und stellte voller Befriedigung fest, dass er zumindest einem von ihnen Schmerzen zugefügt hatte. Dann wappnete er sich gegen die Vergeltung, die gleich kommen musste, und hoffte dabei, dass sie so heftig ausfiele, dass sie ihn aus dieser unendlichen Hölle befreite.

Doch es geschah nichts, außer dass er weiter sanft schaukelnd fortgetragen wurde.

Verflucht mögen sie sein.

Damien wollte sie zu einer Reaktion zwingen, holte tief Luft und vereinte alle Kraft, die ihm noch geblieben war, zu einem letzten Akt des Aufbegehrens. Mit Armen und Beinen schlug er wild um sich – damit Vergeltungsmaßnahmen ergriffen wurden. Als seine Kräfte erlahmten, rührte er sich nicht mehr. Doch statt der erwarteten grausamen Strafe spürte er schockiert, wie warmer Atem über seine Wange strich.

»Haltet still«, raunte eine tiefe Männerstimme dicht neben seinem Ohr. »Hört auf, Euch zu wehren. Keiner wird Euch mehr weh tun.«

Nicht mehr weh tun?

Die Worte hallten spöttisch und mit falschem Unterton in Damiens Kopf wider.

Er wollte fragen, warum ... jene, die ihn von den Folterqualen fortschafften, die er so lange hatte erdulden müssen. Doch es gelang ihm nicht, die Worte über die Lippen zu bringen – er war noch nicht einmal in der Lage, die Augen zu öffnen, um jene anzuschauen, die ihn durch die nicht enden wollende Nacht trugen.

Vielleicht war er einfach nur dem Tode nahe. Der Gedanke löste einen bittersüßen Schmerz in ihm aus. Ja, vielleicht war seine Zeit gekommen und auch sie wussten es, denn sie hatten es bei der Ausübung ihres grausamen Gewerbes häufig genug miterlebt. Er verspürte den heftigen Wunsch, die Fähigkeit zu besitzen, noch immer über den widerlichen Stolz, mit dem sie in der Sache vorgingen, zu spotten. Aber zumindest ging er mit dem Wissen ab, dass er sich nie vor ihnen gebeugt hatte. Der Tod würde ihn nur dazu zwingen, die Last seines einst starken Körpers, der jetzt nichts als eine Hülle für unerträgliche Pein war, abzulegen.

Einer der Träger stolperte, und durch die ruckartige Bewegung zuckte Schmerz durch Damiens Leib, der ihn gemahnte, sich während der ihm gewährten Atempause auszuruhen. Aufs Neue füllte er seine Lunge mit frischer Luft und genoss deren süßen Duft, ehe er sie langsam wieder ausstieß, während sein Herz allmählich ruhiger schlug und sein Kopf immer schwerer wurde.

Die schaukelnde Bewegung hörte nicht auf, während man ihn weitertrug. Damien verhielt sich ruhig und konzentrierte sich auf die letzten ihm verbliebenen Kräfte. Denn egal, was ihn auch am Ende dieser Reise erwartete, wusste er doch, dass er sich nicht ergeben würde. Wie sehr sie sich auch anstrengen mochten, ihn zu brechen, er würde ihren grausamen Foltermethoden standhalten …

Ja, schwor er sich, er würde bis zum letzten Atemzug gegen sie kämpfen.

Kapitel 1

Ein Cottage an der Küste Englands
Drei Wochen später

Sengende Hitze lag in der Luft, Sonnenstrahlen drangen durch die Zweige und glitzerten auf Damiens Haut. Ihm war heiß. Und erschöpft war er auch, aber auf angenehme Weise. Wohlig gesättigt lag er auf dem Rücken, während sein muskulöser Unterarm die Augen vor der Helligkeit schützte … sie konnte er trotzdem sehen … durch den schmalen Spalt zwischen Stirn und Arm.

Alissende …

Sie war wunderschön, wie sie so neben ihm saß, während sich ihre langen, dunklen Haare über ihren Brüsten ringelten und ihre Hände mit irgendetwas beschäftigt waren.

»Was machst du da?«, fragte er mit einem trägen Lächeln und war erstaunt, dass sie überhaupt noch zu irgendetwas in der Lage war, nach dem, was gerade zwischen ihnen passiert war. Er bewegte seine Schulter ein bisschen zur Seite, um sie besser sehen zu können.

Es lag dieser ihr eigene schelmische Ausdruck auf ihrem Gesicht, ehe sie ihn mit einem Blick aus ihren blauvioletten Augen ansah, der aufs Neue Hitze in ihm aufsteigen ließ. Doch sie sagte nichts, sondern zeigte ihm nur ihre Handflächen, auf denen zerriebene hellgrüne Blätter lagen.

Der Duft von frischer Minze stieg ihm in die Nase, kurz be-

vor sie mit ihren Händen über seine nackte Brust strich. Das Gefühl der Kühle, das ihre Berührung auf seiner von der Sonne erhitzten Haut hinterließ, entlockte ihm ein wohliges Stöhnen. Es fühlte sich so gut an … so gut … und nach wenigen Augenblicken griff er nach ihr und zog sie an sich. Er schob sich wieder über ihren Leib, um ihren Mund aufs Neue in einem verzehrenden Kuss zu erobern …

Licht drang schmerzhaft durch Damiens geschlossene Augenlider, sodass er aus seinem süßen Traum gerissen wurde. Er verzog das Gesicht und seine Lider schmerzten bei der Anstrengung, die es ihm bereitete, sie zu öffnen. Durch den schmalen Schlitz, zu dem er seine Augen hatte öffnen können, erkannte er den verschwommenen Umriss einer Gestalt in einem langen Gewand, die gerade einen Fensterladen aufstieß. Noch helleres Sonnenlicht strömte in den Raum und blendete ihn, sodass er ein leises Stöhnen von sich gab, den Kopf abwandte und versuchte den Arm zu heben, um seine Augen vor dem grellen Schein zu schützen. Er konnte nicht. Seine Handgelenke waren an den Rahmen der gepolsterten Liege gebunden, auf der er lag.

Übelkeit stieg in ihm auf. Eine alles verschlingende Ohnmacht, die ihn bei der Erinnerung an frühere Fesseln überfiel. So viele Male, denen so viel Schmerz gefolgt war …

Mit einem erstickten Knurren stemmte er sich gegen die Schnüre, die ihn hielten. Er musste sich losreißen, er wollte nicht wieder dieses unendliche Leid durch ihre teuflischen Hände und die Folterinstrumente erdulden. Während er sich so wand, begann das Tuch oder die Decke, die man über den unteren Teil seines Körpers gelegt hatte, wegzurutschen. Doch das war egal, denn er musste sich unbedingt befreien … er musste sich losreißen oder bei dem Versuch sterben …

»Haltet still, Sir Damien, sonst reißt Ihr noch die Wundnähte auf, mit denen ich mir so viel Mühe gegeben habe.«

Die leise Stimme durchdrang den Nebel, der Damiens Geist zu umhüllen schien, und gleichzeitig spürte er, wie das Tuch wieder über seine Beine und Lenden gezogen wurde. Irgendetwas an der Stimme löste eine Erinnerung aus. Es war dieselbe Stimme wie in jener Nacht, in der er aus seiner Zelle geschafft worden war. *Haltet still, keiner wird Euch mehr weh tun …*

Die Stimme hallte erneut in seinen Gedanken wider, und trotz der Schmerzen, die wieder durch seinen Leib schossen, als er ihn anspannte, hob er den Kopf, so weit er konnte, und öffnete die Augen zu schmalen Schlitzen, um zu sehen, wer diese besänftigenden Töne von sich gegeben hatte. Langsam begann er auch seine Umgebung deutlicher zu erkennen. Die mit Lehm beworfenen Wände ließen darauf schließen, dass er sich in einer primitiven Hütte befand; die glaslosen Fensteröffnungen wurden nur durch die Läden verschlossen, die gerade aufgestoßen worden waren.

Endlich konnte er auch die andere Person erkennen, die sich im Raum befand. Es war ein Mann, etwas älter, als er nach dem jugendlichen Klang der Stimme erwartet hatte. Er musste wohl um die vierzig oder vielleicht ein bisschen älter sein und war groß, aber nicht sonderlich schlank. Er sah aus, als wüsste er eine Waffe zu führen, doch an seinen kurz geschnittenen rötlichen Haaren und dem glatt rasierten Gesicht war zu erkennen, dass er nicht dem Templerorden angehörte.

Somit waren es also nicht seine früheren Waffenbrüder, die ihn befreit hatten.

»Wo …?«, versuchte Damien krächzend zu fragen, obwohl sich seine Zunge und Kehle so anfühlten, als hätte er eine ganze Hand voll Sand gegessen. Er schluckte und schüttelte den

Kopf, ehe er ihn wieder hob und mit heiserer Stimme wissen wollte: »Wo bin ich … und warum bin ich festgebunden?«

»Ganz ruhig, Ihr seid gerade erst aufgewacht … eine Frage zur Zeit. Sie werden Euch bald beantwortet werden«, sagte der Fremde, während er sich neben Damien setzte und ihm dabei half, kühles Wasser aus einem Becher zu trinken, der neben einem Krug auf dem Tisch gestanden hatte. Es war ein himmlisches Gefühl – dieses kühle Nass, das durch seine ausgedörrte Kehle rann – und Damien trank gierig, bis der Mann den Becher wegnahm und mit einem Schnalzen seiner Zunge auf den Tisch zurückstellte.

»Zu viel auf einmal würde Euch nicht guttun. Bald bekommt Ihr mehr«, fügte er mit einem beruhigenden Nicken hinzu, nachdem er wohl das große Verlangen in Damiens Augen gesehen hatte. »Vielleicht sollten wir Euch erst einmal losbinden, nicht wahr?«, meinte er mit ruhiger Stimme und beugte sich dann über Damien, um dessen Handgelenke vom festen Rahmen seiner Lagerstatt zu lösen. »Ihr habt Euch die ganzen Tage, die Ihr Fieber hattet, so heftig hin und her geworfen, dass ich Euch festbinden musste, damit die Wunden nicht wieder aufrissen und die Breiumschläge nicht verrutschten, mit denen ich Eure Verbrennungen versorgt hatte.«

Sobald Damien von den Fesseln befreit war, massierte er sich die Handgelenke, während er es bewusst vermied, die Erinnerung daran heraufzubeschwören, wie und wann er sich die immer noch pochenden Verletzungen zugezogen hatte. Er sagte nichts, sondern beobachtete den Mann, der den Kopf schüttelte und wieder dieses Schnalzen von sich gab, während er sich über ihn beugte und mit sanften Fingern die Wunden abtastete, um die Nähte zu überprüfen, die er erwähnt hatte.

»Ich muss gestehen, dass ich nicht mehr tun konnte, um Euch ins Reich der Lebenden zurückzuholen«, meinte der

Mann leise. »Nachdem man Euch hierher gebracht hatte, machte ich mir erst einmal ein Bild vom Ausmaß Eurer Verletzungen und befürchtete schon, dass die Inquisitoren ganze Arbeit geleistet hatten.«

»Das hatten sie.«

In Damiens kaum hörbarer Bestätigung schwang solch eine Endgültigkeit mit, dass der Mann überrascht aufschaute, ehe sich ein mitfühlendes Lächeln auf seinem Gesicht ausbreitete. »Ach, es ist schön, dass Ihr eine Antwort auf mein Geplapper gebt. Ich habe schon so lange keine andere Stimme als meine eigene gehört, dass ich dankbar bin, den Klang der Euren zu vernehmen.«

»Wie lange?«

Damien stieß die Worte eher fordernd denn fragend hervor, doch den anderen schien das nicht zu stören.

»Seit knapp einem Monat. Wir sind in England, an der Küste in der Nähe von Dover.«

In Damiens Kopf schwirrte es, und zusätzlich lastete noch eine bleierne Müdigkeit auf ihm, die immer stärker wurde, sodass er seine ganze Konzentration aufbieten musste, um die beiden letzten Fragen zu stellen, die von höchster Wichtigkeit für ihn waren, ehe er sich wieder von der Erschöpfung übermannen ließ.

»Wer seid Ihr ... und wie – warum habt Ihr mich vor der Inquisition gerettet?«

Der Mann hatte gerade aufstehen wollen, zögerte dann aber, um sich noch einmal umzudrehen und ihn mit einem freundlichen Blick zu bedenken, während er seine Hand auf Damiens legte.

»Ich bin Fra Benedictus – allerdings ziehen meine Brüder es für gewöhnlich vor, mich Ben zu nennen.«

Damiens ganzer Körper spannte sich an, als er den geistlichen Titel des Mannes hörte. Es war eine unwillkürliche Reaktion, doch Fra Benedictus nickte nur verständnisvoll, während sich wieder Mitgefühl auf seinem Antlitz ausbreitete. »Ihr braucht keine Angst vor mir zu haben, Sir Damien. Es gibt viele innerhalb der Kirche, die im Dienste Gottes stehen und die Methoden, die von der französischen Inquisition angewandt werden, ablehnen.«

Ehe Damien etwas darauf erwidern konnte, hielt Fra Benedict ihm wieder den Becher hin und forderte ihn auf etwas zu trinken. »Dem Himmel sei Dank, dass Euch die Inquisitoren nicht das Schlimmste angetan haben. Zwar war es schwierig, doch Gott war so gnädig, dafür zu sorgen, dass Ihr keine dauerhaften Schäden davontragen werdet. Ihr werdet all Eure Kräfte, über die Ihr als einer der berühmten Tempelritter verfügt habt, zurückgewinnen, Sir Damien. Es wird nicht lange dauern. Ihr werdet sehen.«

Damien gab nicht gleich eine Antwort, denn die Worte des Priesters hatten eine wahre Flut wild flammenden Zorns freigesetzt. Er war sich gar nicht bewusst gewesen, dass er zu einer so starken Gefühlsregung in der Lage war. Es war ein gefährliches Ding in einem christlichen Land, die Wurzel dieser Empfindungen zu spüren, geschweige denn zu äußern … doch aufgrund all der Qualen, die er durchlitten hatte, kümmerte ihn das nicht mehr. Sollte dieser Mann, der ihn vom Tor zur Hölle weggezerrt hatte, doch um die Abgründe wissen, die es in seiner Seele gab, wenn er denn überhaupt eine besaß.

Damien sah ihm in die Augen und krächzte: »Ich habe nichts mehr mit der Bruderschaft der Templer zu schaffen, Father – und mit Gott auch nicht. Für mich sind beide tot.«

Fra Benedictus schien von diesen Worten betroffen; denn er wurde kurz blass, ehe ihm die Röte in die Wangen stieg. »Das spielt keine Rolle, Sir Damien, denn ich kann Euch versichern, dass Gott sehr wohl mit Euch etwas zu schaffen hat – andernfalls wäret Ihr gar nicht hier und in der Lage, so viel Atem zu schöpfen, den es braucht, um solch gotteslästerliche Worte zu sprechen.« Doch schon im nächsten Augenblick verlor seine Miene wieder den strengen Ausdruck, und seine Stirn legte sich in besorgte Falten. »Ich mag vielleicht großzügig darüber hinwegsehen, wenn Ihr so etwas äußert, weil ich weiß, was Ihr habt durchmachen müssen … doch andere werden nicht so nachsichtig sein. Man hat einen Ablassbrief für Euch besorgt, der Euch einen gewissen Schutz gewährt, damit Ihr in diesem Land nicht erneut von der Inquisition verhaftet werdet. Doch ich empfehle Euch, dass Ihr Euch in Zukunft mit Äußerungen darüber zurückhaltet, wie gering Ihr Gottes Gnade erachtet, Sir Damien, denn sonst wird man Euch ganz schnell wieder einsperren … auch hier in England.«

»Ich werde über Eure Empfehlung … nachdenken, Priester«, sagte Damien und verzog dabei wieder das Gesicht angesichts des fürchterlichen Schmerzes, der sich beim Sprechen in seinem Hals bemerkbar machte. »Aber Ihr habt mir noch nicht alle Fragen beantwortet.«

»Welche denn?« Fra Benedictus zog die Augenbrauen kurz zusammen, ehe sich sein Gesicht aufhellte, als ihm die Erleuchtung kam. »Ach ja … Ihr habt auch gefragt, warum ich Euch aus den Fängen der Inquisition befreit und aus Frankreich herausgeholt habe.«

Damien, der spürte, wie bleierne Müdigkeit sich in ihm ausbreitete und sein Bewusstsein zu schwinden begann, gelang nur ein kurzes, ruckartiges Nicken. Doch kurz bevor er in den Tiefen des Schlafes versank, drang Fra Benedictus' sanfte Stimme wie aus weiter Ferne an sein Ohr …

»Die Antwort auf Eure Frage, Sir Damien, lautet: Das war nicht ich, der Euch in Frankreich gerettet hat – sondern eine

Lady. Ja, sie bezahlte für Eure Befreiung und gelangte so zu dem Schutz, den sie suchte ... den Schutz durch Euren Namen im Rahmen einer Stellvertretertrauung.«

Alissende trat aus dem Söller in den Gang, um dann die Treppe des kleinen befestigten Gutshauses, in dem sie vor anderthalb Wochen Zuflucht gesucht hatte, hinunterzusteigen. Sie öffnete die Tür zum Hof und richtete den Blick auf die Stallungen, wo sie nach einer Gestalt in dunkler Kutte, ihrem Cousin Michael, suchte, der ein paar Augenblicke zuvor durchs Tor hereingeritten gekommen war. Er hatte Neuigkeiten für sie. Da war sie sich ganz sicher. Doch um was für Neuigkeiten es sich handelte, blieb abzuwarten.

»Stimmt irgendetwas nicht, Alissende?«

Lady Blanches Stimme ertönte dicht hinter ihr. Der Tonfall war zwar sanft, doch Alissende wusste, dass ihre Mutter die letzten sechs Wochen kurz vor einem Zusammenbruch gestanden hatte. Sie waren von ihrem Gut in Montivilliers zum zweiten Wohnsitz der Familie nach Le Havre gereist und von dort zu ihrem Zuhause in Fécamp, das sie als Mitgift erhalten hatte. Die ständige Unruhe hatte ihren Tribut gefordert.

»Nein, *Mère,* es ist alles in Ordnung. Ich halte nur nach Michael Ausschau, der gerade eingetroffen ist.«

Lady Blanche nickte nur, während sie die Lippen aufeinanderpresste. Alissende griff nach der Hand ihrer Mutter und drückte sie. Heiße Wut stieg in ihr auf, wenn sie sah, wie ihre Mutter litt, und das alles nur wegen des maßlosen Stolzes und der Habgier eines Mannes. Sie hoffte inständig, dass Hugh es mittlerweile müde geworden war, sie von seinen Männern verfolgen zu lassen.

»Ich werde schauen, was für Neuigkeiten er mitgebracht hat«, sagte Alissende leise, während sie Lady Blanches Hand noch ein letztes Mal drückte, um dann ihren Umhang fest um sich zu ziehen, ehe sie ins kühle Aprilwetter hinaustrat und den Hof überquerte. Doch noch ehe sie die Stallungen erreicht hatte, kam Michael auch schon mit windzerzaustem Haar und von der kalten Luft geröteten Wangen heraus. Seine Augen leuchteten auf, als er sie sah, und den Rest des Weges, der sie noch voneinander trennte, legte er laufend zurück.

»Wie ich sehe, ist dir meine Rückkehr nicht entgangen, Cousine«, sagte er, während er sie in seine Arme zog und damit eine Freude offenbarte, die zu zeigen sonst gar nicht seine Art war, um sie dann auch noch im Kreis herumzuwirbeln.

Alissende unterdrückte ein Lachen und hielt sich an den Ärmeln seiner dunklen Kutte fest, bis er sie wieder absetzte. »Du scheinst ja sehr guter Laune zu sein, Michael. Hoffentlich weil du etwas erfahren hast, das uns in Bezug auf Hugh weiterbringt, denn ich weiß nicht, wie lange meine Mutter es noch aushält, ständig auf der Flucht zu sein und angstvoll Ausschau zu halten.«

»Oh – tja, da gibt es wohl tatsächlich Gutes zu berichten, denn es scheint uns gelungen zu sein, ihm weiszumachen, wir seien nach England zurückgekehrt. Doch das ist es nicht, wovon ich dir hatte erzählen wollen.«

»Ja, was denn dann?«

Alissende schob ihre Hand in Michaels Armbeuge, während sie langsam auf das Gutshaus zugingen. Sie bemühte sich um eine ausdruckslose Miene und versuchte, ihren Herzschlag unter Kontrolle zu bringen, der bei seinen Worten zu rasen begonnen hatte – denn tief im Innern wusste sie, was er ihr gleich sagen würde.

»Es geht um Sir Damien.«

Das Herz schlug Alissende bis zum Hals, und sie musste mühsam schlucken. »Ja?«, gelang es ihr hervorzustoßen.

»Ich habe eine Nachricht von meinem Freund Fra Benedictus erhalten. Damien hat das Fieber überwunden. Er hat zwar noch einen langen Genesungsprozess vor sich, doch er wird überleben.« Er zog einen gefalteten Bogen Pergament unter seinem Umhang hervor und reichte ihn ihr, wobei sein Lächeln seine braunen Augen zum Leuchten brachte. »Hier, lies selbst. Ist das nicht eine wundervolle Nachricht?«

Sie blieb stehen und drehte sich zu Michael um. Als sie den Brief nahm, zitterten ihre Finger. Auf diesem Bogen Papier standen Neuigkeiten über Damien … über einen Damien aus dem Hier und Jetzt, kein Phantom, das Träumen voller Reue und Sehnsucht entsprang. Ein Damien, so schien es, der lebte, um als Ehemann seinen Platz an ihrer Seite einzunehmen. Sie wandte den Blick ab, um Haltung zu bewahren, und mahnte sich, das Atmen nicht zu vergessen. »Hat man ihm etwas gesagt … von mir, meine ich?« Ihre Stimme war ganz dünn in der eisigen Luft, und in ihren Worten schwang ein Hauch von Hoffnung mit, die sie nicht ganz unterdrücken konnte.

Seine Miene verlor etwas von ihrem Strahlen. »Nein, *amie.* Ich hielt es für besser, deinen Namen noch nicht preiszugeben.« Er schob ihre Hand wieder in seine Armbeuge und bemühte sich nur ihretwillen, wie sie sehr wohl wusste, um einen ermutigenden Gesichtsausdruck, während sie den Rest des Weges zum Haus zurücklegten. »Doch man hat ihm das mit der Stellvertretertrauung gesagt«, ergänzte Michael, »und gemäß Fra Benedictus' Brief scheint ihn dies nicht sonderlich bekümmert zu haben. Ich bin mir sicher, dass Damien der Person, die ihn aus den Fängen der Inquisition befreien ließ, über kurz oder lang dankbar sein wird … auch wenn es sich bei dieser Person um dich handelt, Alissende.«

»Wir werden sehen«, meinte sie leise; denn sie war sich nicht ganz so sicher, wie Damiens Reaktion ausfallen würde, wenn er schließlich erfuhr, dass sie die Braut war, mit der man ihn vermählt hatte. Sie hatte ihn viel besser kennen gelernt als Michael – sie wusste um die aufrichtige Leidenschaft, die er geben konnte, wenn er liebte, und hatte die schmerzhafte Leere gespürt, die zurückblieb, wenn er allen zärtlichen Gefühlen entsagte.

»Ja, wir werden sehen«, wiederholte sie etwas sanfter, während sie sich bemühte, die sehnsüchtigen, verzweifelten Stimmen in ihrem Innern mit der harten Wirklichkeit, mit der sie konfrontiert war, zum Schweigen zu bringen. Sie wusste, dass ihre Ängste und Hoffnungen keine Rolle spielten, egal was die Zukunft für sie bereithielt. Damien würde überleben. Er würde erfahren, dass sie es war, mit der er im Rahmen einer Stellvertretertrauung vermählt worden war.

Und es gab kein Zurück mehr.

Kapitel 2

Glenheim Castle, Surrey, England
Juni 1308

Damien brachte den Wallach, den er ritt, hinter Ben zum Stehen. Sie hatten vor den Toren zu einem Gut angehalten, das Wohlstand ausstrahlte. Es gehöre ihr, hatte man ihm erklärt, jener unbekannten Frau, die ihm die Freiheit um den Preis des Ehebundes erkauft hatte. Während sie darauf warteten, dass der Torwächter ihnen den Zutritt gewährte, zwang er sich zu den zierlichen Türmchen und purpurnen Wimpeln, die vor dem tiefblauen Himmel im Wind flatterten, aufzuschauen – dabei bemühte er sich krampfhaft zu verhindern, dass Bitterkeit in ihm aufstieg.

Schließlich schwang das Tor knarrend auf. Mit einem Schnalzen trieb Ben seine Stute an, die sich schwerfällig in Bewegung setzte, während Damien die Zähne zusammenbiss und hinter ihm her ritt. Er hatte sich geschworen, diesen Morgen durchzustehen; das schuldete er Ben. Wenn er im Moment auch nicht gerade von christlicher Nächstenliebe erfüllt war, so ließ es sich doch nicht leugnen, dass der Mönch im Laufe der vergangenen drei Monate mehr denn ein Pfleger, sondern eher ein Freund geworden war; mit seinen Kräutern und Tinkturen hatte er Damiens Körper wiederhergestellt, um sich dann mit ihm in allen Waffenarten zu üben, damit er auch seine außergewöhnlichen kriegerischen Fähigkeiten wiedererlangte.

Mit ebenso großem Eifer – allerdings ohne Erfolg – hatte er sich bemüht, Damien zum Glauben zu bekehren, von dem er abgefallen war. Ja, Ben hatte ihn in diese Welt zurückgeführt, indem er ihn mal lockte und mal stieß, bis Damien endlich wieder selbst spürte, wie das Leben durch seinen Körper pulsierte. Doch trotz alledem hatte Ben vorgegeben, keine näheren Einzelheiten bezüglich des Umstandes zu kennen, der sie heute hierher hatte reiten lassen. Er behauptete, dass man ihm nur gesagt hätte, bei der fraglichen Dame handle es sich um eine junge, begüterte Witwe, die sich schnell wieder verheiraten und deren neuer Gatte ein Mann von beeindruckender Gestalt mit überragenden Fähigkeiten in Gefechten und im Schwertkampf sein müsste.

Die Gründe hierfür – warum es unbedingt ein erfahrener Krieger sein und die Verbindung so schnell eingegangen werden musste … warum die Wahl ausgerechnet auf ihn gefallen war, dem doch der Makel anhaftete, der Ketzerei angeklagt worden zu sein, und der wegen der Folter mit einem Fuß bereits im Grab gestanden hatte – hatte er nicht in Erfahrung bringen können.

Und so beschäftigten sich seine Gedanken, während er durch das Tor des Gutes der Dame ritt, mit all dem, was er der Fremden, die ihm in einer Stellvertretertrauung anvermählt worden war, sagen wollte. Das Wichtigste dabei war, dass er sich mit der Rolle des Gatten, die sie ihm zugewiesen hatte, nicht abfinden konnte.

Nicht abfinden wollte.

Nein. Sobald er ihr gegenüberstand, würde er verlangen, dass sie ihn aus der Verbindung entließe, bei der erst noch das öffentliche Gelübde und der Vollzug der Ehe erfolgen mussten, damit sie überhaupt rechtskräftig wäre. Die Ehe war nichts für jemanden wie ihn. Diese schmerzliche Wahrheit hatte er bereits vor langer Zeit lernen müssen, als er gerade zum Ritter geschlagen und noch reinen Herzens gewesen war, jemand, der in seiner Unschuld nichts von den dunklen Seiten der Liebe wusste.

Jetzt blieb nur noch, die Dame, die ihn erwartete, darüber in Kenntnis zu setzen und eine Bezahlung zu vereinbaren, mit der er sich aus der von ihr angestrebten Verbindung freikaufte.

Der Weg zum Herrenhaus, wohin der Torwächter ihn und Ben brachte, war nicht weit. Im Innern des großen Gebäudes war es kühl, als er sie durch eine Zimmerflucht führte. Alle, denen sie unterwegs begegneten, sahen sie mit unverhüllter Neugierde an, und Damien verkrampfte sich immer mehr. Nachdem er so lange fernab jeglicher menschlicher Wärme in den Kerkern der Inquisition geschmachtet hatte, um sich dann während seiner Genesung nur in der Gesellschaft von Ben zu befinden, bereitete es ihm nun fast schon körperliches Unbehagen, von so vielen Menschen umgeben zu sein – insbesondere wenn diese ihn offen anstarrten. Und trotzdem konnte er es ihnen nicht vorwerfen, denn er wusste, dass er für sie nur der ehemalige Tempelritter war, den ihre Herrin sich als Gatten gekauft hatte … eine Neugierde, die nicht dadurch gemindert wurde, dass im Reich der Ruf immer lauter wurde, die Bruderschaft aufzulösen. Er hatte nicht darum gebeten, von ihr gerettet zu werden, und er schaffte es gerade mal, nicht alle mit finsteren Blicken zu bedenken, während er dem Wächter folgte.

Schließlich standen sie vor einer mit eleganten Schnitzereien versehenen Tür, die, wie er annahm, in den Söller der Burg führte. Die schönen Räume, durch die er bisher gekommen war, ließen vermuten, dass auch dieses Gemach einladend und geräumig sein würde und dazu sauber und vom Duft kostspieliger Bienenwachskerzen erfüllt, die großzügig überall in der

Burg verteilt waren. Anscheinend hatte es seine Richtigkeit gehabt, als Ben die Frau als reich beschrieben hatte: Das musste sie sein, wenn sie sich diesen offensichtlichen Luxus leisten konnte. Damien biss die Zähne so fest zusammen, dass sein Kiefer davon schmerzte, als er den Blick auf seinen Freund richtete, der sich zu ihm umgedreht hatte. Der Ausdruck, der auf Bens Gesicht lag, war freundlich, und aus irgendeinem Grund verstärkte das den Groll noch, von dem Damien erfüllt war.

»Bist du bereit?«, fragte Ben.

»Nein. Aber ich möchte wetten, dass das keine Rolle spielt.«

Ben wirkte erst überrascht, ehe Verärgerung in seinen Augen aufblitzte. »Die Situation mag zwar unerfreulich sein, doch es besteht kein Grund zu dieser Aggressivität.«

»Du würdest auch aggressiv sein, wärest du an meiner verfluchten Stelle.«

Ben hatte Damien bei unzähligen Gelegenheiten gebeten, das Fluchen zu unterlassen, und erwiderte deshalb scharf: »Wäre ich an deiner Stelle, würde ich meinen Tonfall und meine Sprache mäßigen. Denn du weißt doch: Die Biene wird mehr von Honig denn von Essig angezogen.«

Damien wollte schon eine passende Erwiderung auf diese Bemerkung von sich geben, als sich die Tür auf das Kratzen des Wächters hin endlich auftat. Mit immer noch zusammengebissenen Zähnen warf er Ben einen letzten flammenden Blick zu, ehe er an ihm vorbei ins Zimmer marschierte. Doch er hätte es bei weitem vorgezogen, auf dem Absatz kehrtzumachen und zu flüchten, als wie irgendein Hauptgewinn der Dame des Hauses vorgeführt zu werden.

Der Raum war so groß, wie er ihn sich vorgestellt hatte, doch er hatte nicht mit der lichtdurchfluteten Herrlichkeit des

Gemaches gerechnet. Das Zimmer funkelte im Sonnenlicht, das durch wunderschön verglaste Fenster fiel. Doch je weiter er in den Raum trat, desto langsamer wurden seine Schritte, und schließlich blieb er ganz stehen. Die Herrin des Hauses war nicht anwesend. Außer dem kleinen Dienstboten, der ihnen die Tür geöffnet hatte, schien sich überhaupt niemand in dem Gemach zu befinden.

Doch im nächsten Moment merkte er, dass er sich geirrt hatte. Am anderen Ende des Raumes stand schweigend ein junger Mann im Schatten neben dem Kamin. Damien hatte ihn wegen seiner dunklen Kleidung nicht auf Anhieb bemerkt. Das Gewand eines Priesters. Unbehagen durchzuckte Damien bei dieser Erkenntnis. Im Gegensatz zu Ben, der das schlichte graue, in der Taille mit einer Schnur zusammengehaltene Gewand des Franziskanerordens anhatte, trug dieser Mann eine bodenlange, schwarze, mit Knöpfen versehene Soutane. In der Taille wurde sie von einem fein gewebten Band aus Ripsseide gegürtet, von dem ein Rosenkranz aus glänzenden schwarzen Perlen herunterhing.

Damians Blick wurde wie magisch von dem Kruzifix angezogen, das zwischen den aufgefädelten Perlen baumelte, und aus heiterem Himmel wurde er von einer Woge der Übelkeit erfasst. Ihm brach der Schweiß aus, und während sich seine Augen für einen Moment schlossen, blitzte vor seinem inneren Auge das Bild eines ähnlichen Kruzifixes auf, das in sein Gesichtsfeld schwang, als sein Inquisitor sich während des Verhörs vorbeugte. Er hatte auf der Streckbank gelegen und war fast besinnungslos vor Schmerzen gewesen, während der Anhänger aus matt glänzendem Gold vor seinen Augen hin und her schwang, hin und her …

Damien holte tief Luft, um die Erinnerung abzuschütteln, ballte die Hände zu Fäusten und ging mit weit ausholenden

Schritten auf den dunkel gekleideten Geistlichen zu. Es gab keine Verbindung zwischen diesem Mann und den religiösen Eiferern, die ihn gefoltert hatten. Die meisten Inquisitoren waren sogar eher Franziskaner gewesen wie Ben. Eine Tatsache, die er nie vergessen würde. Doch im Moment war nur eines wichtig – dieser Mann kannte wahrscheinlich die Antworten auf Damiens Fragen hinsichtlich der Dame, die die Stellvertretertrauung arrangiert hatte. Und er wollte sie hören.

Doch je näher er dem Priester kam, desto lauter wurde das Flüstern in seiner Erinnerung. Als er schließlich am anderen Ende des Raumes angekommen war, begrüßte ihn der Mann mit einem Nicken, das Damien zwar erwiderte, aber zugleich musterte er ihn aus zusammengekniffenen Augen und versuchte sich zu erinnern, woher er ihn kannte.

Doch ehe sie ein paar Worte miteinander wechseln konnten, leuchtete das Gesicht des Mannes auf; er hatte Ben bemerkt, der an Damien vorbeistürmte und ihn in eine herzliche Umarmung zog. Die beiden klopften einander mehrmals kräftig auf den Rücken, ehe sie sich grinsend voneinander lösten.

»Ah, Father Michael«, sagte Ben lachend, »bei allen Heiligen – es ist schon viel zu lange her!«

»Ja, mein Freund, das ist es … das ist es. Aber Ihr seht wohl aus. Die Meeresluft scheint Euch zu bekommen.«

Michael. Damien wiederholte den Namen, ohne die Lippen zu bewegen, und das Flüstern in seinem Kopf wurde lauter, während sich langsam ein Bild herauskristallisierte.

Michael … ja … der junge Michael de Valles, der dritte Sohn des Earl of Harwick – der war das. Aus dem kleinen Michael war ein Mann geworden …

Im selben Moment, als Damien klar wurde, wen er da vor sich hatte, richtete der Priester den Blick forschend auf ihn und fragte: »Erinnert Ihr Euch noch an mich, Sir Damien? Ich war noch ein Junge, als ich Euch das letzte Mal gesehen habe, und das ist nun fast sechs Jahre her.«

»Ja, ich weiß, wer Ihr seid«, erwiderte Damien ruhig. Sein Unbehagen und das Bewusstsein, was das bedeuten könnte, verstärkten sich mit jedem Atemzug.

»Ihr habt gute Arbeit geleistet, Ben«, meinte Michael, während er den Blick wieder auf den Mönch richtete. Er lächelte. »Ich weiß nicht, ob ich es Euch schon einmal erzählt habe, aber früher wollte ich wegen Sir Damien Ritter werden. Damals bei Hofe war ich noch ein Junge und er ein schier unbesiegbarer Gegner, der im Wettstreit von rechtschaffenem Zorn erfüllt war, doch gleichzeitig so reinen Herzens, dass diejenigen, die ihn kannten, ihn als Erzengel bezeichneten.«

Michael richtete seinen Blick wieder auf Damien, und das Lächeln angesichts der liebevollen Erinnerung ließ seine Augen leuchten, als er fortfuhr. »Die Jahre sind gnädig mit Euch umgegangen, Sir. Ihr seht noch fast genauso aus wie damals.«

Damien gab nicht sofort Antwort. Die gefährlichen Emotionen, die in ihm tobten, als ihm allmählich alles klar wurde, ließen ihn kein Wort hervorbringen. Stattdessen sah er Michael direkt in die Augen und verspürte so etwas wie Befriedigung, als er zu bemerken meinte, dass der junge Geistliche zurückschreckte und seine fröhliche Miene schwand, weil er die Warnung sah, die deutlich in Damiens Blick zu erkennen war.

»Ich mag vielleicht noch so aussehen wie damals, Father Michael«, erwiderte Damien schließlich gespielt sanftmütig, »aber Ihr werdet schon sehr bald feststellen, wie sehr ich mich verändert habe, wenn Ihr nicht endlich mit diesem Süßholzgeraspel aufhört und mir sagt, wer hinter dieser Stellvertreterheirat steckt, die man mir aufgehalst hat.«

Michael wurde noch ein wenig blasser, und Ben wirkte bestürzt, doch ehe auch nur einer der beiden etwas sagen konnte, hörte Damien hinter sich Seide rascheln. Er erstarrte, und sein Blick entfernte sich nur ein kleines Stück von ihnen. Doch er brachte es nicht über sich, sich zu der Person umzudrehen, die sich ihnen näherte. Er konnte es einfach nicht.

Damien versuchte so ruhig wie möglich zu wirken, während er sich gegen das wappnete, was ihn erwartete. Er bemühte sich verzweifelt um den äußeren Anschein von Selbstbeherrschung, doch schon im selben Moment wusste er, dass es nicht reichen würde. Nicht bei dem, was ihn jetzt erwartete.

Die Schritte kamen näher und näher … und dann nahm er den leichten, verführerischen Duft wahr, diese feine Mischung aus süßem Waldmeister und Ambra umnebelte seine Sinne. Er schloss die Augen, als die Erinnerungen mit aller Macht entfesselt wurden und sich sein Inneres voll zarter Sehnsucht verkrampfte. Gütiger Himmel …

Er brauchte sich nicht umzudrehen. Er wusste auch so, wer hinter ihm stand.

»Bitte, Damien, du darfst Michael nicht drohen. Du sollst alles erfahren, was du wissen möchtest.«

Bitte, Damien …

Alissendes melodische Stimme hallte in seinem Innern wider und versetzte seine Seele in Schwingungen, wie sie es in den zahlreichen Träumen getan hatte, die ihn all die Jahre heimsuchten, seitdem er sie zum letzten Mal gesehen hatte. Er öffnete die Augen und drehte steif den Kopf zu ihr herum. Dabei versuchte er, all seine Wut heraufzubeschwören, um sich gegen die Gefühle zu wappnen, die ihm einen tiefen Stoß versetzen würden, wenn er sie ansah. Doch es nützte nichts.

Er begegnete ihrem Blick, und ihm stockte der Atem angesichts der intensiven Empfindungen, die in ihm aufwallten. Alissende, die seine Geliebte und sein Fluch gewesen war … die Frau, die solch ein wildes Begehren in ihm geweckt hatte, dass es ihn fast umgebracht hätte. Und da stand sie nun wie zum Hohne all dessen, was früher einmal gewesen war.

Damien klammerte sich an die Bitterkeit und den Zorn der Ernüchterung, die ihm beide zu entgleiten drohten, und bändigte den Schmerz nur mit der Kraft seines Willens, während er sich zu einem sardonischen Lächeln zwang, welches er mit einem leichten Nicken zierte. Er bemerkte zwar ihre Mutter, die direkt hinter ihr stand, doch sein Blick blieb unverwandt auf Alissende gerichtet. Er stellte sich dem Moment mit einer mühsamen Gefasstheit, mit der er auch das Ausbrennen einer blutigen Wunde über sich hätte ergehen lassen. Sie war schön wie eh und je … die zarte, rosige Haut, das dunkle Haar, das trotz des zarten Schleiers, den sie trug, im hellen Sonnenschein, der in den Raum strömte, glänzte.

Doch es waren ihre Augen, die an den Fetzen seines gebrochenen Herzens zerrten. Ihr Blick zog ihn in den Bann, sodass er meinte, in den blauvioletten Tiefen förmlich zu ertrinken, die voller Qual, Sehnsucht und noch etwas anderem waren, worüber er nicht nachdenken mochte, wenn er so stark bleiben wollte, wie er sein musste.

Wie er musste … der Himmel stehe ihm bei.

»Ich bin diejenige, mit der du durch eine Stellvertretertrauung eine Verbindung eingegangen bist«, erklärte Alissende leise, wobei ihre Miene ihre ganze Verletzlichkeit preisgab.

»Warum?«

Damien stieß die Frage mit schnarrender Stimme hervor, ehe er sich zurückhalten konnte. Doch sie wusste, was er meinte … sie wusste es besser als jeder andere. Das, was vor fünf Jahren bei Hofe zwischen ihnen vorgefallen war, machte es fast unmöglich, die gegenwärtige Situation zu verstehen, und trotzdem stand er jetzt hier und wankte förmlich unter dem, was sie ihm gerade eröffnet hatte: Sie war die Frau, mit der er vermählt worden war. Sie, Lady Alissende de Montague, die ihm gezeigt hatte, wie sich Liebe jenseits aller Vernunft anfühlte, um ihn dann mit gebrochenem Herzen zurückzulassen.

»Die Gründe sind … kompliziert.« Er merkte, dass sie ganz leicht die Stirn runzelte und dass es ihr schwer fiel, seinem Blick standzuhalten.

Es gelang ihm nicht, darauf etwas zu erwidern. Er war wie gelähmt, obwohl er sich einst unzählige Gedanken darüber gemacht hatte, was er wohl sagen oder tun – was er empfinden würde –, wenn er ihr zufälligerweise noch einmal begegnen sollte. Sein kerzengrader Rücken fühlte sich ganz steif an, und sein Hals tat weh, als es ihm schließlich gelang zu sagen: »Macht Euch nicht die Mühe, sie mir darzulegen, Mylady, denn im Grunde interessieren sie mich nicht. Ich kann mich nicht durch eine Ehe binden, und ich hatte mich bereits entschlossen, dies der verantwortlichen Person mitzuteilen. Dass es sich bei dieser Person um Euch handelt, ändert nichts an meiner Einstellung.«

Seine Lippen wurden ganz schmal, als er diese Lüge von sich gab, doch trotzdem fuhr er fort. »Diese über einen Stellvertreter geschlossene Verbindung kann ohne mein Mitwirken bei den noch ausstehenden Schritten, um sie rechtskräftig zu machen, nicht fortgeführt oder aufrechterhalten werden. Und da ich ablehnen muss«, er nickte wieder, und es gelang ihm eine galante, wenn auch etwas steife Verbeugung, die an den Charme erinnerte, den er einst besessen hatte, »werdet Ihr mir erlauben, jetzt Adieu zu sagen.«

Er richtete sich wieder auf und wollte sich schon zur Tür wenden, um aus dem Gemach zu flüchten, ehe seine Erinnerungen und Alissendes verletzter Blick ihn auf dem glatten Holzboden zu Eis erstarren lassen würden, als Michael herausfordernd meinte: »Aber, Sir … lasst Ihr Euch etwa von

Eurem Stolz leiten und flieht, ehe Ihr die volle Wahrheit gehört habt, warum Ihr eigentlich hier seid?«

Die spitze Bemerkung ließ Damien erstarren. Jeder einzelne Muskel in seinem Körper brannte förmlich darauf, die knochenzermalmende Aggressivität gegen jene auszuleben, die sich dem Irrglauben hingaben, ihn aufhalten zu können, doch irgendwie gelang es ihm, sich zurückzuhalten. Zumindest für den Augenblick.

Die nur mühsam gezügelte Wut, die er ausstrahlte, schien jedoch zu reichen, um die Stimme des jungen Priesters ins Stocken geraten zu lassen, als er noch anfügte: »Und wenn sonst nichts eine Rolle für Euch spielt, dann hat meine Cousine sich doch damit, was sie für Euch getan hat, das Recht erworben, von Euch angehört zu werden. Zumindest das schuldet Ihr ihr.«

»Er hat recht, Damien«, stimmte Ben Michael zu. »Du solltest dir anhören, wie es zu all dem gekommen ist, ehe du eine endgültige Entscheidung fällst.«

»Du weißt also mehr über die ganze Angelegenheit, als du mir kundgetan hast.« Damien richtete seinen versteinerten Blick auf den Mann, den er für seinen Freund gehalten hatte.

»Nur ein bisschen«, gab Ben zu, »aber ich habe es genau wegen der Reaktion, die du jetzt zeigst, nicht gewagt, etwas zu sagen.«

»Oh, jetzt reicht es aber«, mischte Lady Blanche sich ein und brachte alle mit einer gebieterischen Handbewegung zum Schweigen. »Lasst uns doch einfach gestehen, dass das hier eine für alle Beteiligten unerfreuliche Situation ist, und damit ist es dann erledigt.«

Na, wunderbar ... jetzt stürzte sich auch noch ihre Mutter in das Kampfgetümmel.

Damien merkte, dass er sich plötzlich wie ein in die Ecke gedrängtes Tier fühlte, als er den Blick über die drei Verschwörer schweifen ließ, die ihn eingekreist hatten: Ben, Lady Blanche und Father Michael. Doch Alissende hatte sich nicht eingereiht. Nein, sie hielt sich im Hintergrund und wirkte bedrückt, aber gleichwohl gefasst und nüchtern.

Zwar tat es fast weh, doch er ließ seinen Blick etwas länger auf ihr ruhen, als nötig gewesen wäre. Dabei bemerkte er, wie blass sie war und dass sie die ganze Zeit auf ihre Hände schaute, die sie vor ihrem Körper gefaltet hatte. Fast hätte man meinen können, dass ihr dieses Wiedersehen genauso viel Unbehagen bereitete wie ihm. Aber er ließ sich nicht täuschen.

»Ihr sollt wissen, Sir Damien, dass meine Tochter gegen diese Stellvertreterehe war«, fuhr Lady Blanche fort, womit sie ihn nicht nur überraschte, sondern auch dafür sorgte, dass er seine Aufmerksamkeit wieder auf sie richtete. »Erst als Michael ihr klar machte, dass Ihr bei den Verhören durch die Inquisition sterben könntet, willigte sie ein.«

Damien ließ die Tragweite des eben Gehörten auf sich wirken. Als er antwortete, spürte er, wie angespannt seine Kiefermuskeln waren. »Es stimmt, was Michael Euch berichtet hat, Mylady. Doch ich erinnere mich nicht, um Hilfe gebeten zu haben.«

»Und trotzdem seid Ihr gerettet worden, Sir Damien. Weil Alissende Euch braucht.«

Diese letzte Bemerkung war wie ein Faustschlag in den Magen, denn dass er es jetzt zu hören bekam – nach all den Jahren – entbehrte nicht einer gewissen Ironie und war kaum zu ertragen. Er zog eine Augenbraue hoch und ertappte sich dabei, dass er das eine Wort hervorstieß, welches er, nachdem er Alissende wieder gesehen hatte, eigentlich nicht hatte sagen wollen … ein winziges Entgegenkommen, welches er ihnen nicht hatte gewähren wollen und es jetzt doch tat.

»Erklärt.«

Lady Blanche kam seiner Aufforderung nach, während Alissende etwas abseits stand und Damien aufmerksam musterte, wobei ihr vieles an ihm fast schon schmerzhaft auffiel: Sie sah die Starre seines starken Rückens, den an seiner Wange zuckenden Nerv und die kampfgestählten Arme mit den zu Fäusten geballten Händen. Währenddessen hörte sie wieder die endlose Litanei von Hughs Untaten gegen sie – seine Aggression, sein frevelhaftes Verhalten, wobei das Ganze noch durch Einwürfe ihres Cousins ergänzt wurde, die hervorhoben, dass sein Bruder, Hugh de Valles, der neue Earl of Harwick, über eine unaufhaltsame, finstere Macht verfüge, die er aufgrund seiner sorgfältig aufgebauten Position bei Hofe so relativ gefahrlos ausüben konnte. Doch sie selbst sagte nichts.

Sie konnte nicht. Nein, kein einziges Wort brachte sie hervor. All die tief vergrabenen Gefühle waren in ihr hochgestiegen, verklebten ihr den Hals, sodass sie keinen Ton von sich geben konnte.

Sie hatte sich seit Wochen auf diese Zusammenkunft vorbereitet, seit Michael Kunde davon erhalten hatte, dass Damien überleben würde. In Gedanken hatte sie immer wieder durchgespielt, wie sie wohl fühlen würde, was sie wohl sagen, welche Erinnerungen sie wohl unterdrücken müsste, wenn sie wieder in die strahlend blauen Augen blickte, welche einst vor Liebe zu ihr gelodert hatten.

Aber jetzt erkannte sie, dass sie einfach dumm gewesen war, denn nichts hätte sie auf diesen Moment vorbereiten können. Das war Damien, der hier vor ihr stand … genauso herrlich wie das erste Mal, als sie ihn bemerkt hatte. Damals, als sie nur ein junges Mädchen und er ein heißblütiger, gerade zum Ritter geschlagener Mann bei Hofe war … der höfliche, liebenswerte Damien – der atemberaubende Krieger aus Samt und Stahl,

Zärtlichkeit und Leidenschaft, der sie mit solch einer Hingabe geliebt hatte, dass sie wie berauscht von ständiger Sehnsucht nach ihm erfüllt war. Nur in seiner Nähe zu sein bedeutete schon unendliche Freude, und wenn er ihr in die Augen schaute, hatte sie es mit jeder Faser ihres Seins geglaubt, wenn er schwor, dass nicht einmal der Tod die Macht hätte, sich zwischen sie zu drängen.

Doch sie hatte dafür gesorgt. Gott stehe ihr bei … sie hatte dafür gesorgt.

Sie hatte angenommen, dass die Zeit die Wunde heilen würde, die sie ihrer beider Herzen an jenem Tag zugefügt hatte, als sie ihm den Laufpass gegeben hatte … wider alle Vernunft hatte sie gehofft, dass er die Zurückweisung überwinden würde, auch wenn er vielleicht nicht in der Lage wäre, ihr zu vergeben.

Doch er war nicht darüber hinweggekommen – genauso wenig wie sie. Das sah sie jetzt. Die bittere Erkenntnis hatte sich wie ein Dolch in ihr Herz gebohrt, als ihre Blicke sich vor ein paar Momenten begegnet waren. Sie war fast vom Feuer der Wut, das in seinen Augen loderte, versengt worden und wusste, dass sie sich mit ihm versöhnen musste, sollten es ihre Mutter und ihr Cousin schaffen, ihn zum Bleiben zu überreden.

Ja, sie würde sich mit ihm und noch vielem anderen aussöhnen müssen.

Schweigen senkte sich über den Raum, und Alissende stellte fest, dass alles gesagt worden war. Damien stand wie zuvor regungslos da, doch er atmete jetzt flach und gleichmäßig. Als er endlich sprach, klang seine Stimme vor mühsam unterdrückten Gefühlen belegt.

»Es scheint tatsächlich notwendig zu sein, Lord Harwick einen Strich durch die Rechnung zu machen, wenn denn alles stimmt, was mir erzählt worden ist. Aber mir ist noch immer nicht klar, warum ausgerechnet ich derjenige sein muss, der sich darum kümmert.« Er klang ungläubig. »Es gibt unzählige fähige Kämpfer in England, von denen viele auch noch einen Titel tragen und sich überaus glücklich schätzen würden, eine junge, verwitwete Erbin wie ...« Er hielt inne und neigte den Kopf leicht, ehe er seinen Satz zu Ende führte, »... wie Eure Tochter zu heiraten. Warum habt Ihr nicht einen von ihnen ausgewählt?«

Alissende spürte seine Absicht, sie zu verletzen. Nicht nur seine sorgfältig gewählten Worte waren eine Beleidigung, sondern auch die Tatsache, dass er es bewusst vermied, ihren Namen auszusprechen. Er hatte ihn heute noch kein einziges Mal benutzt, wurde ihr plötzlich klar, und das versetzte ihr einen Stich.

»Weil wir in Frankreich waren, als deutlich wurde, dass wir drastische Maßnahmen ergreifen müssten, um Hugh davon abzuhalten, Alissende mit Gewalt in seinen Besitz zu bringen«, erklärte Lady Blanche und schlug dabei einen nicht unfreundlichen Ton an. »Genau wie Ihr, und auch Ihr befandet Euch in einer gefährlichen Lage. Es schien ein ehrenhafter Tausch: Euer Leben für Alissendes Sicherheit. Noch wichtiger jedoch ist, dass Ihr kein Fremder für uns seid. Was wir über Euch wussten, sprach zu Euren Gunsten, und so arrangierten wir eine Stellvertretertrauung, damit Ihr Alissendes Gatte wurdet.«

»Dann müsst Ihr ja wirklich verzweifelt gewesen sein«, meinte Damien finster, »denn es ist kein Geheimnis, dass man mich noch vor fünf Jahren als unzulänglich betrachtete, diese Rolle einzunehmen. Seit damals hat sich an mir nichts verändert, außer hin zum Schlechteren – denn jetzt bin ich nicht nur ein armer und landloser Ritter, sondern darüber hinaus haftet mir jetzt auch noch der Makel an, ein ehemaliger Tempelritter zu sein, den man obendrein der Ketzerei anklagt. Wenn man entdeckt, dass der Ablassbrief, den Ihr besorgt habt, gefälscht ist, setzt Ihr mich und jeden, der mit mir in Verbindung gebracht wird, der Gefahr aus, verhaftet und verhört zu werden.«

Er stieß wieder ein Lachen aus. Es war ein freudloser, durchdringender Laut. »Nein, ich bin nicht der Richtige für diese Aufgabe. Sucht Euch einen anderen, denn ich will keinem anderen dienen als mir selbst, und da mir die Unabhängigkeit Schottlands am Herzen liegt, werde ich mich bei demjenigen als Söldner verdingen, der mir am meisten zahlt. Als Ehemann habe ich nichts zu bieten.«

In diesem Moment schien er seinen Blick auf Alissende richten zu wollen, doch dann erstarrte er mitten in der Bewegung, als versagte er sich dies selbst. »Wenn es also nicht mehr gibt, als Ihr mir erzählt habt«, fuhr er fort, »werde ich jetzt ...«

»Wenn du denn die ganze Wahrheit wissen willst«, unterbrach Alissende ihn und zwang ihn damit, sie schließlich doch anzusehen, »dann höre: Du wurdest unter allen ausgewählt, Damien, weil du der Einzige bist, der mich jemals geliebt hat.« Ihre Wangen glühten, als sie dieses Eingeständnis machte, doch die wachsende Verärgerung, die trotz ihrer demütigenden Lage und ihrer Verzweiflung allmählich in ihr aufstieg, ließ sie alles andere vergessen. Dadurch wurde sie sogar in die Lage versetzt, ihr Kinn so weit anzuheben, dass sie ihm direkt in die Augen sehen konnte, als sie sagte: »Das ist auch kein Geheimnis, nicht wahr?«

Der finstere Ausdruck, der sich in der aufgeladenen Stille, die auf ihre Worte folgte, auf sein Gesicht legte, hätte jede andere Frau zu Boden sinken und um Vergebung flehen lassen. Doch Alissende hatte viel zu viel durchgemacht, hatte selber so viel Leid und Enttäuschung erlebt, als dass sie sich ein solch sichtbares Zeichen der Schwäche erlaubt hätte. Sie stand mit kerzengeradem Rücken da, und ihr Blick geriet nicht ein einziges Mal ins Wanken.

Seine funkelnden Augen, aus denen eine verwirrende Mischung aus Wut und Schmerz sprach, glitten über ihren im vollen Sonnenlicht stehenden Körper. Dann ließ wieder das ihm eigene sardonische Grinsen einen Winkel seines sündhaft schönen Mundes nach oben zucken, sodass Verlangen wie ein Blitzstrahl durch ihren Leib schoss, als er schließlich murmelte: »Ich glaube nicht, dass du diese Frage hier und jetzt vor allen anderen erörtern möchtest.«

»Und doch ist das der wahre Grund, weshalb meine Familie mich gedrängt hat, dieser Stellvertreterheirat zuzustimmen«, meinte sie, und ihre Stimme war wegen all der unterdrückten Empfindungen ganz heiser. »Weil du und ich auf eine gemeinsame … Vergangenheit zurückblicken«, sie spürte, wie ihr wieder die Röte in die Wangen stieg, »werden alle glauben, dass wir eine ernsthafte Verbindung eingegangen sind und nicht nur, weil es zweckdienlich ist.«

»Mein Bruder bildete Ritter in Frankreich aus, als Ihr am Hof dientet, Sir Damien«, warf Michael leise von der Seite ein. Allerdings stellte Alissende fest, dass Damien seinen Blick nicht von ihr abwandte, »deshalb habt Ihr ihn nie selbst kennengelernt. Ihr müsst jedoch etwas über Hughs Habgier wissen, um zu verstehen, wie ernst die Situation ist.«

»Und das wäre?« Damien stellte die Frage, während sein Blick immer noch auf ihr ruhte. Die Intensität, mit der er sie mit seinen kühlen blauen Augen ansah, ließ unerwünschte Gefühle in ihrem Körper aufsteigen, die sie nicht wieder zulassen würde – nicht zulassen konnte.

»Hugh hat außerordentliche Anstrengungen unternommen, um die Gunst des neuen Königs zu erlangen«, fuhr Michael fort, »und bei Hofe weiß man, dass er Alissende nach Ablauf der offiziellen Trauerzeit um ihren verstorbenen Gatten zur Seinen machen wollte. Dass mein Bruder etwas mit dem Jagdunfall zu tun haben könnte, bei dem Lord Denton das Zeitliche segnete, schien in königlichen Kreisen keine große Rolle zu spielen, denn Hugh nutzte seinen Einfluss, um alle Bedenken zu zerstreuen.«

Damien machte ein finsteres Gesicht und sah Michael schließlich doch an. »Einer meiner Gefährten bei den Templern, Sir Richard de Cantor, diente vor vielen Jahren dem König als Lehrer im Gebrauch von Waffen. Er vertraute mir seine Sorge an, dass das Urteilsvermögen des neuen Souveräns in Fragen der Freundschaft vielleicht etwas schwach ausgeprägt sein könnte.«

Michael nickte. »King Edward hat seit seiner Inthronisierung nicht die Klugheit gezeigt, die sich viele von ihm wünschen würden, sondern zieht seine Günstlinge vor, sodass sich die Barone und Lords des Königreiches zurückgesetzt fühlen. Mein Bruder hat diese Schwäche des Königs genutzt, sich bei ihm eingeschmeichelt und Seine Majestät fast dazu gebracht, seine Heirat mit Alissende zu unterstützen, als wir mit ihr nach Frankreich geflohen sind. Deshalb mussten wir auch sofort handeln, ehe die immer brutaleren Versuche, unsere Cousine für sich zu beanspruchen, mit einem königlichen Erlass endeten.«

Michael trat zu Alissende und nahm ihre Hand, um ihr Mut zu machen. Dankbar erwiderte Alissende den Druck seiner Finger. »Wie es aussieht«, schloss er, »ist der König nicht gerade erfreut über die in seinen Augen übereilt vorgenommene Stellvertreterheirat, doch er hat es mittlerweile hingenommen, weil er glaubt, dass sie aus Liebe geschlossen worden ist. Eine Liebe, die über lange Jahre verleugnet wurde, weil die Umstände es erforderten.«

»Die Stellvertretertrauung ist bei Hofe bereits offiziell verlautbart worden?«, krächzte Damien mit erstickter Stimme, wobei er erst Alissende ansah und seinen Blick dann auf Michael richtete. »Bei Gott, Ihr maßt Euch viel an. Ihr habt noch nicht einmal die Möglichkeit in Erwägung gezogen, dass ich Euren Plan ablehnen könnte.«

»Oh doch, das haben wir, Sir Damien«, mischte Lady Blanche sich erneut ein. »Und doch haben wir darauf vertraut, dass Euer Gerechtigkeitssinn Euch dazu veranlasst, uns zu helfen. Alissende hat Euch Euren Peinigern entrissen, und jetzt bitten wir Euch, das Gleiche für sie zu tun.«

Damien ballte seine Hände wieder zu Fäusten. Als würde er sich wappnen, einen Schlag abzuwehren ... als würde er sich danach sehnen, jede Verpflichtung ihr gegenüber zurückzuweisen. Dieser Gedanke kam Alissende unwillkürlich bei seinem Anblick, doch ehe sie überhaupt versuchen konnte, sich damit abzufinden, setzte Lady Blanche sich weiter unverzagt für sie ein.

»Dass Hugh weiter versuchen wird, Alissende in seinen Besitz zu bringen, steht außer Frage – ob sie sich nun im Rahmen einer Stellvertretertrauung vermählt hat oder nicht, und es gibt keinen anderen, der in der Lage wäre oder vielleicht auch nur bereit, die Verantwortung für ihre Sicherheit zu übernehmen. Ihr habt viel zu gewinnen. Euch ist nicht nur das Leben geschenkt worden, sondern Ihr habt auch die Aussicht auf Ländereien, Reichtum und Macht; denn das geht alles mit dieser Verbindung einher. Wollt Ihr es nicht allein schon wegen der Gefühle, die Ihr einst füreinander gehegt habt, in Erwägung ziehen?«

Einst gehegt. Nein ...

Die Worte hallten wie zum Hohn in Alissendes Kopf wider und brachten ihr die herzzerreißende Wahrheit zu Bewusstsein, dass sich zumindest an ihren Gefühlen nichts geändert hatte. Sie hatte nie aufgehört, Damien zu lieben. Und unabhängig von dem Schmerz, der damit einherging, wusste sie, dass sie ihn immer lieben würde.

Sie beobachtete, wie er mit sich rang, was ihr aufs Neue qualvolle Stiche versetzte. Genau davor hatte sie Angst gehabt … genau das hatte sie um jeden Preis vermeiden wollen. Es kam für sie nicht unerwartet, trotzdem konnte sie das Aufflackern von Unmut nicht unterdrücken, der sie daran erinnerte, warum sie sich nach der Ruhe und dem Frieden eines Konvents gesehnt hatte. Dort wäre sie vor allen Intrigen, Entscheidungen und Launen der Männer geschützt.

Damien würde sie zurückweisen. Kalt und vor allen Anwesenden – doch sie musste eingestehen, dass diese Tat nur ein Hauch der öffentlichen Demütigung sein würde, die sie ihm vor fünf Jahren hatte angedeihen lassen. Dabei spielte es keine Rolle, dass sie diese Entscheidung jeden Tag in der endlos scheinenden Zeit seither bedauert hatte. Was geschehen war, war geschehen, und sie hatte kaum das Recht, ihm vorzuwerfen Vergeltung zu üben, da sich ihm die Gelegenheit dazu ergab.

Und so kam es, dass sie, als er sich mit der Hand durchs Haar fuhr und den angehaltenen Atem ausstieß, um dann den Blick von Ben über Michael und ihre Mutter zu ihr schweifen zu lassen, verblüfft feststellte, dass die Bitterkeit in seinen Zügen von etwas anderem ersetzt worden war. Er schien keinesfalls zufrieden, doch es sah so aus, als wäre er zu einem Entschluss gekommen. Er musste diesen Entschluss nur noch zu Gehör bringen – und er ließ sie nicht lange darauf warten.

»Ich kann nicht leugnen, dass die Anstrengungen, die unternommen worden sind, um mich aus Frankreich herauszuholen – ob ich nun darum gebeten habe oder nicht – so etwas wie eine Belohnung verdienen. Das, was von meiner Ehre noch übrig geblieben ist, zwingt mich dazu, dieser Verpflichtung in irgendeiner Form nachzukommen.«

»Tatsächlich?« Michael klang überrascht, und Alissende fragte sich, wie er es geschafft hatte, die ganze Zeit so überzeugt zu klingen, obwohl er offenbar ernsthafte Zweifel an dem Plan gehegt hatte.

»Ja«, sagte Damien ruhig und sah ihn an, »und deshalb erkläre ich mich bereit, meinen Teil zu dieser Ehe beizutragen, vorausgesetzt Ihr erlaubt, dass ich ein paar zusätzliche Bedingungen einbringe, die ich erfüllt sehen möchte.«

Auf Michaels Gesicht spiegelten sich Hoffnung, aber auch Vorsicht wider. »Nennt Eure Bedingungen.«

Alissendes Herzschlag verlangsamte sich in Erwartung dessen, was Damien als Nächstes sagen würde, während ihr Inneres aufgrund der Tatsache, dass er zugestimmt hatte, ihr überhaupt zu helfen, in heillosem Aufruhr war.

Stolz aufgerichtet und kraftstrotzend stand er da. Nicht länger ein Mann, der bedrängt wurde, sondern ein Krieger, der seinen Wert in Bezug auf die Aufgabe, die vor ihm lag, sehr genau kannte. »Die erste meiner Bedingungen ist die wichtigste«, erwiderte er, »denn wenn wir uns in diesem Punkt nicht einigen können, gibt es für die anderen keine Grundlage.«

Er richtete seinen Blick wieder auf Alissende, zögerte erneut, und der Ausdruck in seinen Augen ließ ihr den Atem stocken. Und als er sprach, bohrte sich jedes seiner Worte wie ein Dolch in ihr wundes Herz.

»Ich werde die Rolle deines Ehemanns übernehmen, Alissende – doch für nicht länger als sechs Monate. Danach will ich ohne Wenn und Aber davon entbunden werden, um den Rest meines Lebens nach eigenem Gusto zu verbringen.«

Kapitel 3

Damiens Blick blieb, nachdem er seine Bedingung genannt hatte, auf Alissende gerichtet, und als er des verletzlichen Ausdrucks gewahr wurde, der über ihr schönes Gesicht huschte, spürte er, wie sich in ihm etwas zusammenzog. Dieses Gefühl, von dem er erfasst wurde, war eine direkte Folge seiner unterbewussten Wahrnehmung ihrer Reaktion, als er ihren Namen laut ausgesprochen hatte. Er hatte geahnt, dass er sich für diesen Moment wappnen musste, denn es war ihm bewusst, dass er ihn heute noch kein einziges Mal genannt hatte – dass es sogar das erste Mal seit fünf Jahren war, dass er wieder über seine Lippen kam.

Doch sie erwiderte nichts.

»Sechs Monate?« Ihre Mutter war es, die das Schweigen brach, und ihr Tonfall ließ deutlich erkennen, wie beleidigend sie seine Bedingung empfand.

»Ja.« Er wappnete sich gegen die Einwände, die auf jeden Fall kommen würden … und zwar nicht nur von Lady Blanche, sondern auch von Father Michael und vielleicht sogar Ben. Ob nun auch Alissende dagegen Einspruch erheben würde oder nicht, blieb abzuwarten. »Sechs Monate werden reichen, damit ein passenderer Gemahl gefunden wird, der auch bei ihr bleiben will. Einer, mit dem Alissende verheiratet werden kann, sobald die Annullierung unserer Ehe rechtskräftig ist.«

»Wie könnt Ihr Euch so sicher sein, dass die Kirche einer

Annullierung zustimmt, Damien, nachdem Ihr ein ganzes halbes Jahr wie Mann und Frau bei Hofe aufgetreten seid?«, wandte Ben ein. »Die Aufhebung eines vor Gott geschlossenen Bundes ist ein komplizierter, heiliger Vorgang und nicht so einfach, wie man es vielleicht gern hätte.«

»Das Gleiche gilt für die Durchführung einer Stellvertretertrauung, und das scheint Ihr ja recht schnell in die Wege geleitet zu haben.« Damien warf Father Michael einen scharfen Blick zu, woraufhin dem jungen Mann heiße Röte in die Wangen stieg. »Aber wenn Alissendes Cousin nicht in der Lage sein sollte, seinen Einfluss noch einmal geltend zu machen, wird meine zweite Forderung schon dafür Sorge tragen, dass meine erste Bedingung erfüllt wird. Diese lautet: Es wird weder eine offizielle Trauung stattfinden, noch werde ich das Ehegelübde ablegen, das nötig ist, um mich zu Alissendes rechtmäßigem Gemahl zu machen. Wir werden der Öffentlichkeit vortäuschen müssen, dass die Gelübde abgelegt worden seien, aber dass dies in Wirklichkeit nicht so ist, wird uns helfen, die Verbindung wieder aufzulösen, wenn die sechs Monate um sind.«

Er hielt einen Moment lang inne, ehe er ruhig, aber entschieden hinzufügte: »Außerdem werde ich Alissende weder in der Öffentlichkeit noch wenn wir unter uns sind als meine ›Gattin‹ bezeichnen, doch ich werde durch mein Auftreten dafür sorgen, dass an ihrer Stellung kein Zweifel besteht.«

Michael räusperte sich. »So eine unwichtige Kleinigkeit könnt Ihr doch wohl nicht ernst meinen«, warf er ihm vor. Er war offensichtlich der Meinung, dieser Teil von Damiens Forderungen sei Ausdruck seines Grolls, weil Alissende ihm früher einmal Schmerz zugefügt hatte.

Doch das war nicht der Grund. Sie über den Anschein hinaus, eine richtige Ehe mit ihr zu führen, auch noch als seine Frau zu bezeichnen, war einfach mehr, als Damien ertragen konnte. Er richtete den Blick auf Michael. »Ich versichere Euch, dass es mein voller Ernst ist.«

Wieder senkte sich sprachloses Schweigen über den Raum. Es war sogar so still, dass Damien die Singvögel jenseits der Burgmauern hören konnte. Alissende sagte nichts und wandte sich nur ein wenig von ihm ab, um seinem Blick auszuweichen. Das war ihm nur recht, denn auch ohne die alten Gefühle, die an ihm zerrten – Überreste aus ehemaligen Zeiten, die auf die jetzige Situation keinen Einfluss hatten, rief er sich in Erinnerung –, war das hier schon schwierig genug.

Wieder war es Lady Blanche, die schließlich die Kluft überbrückte, indem sie einen verärgerten Laut von sich gab und sich abrupt den mit Mittelpfosten versehenen Fenstern zuwandte. Sie sah einen Augenblick nach draußen, bis sie sich zumindest den Anschein geben konnte, ihre Selbstbeherrschung wiedererlangt zu haben. Dann drehte sie sich mit strenger Miene zu ihm um. »Ihr habt recht wortgewandt Eure Bedingungen vorgebracht, die unseren Vorstellungen zuwiderlaufen, Sir Damien, aber Ihr habt dabei einen wichtigen Punkt übersehen, den weder Ihr noch alle Macht der Heiligen Mutter Kirche rückgängig machen kann.«

Er zog eine Augenbraue hoch und forderte sie damit auf weiterzusprechen.

»Ihr habt mit keinem Wort das Kind erwähnt, das aus dieser sechs Monate währenden Verbindung hervorgehen könnte.«

Er bemerkte, wie Alissende bei diesen Worten zusammenzuckte, sodass er in höchste Alarmbereitschaft versetzt wurde, doch ihm blieb keine Zeit, um über den Grund hierfür nachzudenken, als ihre Mutter auch schon fortfuhr: »Werdet Ihr Euer eigen Fleisch und Blut so einfach zurücklassen, wenn Alissende feststellen sollte, dass sie ein Kind erwartet, wenn die Frist verstrichen ist?«

Damien verdrängte die bittersüße Vorstellung und bezwang damit die Gefühle, die bei dem Gedanken in ihm aufloderten. Von dem Moment an, als er beschlossen hatte zu bleiben, hatte er gewusst, dass er dieses Thema würde anschneiden müssen. Doch es dann wirklich zu tun, schien plötzlich viel schwieriger, als er erwartet hatte.

»Ich mag zwar ein Schuft sein, Mylady, doch nicht einmal ich bin so abgrundtief verdorben«, gelang es ihm hervorzustoßen, während er seine wahren Gefühle streng im Zaum hielt. »Es wird kein Kind geben – da die Ehe nicht vollzogen werden wird.«

Bei diesen Worten richtete Alissende ihren Blick wieder auf ihn, während sie ein leises Keuchen ausstieß, aber er sah sie nicht direkt an, bis er alles gesagt hatte. »Das ist meine vierte Bedingung, und sie schafft für die spätere Annullierung einen weiteren überzeugenden Grund.«

Dann hielt er sich nicht länger zurück und sah sie an, wobei er sich zwang, nicht auf die Empfindungen zu reagieren, die ihr Gesicht umwölkten. Die Fassungslosigkeit, mit der sie ihn anstarrte, hatte ein bezauberndes helles Rot in ihre Wangen steigen lassen, und ihr leicht geöffneter Mund ließ Gedanken in ihm aufsteigen, bei denen zu verweilen er sich nicht erlaubte. Sie war jetzt wütend – und auch verletzt. Er konnte sehen, wie tief ihr Schmerz ging, denn es gelang ihr nicht gleich, ihre Gefühle vor ihm zu verbergen.

Und warum sollte sie auch nicht so empfinden? Du kennst die Wahrheit genauso gut wie sie. Diese Bedingung war rein hypothetisch, denn dein Bund mit ihr ist schon vor langer Zeit vollzogen worden – voll süßer Zärtlichkeit … und, ja, auch Leidenschaft – viele, viele Male …

Die Stimme in seinem Kopf verhöhnte ihn und ließ die köstlichen Erinnerungen wieder ganz frisch werden. Er versuchte sie zu unterdrücken, doch sie überwanden alle Hindernisse und sorgten dafür, dass sich sein Innerstes zusammenzog, wodurch er fast seine aufrechte Haltung verloren hätte.

Sein Blick blieb weiterhin auf Alissende gerichtet, um zu sehen, was sie ihrer Mutter oder einem der anderen darüber gesagt hatte, was sie in jenem schwülen, verzauberten Sommer miteinander geteilt hatten. Doch außer der zarten Röte, die ihr Gesicht überzogen hatte, blieb ihre Miene regungslos. Im nächsten Moment schien sie sogar eine Art Verwandlung durchzumachen. Ihre Miene wurde noch ausdrucksloser – ja fast schon streng – und das Lodern in ihren Augen erlosch. Er verspürte fast so etwas wie Scham angesichts dessen, was er gerade getan hatte.

Aber nur beinahe.

Er löste den Blick lange genug von ihr, um die anderen anzusehen, die sich auch noch in dem Gemach befanden. Ben und Michael schienen durch seine letzte Bedingung irgendwie in Verlegenheit gebracht, während Lady Blanche einfach nur erleichtert aussah.

Dann hatte Alissende also niemandem erzählt, wie nahe sie einander bereits gekommen waren.

Die Erkenntnis legte sich wie ein Stein auf seine Brust. Er wusste nicht, ob er nun verärgert oder dankbar für ihr Schweigen sein sollte. Es spielte natürlich keine Rolle, denn dass sie es für sich behalten hatte, verschaffte ihm die Möglichkeit, seinen eigenen verdammenswerten Plan weiter zu verfolgen. Später, wenn sie unter sich waren, würde er in Erfahrung bringen, was es mit ihrem Schweigen auf sich hatte.

Im Moment schienen alle nur darauf zu warten, wie sie hinsichtlich seiner Bedingungen entscheiden würde, die er im Hinblick auf ein eventuelles Bündnis gestellt hatte.

Sie enttäuschte ihn nicht. Vor wenigen Augenblicken erst

hatte sich ihr anfängliches Auftreten von der verletzlichen, melancholischen Schönheit zu dem einer beherrschten, kühlen Frau gewandelt, die wegen ihrer inneren Stärke noch atemberaubender war.

Als sie jetzt das Wort ergriff, sprach aus ihr das ganze Selbstvertrauen der Edeldame, die sie war, während sie schlank und elegant vor ihm stand. »Du hast vier Bedingungen vorgebracht. Gibt es noch weitere?«

»Nein.« Damien erwiderte hitzig ihren herausfordernden Blick. »Das sind alle.«

»Nun gut. Ich nehme dein Angebot an.« Sie neigte den Kopf einen Hauch, um ihre Worte zu unterstreichen, und er nahm voller Erstaunen wahr, dass sich die hoheitliche Pose, die sie eben angenommen hatte, dadurch noch verstärkte. »Für einen Zeitraum von sechs Monaten wirst du als mein Gemahl und Beschützer gegen Lord Harwick oder andere auftreten, die mir ihren Willen aufdrängen wollen. Wenn du diese Aufgabe gut erfüllst, werden am Ende der Frist alle Bindungen an mich gelöst.«

Er brach kein einziges Mal den Blickkontakt zu ihr ab, während er spöttisch den Kopf neigte und ein verheißungsvoller Ton in seiner Stimme mitschwang, als er erwiderte: »Sei gewiss – wenn ich meinen Teil dieses Handels erfüllt habe, wird kein Mann, Ritter oder Lord, es auch nur wagen, unschickliche Gedanken in Bezug auf dich zu hegen, ohne gleichzeitig Angst vor den möglichen Konsequenzen zu haben. In meiner Obhut wirst du vollkommen sicher sein, das schwöre ich dir.«

Er meinte, wieder ein Flackern in ihren Augen bemerkt zu haben, als er diese letzten Worte sprach, und ganz deutlich nahm er wahr, wie sie die Lippen fester zusammenkniff. Trotzdem nickte sie ihm nur kurz zu.

Father Michael, Ben und Lady Blanche sagten nichts, doch

es war fast unmöglich, nicht die nachlassende Anspannung zu bemerken, die seiner Entscheidung folgte. Doch ehe einer auch nur erleichtert Atem holen konnte, wandte Alissende sich abrupt der Tür zu und drehte den Kopf noch einmal zu ihm um, als sie sie erreicht hatte. »Ein Dienstbote wird dich darüber in Kenntnis setzen, wenn ich das Gemach des Herrn vorbereitet habe, das dir nun von Rechts wegen zusteht. Bis dahin ist noch genug Zeit, um Erfrischungen kommen zu lassen, falls du das wünschst.«

Und damit war sie fort, verschwand einfach durch die Tür und überließ es ihm zu tun, was sie ihm vorgeschlagen hatte, oder es sein zu lassen.

Wäre er nicht wegen des eben Vorgefallenen so aufgewühlt gewesen, hätte er vielleicht vor widerwilliger Bewunderung gelächelt. Sie war wirklich einmalig. Da hatte sie doch tatsächlich von einem Moment zum anderen den Spieß einfach umgedreht. Mit ihrer ruhigen, bestimmten Art hatte sie in ihrem beginnenden Machtkampf das Heft wieder fest in die eigenen anmutigen Hände genommen.

Für den Moment zumindest.

Damien ließ den Anflug von Verärgerung zu, damit er die sanfteren und weit gefährlicheren Empfindungen vertrieb, die in ihm aufsteigen wollten, und blieb noch einen Augenblick stehen, ehe er sich umdrehte, den anderen kurz zunickte und seinen Blick dann auf die Tür richtete, durch die Alissende verschwunden war. Er knirschte fast mit den Zähnen, als er sich in Bewegung setzte, um ihr hinterherzugehen.

Er war kein Lord, aber genauso wenig ein Dienstbote, und sie hatte ihn gerade eben wie einen behandelt, indem sie die Zusammenkunft beendete, ohne sich auch nur zu verabschieden. Als er alt genug gewesen war, um eine Klinge zu führen oder sich auch nur mit den Fäusten Respekt zu verschaffen, hatte er einst geschworen, sich so etwas von niemandem gefallen zu lassen. Deshalb hatte er Blut und Wasser geschwitzt und sich immer zu Höchstleistungen angetrieben, egal was er anpackte.

Er hatte sich fast aus dem Nichts nach oben gearbeitet – er und sein Bruder Alex, die beide hervorragende Schwertkämpfer und schließlich ebenfalls beide Tempelritter des elitären inneren Kreises der Bruderschaft geworden waren. Das änderte jedoch nichts an der Tatsache, dass bürgerliches Blut durch seine Adern rann, und er wusste nur zu genau, welchen Preis er dafür in der Vergangenheit hatte zahlen müssen.

In dieser Welt musste man Zurückweisungen ertragen und sich brüskieren lassen, wenn man keine einflussreiche Familie mit langer Ahnenreihe vorweisen konnte. Daran ließ sich genauso wenig etwas ändern, wie er sich trotz dieser Farce einer Stellvertreterheirat nicht in den vornehmen Herrn einer Burg verwandeln konnte.

Es bedeutete jedoch nicht, dass ihm das gefallen musste.

Der Gedanke bohrte sich mit jedem Schritt, den er durch den dunklen Korridor ging, tiefer in ihn hinein. Und er bestärkte ihn in seinem Entschluss, alles zu tun, um seine Integrität, seine Ehre zurückzugewinnen – und auch seinen männlichen Stolz … zum Teufel mit den Vorschriften der Bruderschaft. Er würde mit der Umsetzung seines Vorhabens bei der Frau beginnen, der er gerade versprochen hatte, sie die nächsten sechs Monate zu beschützen … denn die arrogante, hoheitliche Lady Alissende schien nicht zu begreifen, dass er noch nicht mit ihr fertig war. Nein, noch nicht einmal ansatzweise.

Aber das würde sie ja nun bald selber herausfinden.

Irgendwie gelang es Alissende, auch nachdem sie Damien im Söller zurückgelassen hatte, Haltung zu bewahren. Trotzdem tobten in ihrem Innern immer noch widerstreitende Empfindungen. Vor allem war da Empörung. Doch sie schöpfte daraus auch eine gewisse Kraft, und deshalb klammerte sie sich daran.

Im Innern spürte sie immer noch den Schmerz, der durch das eben Vorgefallene ausgelöst worden war – durch die Erkenntnis, dass der Mann, den sie heute gesehen hatte, nicht mehr der Mann war, den sie einst geliebt hatte. Dieser Damien war abgestumpft und gefühllos. Gütiger Himmel! Er hatte ihr doch tatsächlich direkt in die Augen gesehen und so getan, als hätte es das zärtliche, herrliche Liebesspiel, das sie einst miteinander geteilt hatten, nie gegeben. Ihr Stolz hatte sie davon abgehalten, ihm zu widersprechen, doch trotzdem hatte es ihr einen Stich versetzt.

Während sie sich noch einmal die Augen wischte, war sie endlich dort angekommen, wohin sie gewollt hatte. Sie stieß die Tür auf und trat in den Raum, der früher das Privatgemach ihres verstorbenen Ehemannes, Godfrey Claremont, Earl of Denton, gewesen war. Die Läden vor den Fenstern waren seit seinem Tod geschlossen. Umhüllt von der düsteren Atmosphäre des Zimmers lehnte sie sich mit dem Rücken gegen die Wand und versuchte, ihre wild rasenden Gedanken zu beruhigen.

Als sich ihre Augen allmählich an das Dämmerlicht gewöhnt hatten, richtete sich ihr Blick auf das große, reich verzierte Bett. Der Anblick versetzte ihr einen Stich, und sie holte zitternd Luft. Sie war froh, in diesem Moment, da sie sich den Geistern ihrer Vergangenheit stellte, allein zu sein. Sie war zum ersten Mal seit fast einem Jahr wieder in diesem Zimmer, und obwohl sie gehofft hatte, dass mit der Zeit die Erinnerungen verblassen würden, stellte sie nun fest, dass hier immer noch alles von Godfrey zeugte. Die gründliche Reinigung des Zimmers und der Wechsel der Bettwäsche, der Vorhänge und Bettvorhänge, was sie einige Wochen vor ihrer Rückkehr nach Glenheim angeordnet hatte, war zwar in dieser Hinsicht hilfreich gewesen, doch die Bilder in ihrem Kopf waren deutlich wie ehedem.

Alissende kniff die Lippen zusammen, durchquerte das Gemach und zog die Vorhänge vor den Glasfenstern beiseite, die Godfrey in die bogenförmigen Fensteröffnungen hatte einbauen lassen. Das Glas war eine übertrieben kostspielige Ausgabe gewesen, doch Godfrey hatte nie etwas davon gehalten, sich etwas zu verweigern, was er haben wollte. In dieser Hinsicht war er Hugh sehr ähnlich gewesen. Das war einer der Charakterzüge, nahm Alissende an, der die beiden Männer zu Freunden hatte werden lassen ... und eine der gemeinsamen Eigenschaften, die dann wohl auch zu Godfreys Ableben beim Jagdausflug geführt hatte, den sie an jenem schicksalhaften Tag im letzten Sommer zusammen unternommen hatten.

Alissende trat vom Fenster zurück und betrachtete das Zimmer, welches vom Licht erhellt wurde, das durch die milchigen Scheiben fiel. Der Raum war zwar außerordentlich prächtig eingerichtet, doch Alissende hasste ihn mehr als jedes andere Zimmer in der Burg, und seit Godfreys Tod schlief sie in einem der Gästezimmer, das etwas weiter den Gang hinunter lag. Dies war das Gemach, in dem sie nach der von ihrem Vater arrangierten Hochzeit mit Godfrey ihre erste Nacht verbracht hatte ... in dem sie den schmerzhaften Vollzug der Ehe über sich hatte ergehen lassen müssen, der durch ihre Angst und sein unsensibles, trunkenes Herumtasten noch verschlimmert worden war.

Hinterher war sie erleichtert gewesen, dass er viel zu betrunken gewesen war, um irgendetwas zu bemerken, und nur nach seiner eigenen Erfüllung gesucht hatte. Die Blutflecken auf dem Laken, für die sie gesorgt hatte, indem sie sich mit ihrer

Sticknadel in die Fingerspitzen stach, hatten ihm am nächsten Morgen als Beweis für ihre Jungfräulichkeit genügt.

Doch das hatte nichts an den Tatsachen geändert … zumindest nicht für sie.

Denn die bittere Wahrheit war, dass sie ein Jahr vor ihrer katastrophalen Hochzeitsnacht Damien ihre Jungfräulichkeit geschenkt hatte. Im Laufe der folgenden Wochen hatte er ihr Stunden unvorstellbarer Wonnen verschafft. In jenen heimlichen, verstohlenen Momenten hatte sie die Kunst der Verführung gelernt, hatte mit ihm zusammen das Geben und Nehmen sinnlichen Verlangens erforscht. Sie hatte die atemberaubende Nähe genossen, die Art, wie Damien gekonnt und mit dem konzentrierten Eifer eines Künstlers, der mit geübtem Pinselstrich eine leere Leinwand mit einem Meisterwerk füllt, mit ihrem Körper spielte.

Ja, Damien hatte gelernt, sie allein schon durch das Hauchen ihres Namens zu erregen. Im Vergleich dazu konnte das, was sie mit Godfrey teilte, nur blass aussehen.

Daran hatte sich im Laufe der vier Jahre, die ihre Ehe andauerte, nichts verbessert. Nein, vielmehr war es mit jedem Monat schlimmer geworden, der verging, ohne dass sie Anzeichen einer Schwangerschaft zeigte. Godfrey war immer reizbarer und manchmal auch grausam geworden, denn wie alle ging auch er davon aus, dass die Frau die Schuld trug, wenn eine Ehe kinderlos blieb – noch ein Fluch, der auf die Sünden Evas zurückzuführen war.

Sie konnte immer noch das Gesicht ihres Gatten sehen, das rot vor Wut und Enttäuschung war, als er ihr ihr Versagen vorwarf. Wenn sie ihn nur mehr begehren würde, wenn sie nur alle anderen Gedanken beiseite schieben würde, sodass nur noch die Hoffnung auf Fruchtbarkeit bliebe, wenn er ihr beischlief, dann musste einfach irgendwann ein Baby in ihr wachsen. Denn Gott strafte sie für ihre Fehler mit einem unfruchtbaren Leib.

Und so hatte Godfrey im letzten Jahr vor seinem Ableben darauf bestanden, ihr jede Nacht beizuliegen. Nur während ihres Monatsflusses hatte er sie für eine Woche von ihren ehelichen Pflichten entbunden, und es war ihm egal, wie sehr ihr alles wehtat, weil er sie ständig gegen ihren Willen benutzte.

Es war schrecklich erniedrigend und schmerzhaft gewesen. Aber wie sehr sie den Mann, den sie bereitwillig und mit dem Segen ihrer Familie geheiratet hatte, auch verabscheuen mochte, so wusste sie doch, dass sie ihm eigentlich nichts vorwerfen konnte.

Er hatte recht gehabt.

Das brünstige Besteigen, aus dem das Liebesspiel in ihrem Ehebett bestand, hatte ihr nicht gefallen. Sie hatte ihn nicht begehrt. Oh ja, anfangs hatte sie eine gewisse Zuneigung zu Godfrey empfunden, und auf jeden Fall hatte sie versucht, ihre ehelichen Pflichten zu erfüllen. Doch Leidenschaft war nie ein Teil davon gewesen. Sie war nicht in der Lage gewesen, ihn zu lieben, denn sie liebte noch immer Damien de Ashby, so bitter das auch war. Er war ihre einzige und wahre Liebe – in der Vergangenheit und wohl auch in der Zukunft.

Jetzt war dieser Mann in ihr Leben zurückgekehrt, und er verachtete sie so sehr, wenn nicht noch mehr als Godfrey. Allerdings aus ganz anderen Gründen. Sie wollte das nicht. Sie wollte nie wieder diese Verachtung spüren. Sie hatte die Nase voll von Männern … ihren Forderungen, ihrem Verlangen und ihrem hochnäsigen Stolz. Darum hatte sie ins Kloster gehen wollen. Sie wollte den Rest ihres Lebens so verbringen, wie sie es für richtig hielt, und sich nicht mehr dem Willen von Leuten wie Hugh oder den anderen Lords bei Hofe unterwerfen, für die nur ihr Reichtum oder ihre verfluchte Schönheit zählten.

Sie presste die Lippen aufeinander und verdrängte die quälenden Erinnerungen, während sie zum nächsten Fenster ging. Sie riss den Vorhang herunter und wischte die dünne Staubschicht von der Scheibe, ehe sie zum Kamin trat, um Holz darin aufzuschichten, das später nur noch angezündet werden musste. Der Kamin schien gekehrt worden zu sein, doch aus einem bestimmten Winkel meinte sie an der rückwärtigen Wand noch ein verkohltes Stück Holz liegen zu sehen. Es war nur an dem Schatten zu erkennen, den es warf, und sie wusste nicht recht, ob es angesichts ihrer Kleidung klug wäre, das verkohlte Stück selbst zu entfernen, was notwendig war, ehe man das Feuer anzündete.

Die andere Möglichkeit bestand natürlich darin, einen der Dienstboten zu rufen. Doch das schien ihr unnötig. Sie musste nur aufpassen, nicht mit den Händen an ihr Kleid zu kommen, wenn sie fertig war; denn weiter schwierig war die Sache ja nicht. Ehe Alissende sich an die Arbeit machte, warf sie einen der Vorhänge auf den Boden, kniete sich darauf und beugte sich nach vorn in den Kamin, als sie einen Niesreiz verspürte. Doch ehe sie dem nachgeben konnte, vernahm sie ein Geräusch von der Tür her, und dann ertönte eine tiefe männliche Stimme, die ihr trotz der besten Absichten einen nicht vollkommen unangenehmen Schauer über den Rücken laufen ließ.

»Mir war nicht klar, dass es dir so ernst damit war, meiner Gesellschaft zu entkommen.«

Alissende schwang nach hinten auf die Füße und richtete sich dann auf, wobei sie sich in die Nase kniff, damit das Kribbeln aufhörte. Dann drehte sie sich zu Damien um.

Sie hoffte, dass der Blick, den sie auf ihn richtete, gelassen war, und sagte: »Wie ich dir schon im Söller mitgeteilt habe, wollte ich nur dein Zimmer vorbereiten. Es gibt keinen Grund, etwas anderes anzunehmen.«

»Ich bezog mich auf den Anblick, der sich mir bot, als ich hereinkam.« Er deutete mit dem Kinn auf den Kamin, und auf seinem Gesicht lag eine rätselhafte Mischung aus Spott und Erheiterung.

Alissende schluckte die Erwiderung, die ihr schon auf der Zunge gelegen hatte, herunter, als sie begriff, was er meinte und wie sie aus seinem Blickwinkel mit hochgerecktem Hinterteil und halb im Kamin verschwunden ausgesehen haben musste. Um ihre Verlegenheit zu überspielen, sah sie zum Kamin hinüber und hüstelte, während sie dem Drang widerstand, sich wieder die Nase zu reiben. Gütiger Himmel, wenn sie es nicht schaffte, sich so zu fühlen, als ob …

»Ich kann jedoch nicht behaupten, dass ich deine Haltung … reizlos fand.«

Alissendes Blick fuhr wieder zu ihm herum, und zu spät erkannte sie, dass Damien zu ihr getreten war, als sie weggeschaut hatte. Er stand jetzt weniger als eine Armeslänge von ihr entfernt, und ihr stockte der Atem. Sie zwang sich den Kopf zu heben, um ihm ins Gesicht zu sehen, damit er nicht etwa auf die Idee kam, sie durch seine Nähe einzuschüchtern.

Aber, heiliger Himmel, er sah sie mit solch schweigendem Ernst an. Nur dass da diese Hitze in seinem Blick war. Die Eindringlichkeit, mit der er sie musterte, war unmissverständlich und ließ ihren Unterleib auf angenehme Weise zucken. Er stand so dicht vor ihr, dass sie seine Wärme spüren konnte, und dann vermochte sie auch nicht zu widerstehen, seinen Duft einzuatmen – diese sinnliche Mischung aus purer Männlichkeit und warmem Leder mit einem Hauch von Nelke und Zitronengras, womit er gern sein Badewasser versetzte. Dieser Duft hatte eine verheerende Wirkung auf ihre Sinne und ließ die Erinnerungen wieder mit aller Macht in ihr aufsteigen, sodass die Beine unter ihr nachgegeben hätten, wenn sie sich nicht schnell an dem kleinen Tisch abgestützt hätte, der neben dem Kamin stand.

Auf keinen Fall wollte sie sich in die demütigende Situation bringen, nur unverständliches Zeug von sich zu geben oder ihm auf andere Art und Weise zu erkennen zu geben, welche Wirkung er auf sie hatte. Und so schwieg sie erst einmal, bis sie das Gefühl hatte, in der Lage zu sein, Worte in einer sinntragenden Reihenfolge hervorzubringen.

Sie hatte sich gerade wieder so weit unter Kontrolle, um zu einer passenden Erwiderung anzusetzen, als er plötzlich die rechte Hand an ihre Wange hob, sodass sie aufs Neue schockiert erstarrte. Seine schlanken, eleganten Finger glitten über ihren Kiefer, während er mit dem Daumen sanft auf Höhe ihres Mundwinkels über ihre Haut strich. Und immer noch sagte er nichts.

Das köstliche Gefühl, das er mit seiner Berührung auslöste, ließ ihr fast den Atem stocken, und obwohl sich alles in ihr dagegen sträubte, zwang sie sich dazu, den seligen Moment zu beenden, der mit einem deutlichen Schuldgefühl einherging. Die Frage, die sie hervorstieß und eigentlich schroff hatte klingen sollen, kam eher wie eine heisere Bitte daher. »Dürfte ich wissen, was du da eigentlich tust?«

Sein Mund verzog sich wieder zu diesem verführerischen Halblächeln, sodass sich ihr Bauch aufs Neue angenehm zusammenzog. Doch die Demütigung folgte auf dem Fuße, als er die Hand hob, mit der er sie so sanft berührt hatte, sodass sie den Ruß sehen konnte, den er mit seinem Daumen von ihrer Wange gewischt hatte.

»Oh …«

Auch der kleinste Hauch von Asche, der vielleicht noch auf ihrem Gesicht war, wurde bestimmt von flammender Röte überdeckt, wenn die Hitze, die sie in sich aufsteigen fühlte, ein Hinweis darauf war, welche Farbe ihre Haut angenommen hatte.

»Du solltest vorsichtiger sein.« Damiens Stimme klang etwas heiser, und Alissende verspürte einen Hauch von Befriedigung bei dem Gedanken, dass er vielleicht doch nicht so unbeteiligt war, wie er wirkte. »Fürs Feuermachen bist du nicht passend angezogen, und Ruß lässt sich nur schwer wieder entfernen, wenn er sich erst einmal auf feiner Seide festgesetzt hat.«

»Ich wusste gar nicht, dass du dich mit weiblicher Mode so gut auskennst«, meinte sie schnodderig. Es war ihr verzweifelter Versuch, für etwas Abstand zwischen ihnen zu sorgen.

Damiens Reaktion war kaum wahrnehmbar, aber trotzdem merkte sie, dass die kleine Spitze ihn getroffen hatte. Unwillkürlich stieg leichte Reue in ihr auf, weil sie ihn verspottet hatte, doch als er antwortete, schwand jeglicher Anflug von Bedauern.

»Ich habe viel über Stoffe, unterschiedliche Qualitäten und ihren Wert gelernt, als ich im Heiligen Land lebte und reiste, und später auch auf Zypern«, erklärte er mit leiser Stimme, während seine Miene jetzt strenger wirkte. »Doch alles, was ich über komplizierte weibliche Kleidung weiß – wie sich ein Seidenkleid anfühlt, wenn man es öffnet zum Beispiel – habe ich von dir gelernt, meine Liebe.«

Die Bemerkung versetzte ihr einerseits einen Stich, entfesselte auf der anderen Seite aber auch etwas anderes, etwas, das sie auf eine Weise an ihn band, die sie nie bei einem anderen Mann finden würde. Aber es spielte keine Rolle. Kühl kalkulierte und praktische Erwägungen hatten sie zusammengeführt, und da war kein Raum für gefühlsduselige Empfindungen.

Alissende warf ihm einen finsteren Blick zu und versuchte, an ihm vorbeizugehen; denn sie wollte den Raum verlassen, ehe sie noch etwas sagte, was die Situation nur verschlimmern würde. Doch er trat ihr in den Weg, sodass sie gezwungen war, etwas zu sagen. Allerdings klang sie jetzt deutlich verärgert.

»Lass mich vorbei.«

»Nein. Wir müssen über eine Sache reden, ehe du wieder davonläufst.«

»Ich laufe nicht davon – und ich wüsste nicht, worüber wir noch zu reden hätten. Du hast deine Bedingungen sehr deutlich vorgebracht«, erwiderte sie. Sie litt immer noch unter dem, was heute vorgefallen war.

»Aber jetzt geht es um etwas, das du gerade erst gesagt hast, als du erklärtest, du wärst hergekommen, um ›mein‹ Zimmer vorzubereiten.«

»Ja.« Alissende runzelte die Stirn. »Und es stimmt, was ich gesagt habe. Nachdem ich das nun erledigt habe, werde ich einen Diener rufen, damit er sich noch um ein paar Kleinigkeiten kümmert. Danach kannst du deine Sachen herbringen und dich einrichten. Bis zum Abend solltest du fertig sein.«

Er gab einen wütenden Laut von sich. »Da … du hast es schon wieder getan.«

»Was getan?«

»Du redest so, als ob ich dieses Zimmer allein bewohnen würde. Ich nehme doch an, dir ist bewusst, dass solch ein Arrangement unpassend wäre.«

Seine Worte lösten einen wahren Tumult in ihrem Innern aus, und sie musterte ihn scharf, während sie sich auf eine Auseinandersetzung einstellte. »Das ist überhaupt nicht unpassend. Ich bin es gewohnt, in einem der Gästezimmer zu schlafen, und ich habe vor, dies für die Dauer unserer Vereinbarung weiter so zu handhaben.«

Er stand ungerührt vor ihr; ein goldener Krieger, groß, kräftig und atemberaubend gut aussehend in seiner Sturheit. Wieder spürte sie ein warnendes Kribbeln ihren Rücken nach oben wandern, und es ging mit der Angst einher, dass sie vielleicht keine Möglichkeit fände, sich ihm zu widersetzen. Deshalb fühlte sie sich genötigt, noch hinzuzufügen: »Du kannst doch auch nichts anderes von mir erwarten, Damien, denn du warst doch derjenige, der auf Enthaltsamkeit für die Dauer unserer Beziehung bestand.«

»Das habe ich – und das sollte gewürdigt werden«, erwiderte er grob, während er sie mit seinen strahlend blauen Augen durchdringend ansah. »Trotzdem müssen wir ein Zimmer miteinander teilen, um den Anschein zu wahren, dass wir auch wirklich wie Mann und Frau zusammenleben.«

Alissende spürte, wie leichtes Entsetzen in ihr aufkam, und die lustvollen Empfindungen, die sie bisher zurückgedrängt hatte, flammten wieder auf. Oh Gott, wie grausam von ihm, darauf zu bestehen. Grausam überhaupt zu fordern, dass sie das Zimmer mit ihm teilte, nach allem, was sie vor langer Zeit einander bedeutet hatten. Das konnte sie nicht zulassen. »Warum?«, stieß sie mühsam hervor.

Damien atmete geräuschvoll aus und wandte einen Moment lang den Blick ab, ehe er sie wieder anschaute. »Du bist in letzter Zeit häufiger bei Hofe gewesen als ich, Alissende. Hat sich dort in den Jahren, die ich fort war, so viel geändert?«

»Nein, dort ist alles beim Alten«, antwortete sie zögernd.

»Dann weißt du ja auch, dass Klatsch und Tratsch ein Lebenselixier für den Hof ist.«

»Mag sein. Aber ich verstehe nicht, was das damit zu tun haben soll, wo ich nachts schlafe.«

»Du hast doch wohl nicht vergessen, dass wir irgendwann King Edwards Hof aufsuchen werden«, erklärte Damien, »und damit auch die Dienstboten, die uns begleiten. Und dir ist doch wohl klar, dass auch nur der Hauch eines Skandals, der sich hier zwischen uns abzeichnet, den edlen Damen und Herren dort sofort zu Ohren kommen wird – also auch Hugh de Valles oder gar dem König selbst.«

Das war nicht von der Hand zu weisen, trotzdem hallte jedes seiner Worte wie eine Sterbeglocke in ihr wider. Der Schmerz in ihrem Herzen schwoll immer mehr an, bis er kaum noch zu ertragen war, und sie musste den Blick abwenden, während er seine ach so vernünftig klingenden Argumente vorbrachte. »Ich kann dir nur dann vollen Schutz gewähren, wenn alle denken, dass alles so ist, wie es bei einem frisch verheirateten Paar sein sollte.«

Immer noch war sie nicht in der Lage, ihn anzusehen oder ihm zu antworten.

Da griff er nach ihrer Hand und erstaunte sie damit so sehr, dass sie ihn wieder anschaute und sah, wie seine Augen vor unterdrückten Empfindungen loderten. »Wenn du mich mit dieser Vereinbarung, die wir getroffen haben, dazu bringst zu sündigen, dann musst du auch bereit sein, alles zu tun, was nötig ist, um das durchzustehen! Wir müssen nachts im selben Zimmer schlafen, ob nun hier oder bei Hofe oder überall anders, wo wir vielleicht gerade sind. Wir haben keine andere Wahl.«

Seine Stimme klang ganz heiser bei seinen letzten Worten, und Alissende erkannte plötzlich, dass ihm die Vorstellung genauso viel Angst einjagte wie ihr – ausgerechnet mit ihr das Zimmer zu teilen, wäre für ihn wohl eher ein Fluch, denn die lang erwartete Gelegenheit, sie zu verletzen.

Ja, er wollte das alles nicht.

Doch im tiefsten Innern wusste sie, dass Damien ein Mann mit Prinzipien war. Er hatte versprochen, sie als ihr Ehemann die nächsten sechs Monate zu beschützen, und er war fest entschlossen, sein Wort um jeden Preis zu halten.

Und die Ehre gebot, dass sie das Gleiche tat.

Aller Kampfeswille schien sie zu verlassen, als ihr das bewusst wurde, sodass sie sich leerer und erschöpfter denn je fühlte. Sanft entzog sie ihm ihre Hand und schaute einen Moment lang zu Boden, ehe sie wieder den Blick hob und versuchte, Stärke zu zeigen. »Na gut, Damien, ich stimme dir zu und werde dafür sorgen, dass alle meine Sachen noch vor dem Abend in dieses Zimmer gebracht werden.«

Das steife Nicken, mit dem er ihre Zustimmung quittierte, wurde durch seine strenge Miene noch verstärkt.

»Das ist dann alles?«, fragte sie. Es fiel ihr schwerer denn je, gerade nachdem solche intimen Einzelheiten besprochen worden waren, Haltung zu bewahren.

»Ja, Alissende, das ist alles. Zumindest im Moment.«

Sie spürte wieder, wie sich ihr Bauch leicht zusammenzog. Das beunruhigte sie jetzt noch mehr als beim ersten Mal; denn jetzt spürte sie die Last ihrer Vereinbarung auf sich ruhen. Nach einem letzten angespannten Zögern nickte sie. »Dann komme ich in einer Stunde noch einmal wieder, damit wir die Einzelheiten der Zeremonie durchsprechen können, die wir heute Nachmittag abhalten müssen.«

Dann trat sie an ihm vorbei und verließ entschlossenen Schritts das Zimmer – denn sie wusste, dass sie sonst vielleicht etwas tun würde, was sie sich nie vergeben würde, wenn sie auch nur einen Augenblick länger blieb.

Denn sie hätte nichts lieber getan, als das Gesicht in den Händen zu vergraben und zu weinen.

Damien beobachtete, wie sich die Tür leise hinter ihr schloss, ehe er das erste Mal wieder richtig ausatmete, seit er in dieses Zimmer getreten war. Wenn da noch irgendetwas an dem leeren, dunklen Ort gewesen wäre, wo einst sein Glaube an Gott gewohnt hatte, wäre er jetzt auf die Knie gesunken und hätte um die Kraft gebetet, das hier durchzustehen. Doch so gab es nichts als Leere und die furchtbar schmerzende Erkenntnis, dass Gott nicht da war. Und es war ihm bewusster denn je, dass er diese Tortur – genau wie damals die Folter durch die Inquisition – allein durchstehen musste.

Und was für eine Tortur es werden würde! Die Vereinbarung, die er mit Alissende getroffen hatte, stellte eine Prüfung dar, wie er sie noch nie erlebt hatte. Zarte Fesseln, die ihn von allen Seiten umfingen. Durch sein Wort war er gebunden, sie zu beschützen, und das bedeutete, dass sein Gebot, ein gemeinsames Zimmer zu benutzen, aufrechterhalten werden musste. Gleichzeitig war er jedoch auch durch seine quälenden Sehnsüchte gebunden – verhöhnt von einem Verlangen, dem er keinen Platz mehr in seinem Leben einräumte, und das ihn mahnte, sich so weit wie möglich von ihr fernzuhalten.

Das ist nur das fleischliche Verlangen eines Mannes, der zu lange die Wärme einer Frau entbehrt hat. Diesen Satz wiederholte er immer wieder im Stillen. Er musste einfach nur sein Begehren unter Kontrolle halten, wie er es auch während der Jahre der Enthaltsamkeit in der Bruderschaft der Templer getan hatte, und alles wäre gut.

Aber gütiger Himmel! Er würde mit Alissende das Zimmer, das Bett teilen ... mit der Frau, die seine ganz persönliche Versuchung darstellte. Er durfte es nicht riskieren, dass sie die vernarbte, gequälte Hülle des Mannes, der er heute war, mit dem perfekten Liebhaber und edlen Ritter von einst verglich.

Er durfte nicht riskieren, dass sie ein Kind von ihm empfing.

Und so sicher wie die Hölle für die Schlechten brannte, würde er es nicht riskieren, sich in sie zu verlieben. Nein, er würde sich nie wieder in jemanden verlieben – und ganz besonders nicht in sie, die sein Herz in Händen gehalten und es dann vor fünf Jahren so unbekümmert zerbrochen hatte, sodass nichts mehr davon übrig geblieben war.

Er stieß ein ersticktes Stöhnen aus, als er ein paar Schritte zu einem reich mit Schnitzereien verzierten Stuhl, der in der Ecke stand, tat und sich darauf sinken ließ. Er hatte versucht, die wild wirbelnden Gedanken in seinem Kopf zum Stillstand zu bringen. Doch trotz aller Warnungen, die ihm durch den Kopf schwirrten, gaukelten ihm seine Gedanken bereits quälende Bilder und erbarmungslose Fantasien vor. Ihm gelang ein klägliches Kopfschütteln, und obwohl sein Hals wie zugeschnürt war, konnte er sogar ein etwas rostig klingendes Lachen ausstoßen.

Nur die Zeit würde zeigen, wie dumm es wohl gewesen war, darauf zu beharren, dieses Zimmer mit Alissende zu teilen, und wie lange er die Kraft finden würde, dem Drang zu widerstehen, sie anzufassen … wie lange sie die Liebenden spielen konnten, bis er sie wieder zu der Seinen machte.

Er gelangte zu der Einsicht, dass er wohl der unbesonnenste, verrückteste und leichtsinnigste Mensch der ganzen Christenheit war.

Worauf, in drei Teufels Namen, habe ich mich da eingelassen? Die spöttische Stimme in seinem Kopf hörte nicht auf zu reden, bis Damien schließlich wieder den Kopf schüttelte, die Augen schloss und das Gesicht in den Händen vergrub. Denn die traurige Wahrheit war: Er hatte nicht den blassesten Schimmer.

Überhaupt keinen.

Kapitel 4

Fast drei Stunden später ging Alissende durch die große Halle und versuchte, Interesse für das Treiben um sie herum aufzubringen, während Diener ungefähr zwei Dutzend Tische aufstellten und für die Feier vorbereiteten, die nach der vorgetäuschten Hochzeitszeremonie stattfinden sollte. Einer der Servierjungen entfaltete ein langes, rechteckiges Stück Tuch, um es mit Schwung über den Tisch neben ihr zu werfen, damit sich keine Falten bildeten, während es sich über die Platte breitete. Dabei stieg der saubere Duft von Lavendel auf, der zwischen den Tüchern gelegen hatte.

Sie beobachtete ihn und die anderen Dienstboten bei der Arbeit, um nicht die ganze Zeit daran zu denken, was sie und Damien vorhatten … sie versuchte zu vergessen, dass sie bald seinen Arm würde nehmen müssen, um mit ihm in aller Öffentlichkeit von der Burg zur Steinkirche im Dorf zu gehen. Und obwohl es eigentlich Sitte war, das Gelübde auf den Stufen vor der Kirche im Beisein der Dorfbewohner und der Bediensteten der Burg abzulegen, würden sie sich ins Innere der Kirche zurückziehen und die Türen hinter sich schließen. Ihr Cousin Michael erklärte, er werde jedem, mit dem er sprach, sagen, dies werde aus Rücksicht auf Damien so gehandhabt, weil dieser, nachdem er jahrelang in der Bruderschaft der Templer gedient hatte, das Bedürfnis nach innerer Einkehr und Beichte bekundet habe, ehe er sein Gelübde ablegen wollte.

Diese Erklärung schien allgemein angenommen worden zu sein, und so hatte Alissende sich in ihr ehemaliges Zimmer im Gästeflügel zurückgezogen, um mit den Vorbereitungen auf die Hochzeit anzufangen, auf denen ihre Mutter bestanden hatte. Lady Blanche hatte betont, dass es keine Rolle spiele, dass es nur dem äußeren Anschein nach eine Hochzeit war. Es müsse alles echt wirken, und so hatte Alissende sich baden und parfümieren und das lange, dunkle Haar bürsten lassen, bis es glänzte, ehe es mit juwelenbesetzten Nadeln hochgesteckt und mit Blumen geschmückt wurde.

Dann hatte sie klaglos das herrliche rosafarbene Kleid übergestreift, welches ihre Mutter aus einer Kleidertruhe hervorgezaubert hatte. Der dazugehörige Gürtel saß tief auf der Hüfte und war mit den gleichen Edelsteinen besetzt, die auch den Stirnreif zierten. Gewand und Schmuck hielten fraglos mit allem mit, was eine Edeldame an ihrem tatsächlichen Hochzeitstag tragen würde.

Die vollkommene Täuschung.

Aber nichts würde passieren, wenn Damien sich nicht bald bequemte aufzutauchen.

»Versuch, ruhig zu stehen, Alissende«, murmelte Lady Blanche hinter ihr. »Du trittst sonst noch die ganzen Binsen platt oder ziehst unerwünschte Aufmerksamkeit auf dich – und unerwünschtes Gerede rufst du damit vielleicht auch noch hervor.«

Alissende gab sich zwar den Anschein äußerlicher Ruhe, doch in ihrem Innern kochte sie bereits vor Wut. Allerdings richtete sich diese nicht gegen ihre Mutter. Lady Blanche war wie immer eine sanfte Stütze in Zeiten der Not und ein Quell uneingeschränkter Liebe. Nein, es war die Erbitterung über alles andere, über das Gerede, das sie so sorgfältig vermeiden musste, was ihren Zorn hervorrief. Ihr ganzes Leben lang hatte sie sich wegen solcher Dinge Sorgen machen müssen, und es hatte sie viel gekostet.

»Ach, mein Liebes«, fuhr ihre Mutter fort und trat nah genug heran, um ihr in die Augen schauen zu können und ihr mit den Fingern sanft über die Wange zu streichen. »Ich weiß, wie schwer das alles ist, aber du musst an das Gute daran denken. An den Schutz, den du bekommst, wenn du diese Formalität über dich ergehen lässt.«

Alissende konnte nicht sprechen, so groß war der Kloß in ihrem Hals. Aber sie versuchte zu nicken. Lady Blanche wirkte schwer betroffen, als sie sah, wie ihre Tochter mit sich kämpfte, und sie gab einen leisen mitfühlenden Laut von sich, ehe sie flüsternd hinzufügte: »Keine Angst, *ma fille.* Es ist nur für kurze Zeit, und dann werden wir eine Möglichkeit finden, ein für alle Mal für deine Sicherheit zu sorgen. Das schwöre ich.«

Heiße Tränen stiegen Alissende in die Augen, und ihr Hals schien sich angesichts der überwältigenden Gefühle, die diese unschuldigen Worte in ihr hervorriefen, noch mehr zuzuschnüren. Ihre Mutter sorgte sich so sehr um sie. Aber sie konnte nicht wissen ... oh Gott, sie wusste nicht die ganze Wahrheit. Sie wusste nicht, was damals zwischen ihr und Damien gewesen war oder später mit Godfrey, oder auch nur ansatzweise, was jetzt in ihr vorging ... denn Alissende hatte es ihr nie erzählt. Was Lady Blanche selber herausgefunden hatte, war schon fast mehr gewesen, als sie ertragen konnte, und Alissende hatte ihre Mutter nicht noch mehr belasten wollen. Das bedeutete jedoch nicht, dass sie die Liebe, die ihr so freigiebig geschenkt wurde, nicht zu schätzen wusste.

Sie griff nach der Hand ihrer Mutter, zog sie in ihre Arme und küsste sie auf die Wange, wobei sie versuchte, die Tränen hinter einem Lächeln zu verstecken. »Schon gut, *Mère.* Mach dir bitte keine Sorgen um mich. Was sein muss, muss sein, und ich verspreche, stark zu bleiben und keinem Anlass zur Vermutung zu geben, dass irgendetwas nicht in Ordnung wäre mit der Verbindung, die ich gerade eingehe.«

Alissende spürte, wie ihre Mutter nickte, und seufzte an ihrer Wange. Sie genoss die Wärme und Geborgenheit der tröstenden Umarmung, während sie die Augen schloss und endlich entspannt ausatmete. Dieser friedliche Moment gab ihr die Kraft, sich für die bevorstehenden Ereignisse zu wappnen. Doch im nächsten Augenblick merkte sie, dass ihre Mutter ganz steif wurde. Alissende, die der plötzliche Wandel beunruhigte, lehnte sich zurück, um ihr Gesicht zu mustern.

»*Mère,* was ist dir?«, fragte sie mit gerunzelter Stirn.

Die normalerweise so beherrschte Lady Blanche wirkte überrascht. Alissende drehte sich um, weil sie wissen wollte, was ihre Mutter derart aus der Fassung gebracht hatte. Der Anblick, der sich ihr bot, ließ ihr den Atem stocken.

Es war Damien, der sich ihnen von der gegenüberliegenden Seite der großen Halle näherte – doch nicht der Damien, der noch vor wenigen Stunden in seiner Reisekleidung und mit Staub bedeckt im Söller vor ihnen gestanden hatte. Nein, der Mann, der gerade die Treppe heruntergekommen war, raubte ihr den Atem. Wie früher bot er ein Bild der Vollkommenheit an Antlitz und Gestalt ... doch darüber hinaus schien nun auch die Kleidung wie für ihn gemacht. Sie war so gut geschnitten und von so kostbarem Material, dass sie auch dem edelsten Lord bei Hofe wohl angestanden hätte.

Sie schätzte, dass die bestickte Tunika den Lohn von mehreren Monaten eines einfachen Ritters gekostet haben und auch für einen ehemaligen Templer, der sich der Armut verschrieben und die letzten neun Monate in Gefangenschaft verbracht hatte, eigentlich unerschwinglich sein musste. Wie er an ein so elegantes und teures Gewand gekommen war, stellte ein Rätsel dar, welches sie auf jeden Fall ergründen wollte. Sie stand immer noch unter der Wirkung seiner atemberaubenden Erscheinung, als er vor sie trat und seine bis eben noch ausdruckslose Miene einem leichten Stirnrunzeln wich.

»Stimmt irgendetwas nicht?«, fragte er leise und sah dabei so besorgt aus, dass sie wohl versucht hätte, ihn zu beruhigen, wäre er ein anderer gewesen. Doch so schaffte sie es nur, die seltsamen Empfindungen, die seine Ankunft ausgelöst hatte, zu unterdrücken und ein bisschen zittrig den Kopf zu schütteln.

»Nein. Ich hatte nur nicht erwartet, dass du so kostbare Gewänder mitgebracht hast.«

»Habe ich auch nicht. Deine Mutter war so freundlich, sie mir zur Verfügung zu stellen.« Sein durchdringender Blick richtete sich für einen kurzen Moment auf Lady Blanche. »Das stimmt doch, Mylady?«

Alissende wusste, dass ihre Mutter viel zu erfahren auf dem schwierigen gesellschaftlichen Parkett bei Hofe war, um sich von einer solchen Herausforderung in Verlegenheit bringen zu lassen, und beobachtete, wie Lady Blanche gelassen mit der ihr eigenen Anmut und Sicherheit reagierte. »Das ist richtig, Sir. Betrachtet bitte dieses Gewand und alle anderen, die mit Fra Benedictus' Hilfe vor Eurer Ankunft für Euch angefertigt wurden, als mein Geschenk, welches ich Euch aus Dankbarkeit dafür mache, dass Ihr für meine Tochter eintretet. Ich hoffe, dass Ihr es nicht ablehnt, da es doch meine Annahme offenbart, Ihr würdet helfen, ehe Ihr Euch dazu bereit erklärtet.«

Damien schwieg und stand so unbeweglich da, dass Alissende sich unwillkürlich fragte, ob sie nicht vielleicht Stein berühren würde statt warmer Haut, sollte sie es wagen, ihn in diesem Moment zu berühren. Doch im nächsten Augenblick nickte er und bedachte ihre Mutter mit einer leichten Verbeugung, wobei seine Miene immer noch streng, aber nicht mehr ganz so angespannt wirkte. »In Anbetracht meiner gegenwärtigen Situation liegt es mir fern, dieses Geschenk abzulehnen. Ich schulde Euch eher meine Ehrerbietung, weil Ihr so viel Weitblick bewiesen habt. Danke.«

Bei diesen Worten stieg Lady Blanche eine leichte Röte in die Wangen … vielleicht wegen der Ernsthaftigkeit in Damiens Stimme, die auch in Alissende eine Saite anschlug. Sie erinnerte sich plötzlich wieder an seine entwaffnende Ehrlichkeit. Er schien diesen für ihn charakteristischen Zug nicht verloren zu haben, und sie konnte ein angenehmes Schaudern bei diesem Gedanken nicht ganz unterdrücken.

Ihre Versunkenheit wurde abrupt beendet, als er ihr seinen Arm bot. »Sollen wir uns jetzt dem zuwenden, was zu tun ist, Mylady?«

Sie nickte stumm, schob ihre Hand in seine Armbeuge und versuchte den Gedanken an die festen Muskeln, die sich unter ihren Fingern bewegten, zu verdrängen. Sie machten sich auf den Weg zur Kirche, wofür sie die Halle durchquerten, durch die Tür gingen und den Burggrund verließen, um sich zum größeren Gotteshaus im Dorf zu begeben.

Überall, wo sie auftauchten, schien sich das eben noch rege Treiben zu verlangsamen; Diener, Leibeigene und Freie, Männer, Frauen und Kinder – alle schienen mitten in der Verrichtung ihrer Tätigkeiten innezuhalten. Viele richteten sich auf und drehten sich zu ihnen um, um zu beobachten, wie sie durchs Dorf gingen. Andere schlossen sich dem stetig wachsenden Tross an und bildeten eine Art Hochzeitszug. Alissende musste alle Kraft aufbieten, um eine unbewegte Miene zu zeigen … und das Kinn während dieser schmerzhaften Scharade hochzuhalten.

Damien sagte kein einziges Wort, und als sie ihm einen kurzen Blick zuwarf, sah sie, dass auf seinem Gesicht fast der gleiche Ausdruck lag wie der, um den sie sich bemühte: gelassene Selbstbeherrschung. Doch unwillkürlich fragte sie sich, ob unter der Oberfläche bei ihm ähnliche Empfindungen tobten.

Ein paar Augenblicke später befand sie, dass er es weit besser verbergen konnte als sie, wenn er tatsächlich unter irgendwelchen schmerzhaften Stichen litt. Zweimal geriet sie auf dem Weg ins Straucheln, sodass er gezwungen war, den anderen Arm auszustrecken, damit sie nicht stürzte. Beide Male gab er keinen Ton von sich, während er ihr half, das Gleichgewicht wiederzufinden. Doch sie sah den Muskel an seinem Kiefer zucken, als würde er die Zähne zusammenbeißen, um etwas zu unterdrücken, was in ihm arbeitete.

Sie nahm an, dass wahrscheinlich seine fortgesetzte Feindseligkeit, weil man ihn zu diesem Handel gezwungen hatte, der Grund dafür war. Er war nicht mehr der Mann, den sie früher einmal geliebt hatte. Nein, dieser Fremde an ihrer Seite war nur ein dunkler Schatten jenes goldenen Ritters von einst. Dieser Gedanke gab ihr die Kraft, auch das restliche Stück des Weges durchzuhalten. Außerdem klammerte sie sich an ihren eigenen Groll, während sie vergangene Sehnsüchte und Bedauern verdrängte, um ein gewisses Maß an Ruhe zu finden, welches ihr helfen würde, auch den Rest dieser quälenden Farce zu überstehen.

Es kam ihr wie eine Ewigkeit vor, bis sie die Kirche erreichten. Damien drehte sich halb um und bedachte die vereinzelten Jubelrufe aus dem Hochzeitszug mit einem kaum wahrnehmbaren Kopfnicken, bevor er sie durch die Kirchentür führte. Sie tat drei Schritte, ehe sie im Dämmerlicht im Innern der Kirche stehen blieb. Am Altar sah sie Michael mit Fra Benedictus an seiner Seite stehen und auf sie warten.

Beide schauten ihnen ernst entgegen, und sie hatte plötzlich das Gefühl, als trete sie aus ihrem Körper und betrachtete das Geschehen vom Rande aus, als hätte sie mit dem allen gar nichts zu tun. Sie atmete den rauchigen, süßen Duft von Weihrauch und Bienenwachskerzen ein und spürte, wie sich die kühle Luft im Innern der Kirche wie zarte Gaze um sie legte.

Doch im nächsten Augenblick berührte Damien sie schon am Ellbogen. Mit festem Griff führte er sie unerbittlich nach vorn. Und dann schlossen sich die beiden Flügel der Tür hinter ihnen, sodass sie von der Menschenmenge draußen nicht mehr gesehen werden konnten …

Und damit nahm der erste Teil ihrer Täuschung in heiliger Stille seinen Lauf.

Damien wusste nicht, wie viel mehr er noch ertragen könnte.

Es hatte am Nachmittag mit dem vorgetäuschten Gelübde angefangen und seitdem nicht mehr aufgehört. Nachdem er Alissende zum Altar in der Dorfkirche geführt hatte, war er zur Seite getreten und hatte nur, in schmerzliches Schweigen gehüllt, zusehen können, wie sie sich hinkniete und betete. Zu spät hatte er erkannt, dass jeder Moment, den er an diesem geweihten Ort verbrachte, ihm nur stärker zu Bewusstsein bringen würde, dass er seinen Glauben verloren hatte.

Ben hatte ihm Trost spenden wollen, doch das hatte die bittere Wahrheit nicht verdrängen können. Als Father Michael ihm einen düsteren Blick zuwarf, hatte sich Damiens Mund vor unterdrücktem Zorn verzogen, denn er wusste, dass der Priester von ihm erwartete, dass er zumindest die Gebetshaltung einnahm. Er hatte sich geweigert. Es würde in den kommenden Tagen noch unendlich viele Gelegenheiten für derartige Verstellungen geben, wenn er unter dem Gewicht strenger Blicke lebte, die jede seiner Bewegungen beobachteten.

Aber das war noch nicht das Schlimmste gewesen.

Während sie sich innerhalb der schützenden Mauern der Kirche befanden, war ihm der krasse Gegensatz zwischen dieser vorgetäuschten Trauung und dem, was er sich vor fünf Jahren mit Alissende erhofft hatte, bewusst geworden. Er hatte gemerkt, wie er sie mit einem Brennen in der Brust beobachtete, während sie betete. Schließlich hatte sie sich wieder erhoben und war zusammen mit ihm vor den Altar getreten.

Father Michael nutzte die restliche Zeit, um sie noch einmal daran zu erinnern, wie wichtig es war, alle davon zu überzeugen, dass sie eine Liebesverbindung eingegangen wären und es sich nicht um den selbstsüchtigen Versuch handelte, dem König ungehorsam zu sein. In den Reihen der Burgwache, die jetzt unter Damiens Befehl stand, kursierten bereits Gerüchte. Es hatte also absoluten Vorrang, jedes Gerede hier auf Glenheim im Keim zu ersticken, ehe sie an den Königshof reisten.

Diese Neuigkeit war zwar unangenehm, kam aber nicht ganz unerwartet. Damien hatte sich alles schweigend angehört. Auch Alissende hatte nichts gesagt, doch ihr Gesicht war noch blasser geworden, als es ohnehin schon gewesen war.

Danach hatte die Hochzeitsfeier stattgefunden.

Sie hatten dicht nebeneinander in der großen Halle sitzen und aller Welt das glückliche, frisch vermählte Paar vorspielen müssen. Damien hatte das Gefühl gehabt, verrückt zu werden. Es war fast eine Folterqual, so dicht neben jener Frau zu sitzen, der einst all sein Sehnen gegolten hatte. Einer Frau, von der alle annahmen, sie wäre seine Gemahlin, bei der es jedoch in Wirklichkeit die Ehre verbot, sie so zu berühren, wie es zwischen Mann und Frau eigentlich normal war. Und das alles, nachdem er sie früher schon so viele Male auf diese Weise berührt hatte, ehe sie ihm das Herz durch ihren Verrat gebrochen hatte.

Die Erbitterung, als er sich das noch einmal in Erinnerung rief, machte ihm schwer zu schaffen. Er wandte sich seinem gerade aufgefüllten Weinkelch zu, leerte ihn mit einem Zug und winkte den Servierjungen zu sich, damit dieser ihm nachschenkte. Im Laufe der letzten drei Stunden hatte sich alles intensiviert. Als würde er jede Nuance von Alissendes Körper deutlicher wahrnehmen – er bemerkte jeden Atemzug, den sie tat, spürte, wie ihr Ärmel federleicht über seinen Arm strich, während sie aßen, und nahm jedes Mal die leichte Bewegung ihres Kopfes wahr, wenn sie sich jemandem zuwandte, der sie ansprach.

Er nahm ihren leichten Duft wahr, von dem er aus quälender Erinnerung wusste, dass sie ihn immer auf die zarte Haut auf der Innenseite ihrer Handgelenke und an der köstlichen kleinen Mulde an ihrer Halsbeuge auftrug … und an noch anderen versteckten Stellen …

Der Gedanke hatte ihn nicht losgelassen, allein die Vorstellung hatte ihn fast verrückt gemacht, wenn ihr Duft sich jedes Mal wie ein Zauberschleier um ihn legte, wenn sie ihren Kelch hob, um den Toast eines Gratulanten zu erwidern. Unter Aufbietung aller Kraft hatte er es geschafft, sie nicht an sich zu ziehen und ihr zu zeigen, welche Leidenschaft sie in ihm entfachte, eine Leidenschaft, die alles Gerede zum Schweigen gebracht hätte.

Seine Nerven hatten blank gelegen, und sein Körper war durch die ständige Nähe von Erregung erfüllt, für die er keine Erleichterung fand. Wenn das Schicksal nicht mit Ablenkungen von außen eingegriffen hätte, wäre er nicht in der Lage gewesen, vom Tisch abzurücken und nach draußen an die frische Luft zu gehen, um wieder einen klaren Kopf zu bekommen. Aber wie es aussah, hatte der Alltag eingegriffen und ihn mehr oder minder gerettet. Vor einer Weile hatten die Tischreden begonnen, zwischen denen man nur ab und zu einen Bissen von den vielfältigen Köstlichkeiten zu sich nehmen konnte, die für die Feier vorbereitet worden waren.

Er hatte Sir Reynald Fitzgibbon, den Hauptmann der Burgwache von Glenheim, kennengelernt sowie weitere sechzig Mann, die ab jetzt unter seinem Befehl standen. Keiner hatte ein despektierliches Verhalten an den Tag gelegt oder einen Verdacht geäußert, wofür er im Stillen dankbar gewesen war. Er war mit verhalten guter Laune von Händlern und anderen Leuten aus dem Dorf begrüßt worden: so von einer Schneiderin und ihrer Tochter, einem Fuhrmann, dem Müller, der sowohl die Bewohner Glenheims als auch die des Nachbardorfes versorgte, einem Weber, einem Zimmermannsmeister, dem Schmied und einer Schankwirtin.

Die damit einhergehende Unruhe hatte ihm geholfen, auf andere Gedanken zu kommen, ebenso wie Alissendes Entschluss vor ein paar Augenblicken aufzustehen und sich unter die Leute zu mischen, um sich für deren Kommen zu bedanken.

Ja, dachte er voller Bedauern – es half, wenn etwas Abstand zwischen ihnen war … solange er es schaffte, nicht jede ihrer anmutigen Bewegungen zu beobachten und ihr ständig wie ein Raubtier mit dem Blick zu folgen. Das schien fast ein Ding der Unmöglichkeit. Er schüttelte den Kopf und zwang sich, in die rubinroten Tiefen seines Weins zu schauen, um seine Gedanken in weniger gefährliche Bahnen zu lenken.

Das erwies sich als ein weiterer nutzloser Versuch. Nein, nichts würde das immer stärker werdende Verlangen, das sich in ihm aufbaute, besänftigen, und das machte ihn zornig. Er war doch kein grüner Junge mehr, der seine Begierden noch nie ausgelebt hatte. Aber er konnte nicht leugnen, dass er noch nie solch ein intensives Verlangen verspürt hatte, diesen Drang sie ständig anzusehen. Es gelang ihm einfach nicht, an etwas anderes zu denken, und dadurch erwischte Ben einen denkbar ungünstigen Moment, um sich ihm zu nähern.

»Damien …?«

»Was ist?«, fuhr Damien ihn an. Er schaute kurz in seine Richtung, ehe er sich wieder seinem halb geleerten Kelch zuwandte, um ihn gleich darauf an die Lippen zu heben und den Rest in einem einzigen verzweifelten Schluck hinunterzustürzen.

Sein Freund gab einen verstimmten Laut von sich. »Es besteht keine Veranlassung zu so schlechter Laune. Das ist nicht mein Werk.«

Damien schaute ihn nur finster an.

Ben, der sich von der Gefahr, die in diesem Blick loderte, nicht erschüttern ließ, setzte sich neben Damien, sodass er mit ihm reden konnte, ohne dass ein anderer etwas von ihrem Gespräch mitbekam. »Ich wollte dich daran erinnern, dass die Feier wohl innerhalb der nächsten Stunde zu Ende sein wird und du noch keinerlei Hinweis darauf geliefert hast, an Lady Alissende als deiner frisch angetrauten Frau interessiert zu sein … außer vielleicht dadurch, dass du neben ihr sitzt. Ein paar haben das schon bemerkt und angefangen zu tuscheln. Und das tun sie mit dem Ungestüm, den ihnen der Wein, den sie getrunken haben, verleiht.«

»Zum Henker damit!«, stieß Damien leise hervor, während er sich wünschte, dass die Wärme, die auch in ihm hochzusteigen begann, weil er so schnell und so viel getrunken hatte, ihre Wirkung schneller entfalten möge, damit er sich nicht mehr so elend fühlte. »Alissende ist nicht meine Frau. Nicht in Wirklichkeit. Und die Vorstellung, ihr in aller Öffentlichkeit die Art von Aufmerksamkeit zukommen zu lassen, als wäre sie es, ist mehr als ich im Moment ertragen könnte.« Er winkte einem Servierjungen zu, damit dieser seinen Kelch nachfüllte.

»Das ist wirklich schade«, antwortete Ben, wobei er den Mund zu einem Lächeln verzog, auch wenn er die Worte zwischen zusammengebissenen Zähnen hervorstieß, »aber auch völlig unwichtig, fürchte ich. Es wäre klüger, den Kelch für einen Moment zur Seite zu stellen, die unerschütterliche Entschlossenheit, die man dir nachsagt, zu zeigen und dich wie der vernarrte Bräutigam zu verhalten, der du angeblich bist; denn andernfalls sind unsere Pläne für die nächsten sechs Monate für die Katz.«

Damien unterdrückte ein Knurren, das bestimmt eher nach einem Wolf, denn nach einem Menschen klingen würde, wenn er dem Drang denn nachgeben würde. Er richtete den Blick auf den Tisch mit den Soldaten – seinen Soldaten jetzt, rief er sich in Erinnerung – und bemerkte mehrere Seitenblicke, hie und da ein Stirnrunzeln und Bemerkungen, die wohl hinter erhobenen Kelchen leise ausgetauscht wurden. Ben hatte recht. Verflucht möge er sein! Da braute sich etwas zusammen. Und wenn es tatsächlich Misstrauen an der Echtheit seiner Verbindung mit Alissende sein sollte, dann verlangte es die Pflicht von ihm, etwas dagegen zu unternehmen.

Der Gedanke legte sich wie ein Bleigewicht auf seine Brust. Es bedeutete, dass er sie vor all diesen Leute würde umarmen müssen. Er musste sie glauben machen, dass er sie liebte. Und das wiederum bedeutete, dass er …

Zur Hölle mit dem ganzen Plan!

Sein Kiefer spannte sich einen Augenblick lang an, ehe er den Kopf steif zu Ben drehte, ihm in die Augen schaute und murmelte: »Wenn ich das tue, werde ich hinterher sofort in mein Gemach gehen müssen, um allein zu sein; denn meine Selbstbeherrschung hängt an einem seidenen Faden.«

Ben wirkte irgendwie erheitert, als er zustimmend nickte. »Ja, aber denk daran, dass es das Brautgemach ist, in das du dich zurückziehst – du musst also Lady Alissende mitnehmen.«

Da stieß Damien einen unterdrückten Fluch aus, schloss die Augen und legte den Kopf zurück, während sich sein ganzer Körper angesichts dieses von ihm übersehenen Details anspannte. Er würde all seine Kraft aufbieten müssen, und trotzdem wusste er nicht, wie er die Situation überstehen sollte. Er öffnete die Augen, und unwillkürlich suchte er den Raum nach ihr ab. Als er sie im Gespräch mit der Frau des Müllers entdeckte, spürte er einen Stich aus Verlangen, Schmerz und unverfälschtem Begehren.

Die juwelengeschmückten, glänzenden Locken ihres dunklen Haars fingen den flackernden Schein der Fackeln ein, die auch ihren Hals und ihre Wangen in sanftes Licht tauchten, während sich die Seide ihres Kleides an ihren elegant-anmutigen Körper schmiegte, sodass ihre schlanke Taille und die sanft gerundeten Kurven ihrer Brust und Hüften förmlich darum flehten, von ihm berührt zu werden.

Aber bei allem, was heilig war, er wusste nicht, wie er das Ganze überstehen sollte. Und doch hatte er keine andere Wahl. Er hatte versprochen, sie zu beschützen, und einen von ihm geleisteten Schwur hatte er noch nie auf die leichte Schulter genommen.

Er atmete tief ein und entspannte sich bewusst, damit er einen einigermaßen klaren Kopf bekam, um die vor ihm liegende Aufgabe erledigen zu können. Er würde es genauso angehen, wie er sich auf einen Kampf vorbereitete. Ja, das würde er machen. Denn dies war in gewisser Weise ein Kampf, jedoch einer, bei dem es um seine Seele und sein Herz ging.

»Na schön, dann wollen wir es mal in Angriff nehmen«, murmelte er und atmete aus, während er sich von seinem Stuhl hochdrückte. Währenddessen war sein Blick die ganze Zeit auf die Frau gerichtet, die mit solch unschuldiger Verlockung am anderen Ende des Raumes stand … die Dame, die seine Gefährtin bei der vor ihm liegenden Großtat sein würde … ob sie es nun wusste oder nicht.

Alissende wurde sich einer Veränderung gewahr. Es war nur ein Hauch einer Ahnung, aber trotzdem war etwas anders geworden, während sie mit Mathilda, der Frau des Müllers, sprach. Eine Art Schweigen schien sich über die in der Halle Versammelten zu legen, die Dorfbewohner, Wachmänner und anderen Gäste, die an der Feier teilnahmen. Instinktiv richtete sie sich auf, um zu sehen, was der Grund hierfür sein konnte.

Sie brauchte nur einen Moment, um zu erkennen, dass es Damien war. Er hatte seinen schlanken, kräftigen Körper aufgerichtet und stand an der erhöhten Tafel. Und er starrte sie an.

Hitze breitete sich in ihr aus. *Was war hier los?*

Er sagte weiterhin kein Wort, sondern schaute sie nur an, und sie errötete. Sie spürte die Wärme, die ihr in die Wangen stieg, aber sie war nicht dazu in der Lage, das zu verhindern. Oh, er sah wirklich gut aus. Es konnte keinen Zweifel daran geben, wie er damals bei Hofe zu dem Namen Erzengel gekommen war. Er bestand nur aus anmutig gemeißelten Muskeln, ein atemberaubender Krieger, der eine gefährliche Sinnlichkeit ausstrahlte und gleichzeitig eine unerschütterliche Entschlossenheit, die einfach nur faszinierend war.

Er fixierte sie weiter mit diesem Blick, und diese Augen … zwar eisig blau, in denen aber trotzdem solch ein köstliches Versprechen von sündiger Lust loderte … führten dazu, dass ihre Knie weich wurden. Nur am Rande nahm sie die vereinzelten Seufzer und das bewundernde Gemurmel des weiblichen Teils der Versammelten wahr. Aber sie konnte den Blick nicht von Damien abwenden. Und ebenso wenig löste er seinen Blick von ihr.

Die Erkenntnis traf sie wie ein Blitz: Es war derselbe Blick, den er ihr früher schon zugeworfen hatte. Der Blick, mit dem er sie liebkoste, als würden seine Hände über ihren Körper streichen und mit der Berührung alle Geheimnisse entlocken … dadurch verwandelte sich ihr Inneres in warmen Honig und ließ ihr Herz in Erwartung dessen, was kommen würde, schneller schlagen.

Dieser Blick, der allen unmissverständlich sagte, dass sie sein war. Sein allein.

Gütiger Himmel …

»Es ist an der Zeit, den hier Versammelten Adieu zu sagen«, stieß Damien plötzlich hervor. Seine Stimme war zwar heiser, doch trotzdem war sie bis in den letzten Winkel des großen Raumes zu vernehmen. Er trat vom Tisch weg, wobei er sich sehr bedachtsam bewegte. Sein Blick war die ganze Zeit auf sie gerichtet, während er auf sie zuging. »Ich möchte Euch allen danken, dass Ihr an diesem gesegneten Tag unsere Feier mit Eurer Anwesenheit beehrt habt«, fuhr er fort, während er immer näher kam, »doch jetzt stelle ich fest, dass ich nicht länger warten kann, um den Schwur zu besiegeln, den ich Eurer Herrin gegeben habe. Ein Schwur, der besser besiegelt wird, wenn man … unter sich ist.«

Alissende hätte in diesem Moment nicht überraschter sein können, wenn der Boden unter ihren Füßen weggebrochen wäre. Sie war völlig sprachlos – doch die Anwesenden um sie herum nicht. Im Raum brach Jubel aus, und zwischen die aufmunternden Rufe der Männer mischte sich das Gemurmel und das neidische Seufzen der Damen.

Sie hatte das Gefühl, als wäre sie in eine andere Welt versetzt worden, an einen Ort, der nur in den qualvollen Schatten ihrer Träume existierte. Im Schlaf hatte sie sich genau dieser Fantasie hingegeben, sie hatte sich vorgestellt, wie wundervoll dieser Moment sein würde. Jetzt, da er plötzlich Wirklichkeit war, konnte sie nur schockiert erstarren.

Aber es gab nicht genug Zeit zum Nachdenken. Damien hatte den Raum durchquert und stand jetzt direkt vor ihr. Alissende blinzelte, doch er löste sich nicht in Luft auf, wie es bei einem Traum der Fall gewesen wäre. Nein, er stand sogar so dicht vor ihr, dass sie ihn hätte berühren können, wenn sie es gewollt hätte. Immer noch völlig überwältigt von ihren Gefühlen, brachte sie es nicht über sich, dieser Versuchung nachzugeben. Noch nicht.

Bei Damien schien es keine ähnlichen Vorbehalte zu geben.

Ehe sie es auch nur in Erwägung ziehen konnte, Einwände zu erheben, schlang er seinen Arm um ihre Taille und zog sie mit einem Ruck an sich, sodass sie ein lautes Keuchen ausstieß, als plötzlich heftige Empfindungen von ihr Besitz ergriffen. Doch als er seine andere Hand über ihre Wange gleiten ließ, um sie dann in ihr Haar zu schieben, sodass er ihren Hinterkopf umfassen konnte, erstarrte sie bis ins Mark.

»Spiel mit, Alissende – bitte«, raunte er ihr zu, während er sie nur ein kleines Stück nach hinten beugte und sich zu einem so leidenschaftlichen Kuss über sie neigte, dass ihr auch der letzte Rest Atemluft genommen wurde, der ihr noch geblieben war.

Bei allen Engeln im Himmel …

Damiens zärtlicher Überfall brach den Bann, unter dem sie gestanden hatte, und all ihre Sinne erwachten zum Leben. Sie reckte sich ihm entgegen, erwiderte seinen Kuss, vertiefte ihn und schwelgte in der verzehrenden Lust seiner Lippen auf ihren. Es fühlte sich so gut an … es war ein so herrliches Gefühl, ihn wieder zu küssen, und während sie sich mit einer Hand vorne an den Stoff seiner Tunika klammerte, schlang sie die andere um seinen Hals und vergrub sie in seinem dichten Haar.

Sie hörte das lustvolle Stöhnen, das tief aus seiner Kehle drang, als er zurückkam, um sich mehr zu holen und dann wieder, bis sie das Gefühl hatte, ganz benommen zu sein von dem Verlangen, das wie eine Feuersbrunst durch ihren Körper raste. Ihr Arm schlang sich noch fester um seine Schultern, sonst wäre sie völlig kraftlos zu Boden gesunken; denn die köstlichen Empfindungen waren fast nicht zu ertragen.

Schließlich riss er sich mit einem fast schon animalischen Knurren von ihr los, doch nur, um einen Arm von hinten unter ihre Knie zu legen und sie hochzuheben. Er drückte die süße Last fest an sich, und das Jubeln der Menge nahm fast ohrenbetäubende Ausmaße an, als er sie zu dem Gang trug, über den man ins obere Geschoss gelangte ... *in das Privatgemach, das sie sich als Mann und Frau teilen würden.*

Diese Erkenntnis zusammen mit dem, was gerade vorgefallen war, riss sie aus ihrer sinnlichen Trägheit.

»Damien ...?«, stieß sie heiser flüsternd hervor, während sie seinen Blick suchte und nach Halt in einer Welt, die angefangen hatte, sich wie verrückt um sie zu drehen.

Sein Blick bohrte sich tief und voll bittersüßer Qual in sie. Er brachte sie zum Schweigen, und in diesem dumpfen Moment begriff sie, dass das, was zwischen ihnen vorgefallen war, nur eine Darbietung hatte sein sollen. Dass er sie nur wegen der anwesenden Hochzeitsgäste geküsst hatte.

Viele der ausgelasseneren Gäste kamen lärmend hinter ihnen her und bildeten den traditionellen Zug aus Zeugen der Hochzeitsnacht. Diejenigen, die besonders tief ins Glas geschaut hatten, gaben Empfehlungen ab, die besondere eheliche Wonnen versprachen, während die Frauen lachend ihren betrunkenen Gatten zuzwinkerten und selber Ratschläge erteilten, während alle dem Schlafgemach des Hausherrn zustrebten.

Schließlich kamen sie an der Tür zum Schlafzimmer an, und Damien blieb stehen. Er drehte sich zu den Gästen um, die sich versammelt hatten, weil sie hofften, dass ihnen noch etwas mehr Kurzweil geboten werden würde. Damien räusperte sich, und die kleine Schar verstummte, weil man hören wollte, was er zu sagen hatte.

»Da beim Vollzug einer zweiten Ehe kein Publikum erforderlich ist, möchte ich nun darum bitten, dass man uns ab hier unserer Zweisamkeit überlässt. Denn es mag am heutigen Sommerabend wohl ziemlich warm in der großen Halle sein, doch ich kann mit ruhigem Gewissen versprechen, dass es in diesem Schlafgemach bald gefährlich heiß sein wird – für uns mag das wohl angenehm sein, doch für alle anderen?«

Er ließ die letzten Worte verhallen, schüttelte den Kopf und grinste, als die anwesenden Männer bei seiner anzüglichen Behauptung anfingen zu johlen. Nur Alissende wusste, wie viel Kraft ihn dieser Moment kostete, denn jeder einzelne Muskel in Brust und Armen schien sich anzuspannen, und sie sah von der Seite, wie sehr sich sein Kiefer verkrampfte.

Die Frauen reagierten schnell auf seine Bitte. Viele zwinkerten Alissende zu und hauchten Küsse in ihre Richtung, während sie ihre Männer wegzerrten oder sie mit dem Versprechen auf mehr Wein oder ein Tänzchen weglockten. Es dauerte nicht lange, und ihre Anstrengungen trugen Früchte. Mit ein paar letzten frechen Anzüglichkeiten begann sich die Menge zu zerstreuen.

Als auch die Letzten wieder zurück in die große Halle torkelten und Damien ihre Zofe sowie die Dienstboten weggeschickt hatte, welche die Kerzen im Hochzeitszimmer hatten anzünden wollen, drückte er die Tür mit der Schulter auf und trug sie über die Schwelle. Einen Augenblick lang fiel das Licht vom Gang schräg in den Raum und ließ deutlich die bleiverglasten Fenster, den Tisch mit dem Stuhl neben dem Kamin sowie das große Himmelbett hervortreten.

Und dann schwang die schwere Holztür hinter ihnen zu.

Sie schloss sich mit einem dumpfen Klappen und ließ das Johlen der Nachzügler, die sich wieder in die Halle begaben, verstummen, sodass die beiden allein in der berauschend stillen Dunkelheit zurückblieben.

Kapitel 5

Vorsichtig ließ Damien Alissende herunter, sodass sie wieder auf eigenen Füßen stand, ehe er sich so schnell er konnte von ihr entfernte. Sein Inneres war in hellem Aufruhr. Seine Gedanken – und andere Teile von ihm – loderten vor Verlangen. Ein Verlangen, das fast bis ins Unerträgliche geschürt worden war, als er sie küsste. Als er diese leisen Laute hörte, die sie von sich gab, als er mit seinem Mund ihre Lippen erobert hatte und sie nach so langer Zeit zum ersten Mal wieder schmeckte …

Als er spürte, wie sich ihr Körper an seinen schmiegte und er ihren verführerischen Duft einatmete, bis sein Körper vor Verlangen pochte, sie auf all die verschiedenen Weisen zu nehmen, wie sie es einst getan hatten.

Der Himmel stehe ihm bei …

Er musste das beenden, verdammt. Jetzt sofort.

Er war dankbar für die Dunkelheit im Raum, die vieles verbarg, als er hölzern zu einem der wenigen Fenster ging, in dem keine Scheibe aus Bleiglas eingelassen war, und den Laden aufstieß, sodass die laue Sommerbrise hereinströmen konnte. Und dann stand er einfach nur da, schaute nach draußen und atmete tief und gleichmäßig ein und aus, während er versuchte, seine Selbstbeherrschung wiederzuerlangen. Hinter sich hörte er Alissende sich leise bewegen und von der Tür zum Kamin gehen. Bald stellte er fest, dass sie sich um die Aufgaben der Dienstboten kümmerte, die diese erledigt hätten, wären sie von ihm nicht weggeschickt worden.

Sie zündete mehrere der Bienenwachskerzen an, von denen es hier, wie er festgestellt hatte, genauso viele gab wie in jedem anderen Zimmer der Burg. Hinter ihm erwachte die Glut zu neuem Leben und vertrieb die Dunkelheit. Ihre Bewegungen bekamen einen Schatten und hoben sich reizvoll von dem goldblauen Muster ab, mit welchem die Wand um das Fenster herum, neben dem er stand, verziert war.

Trotzdem brachte er es nicht über sich, sich umzudrehen und sie direkt anzusehen. Noch nicht.

Im Zimmer wurde es still. Bewusst schaute er weiter aus dem Fenster und vernahm dabei nur die laue Sommerbrise, die um die Zinnen strich … bis er ein leises Klicken hörte, das schließlich seine Aufmerksamkeit auf sich zog. Instinktiv riskierte er einen Blick über die Schulter, um zu schauen, woher das Geräusch kam … und bedauerte sofort, dass er dem Drang nachgegeben hatte.

Alissende war dabei, sich die Nadeln aus dem Haar zu ziehen, und hatte bereits den Stirnreif abgelegt. Sie ließ diese duftende, üppige Pracht herunter, um sich fürs Schlafengehen vorzubereiten. *Hölle und Verdammnis …*

Er versuchte, den Blick abzuwenden, doch es gelang ihm nicht. Glücklicherweise saß sie mit dem Rücken zu ihm auf einer Bank vor einer der großen Holztruhen, die auf Reisen auch als Tisch dienten. Ihre Arme waren nach oben gereckt, als sie die schönen juwelenbesetzten Nadeln herauszog und sorgsam weglegte, während sie die Frisur löste. Mit der letzten Nadel floss die dunkle, seidige Mähne in Wellen über ihren Rücken, und Damien stockte der Atem. Er musste die Hände zu Fäusten ballen, als er sich mit aller Macht plötzlich an eine andere Zeit und einen anderen Ort erinnerte … als er seine Hände in dieser seidigen Fülle vergraben hatte, um ihren Kopf nach hinten zu beugen, während er ihren zierlichen Hals mit Küssen überhäufte, um dann weiter nach unten zu gleiten, oh, gütiger Himmel, ja, viel weiter nach unten …

Er unterdrückte ein Stöhnen, jedoch nicht schnell genug. Alissende erstarrte. Er sah, wie sie tief ein- und ausatmete, ehe sie sich zu ihm umdrehte.

Sie begegnete seinem Blick, und er sah, dass sie statt der verletzlichen Miene, die er erwartet hatte, eine unbekümmerte Gelassenheit zur Schau stellte. Nur eine Sache verriet sie. Denn wie schon damals, als er sie kennengelernt hatte, enthüllten ihre Augen alles, was in ihrem Herzen vor sich ging, wie sehr sie das auch zu verbergen suchte. Und im Moment war sie längst nicht so ruhig und gelassen, wie sie sich den Anschein gab.

»Möchtest du dich jetzt zu Bett begeben?«, fragte sie.

Ihre Worte überraschten ihn und ließen gleichzeitig unwillkommene starke Hitze in ihm aufsteigen. Mit schierer Willenskraft drängte er dieses Gefühl zurück und sah sie mit hochgezogener Augenbraue herausfordernd an.

Ihre Wangen nahmen eine kleidsame, rosige Färbung an, und er sah, dass sie sich bemühte, den Blick nicht abzuwenden. »Ich bezog mich nur auf unsere Schlafplätze, Damien. Als dem Herrn von Glenheim steht dir das Bett zu.«

»Und was ist mit dir?«

»Das hängt davon ab, was du wünschst«, erwiderte sie ruhig, und er musste sie einfach dafür bewundern, wie sie seinem Blick standhielt. Wenn dieser Moment auch nur halb so unangenehm für sie war wie für ihn, dann war sie wirklich ein wahrer Pfeiler der Kraft.

»Das, was man will, und das, was man muss, sind häufig zwei unterschiedliche Dinge, Alissende«, sagte er leise und stellte mit Genugtuung fest, dass ein winziger Riss in ihrer Schutzmauer entstanden war, als ihre Hände, die sie so gelassen in den Schoß gelegt hatte, sich plötzlich zu Fäusten ballten.

Trotzdem wankte ihr Blick nicht, und er erkannte, dass er dieses Wortgefecht mit ihr nicht fortsetzen würde … es gar nicht konnte. Zu viel war heute bereits passiert, und er fühlte sich völlig erledigt.

»Das Bett scheint mir breit genug zu sein, um die getroffene Vereinbarung ohne Sorge erfüllen zu können«, fand er sich mit leiser Stimme ab. »Doch ich kann wohl mit einiger Sicherheit behaupten, dass ich heute Nacht nicht ruhig schlafen werde. Deshalb kannst du das Bett für diese Nacht allein haben.«

»Wie du wünschst.«

Ihr gelassener Ton versetzte Damien in Alarmbereitschaft. Was – keine Diskussion? Doch für seinen armen, gequälten Kopf war das jetzt zu viel, hätte er sich auch noch Zeit nehmen sollen, dieses Rätsel zu entwirren. Deshalb verdrängte er alle weiteren Gedanken und meinte etwas unbeholfen: »Du wirst dich ungestört umkleiden wollen. Deshalb werde ich mich umdrehen, bis du hinter den Bettvorhängen bist.«

»Dann wirst du lange warten müssen.«

»Warum?« Damien runzelte die Stirn und wollte eigentlich nur noch, dass dieser schrecklich anstrengende Tag endlich zu Ende ging.

»Weil ich mich nicht allein ausziehen kann«, erwiderte Alissende ungerührt. Sie drehte sich halb herum, um ihm die Bänder und die einzelnen sehr teuren Knöpfe zu zeigen, die ihren schmalen Rücken zierten.

»Wie machst du das denn normalerweise?«, wollte er wissen.

»Meine Zofe hilft mir. Aber du hast sie ja weggeschickt. Du erinnerst dich doch, oder?« Sie zwinkerte ihm zu, und wenn er nicht so müde gewesen wäre, hätte er wohl geschworen, dass so etwas wie Stolz in ihren Augen aufblitzte – und *Kampfgeist*, gütiger Himmel!

»Dann wirst du sie wohl zurückrufen müssen.« Damiens Verstand weigerte sich, die einzige andere Möglichkeit auch nur in Betracht zu ziehen. Nein, das konnte er nicht riskieren.

Alissende sah ihn wortlos an. Diese Augen … verflucht, sie sprachen Bände. Doch die Botschaft, die er diesmal in ihnen las, packte ihn bei seiner Ehre als Mann.

»Was ist?«, knurrte er.

Sie zögerte und schien antworten zu wollen, doch dann legte sich wieder dieser schrecklich gelassene Ausdruck über ihr Gesicht und sie zuckte mit den Achseln. »Wie du wünschst.«

»Sag das nicht ständig.«

Sie schob die Lippen vor, sagte jedoch nichts.

»Was wolltest du sagen?«, fragte er sie mit scharfer Stimme, denn ihre scheinbare Fügsamkeit besänftigte ihn kein bisschen.

»Ich kann nicht.« Sie warf ihm einen völlig unschuldigen Blick zu. »Du hast mir verboten, es noch einmal zu sagen.«

Damien unterdrückte ein Knurren und stieß zwischen zusammengebissenen Zähnen hervor: »Nicht dieses verdammte ›wie du wünschst‹. Was hattest du auf meinen Vorschlag, deine Zofe noch einmal zu holen, erwidern wollen.«

»Oh.«

»Nun?«, hakte er nach, als sie wieder zögerte.

»Ich dachte, du würdest dir vielleicht gern noch einmal überlegen, wie das aussehen könnte.«

Er funkelte sie wütend an. »Erklär mir das.«

Sie durchbohrte ihn förmlich mit ihrem Blick und genoss ganz offensichtlich die Gelegenheit, die er ihr mit seiner Aufforderung zu sprechen gegeben hatte. »Man geht davon aus, dass es unsere Hochzeitsnacht ist, und nachdem du erst alle weggeschickt hast, könnte man – wenn ich nach meiner Zofe rufe – den Eindruck gewinnen, dass du der Herausforderung nicht gewachsen bist, deiner Braut beim Auskleiden zu helfen, was man normalerweise macht, wenn man sich ins Hochzeitsgemach zurückgezogen hat.«

In ihrer Stimme schwang eine gewisse Schärfe mit, die die gelassene Haltung, die sie auch weiterhin beibehielt, Lügen strafte. »Wenn sich das herumspricht, werden die Leute von Glenheim entweder denken, dass du auf eine wenig schmeichelhafte Weise unfähig bist – oder alles, was du mit deiner Zurschaustellung erreicht hast, als du mich in der großen Halle so eifrig küsstest, wird für nichts gewesen sein, und es wird wieder Gerede über die Echtheit unserer Verbindung geben.«

Verflucht.

Damien sah sie finster an, konnte sich ihrer Logik jedoch nicht verschließen. Mit seinem wütend funkelnden Blick versuchte er sie einzuschüchtern, damit sie erkannte, dass sie mit dem Feuer spielte. Von ihm aus konnte ihre Logik zur Hölle gehen.

Sie zuckte noch nicht einmal zusammen.

Na schön. Keiner konnte ihm nachsagen, dass er sich je vor einer Herausforderung gedrückt hätte. Er ballte die Hände zu Fäusten und biss die Zähne zusammen.

»Dreh dich um.«

Ihre Augen wurden ein bisschen größer, aber sie tat, wie ihr geheißen. Trotzdem merkte er, wie verkrampft sie war. Ach, konnte es sein, dass diese Frau, die sich in ein Wesen aus Stein verwandelt zu haben schien, seit sie diesen Raum betreten hatten, doch zu Gefühlen in der Lage war und diese dann vielleicht sogar noch denen ähnelten, die ihn von innen her verbrannten?

Diese Vorstellung erfüllte ihn mit einer Art grimmiger Befriedigung, die ihn für das rüstete, was ihm bevorstand. Trotzdem brauchte er fast eine volle Minute, um die innere Kraft dazu zu finden, ihr Haar zu berühren und es ihr über die Schulter zu legen, um an die Verschnürung heranzukommen. Wie Seide fühlte sich ihr Haar an, und ein angenehmer Duft stieg davon auf, der seine Sinne mit unbarmherziger Macht in Aufruhr versetzte.

Seine Hand begann zu zittern, und er musste sie zur Faust ballen und wieder öffnen, ehe er in der Lage war, sich daranzumachen, die Verschnürung zu lösen und die drei Knöpfe zu öffnen.

»Stimmt irgendetwas nicht?«

Sie sagte es leise und drehte dabei den Kopf etwas nach hinten, sodass er noch besser die ganze Länge ihres anmutigen Halses sehen konnte.

Er verspürte den überwältigenden Drang, mit seinen Lippen über diese zarte Haut zu streichen, aber es gelang ihm gerade noch, ihm nicht nachzugeben. Sie hatte das geliebt – damals – wenn er die Seite ihres Halses mit Küssen übersäte, während er sie von hinten umarmte. Zärtlichkeiten, die drängender wurden, wenn sie sich gegen ihn drückte, dabei leise seufzte und sich schließlich zu ihm umdrehte und ihm ihren Mund entgegenhob, um sich auf leidenschaftlichere Weise von ihm küssen zu lassen …

Barmherziger Himmel.

»Halt einfach still«, würgte er hervor und schluckte. Er kniff die Augen zusammen und versuchte, an etwas anderes zu denken – Schweiß und Blut bei einem Gefecht, die Monotonie, mit der er sein Schwert schwang, wenn er trainierte, die schreckliche Anstrengung, die es kostete, sich in voller Rüstung an einem heißen Sommertag mühsam vorzukämpfen – es war egal, an was er dachte – es sollte ihn nur von dem ablenken, was er gleich zu tun hatte.

Er biss die Zähne wohl zum fünfzigsten Mal im Laufe dieses unerträglichen Tages zusammen und richtete seinen Blick wieder auf ihren Rücken. Dann nahm er den Kampf mit den Schnüren auf, wobei er sich nicht besonders geschickt anstellte. Zum einen, weil er keine Übung mehr darin hatte, und zum anderen, weil ihm trotz aller Anstrengung sehr genau klar war, was er da tat und mit wem. Er öffnete die drei zierlichen Knöpfe, und durch die Hast, mit der er zu Werke ging, hätte er sie fast dabei abgerissen.

Als er fertig war, zuckte er zurück, als hätte er sich verbrannt, und grummelte: »So. Das ist erledigt.«

Einen Augenblick blieb Alissende ganz ruhig. Dann drehte sie den Kopf wieder in seine Richtung und murmelte: »Danke.«

Damien traute seiner Stimme nicht, und so nickte er nur zur Antwort, ehe er auf dem Absatz kehrtmachte und wieder ans Fenster trat. Er wandte Alissende den Rücken zu und versuchte, nicht auf das leise Rascheln zu achten, das zu hören war, während sie sich entkleidete. Er versuchte, nicht an das zu denken, was sie mit jeder Lage Kleidung, die sie ablegte, enthüllte.

Es war fast unerträglich. Aber nicht unerträglich genug, um ihn davon abzuhalten, fast zwanghaft jede Bewegung ihres Schattens zu verfolgen. Er verzog das Gesicht aus Abscheu vor sich selbst; denn er sollte nichts von dieser Frau wollen. Sie hatte ihn hintergangen und damit fast vernichtet, und jetzt benutzte sie ihn aus rein egoistischen Gründen, um sich vor Hugh de Valles zu schützen. Aber, verflucht, er schien nicht in der Lage zu sein, das Verlangen nach ihr zu unterdrücken.

In seinen Augen loderte es, als er sah, wie der schlanke

Schatten seine Arme nach oben streckte. Sie zog das Hemdchen aus – die letzte Lage Stoff zwischen Kleid und Haut – streifte es über den Kopf und war dann so nackt wie Eva, ehe diese das erste Mal in den Apfel biss. Als sich ihr Schatten bewegte und sich etwas zur Seite drehte, erhaschte er einen kurzen Blick auf köstliche Rundungen, den Umriss ihrer hochangesetzten nackten Brüste. Sein Mund wurde trocken. Leise fluchend zwang er sich dazu wegzuschauen und wieder aus dem Fenster zu blicken.

Was für ein Narr er war, dass er daran nicht gedacht hatte. Natürlich würde sie nackt schlafen. Jeder schlief ohne Kleidung, besonders in den warmen Sommermonaten. Das war eine der Freiheiten, die er, während er als Tempelritter diente, vermisst hatte; denn die Bruderschaft verlangte, dass man immer bekleidet war, selbst beim Baden und Schlafen.

Hätte es solche Regeln doch nur auch hier und jetzt und für Alissende gegeben.

Obwohl er ihren Schatten nicht wieder direkt ansah, bekam er aus dem Augenwinkel mit, wie sie ins Bett stieg. Wortlos schlüpfte sie zwischen den Vorhängen hindurch, welche von goldenen Haken an der Decke gehalten wurden. Er wusste, dass er sich jetzt wieder umdrehen konnte, ohne befürchten zu müssen, sie zu sehen – doch er rührte sich nicht von der Stelle. Denn angesichts der gefährlichen Mischung aus Verlangen und Wut, die in ihm schwelte, wusste er nicht, was er trotz aller Schwüre und Absprachen vielleicht tun würde.

Damien unterdrückte ein Stöhnen und legte die Stirn gegen das glatte Holz des Fensterrahmens und betete, dass diese Nacht schneller vergehen mochte denn je. Doch er wusste, dass es wohl eher anders herum sein würde und er dazu verdammt war, unruhig und unbefriedigt bis zum Morgen auszuharren.

Alissende lag ganz still auf der Seite mit dem Rücken zu der Stelle, wo Damien am Fenster saß, im Bett. Ihr Herz pochte; doch zum ersten Mal seit vielen Monaten, nachdem Michael mit seinem abscheulichen Vorschlag mit der Stellvertreterheirat gekommen war, schien es in einem anderen Rhythmus zu schlagen. Da war so eine Art Bewusstsein, das vorher nicht da gewesen war.

Die Glut von etwas Heißem, Gefährlichem schwelte immer noch zwischen ihr und Damien.

Sie hatte es in seinem Kuss und seiner Berührung gespürt, und sie hatte es in seinen Augen gesehen, als sie ihn bei seinem Stolz gepackt und gezwungen hatte, ihr beim Ausziehen zu helfen. Oh ja, er hatte es mit aller Macht zu unterdrücken versucht, das schon, aber es war trotzdem da gewesen. Dass überhaupt die Möglichkeit bestand, hatte sie erst verwirrt und dann ein schmerzhaftes Brennen in ihr ausgelöst, als er sie zu ihrem Schlafgemach trug. Doch dieses Gefühl war schon bald von Ärger verdrängt worden – was ihr viel lieber war –, als er sie abgesetzt und ans andere Ende des Zimmers gerannt war, als würde er in Flammen stehen.

Und er hatte in Flammen gestanden, erkannte sie mit verblüffender Klarheit … ihretwegen. Natürlich würde er das nie zugeben – vielleicht konnte er das auch gar nicht – und als sie das schließlich begriffen hatte, wurde sie plötzlich von dem Gefühl durchdrungen, wieder eine gewisse Kontrolle zu haben, nicht mehr ganz so hilflos zu sein. Ein Gefühl, das sie lange Zeit vermisst hatte.

Sie wusste noch nicht, was sie mit dieser neu entdeckten Macht tun würde. Sie wusste noch nicht einmal, was sie davon halten sollte. Einerseits sehnte sie sich immer noch nach dem Frieden eines Klosters, fernab von Männern, ihren Launen, Intrigen und Gelüsten … doch andererseits wollte sie auch sticheln und provozieren – das Feuer schüren, bis solch eine Leidenschaft zwischen ihnen aufflammte, dass nicht einmal Damien sie mehr leugnen konnte.

Doch für solche Überlegungen war es zu früh. Das Wissen, dass sie eine gewisse Macht über ihn hatte, sollte sie diese ausüben wollen, musste genügen.

Ja, für den Moment genügte das.

Mit diesem beruhigenden Gedanken schloss Alissende die Augen. Es würde bestimmt eine lange Nacht werden, und so versuchte sie sich unter den gegebenen Umständen so weit wie möglich zu entspannen, um in einen tiefen, traumlosen Schlummer zu versinken.

Irgendwann zwischen tiefdunkler Nacht und der Dämmerung des frühen Morgens wurde Alissende von einem seltsamen Geräusch im Zimmer geweckt. Immer noch ganz verschlafen, versuchte sie die Augen zu öffnen und merkte, dass die Kerze, die sie auf dem Tisch hatte brennen lassen, als sie ins Bett kroch, verloschen war. Sie setzte sich auf und versuchte, etwas durch die Bettvorhänge hindurch zu erkennen. Sie konnte nichts sehen, doch sie hörte das Geräusch wieder – einen seltsam kehligen Laut, fast ein Knurren. Sie hatte etwas Derartiges noch nie gehört, und es jagte ihr einen Schauer über den Rücken.

Die Vorhänge waren zwar nicht durchsichtig, der Stoff jedoch dünn genug, um zu erkennen, dass das Zimmer auf der einen Seite heller zu sein schien. Sie drängte ihre Furcht zurück, rollte sich in die Richtung und zog den Vorhang etwas auseinander, um vielleicht irgendetwas zu erkennen. Das Fenster, dessen Laden Damien gestern Abend geöffnet hatte, stand immer noch offen und von dort kam auch das Licht. Das trübe Leuchten des blasser werdenden Mondes fiel durch das Fenster und tauchte das Zimmer in seinen fahlen Schein.

Und dann sah sie ihn. Damien lag zusammengerollt mit angezogenen Beinen und zu Fäusten geballten Händen neben dem Fenster auf dem Boden. Wieder war aus seiner Richtung ein Knurren zu vernehmen, und gleichzeitig schien er sich in seinem unruhigen Schlaf zu verkrampfen. Plötzlich fuhr er mit einem Arm durch die Luft, und die geballte Faust schlug mit einem so lauten Krachen auf den Holzboden, dass davon eigentlich Tote hätten auferstehen müssen.

Aber er wachte nicht auf. Er warf sich nur weiter unruhig hin und her, und das Knurren wurde von einem gelegentlichen Stöhnen abgelöst – die Geräusche, die er von sich gab, jagten Alissende einen Schauer über den Rücken und schnürten ihr die Kehle zu.

Was um Himmels willen war mit ihm los – war er krank?

Sie zögerte nur einen Moment, ehe die Sorge ihre Zurückhaltung überwand und sie aus dem Bett schlüpfte, wobei sie das Laken mitzog und es sich um den nackten Körper wickelte. Nur ein paar Schritte trennten sie von Damien, und das Laken raschelte leise, während es wie eine Schleppe über den Boden rutschte. Sie kniff die Augen zusammen, als sie sich ihm näherte, und versuchte im Dämmerlicht Gestalt und Gesicht von ihm auszumachen.

Obwohl seine Augen immer noch geschlossen waren, warf er sich wieder mit einem Ruck herum, als sie sich gerade neben ihm hinknien wollte, und sie zuckte ob der unerwarteten Bewegung zurück.

»Nicht!«

Er stieß das Wort mit einem kurzen, scharfen Knurren hervor, und es war deutlich erkennbar, dass er sich immer noch in den Fängen eines schrecklichen Alptraums befand. Seine

Augen waren geschlossen, und er hatte sie offenbar gar nicht bemerkt.

Vielleicht hatte er sich auf der Reise nach Glenheim eine Krankheit zugezogen. Reisen waren so anstrengend, dass viele hinterher krank wurden und sogar starben, wenn Fieber hinzukam, das man nicht mit den richtigen Kräutern und Arzneien behandelte.

Es gab nur eine Möglichkeit herauszufinden, ob Damien sich eine Krankheit zugezogen hatte.

Alissende trat einen Schritt näher und ließ sich neben ihm auf die Knie sinken. Einen Arm drückte sie fest vor den Busen, um das Laken am Herunterrutschen zu hindern, während sie die andere Hand nach seiner Stirn ausstreckte. Er hatte sich auf den Rücken gedreht, und die Arme lagen ausgestreckt an seiner Seite, sodass es eigentlich nicht schwer hätte sein sollen, das zu bewerkstelligen – doch es war eindeutig, dass er noch immer unter Qualen litt, während er sich im Schlaf wand und sein Atem in keuchenden Stößen kam.

Sie durfte nicht länger zögern. Mit vor Sorge angespanntem Gesicht beugte sie sich nach vorn und schaffte es irgendwie, ihre Hand auf seine Stirn zu legen. Sie war nicht …

Heiß.

Auf seiner Stirn stand Schweiß, aber er hatte kein Fieber.

Sie setzte sich wieder auf die Fersen zurück, während Erleichterung sie durchströmte und leichtes Erstaunen. Er war also nicht krank. Aber was war es dann?

In dem Moment hob Damien den gebeugten Arm und hielt ihn vors Gesicht, als wolle er sich vor irgendetwas schützen.

»Nein … nicht … ich werde nicht reden, nein …«

Andere Worte diesmal und ein drängenderer Klang in der Stimme, heiser und kehlig, als würde er es herauswürgen. Heiße Tränen stiegen Alissende in die Augen, und im gleichen

Moment fiel ihr Blick zufällig auf die Stelle, die gerade durch Damiens Bewegung entblößt worden und im heller werdenden Licht des heranrückenden Tages deutlich erkennbar war.

Ihre Hand fuhr zum Mund, um das Keuchen zu ersticken, das bei diesem Anblick unwillkürlich in ihr aufgestiegen war. Er hatte seine elegante Tunika vor dem Schlafengehen abgelegt und das schöne Seidenhemd, das er darunter trug, wegen der Wärme aufgeschnürt. Beim Hochreißen des Arms hatte es sich geöffnet und enthüllte Narben auf seinem Oberkörper, die nur von schmerzhaften Verletzungen oder Verbrennungen herrühren konnten. Sie waren in einem fast schon als gleichmäßig zu bezeichnenden Muster auf seiner Haut verteilt, das sich an den Rippen entlang über die Brust zog und dann wieder unter dem Hemd verschwand. Er bewegte sich wieder und zog den Arm herunter, während er sich auf die Seite zu ihr hin drehte. Dabei klaffte sein Hemd auf und enthüllte die Narben aufs Neue.

Heilige Mutter Gottes. Wann war das passiert – und wodurch?

Die Inquisition. Folter.

Die schreckliche Erkenntnis dröhnte in Alissendes Kopf, und sie spürte, wie sich ihr die Kehle zuschnürte. Erneut streckte sie die Hand aus und strich ihm zart über die Stirn, während sie besänftigende Worte sprach, um die Qualen des Alptraums zu lindern, in dessen Klauen er gefangen war. Es war schon schwer genug, sich das Leid vorzustellen, wenn jemandem solche Verletzungen durch einen Unfall oder vielleicht sogar bei einem Kampf beigebracht worden waren. Aber der Gedanke, dass man hilflos gefesselt dalag, während andere einem mit voller Absicht Wunden zufügten, die solche Narben hinterließen …

Allein bei der Vorstellung wurde ihr übel.

Damien gab wieder einen Laut von sich, der sich diesmal jedoch nicht so gequält anhörte. Das riss sie, wie sie dankbar feststellte, aus ihrer Trauer, und sie streichelte ihm jetzt etwas langsamer über Stirn und Haar, während sie weiter leise mit ihm redete. Daraufhin schien er sich noch mehr zu beruhigen, und die Anspannung schien langsam aus seinem Körper zu weichen. Er wälzte sich jetzt nicht mehr hin und her und sah fast friedlich aus bis auf die leicht gerunzelte Stirn. Plötzlich holte er ruckartig Luft – einmal, dann noch einmal –, ehe er einen langen tiefen Seufzer ausstieß.

»Alissende …«

Sie erstarrte überrascht.

Ihr Name war mit seinem Seufzer verwoben, und es hatte eine Sehnsucht darin mitgeschwungen, die sie innerlich verharren ließ, während sich eine angenehme Wärme in ihr ausbreitete, bis sie es schaffte, sich dagegen zu wappnen.

»Liebste Alissende …«

Während er noch diese Worte murmelte, streckte er den Arm aus, ergriff die Hand, die seine Stirn gestreichelt hatte, sodass sie das Gleichgewicht verlor, während sie noch versuchte, sich wieder aufzurichten. Aber es war zu spät. Sein Griff war so fest, dass sie nach vorn taumelte und auf ihn stürzte.

Ehe sie auch nur einmal Atem holen konnte, zog er sie halb über seine hingestreckte Gestalt, um dann mit beiden Händen ihr Gesäß zu umfassen und sie so zurechtzurücken, dass ihre Beine sich spreizten und ihre Knie zu beiden Seiten seiner Hüften den Boden berührten. Es war eine absolut unzüchtige Position, bei der sie in direkten Kontakt mit seiner heißen Männlichkeit kam, die nur von einem dünnen Stück Stoff bedeckt war.

Er drängte sich gegen sie, und ihr Keuchen hörte sich fast wie ein Stöhnen an. Der Laut wurde zu einem erstickten Seufzer, als er seine Finger an ihrem Nacken in ihr Haar schob, sich hochstemmte und ihren Mund zu einem Kuss an sich zog, der sie von innen heraus zu versengen schien. Das Laken, das sie um sich geschlungen hatte, als sie aus dem Bett gestiegen war, hatte sich längst verflüchtigt, und so spürte sie, wie sich seine Muskeln bei der Bewegung an ihrem Bauch zusammenzogen … sie spürte seine feste Brust, die sich auf verführerische Weise gegen ihren zarten Busen drückte, als er seine Hüften zu bewegen begann und sich an ihr rieb.

Oh Gott …

Es fühlte sich so gut an … so gut, dass sie es nicht über sich brachte, ihn aufzuhalten, obwohl es ganz gewiss falsch war, sich solch sündigen Vergnügungen mit einem Mann hinzugeben, der halb schlief und sie wegen der Finsternis, die von seiner Seele Besitz ergriffen hatte, eigentlich zurückweisen musste.

Sie musste es beenden. Gütiger Himmel, sie musste es tun; denn sonst würde er feststellen, dass sie nur zu willig war – sich förmlich danach verzehrte –, das zu vollenden, was er mit dieser Stellung provoziert hatte.

Alissende nahm alle Kraft zusammen, legte ihre Hände auf seine Brust und drückte, wobei sie versuchte, sich hochzustemmen und gleichzeitig den Kuss zu beenden. Sie gab einen erstickten Laut von sich, als es ihr schließlich gelang, sich von ihm zu lösen. Fast augenblicklich bedauerte sie ihr Tun und stieß seinen Namen in einem heiseren, verlangenden Flüstern hervor.

Die Bewegung und der Laut, den sie ausgestoßen hatte, reichten schließlich, um ihn zu wecken. Er riss die Augen auf und bewegte sich so plötzlich, dass sie ziemlich ungraziös neben ihm zu Boden ging.

»Was machst du da?«, fuhr er sie an, und sie schaute aus ihrer peinlichen Position zu ihm auf und stellte fest, dass er sie wütend anfunkelte.

»Ich?«, wiederholte sie mit immer noch rasendem Herzschlag, während Panik und Wut um die Vorherrschaft in ihrer Stimme rangen. Sie zappelte, um sich aufzusetzen und sich gleichzeitig wieder mit dem Laken zu bedecken. »Ich mache überhaupt nichts. Du bist derjenige, der diese Situation herbeigeführt hat!«

Er erwiderte nicht sofort etwas, sondern setzte sich auf und lehnte sich mit dem Rücken an die Wand, während er sich mit einer Hand über Stirn und Augen rieb, um ganz wach zu werden und einen klaren Kopf zu bekommen.

Als er sie wieder anschaute, war es ganz offensichtlich, dass sein Körper noch eine sehr genaue Erinnerung daran hatte, was sie gerade getan hatten, auch wenn sein Kopf das nicht wusste. Sein flammender Blick glitt über sie: ihre nackten Füße, den Umriss ihrer Beine, Hüften und Brüste, der vom dünnen Laken nachgezeichnet wurde, die nackten Arme, die von den langen Locken ihres dunklen Haars halb bedeckt wurden, ehe er ihr wieder ins Gesicht sah. Bei seinem Gesichtsausdruck und der sengenden Glut in seinen Augen flammte erneutes Verlangen in ihr auf. Doch dann schaute er sie wohl noch wütender an und wirkte so, als würde er gleich explodieren.

»Warum bist du aus dem Bett herausgekommen?«

»Ich dachte, du wärst krank«, hörte sie sich selbst erklären. »Ich bin aufgestanden, um zu sehen, ob du vielleicht Fieber hast, aber ich … ich … bin gestolpert und habe gerade in dem Moment das Gleichgewicht verloren, als ich merkte, dass du nur einen Alptraum hattest.«

Ihre Wangen brannten vor Verlegenheit wegen der Lüge, aber sie würde ihm nicht die Genugtuung geben zuzugeben, dass sie ihn ob seines unruhigen Schlafs hatte besänftigen wollen. Sie war seine ehemalige Geliebte, nicht seine umsorgende Ehefrau. Doch sogar jetzt, obwohl sie versuchte, nicht hinzustarren, fiel ihr Blick unwillkürlich wieder auf die Narben, die durch sein offen stehendes Hemd sichtbar waren.

Sie war nicht schnell genug. Er fing ihren Blick auf und schaute nach unten, um zu sehen, wohin er abgeschweift war. Entsetzen zuckte über sein Gesicht, als ihm klar wurde, was sie gesehen hatte. Mehrere Atemzüge lang rührte er sich nicht, nur ein Nerv an seiner Wange zuckte, doch als er den Kopf wieder hob, brannte in seinen Augen die Erinnerung an den Schmerz – und das zerriss ihr fast das Herz.

Was hatte er nur erdulden müssen! Wut und Mitgefühl stiegen bei dem Gedanken in ihr auf, und sie ertappte sich dabei, dass sie leise sagte: »Es tut mir leid, Damien, dass du so sehr hast leiden müssen.«

Einen Moment lang sagte er nichts. Seine ausdruckslose Miene war ein Indiz dafür, dass das, was ihm widerfahren war, zu schrecklich war, um darüber nachzudenken, geschweige denn darüber zu sprechen. Schließlich stand er auf, wobei er sein Hemd sorgfältig zusammenhielt. Dann drehte er ihr den Rücken zu, um es zu schließen.

Erst als er damit fertig war, antwortete er mit ruhiger Stimme: »Nun ja, das ist jetzt vorbei.« Er sah aus dem Fenster und fuhr sich mit einer Hand durchs Haar, als er hinzufügte: »Und dem Himmel sei Dank, es wird gleich hell. Es ist spät genug, dass es kein Misstrauen erregen wird, wenn ich jetzt unser Brautgemach verlasse.«

»Die Morgenmesse wird in etwas mehr als einer Stunde abgehalten werden«, erinnerte sie ihn ruhig, während sie auch aufstand. »Willst du nicht bis dahin warten?«

»Nein.« Er sah sie wieder an. Seine Miene war jetzt zurückhaltend und gefasst, was ihr einen leisen Stich versetzte.

Sie musterte ihn einen Moment lang schweigend und kam dann zu der Einsicht, dass es in ihrem ureigensten Interesse war, so viel wie möglich über diesen Fremden zu erfahren, der einst ihr Herz besessen hatte, wenn sie die nächsten sechs Monate einigermaßen gut überstehen wollte.

»Mir ist aufgefallen, dass du keinen Kniefall gemacht hast, als wir gestern die Kirche betraten«, meinte sie, »und dich auch kein einziges Mal zum Gebet hingekniet hast, während wir darinnen waren.«

Er wich ihrem Blick nicht aus. »Du hast recht. Das habe ich nicht.«

»Warum nicht?«

Die Direktheit ihrer Frage schien ihn zu überraschen. Ein finsterer Ausdruck huschte über sein Gesicht, ehe er sich wieder unter Kontrolle brachte und eine strenge Miene aufsetzte ... sodass es ihr fast aufdringlich vorkam, überhaupt gefragt zu haben. Aber die Sache war zu wichtig, als dass sie sich ohne Antwort hätte abspeisen lassen.

»Damals, als wir zusammen waren, hast du immer gebetet, wenn du eine Kirche betreten hast«, beharrte sie. »Hast du es gestern bewusst nicht getan, weil du nicht den Eindruck erwecken wolltest, du würdest unsere Vereinbarung billigen?«

Ein verbittertes Lächeln zuckte um seine Lippen. »Nein – aber der Grund ist so gut wie jeder andere, wenn er dir genehm ist.«

Alissende errötete und war wütend, dass er ihre Frage so leichthin abtat. »Ich hätte es vielleicht nicht als so seltsam empfunden, wenn du vorher nicht nach den Regeln eines Ordens gelebt hättest, der auf die strikte Einhaltung von Gebeten zu festgelegten Zeiten besteht.«

Als er nichts sagte, zögerte sie nur kurz und bedachte ihn mit einem Blick, der ihm mit dem, was sie gleich sagen würde, keine andere Wahl ließ, als zu antworten. »Ich kann mich natürlich auch irren, und es stimmt, was man über den moralischen Verfall der Templer sagt.«

Damien sah sie wütend an, und um seine Lippen legte sich ein rebellischer Zug. »An den Regeln der Templer hat sich nie etwas geändert«, antwortete er schließlich in verhaltenem Tonfall, doch mit strenger Stimme. »Der Orden ist über jede Kritik erhaben; ich habe alle seine Gebote bei meinem Eintritt anerkannt, und ich war immer bemüht, jede Regel zu befolgen, sogar jene, die von mir verlangten, mein Leben zum Schutze der Bruderschaft hinzugeben.«

Er hielt inne, wandte den Blick ab, und als er sie wieder anschaute, stockte ihr der Atem angesichts der Qual, die sie in seinen Augen erkannte und die noch größer war als alles, was sie bisher darin gesehen hatte. »Du erinnerst dich doch noch an meinen Bruder Alexander, oder?«, fragte er.

Wie hätte sie ihn je vergessen können? Die Erinnerung an Damiens Bruder und an die Zeit damals, die sie alle bei Hofe gelebt hatten – an den Skandal im Zusammenhang mit Alexander und der Tochter des Earl of Welton, Lady Margaret, und daran, was danach passiert war und sie und Damien so viel gekostet hatte –, war noch genauso frisch wie am ersten Tag … und brannte immer noch. Doch das ließ sie Damien nicht sehen. Sie konnte einfach nicht.

Stattdessen nickte sie nur und erwiderte leise: »Natürlich erinnere ich mich an ihn. Man schickte ihn zu den Templern, kurz nachdem du selber dem Orden beigetreten warst.«

»Ja. Wir haben fünf Jahre gemeinsam gedient, bis zur Nacht der Massenverhaftungen, als man uns beide in Frankreich gefangen nahm. Irgendwann wurde ich während unserer Inhaftierung von Alex getrennt, und ein Teil meiner Qual bestand darin, dass ich nicht wusste, wie es ihm erging. Meine Häscher verwendeten es gegen mich. In ihrem Bemühen, mich dazu zu bringen, gegen die Bruderschaft auszusagen, waren sie nur zu erpicht darauf, mir zu erzählen, wie sehr mein Bruder leide. Und am Ende genossen sie es, mir zu berichten, wie und wann er den höchsten Preis für das Gelübde zahlte, welches wir bei den Templern abgelegt hatten.«

Damiens Stimme klang am Ende hohl, als er sagte: »Er starb allein, Alissende. Verlassen wie alle Templer in Gefangenschaft, in die Hölle verstoßen von genau den Leuten, für die wir gekämpft und unser Blut vergossen hatten.«

Alissende musste blinzeln, um die aufsteigenden Tränen zu unterdrücken, und sie war so aufgewühlt, dass sie nicht sprechen konnte.

»Alex starb für eine Sache, von der ich einst glaubte, sie wäre dafür da, Gottes Wille auf Erden geschehen zu lassen«, fuhr Damien fort. »Ich habe überlebt, doch mit der schmerzhaften Erkenntnis, dass der Orden der Templer für mich keine Bedeutung mehr hat, genau wie …«

Er unterbrach sich und schien zu überlegen, wie er das Ende seines Satzes formulieren sollte. Er runzelte die Stirn, und immer noch drückte seine Miene tiefen Kummer aus. »… genau wie vieles andere auch.« Er schaute einen Moment lang weg, ehe er ihr wieder ins Gesicht sah. »Das ist der Grund, warum ich gestern nicht gebetet habe.«

»Ich verstehe.«

»Nein, das tust du nicht«, widersprach er ihr ruhig. »Zumindest nicht zur Gänze. Und doch ist das, was du eben gehört hast, alles, was ich dir im Moment … oder unter Umständen je … erzählen kann.«

Er atmete tief durch und fuhr sich wieder mit den Fingern durchs Haar, im sichtlichen Bemühen, seine Gedanken wieder in andere Bahnen zu lenken. »Du musst dir jedoch keine

Sorgen machen, wie ich mich in der Öffentlichkeit verhalten könnte. Ich werde während der nächsten sechs Monate ein angemessenes Verhalten an den Tag legen und jeden Morgen mit dir zusammen an der Messe teilnehmen und dabei alle kirchlichen Riten mitmachen, wie es erwartet wird … bis auf das heilige Abendmahl.«

Seine letzte Bemerkung ließ sie jäh innehalten. Gefangenschaft und Folter mochten ihm viele Narben zugefügt haben, doch bei einem Mann mit seiner Vergangenheit konnte sich auch nur der Anflug eines Abweichens von der herrschenden Macht der Heiligen Mutter Kirche als gefährlich erweisen.

»Das würde bestimmt bemerkt werden, Damien«, mahnte sie ihn sanft. »Wie willst du es erklären?«

Seine Augen funkelten im trüben Licht des Tagesanbruchs, welches durch das Fenster fiel. »Ich werde es nicht erklären«, sagte er. »Wenn nötig kann ja dein Cousin dafür sorgen, dass denjenigen, die es wissen müssen, gesagt wird, es hänge mit einer Buße zusammen, die mir auferlegt wurde, als ich den Ablassbrief erhielt, den du so umsichtig warst für mich zu besorgen.«

Ehe sie etwas erwidern konnte, schüttelte er den Kopf und griff nach seiner bestickten Tunika, um dann zu dem großen Schrank aus Kastanienholz zu treten, der fast die Hälfte der Wand neben der Tür einnahm. Während er ihn öffnete und sich frische Kleidung herausnahm, sagte er: »Ich werde jetzt ein Bad nehmen und dann zum Stall gehen, um nach meinem Pferd zu sehen und auch die anderen Männer kennenzulernen, die unter meinem Befehl stehen. In einer Stunde werde ich dann meinen Platz an deiner Seite in der Kapelle einnehmen.«

Da ihr nichts einigermaßen Verständiges einfiel, das sie hätte sagen können, senkte sie nur bestätigend den Kopf. Nach einem weiteren Moment des Schweigens nickte Damien ihr ebenfalls kurz zu, griff nach einem Lederbeutel, den er mit nach Glenheim gebracht hatte, und ging zur Tür.

Dann war er fort. Und sie blieb allein in der Stille des Schlafgemachs zurück, wo sie nun Zeit und Muße hatte, über das Geschehene nachzudenken ... und versuchte, sich einen Reim darauf zu machen, was sie bei diesem rätselhaften, gequälten Mann entdeckt hatte, der ihr einst so vertraut gewesen war wie sie selbst.

Kapitel 6

Die Schmerzen, die man litt, wenn man sich siebzig mal siebzig Stunden in der sengenden Hitze von Zypern im Schwertkampf übte, waren dem vorzuziehen, was er als Herr von Glenheim Castle durchmachen musste – zu diesem Schluss kam Damien im Verlauf der nächsten zwei Wochen. Rückschläge waren ihm so vertraut wie das Atmen geworden, und er war an Grenzen gestoßen, auf die er nur jämmerlich vorbereitet zu sein schien.

Trotzdem war nicht zu leugnen, dass er doch einiges erreicht hatte. Er hatte eine tägliche Routine eingeführt und angefangen, eine Beziehung zu Fitzgibbon, dem Hauptmann der Burgwache, aufzubauen. Er hatte noch mehr der Männer kennengelernt, die unter seinem Befehl standen, die restlichen Bediensteten und viele der Handwerker, Händler und Frauen aus dem Dorf. Und nachdem er es so lange aufgeschoben hatte, wie es ihm guten Gewissens möglich war, hatte er sich schließlich auch mit Edgar Charmand, dem ruhigen, gelehrten Mann, der die Burg verwaltete, zusammengesetzt.

Vor diesem Treffen hatte Damien sich am meisten gefürchtet, bedeutete es doch, dass er Einblick in die Haushaltsbücher des Gutes nehmen und Anweisungen würde geben müssen, was gekauft und verkauft werden sollte. Ganz abgesehen von der Rolle als Gerichtsherr, die er bald bei Streitigkeiten unter den Angehörigen des Gutes einnehmen musste.

Seine Jahre als einer der obersten Tempelritter hatten ihn

darin geschult, Verantwortung zu übernehmen und wichtige Entscheidungen zu treffen, wenn es von ihm verlangt wurde. Doch konnte dies nicht von den anderen Fähigkeiten gesagt werden, die die Arbeit mit dem klugen Verwalter erträglicher gemacht hätten, da diese Fähigkeiten in den allermeisten Fällen Adligen oder ranghohen Kirchenleuten vorbehalten waren – wie die meisten Männer, die der Ritterklasse angehörten, hatte Damien nie Lesen und Schreiben gelernt.

Edgar war geduldig gewesen und Damien stärker im Rechnen, sodass er dort für einen Ausgleich sorgen konnte. Doch alles in allem war die erste Zusammenkunft mit dem Verwalter demütigend gewesen, um es einmal bescheiden auszudrücken.

Und doch war dieses Treffen nicht die größte Herausforderung der letzten vierzehn Tage gewesen. Nein, bei weitem nicht. Diese Ehre gebührte Alissende.

Es hatte ihn weniger als einen Tag gekostet, um zu erkennen, dass ihre Nähe eine derart sinnliche Qual darstellte, wie er sie noch nie zuvor erlebt hatte. Allein ihre Anwesenheit im Zimmer vermochte ihn in heftige Erregung zu versetzen. Ihre anmutigen Bewegungen und ihr zarter Duft – selbst das sanfte Timbre ihrer Stimme – entflammte ihn vor Verlangen.

Und nachts war es noch schlimmer.

Ja, die Nacht brachte ihre ganz eigenen Prüfungen mit sich. Der Abend war schon immer schwierig gewesen, auch als er noch in der Bruderschaft gedient hatte. Der Schleier der Dunkelheit hatte seinen geheimsten Gedanken Vorschub geleistet, die im hellen Licht des Tages viel besser zu kontrollieren waren. Doch was er jetzt auf Glenheim zu erdulden hatte, übertraf alles bisher Bekannte um ein Tausendfaches.

Er hatte sich entschieden, das Bett mit Alissende zu teilen, sobald er festgestellt hatte, dass die Alpträume und die quälenden Erinnerungen an die Inquisition durch sein Nachtlager auf dem harten Boden gefördert wurden. Doch wenn er sich neben ihr ausstreckte, fühlte er sich wie ein Verdurstender, dem nicht einmal ein Tropfen Wasser zum Befeuchten der Lippen gewährt wurde – ein Mann, der die Hitze der Flammen spürte, sich dem Feuer jedoch nicht entziehen konnte. Er war wie besessen von Sehnsucht und Verlangen, von Vorstellungen und Bildern, die ihn nicht zur Ruhe kommen ließen. Sein verfluchter Körper hielt ihn zum Narren, auch wenn ihm die Vernunft sagte, sich nicht zu einer Frau hingezogen zu fühlen, die ihn vor fünf Jahren so gefühllos abgewiesen hatte.

Es fing immer ganz harmlos an. Er lag ruhig und still da und versuchte, die schlafende Alissende nicht zu berühren, bis plötzlich ein Bild vor seinem inneren Auge auftauchte … fast wie das Fragment eines Traumes, in dem er über die nackte, glatte Haut ihres Rückens strich. Bei der Vorstellung zog sich sein Inneres auf angenehme Weise vor Verlangen zusammen, doch Narr, der er war, achtete er nicht auf die warnenden Hinweise.

Nein, er gab sich der Fantasie hin und stellte sich vor, wie er mit den Fingern durch ihr seidiges Haar strich und wie die köstliche Stelle direkt hinter ihrem Ohrläppchen schmeckte … malte sich aus, wie er ihre vollen Lippen küsste, mit der Hand über die weiche Haut ihres Armes und dann über ihren Bauch strich … und noch weiter zu ihren Brüsten mit den rosigen Spitzen vordrang, ehe er sich der herrlichen Stelle zuwandte, wo ihre Schenkel zusammenkamen …

Und dann war alles verloren, er wurde von heißen, quälenden Erinnerungen erfasst, sodass er starr vor Verlangen neben ihr lag.

Seine einzige Rettung bestand darin, dass er sich weigerte, ohne Kleidung zu schlafen, obwohl das eigentlich üblich und wegen der Wärme in der Kammer angesagt war. Aber er vertraute sich selbst nicht genug, um das zu tun. Nein, wenn er Kleidung trug, konnte er zumindest manchmal die verführerischen Bilder verdrängen und sich irgendwie vormachen, er würde allein schlafen.

Aber das klappte in der Regel auch nur vorübergehend.

Frühere Methoden, sich von Alissende abzulenken, die er angewandt hatte, als er noch der Bruderschaft angehörte – Gebete, Fasten, der Sprung in eiskaltes Wasser oder sich im Training bis zur totalen Erschöpfung zu verausgaben – funktionierten nicht mehr, und er hatte mehr und mehr das Gefühl, durch dieses ständige unerfüllte Verlangen nach ihr geradewegs in den Wahnsinn zu steuern.

Es war nur das Verlangen nach ihrem Körper, rief er sich in Erinnerung, sonst nichts. Nein, eine bedeutungsvollere Rolle durfte sie in seinem Leben nicht spielen. Diese Lektion hatte er nur zu gut gelernt. Trotzdem war da dieses drängende Verlangen, sich körperlich mit ihr zu vereinen.

In dem verzweifelten Bemühen, sich davon abzulenken, hatte er beschlossen, heute im Burghof eine erste Trainingseinheit abzuhalten, und Fitzgibbon angewiesen, zwanzig seiner besten Männer auszuwählen, die daran teilnehmen sollten. Ben hatte sich einverstanden erklärt, ihm am Anfang zu helfen und mit ihm einige der Übungen durchzugehen, die sie während der Monate von Damiens Genesungsprozess gemeinsam perfektioniert hatten. Damien hoffte, dass das Beispiel, das sie damit gaben, die Männer anspornen würde, ihre Technik zu verbessern, sodass er sich der schweißtreibenden Schwertarbeit zuwenden konnte, um sich von der Frau abzulenken, die all seine Gedanken bei Tage und seine sündigen Träume bei Nacht beherrschte.

Doch als Erstes musste er das Vertrauen der Männer gewinnen. Das war die goldene Regel für einen Befehlshaber: Verdiene dir den Respekt deiner Männer, und alles andere kommt von selbst. Aber irgendwie spürte er, dass es keine einfache Aufgabe sein würde. Er hatte eine gewisse Feindseligkeit bemerkt, wann immer er die Quartiere der Burgwache aufsuchte, und er wusste, dass er die Männer beschwichtigen musste, ehe irgendetwas anderes passierte.

»Ich fasse es nicht, dass ich mich von dir zu so etwas habe überreden lassen.«

Damien drehte sich zu der Stimme um und grinste dem Besitzer derselben entgegen, der mit großen Schritten über den Hof auf ihn zugeeilt kam. Ben hatte seine Franziskaner-Kutte gegen ein paar fester, strapazierfähiger Beinkleider und Hemd ausgetauscht, die er auch während ihrer Übungen in Dover getragen hatte. Doch das Schwert, das an seiner Taille baumelte, war neu. Ein *riesiges,* neues Schwert.

Ah ja, da bot sich eine wunderbare Gelegenheit, Ben ein wenig aufzuziehen, dachte Damien, und sein Grinsen wurde noch breiter. Er nickte kurz in Richtung der neuen Klinge und wartete, bis der Franziskanermönch bei ihm angelangt war, ehe er sprach:

»Na, das ist aber eine Waffe, die du da führst, mein Freund. Besonders für einen Mann mit deiner Berufung. Die ist ziemlich … groß, nicht wahr?«

Ben brauchte nur einen kurzen Moment, um auf den zotigen Unterklang zu reagieren, und sein messerscharfer Blick fixierte den Umriss von Damiens kleinerer Klinge, die in ihrer Scheide steckte, ehe er eine Augenbraue hochzog. »Es ist sehr klug von dir, dass du es bemerkst«, erwiderte er, »und auch nicht vergisst, wessen größer ist, egal ob ich ein heiliger Mann bin oder nicht.«

Damien lachte auf. Ben gluckste ebenfalls, und die beiden Männer packten einander zur Begrüßung am Unterarm, während sie dem anderen liebevoll auf den Rücken klopften. Doch dann war keine Zeit mehr, die Unterhaltung fortzusetzen, denn Fitzgibbon trat mit einem guten Dutzend oder mehr Männern aus dem Wachturm in den Hof. Alle schienen für einen Waffengang angemessen gekleidet, doch der Ausdruck, der auf vielen der Gesichter lag, deutete an, dass sie von der Aussicht keineswegs begeistert waren.

Damien wusste nicht, ob ihre Verärgerung von der Feindseligkeit herrührte, die er schon früher bemerkt hatte, oder davon, dass man sie angewiesen hatte, auf dem Übungsplatz zu erscheinen. Wahrscheinlich war es ein bisschen von beidem. Ein paar Sekunden später trat Fitzgibbon zu ihm, und Damien nickte zur Begrüßung. Der Hauptmann stand kurz stramm, ehe er den Kopf neigte.

»Ich habe, wie befohlen, genau zwanzig meiner besten Männer ausgewählt, Mylord. Wir erwarten Eure Anweisungen, um mit der Trainingseinheit zu beginnen.«

»Gut«, erwiderte Damien schroff, während er den Blick über die Männer schweifen ließ, die hinter Fitzgibbon standen. »Dann lasst uns anfangen. Für die erste Übung brauchen wir zwei Gruppen. Ben wird die eine anführen, ich die andere. Wenn beide Gruppen die Aufgabe beherrschen, werden wir zusammen weitermachen.«

Die Männer begannen sich auf seine Anweisung widerwillig und langsam in zwei Gruppen aufzuteilen. Währenddessen vernahm Damien ein Murren aus den hinteren Reihen und hörte genau hin, als er Bruchstücke der Beschwerden mitbekam.

Er drehte den Kopf in die Richtung, aus der das Murren kam, und sagte barsch: »Wenn irgendjemand etwas zu sagen hat, ehe wir anfangen, dann soll er es jetzt tun, damit alle ihn hören können … außer natürlich, wenn das, was ich befürchte, stimmt und ich das Kommando über einen Haufen schwatzender Weiber übernommen habe statt gut ausgebildeter Soldaten.«

Seine Ansage hatte die gewünschte Wirkung. Alle erstarrten, und obschon keiner der Männer etwas sagte, warfen ihm mehrere scheele Blicke zu.

Ben seufzte. Seine Miene zeugte von geduldig ertragener Hinnahme, und Damien hätte beinahe gelächelt. Er wusste, dass sein Freund Konfrontationen nicht ausstehen konnte, aber dieses Mal würden sie nicht darum herumkommen. Damien ließ seinen Blick schweifen und sah, dass Fitzgibbon einen warnenden Blick in die hinteren Reihen warf, wo einer der Männer anscheinend etwas sagen wollte.

»Nein, lasst ihn sagen, was er zu sagen hat«, sagte Damien zum Hauptmann. »Besser, es wird jetzt offen ausgesprochen, als dass es weiter unter der Oberfläche brodelt, während wir die Schwerter schwingen.« Dann setzte er eine Art Lächeln auf, eine Miene, die von Bitterkeit und Strenge geprägt war, welche er im Laufe der Jahre vervollkommnet hatte … ein Gesichtsausdruck, von dem er wusste, dass er eher verärgert denn freundlich wirkte.

»Dann habe ich etwas zu sagen, wenn Ihr es wissen wollt.«

Die feindselige Bemerkung kam aus den hinteren Reihen der Gruppe, und als die Männer zur Seite traten, um den Weg frei zu machen, konnte Damien den Sprecher deutlich sehen. Es war ein Mann seines Alters, mit kampfgestähltem Körper wie alle Soldaten, die Fitzgibbon für das Training ausgewählt hatte – doch gleichzeitig haftete ihm ein großspuriges Gehabe an, das ihn bestimmt bei mehr als einer Gelegenheit bereits in wüste Schlägereien verwickelt hatte.

Einige der Männer schienen sich nicht wohl in ihrer Haut

zu fühlen, traten von einem Fuß auf den anderen und sahen zu Boden, während derjenige, der Damiens Herausforderung angenommen hatte, überheblich mit vor der Brust verschränkten, muskulösen Armen dastand und Damiens Blick nicht auswich.

»Wie heißt Ihr?«, fragte Damien mit täuschend ruhiger Stimme.

»Ich bin Sir Gareth de Burton, der stellvertretende Kommandeur von Lord Dentons Truppe«, sagte der Mann gedehnt.

Damien sagte nicht sofort etwas, sondern ließ die Beleidigung erst in sich nachklingen, ehe er mit einem ganz leichten Nicken auf die Vorstellung reagierte und dann mit einer Stimme, die vor Sarkasmus triefte, erwiderte: »Ich hasse es, der Überbringer schlechter Nachrichten zu sein, doch Lord Denton ist von uns geschieden und trägt nicht mehr die Verantwortung für diese Truppe. Sondern ich.«

»Vielleicht aufgrund einer übereilten Heirat, sonst gibt Euch nichts das Recht dazu.«

»Es geht Euch nichts an, wie ich meine Ehe geschlossen habe. Und außerdem kann ich Euch versichern, dass meine militärische Erfahrung mich viel mehr dazu befähigt, das Kommando zu übernehmen, die Aufsicht über das Training zu führen und den Oberbefehl im Kampf auszuüben, als zur Erfüllung vieler anderer Funktionen, denen ich als neuer Herr von Glenheim Castle verpflichtet bin.«

Damien ließ seinen Blick über die Männer schweifen und sah dann wieder Sir Gareth in die Augen, als er hinzufügte: »Kämpfen und Siegen – das ist es, was ich am besten kann. Wenn Ihr Euch mir anschließt, werde ich Euch alles beibringen, was ich in sieben Jahren bei kleineren Scharmützeln, im Turnier und in großen Schlachten im In- und Ausland gelernt habe.«

»Sir Damien ist einer der besten Ritter, die ich je kennengelernt habe, und ich weiß, wovon ich rede«, warf Ben ein. Er stand direkt hinter Damien und stützte sich auf sein Schwert. »Ich bin jetzt zwar ein Franziskanermönch, doch als junger Mann, ehe ich meine Gelübde ablegte, habe ich im Heiligen Land gekämpft …«

Überrascht fuhr Damiens Kopf zu ihm herum.

»… und ich war in Akkon dabei, als es an die Sarazenen zurückfiel.« Ben wirkte sehr ernst. Seine normalerweise gesunde Gesichtsfarbe schien nun blasser wegen der Erinnerungen an die damalige Zeit, die in ihm aufstiegen. Nach einem Moment des Nachdenkens nickte er und meinte abschließend: »Ich sah dort die beeindruckendsten kämpferischen Leistungen, derer ein Mensch Zeuge werden kann – und mehr Gräueltaten, als ich je wieder erleben will. Aus diesem Grund habe ich mich entschlossen, mein Leben Gott zu weihen. Ohne jeden Zweifel besitzt Sir Damien größeres Geschick im Umgang mit Schwert, Bogen und Speer im Kampf Mann gegen Mann und zu Pferd, als ich während meiner aktiven Zeit als Krieger gesehen habe.«

Die Männer waren ganz still geworden, während Ben sprach, und auch Damien staunte verblüfft. Er hatte gewusst, dass Ben irgendwann in seinem Leben gelernt haben musste, ein Schwert zu führen. Als sie begonnen hatten, sich miteinander zu messen, und Ben Damien geholfen hatte, seine Kraft zurückzugewinnen, hatte er nämlich ein gewisses Geschick an den Tag gelegt. Doch Damien hatte nicht um die Hintergründe gewusst. Der Franziskanermönch begegnete seinem Blick mit diesem weisen, ruhigen Ausdruck in den Augen, den Damien während seiner qualvollen Genesung so gut kennengelernt hatte, und nickte ihm aufmunternd zu.

Die Anspannung schien sich durch Damiens Antwort und

Bens verblüffende Aussage etwas gelegt zu haben, aber irgendetwas gärte wohl auch jetzt noch unter der Oberfläche. Damien wartete ruhig ab, was darüber hinaus zur Sprache gebracht werden würde. Es dauerte nur einen kurzen Moment, ehe er seine Antwort bekam.

»Mylord, ich habe auch eine Frage an Euch, wenn wir uns immer noch so freimütig äußern dürfen.«

Der Mann, der jetzt sprach und dabei ein weitaus höflicheres Benehmen an den Tag legte, als Gareth es getan hatte, stand rechts von Fitzgibbon. Er wirkte mehrere Jahre jünger als die meisten anderen der Männer – ein gerade erst zum Ritter geschlagener Jüngling von vielleicht achtzehn Jahren. In diesem Alter war auch Damien das erste Mal an den Hof gekommen.

»Ja«, erwiderte Damien. »Fragt nur ohne Furcht. Ich werde Euch antworten, wenn ich es kann. Doch wie bei Eurem Kameraden möchte ich Euch erst um Euren Namen bitten.«

Der junge Mann nickte. »Ich bin Sir Reginald Sinclair, Mylord, und ich würde gern wissen, ob es stimmt, was wir gehört haben … dass Ihr ein Tempelritter des inneren Kreises wart und unter dem Vorwurf der Ketzerei in Frankreich von der Inquisition verhaftet worden seid.«

Damien hatte gewusst, dass dieser Punkt irgendwann zur Sprache kommen würde. Nichtsdestotrotz versetzte es ihm einen Stich, als die schrecklichen Erinnerungen wieder in ihm hochkamen. Reginald schien es jedoch ernst mit seiner Frage zu sein, und so entschied Damien, die Frage des Jungen so gut es ging zu beantworten.

Er nickte. »Was Ihr gehört habt, stimmt. Ich habe in den Diensten der Templer gestanden.« Sein Kiefer spannte sich an. »Was Eure zweite Frage betrifft: Ja, man hat mich Ende letzten Jahres während der Massenverhaftungen in Frankreich eingekerkert und von der Inquisition verhören lassen.«

»Wir sind keine Dummköpfe, *Mylord«*, mischte Gareth sich mit spöttischer Stimme ein. Es war offensichtlich, dass er sich kein bisschen hatte besänftigen lassen. »Uns ist zu Ohren gekommen, dass Tausende von Templern, die in Frankreich inhaftiert wurden, sich bei den von Euch erwähnten Verhören der Ketzerei schuldig bekannt haben. Wenn Ihr tatsächlich ein Templer seid und damals in Frankreich wart, warum ist es Euch dann so anders ergangen?«

Ein unterdrücktes Raunen zog im Nachhall von Gareths kaum verhohlener Anschuldigung, ihr neuer Herr würde lügen, über den Hof, und das, was nicht gesagt worden war, ließ das Schweigen noch beredter werden. Damien merkte, dass er die Hände zu Fäusten ballte und sich innerlich zur Ruhe mahnen musste, um sich nicht hier und jetzt auf den Schuft zu stürzen und ihm seine Frechheit in einer Art und Weise heimzuzahlen, die er auf jeden Fall verstehen würde.

»Ich habe während der Verhöre nichts gestanden, Sir Gareth«, stieß Damien schließlich hervor, »weil ich nicht der Ketzerei schuldig war.«

»Das sagt Ihr«, murrte der Ritter. In seinen Augen brannte das Feuer der Selbstgerechtigkeit, und Damien fühlte sich an sich selbst zu einer Zeit erinnert, als die Welt für ihn aus Schwarz und Weiß bestanden hatte und nur ein bisschen, wenn überhaupt, Grau.

»Die Tatsache, dass Sir Damien hier steht, sollte eine Bestätigung für seine Unschuld sein«, warf Ben beschwichtigend und in dem Versuch ein, die sich wieder verstärkende Anspannung zu verringern. Und wieder sah Damien seinen Freund überrascht an. Bens feste Moralvorstellungen ließen nicht zu, dass er log, aber wirklich aufrichtig war er in Bezug darauf, wie Damien der Inquisition entkommen war, auch nicht.

»Das beweist doch nur, dass er lebt«, entgegnete Gareth und

richtete seinen hitzigen Blick jetzt auf Ben. »Wir haben nur Eure Aussage, die uns überzeugen soll. Es ist allgemein bekannt, dass alle Templer im Oktober letzten Jahres in Frankreich in Gewahrsam genommen wurden, um von einem Zweig der Inquisition verhört zu werden, der für seine Grausamkeit berüchtigt ist – und doch steht Sir Damien gesund und munter hier vor uns.«

Gareth setzte eine verschlossene Miene auf, als wisse er, wie kurz er vor einer Katastrophe stand, doch anscheinend verbot es ihm sein Stolz, sich zurückzunehmen. Trotzig reckte er das Kinn, schluckte und holte dann zum letzten, vermeintlich vernichtenden Schlag aus: »Ich bin nicht der Einzige in der Truppe, der meint, dass uns eine Riesenlüge aufgetischt wurde. Wir glauben nicht, dass Sir Damien je ein Ritter des inneren Kreises der Bruderschaft war – oder dass man ihn in Frankreich irgendwelchen Verhören unterzogen hat. Nein, wahrscheinlich ist er nur ein einfacher Soldat wie wir. Jedoch einer, dem es irgendwie gelungen ist, unsere Herrin mit dem einzigen Ziel, ihren Reichtum und ihre Güter in die Finger zu bekommen, zu einer Verbindung zu überreden.«

Das war es also. Die Anschuldigung, die hinter all den Seitenblicken, dem Gerede und den Feindseligkeiten stand, die ihm seit seiner Ankunft entgegengeschlagen waren.

Jeder einzelne Muskel in Damiens Körper spannte sich an. Er hatte gehofft, jene Art von gewalttätiger Auseinandersetzung vermeiden zu können, die zur Klärung dieser Situation angebracht war. Doch mittlerweile lief es unausweichlich darauf hinaus, wenn er auch nur ansatzweise hoffen wollte, dass diese Männer ihm den gebotenen Respekt zollten und während seiner sechs Monate dauernden Vereinbarung mit Allisende in Treue zu ihm standen.

Damien bedeutete den Männern einen Halbkreis zu bilden,

während er sein Hemd aufzuschnüren begann und selbst ein paar Schritte zurücktrat. Dabei wich sein stählerner Blick kein einziges Mal von Gareth. »Wenn Ihr denkt, ich würde Lady Alissendes Ehre in irgendeiner Weise beflecken, indem ich mit Euch über die Art meiner Beziehung zu ihr spreche, dann irrt Ihr Euch gewaltig. Was jedoch Eure Vorwürfe hinsichtlich der Wahrhaftigkeit meiner Erfahrungen mit der Inquisition oder meiner Mitgliedschaft zum inneren Kreis der Tempelritter betrifft, so hege ich keine derartigen Bedenken.« Er merkte, wie sich sein Mund vor Erbitterung verzog, als er das sagte.

Inzwischen hatte er sein Hemd aus der Hose gezogen und die Verschnürung am Hals geöffnet. Jetzt zog er es sich über den Kopf und warf es zur Seite, sodass sein gesamter Oberkörper ihren Blicken preisgegeben war. Die Narben waren nicht zu übersehen; sie stammten von Verbrennungen, Schlägen und anderen Wunden und zogen sich über seinen gesamten Rumpf, die Rippen und den Rücken hin.

Der Anblick war kaum auszuhalten. Er wusste es und hatte sich damit abgefunden, hatte die Tatsache akzeptiert, dass es den schönen blonden Krieger, den durch seine Statur beeindruckenden makellosen jungen Mann von einst nicht mehr gab, dass er unwiederbringlich verloren war. Er war immer noch unleugbar groß und stark, genauso stark, muskulös und gewandt wie früher. Wenn er Kleidung trug, würde keiner den Unterschied bemerken zwischen dem Mann von früher und dem Mann, der durch die Hölle gegangen war.

Doch er wusste es – und das taten die Männer, die vor ihm standen, jetzt auch.

»Das hier«, sagte er und sah Gareth unverwandt in die Augen, »sollte jeden Zweifel daran zerstreuen, dass ich mich in der Hand der französischen Inquisition befunden habe. Wie Ihr sehen könnt, bin ich *sehr* gründlich verhört worden.«

»Und das hier« – klirrend zog er sein Schwert aus der Scheide – »sollte allen restlichen Zweifel darüber zerstreuen, welche Stellung ich als Tempelritter hatte oder ob ich befähigt bin, diese Truppe anzuführen.« Er bedachte Gareth mit einem angespannten halben Lächeln und zog eine Augenbraue hoch. »Das heißt natürlich nur, wenn Ihr bereit seid, dies in einem Kampf Mann gegen Mann zu überprüfen. Hier und jetzt.«

Gareth zögerte. Als er endlich antwortete, verriet seine sich überschlagende Stimme, dass er nur mit Mühe die Haltung bewahrte. »Was denn – wollt Ihr etwa ganz ohne Rüstung oder Kettenpanzer kämpfen?«

»Das brauche ich nicht. Schwert und Schild reichen mir.«

Damien sah, wie Gareth plötzlich bleich wurde, bemerkte seinen konsternierten Gesichtsausdruck und meinte spöttelnd: »Na, kommt schon. Lasst uns anfangen. Ich spreche Euch hier vor Eurem Hauptmann und den übrigen Männern von jeder Schuld frei, sollte es Euch gelingen, mir eine Verletzung beizubringen, wenn das die Sorge ist, die Euch davon abhält, mit mir die Klinge zu kreuzen.«

»Sei vorsichtig«, mahnte Ben flüsternd, während sie auf Gareths Antwort warteten. »Es würde mir keinen Spaß machen, dich wieder zusammenzuflicken, wenn eine Verletzung durch etwas weniger Großspurigkeit und ein bisschen mehr Vorsicht so leicht vermieden werden könnte.«

»Keine Angst, mein Freund. Ich weiß, was ich tue«, gab Damien leise zurück, sodass kein anderer hören konnte, worüber er mit Ben sprach.

Mit lauterer Stimme wandte er sich wieder an die vor ihm stehenden Männer: »Nun, Sir Gareth, was sagt Ihr? Ich gebe Euch mein Wort, dass es nur ein Schaukampf ist, denn obwohl Ihr für Eure Frechheit Schlimmeres verdient hättet, gehöre ich nicht zu jenen Burgherren, die das Blut ihrer Lakaien als Genugtuung verlangen.« Er nickte und bedachte Gareth wieder mit einem sarkastischen Lächeln. Er tat wirklich alles, um den Mann in seinem Stolz zu treffen, damit dieser aus seiner Starre erwachte. »Nein, Ihr habt wirklich Glück, dass ich nicht von hoher Geburt bin, denn sonst hätte ich Euch womöglich zu einem noch größeren Gespött gemacht, als Ihr es gerade selbst mit Eurem feigen Zögern tut.«

Das war es endlich, was Gareth von seiner Unentschlossenheit befreite. Ein Knurren ausstoßend, marschierte er mit langen Schritten durch die Gasse, die die Männer für ihn bildeten, auf Damien zu und zückte sein Schwert.

Damien war bereit.

Er parierte den ersten, von oben kommenden Hieb mit Leichtigkeit und erwiderte ihn mit einem schwungvollen Schlag von der Seite. Gareth wehrte ihn zwar ab, doch er hatte nicht genug Erfahrung, um den nächsten Angriff kommen zu sehen – eine schnelle Finte in die andere Richtung, die im letzten Moment in einen direkten Stoß umgewandelt wurde. Die Bewegung ließ Damiens Klinge an Gareths entlanggleiten, bis sich das Heft der beiden Schwerter ineinander verhakte. Damien stand Brust an Brust mit seinem Gegner und die altbekannte Hitze des Gefechts erfüllte ihn. Sein Gegner hatte keine Chance mehr. Es waren nur noch zwei weitere Aktionen nötig, und er würde Gareth dessen Klinge entreißen.

Er trat nach vorn, stellte seinen Fuß zwischen Gareths Beine und verlagerte sein Gewicht für den Angriff. Nur noch eine Bewegung, jetzt …

Plötzlich blitzte es am Rande des Hofes blutrot vor schwarzem Hintergrund auf und zog Damiens Aufmerksamkeit auf sich. Ein heftiger Schreck durchfuhr ihn. Es war Alissende. Sie war mit Father Michael nach draußen gekommen, und es war die lange, dunkle Robe des Priesters, die solch einen dramatischen Hintergrund zu ihrem rubinroten Kleid bildete. Schweigend stand sie da und beobachtete den Kampf mit einer Mischung aus Überraschung und Sorge, die ihre schönen Augen trübte.

Damiens Blick verweilte nur einen Moment auf ihr – doch dieser Moment reichte aus, dass sich alles veränderte.

Gareth nutzte die Gelegenheit und stieß Damien den Unterarm mit einer solchen Wucht gegen den Brustkorb, dass diesem alle Luft aus der Lunge entwich und er zurückweichen musste, wodurch Gareth sein Schwert befreien konnte. Damien knurrte vor Wut über sich selbst und musste seinen Angriff neu aufbauen, um seinen Gegner zu entwaffnen.

Es dauerte nicht lange, aber es erforderte mehr Anstrengung, als er hatte einsetzen wollen, und Rücken und Arme begannen zu schmerzen, als er es endlich schaffte, Gareths Schwert durch die Luft wirbeln zu lassen. Und aus Wut über sich selbst richtete er seine Klinge auf Gareths Kehle, sodass dieser unbeweglich einen Moment länger an der Spitze des glitzernden Todes verharrte, als Damien es ursprünglich vorgehabt hatte … bis er merkte, dass die Männer um ihn herum unruhig zu werden begannen. Sie machten sich eindeutig Sorgen, dass er vielleicht sein Wort brechen und ihren Kameraden an Ort und Stelle aufschlitzen könnte.

Schließlich trat Damien zurück. Gareth ließ sich augenblicklich auf ein Knie sinken und rang vornüber gebeugt nach Luft. Damien ging zu Ben zurück.

»Ein bisschen viel Eifer am Schluss, nicht wahr?« Ben wartete, bis Damien seine Klinge wieder in die Scheide geschoben und den Schwertgurt gelöst hatte, ehe er ihm sein Hemd reichte.

»Er hat es verdient.«

»Mag sein.« Ben schaute zu der Gruppe von Männern, die

sich um Gareth geschart hatte. »Aber ich würde sagen, du hast deinen Standpunkt auf eine Art klargemacht, die keiner von ihnen so schnell vergessen wird.«

»Das war meine Absicht.« Damien schloss sein Hemd und stopfte es wieder in die Hose. »Doch genauso wichtig ist es, dass ich ihnen und Gareth eine Möglichkeit gebe, sich meiner Führung unterzuordnen, ohne dass ihre Ehre dabei Schaden nimmt.«

Nachdem er sein Schwert wieder gegürtet hatte, ging Damien zu den Männern zurück und nahm Gareths Waffe dem Ritter ab, der sie aufgehoben hatte. Als er vor dem Mann stand, den er besiegt hatte, streckte er ihm seine Hand entgegen. »Schlagt ein, Sir Gareth, und nehmt mein Friedensangebot an. Ihr habt Talent und gute Instinkte gezeigt, und es erfüllte mich mit Stolz, wenn Ihr bereitwillig in meiner Truppe dienen würdet.«

Gareth schaute zu Damien auf, und einen Moment lang blieb seine Miene ausdruckslos. Er atmete immer noch schwer. Schließlich streckte er die Hand aus und ließ sich von Damien hochziehen. Damien reichte ihm sein Schwert. Nachdem er es wieder in die Scheide geschoben hatte, stand Gareth ganz still da und sah zu Boden, ehe er endlich wieder Damien in die Augen sah. »Ich danke Euch, Mylord, und ich hoffe, Ihr verzeiht mir die Zweifel, die ich gehegt und in so unhöflicher Weise vorgebracht habe.«

»Ich stimme Euch in allen Punkten zu«, erwiderte Damien, »und halte es für einen fairen Preis, um in den Genuss des Privilegs zu kommen, einen so guten Schwertkämpfer zu meiner Verfügung zu haben.« Die letzten Worte wurden in leicht scherzhaftem Ton vorgebracht, um die immer noch in der Luft liegende Spannung zu lockern.

Wie Damien gehofft hatte, wirkte Gareth erfreut über das

Kompliment und schaute gleich darauf an Damien vorbei zu den anderen Männern und Fitzgibbon. »Wenn ich mich nicht irre, werden wir wohl alle unsere Meinung über Euch revidieren, Mylord, und Euch von diesem Tage an voller Ehrerbietung folgen.«

Daraufhin riefen einige der Männer im Chor »So sei es!« und »Wir folgen Euch treu, Mylord!« Bald stimmten alle mit ein.

Damien schüttelte Gareth, Fitzgibbon und ein paar anderen Männern, die in seiner Nähe standen, die Hand, und als die Jubelrufe verhallten, sagte er: »Ich bin froh, dass ich Eure Unterstützung habe. Trotzdem wäre es wohl besser, wenn Ihr einen Teil Eurer Begeisterung für das Training aufspart, das immer noch vor uns liegt.«

Hie und da war ein Stöhnen zu vernehmen, doch es klang jetzt eindeutig gutwillig, und Damien nickte lächelnd. »Ich weiß, ich weiß … aber wir haben viel zu erledigen, und je früher wir anfangen, desto eher sind wir damit durch.«

Als die Männer sich auf sein Geheiß in Bewegung setzten, gestattete Damien sich zum ersten Mal einen Blick zum Rande des Hofes, wo Alissende ihn mit ihrem Erscheinen abgelenkt und bei seinem Kampf mit Gareth beeinträchtigt hatte.

Sie war nicht mehr da.

Ben fing seinen Blick auf, als er zu Damien trat. Er zog eine Augenbraue hoch und machte eine Bemerkung, die Damien weniger unschuldig vorkam, als sie klang. »Ich habe auch bemerkt, dass dich deine Frau vorhin vom Rande des Hofes aus beobachtet hat. Sie schien sich um deine Sicherheit Sorgen zu machen.«

»So große Sorgen, dass sie es vorzog, mit ihrem Cousin wegzugehen, ehe sie mit mir sprechen konnte.« Damien griff nach seinem Schild, schob seinen Arm in die Schlaufen und versuchte, die Gefühle zu unterdrücken, die immer außer Kontrolle zu geraten schienen, wenn es um Alissende ging.

Ben zuckte die Achseln. »Für mich sah es so aus, als würden sie und Michael irgendwelche Körbe tragen. Vielleicht wollten sie eine Besorgung machen. Allerdings könnte ihr übereilter Aufbruch auch mit ihrer Befürchtung zu tun gehabt haben, sie würde unter Umständen miterleben, wie du verwundet wirst.«

»Sie war wohl eher von dem Gegensatz abgestoßen, der zwischen dem Mann besteht, den sie einst bei Turnieren hatte kämpfen sehen, und dem, was ihr heute unter die Augen gekommen ist.«

Ben gab einen tadelnden Schnalzlaut von sich und schüttelte den Kopf. »Mich dünkt, du weißt noch weniger darüber, was im Kopf einer Frau vor sich geht, als ich, Damien – und dabei bin ich derjenige, der ein Keuschheitsgelübde abgelegt hat.«

Oh, aber so ein Gelübde habe ich auch einst abgelegt …

Gänzlich unerwartet löste der Gedanke ein erstaunliches Gefühl der Verbitterung aus. Doch er hatte keine Gelegenheit mehr, etwas zu sagen, denn er bemerkte einen Pagen, der im Laufschritt von der großen Halle auf sie zukam. Der Junge hatte eine gute Ausbildung genossen; als er am Rande der Gruppe ankam, blieb er schwer atmend stehen und wartete nervös auf Damiens Erlaubnis sich zu nähern.

»Ich frage mich, was er wohl mitzuteilen hat«, sagte Damien leise zu Ben und winkte den Jungen heran.

Einige der Männer hatten den Jungen auch bemerkt, drehten sich um und beobachteten, wie der Page auf Damien zukam und sich respektvoll vor ihm verbeugte, ehe er sich wieder aufrichtete und mit leiser Stimme sagte: »Mylord – entschuldigt, dass ich Euch störe, aber ich habe Euch mitzuteilen, dass sich eine Gruppe von Rittern nähert. Ein Trupp von zwei Dutzend Männern oder mehr, alle schwer bewaffnet, in Rüstung und mit dem Wappen des jungen Hugh de Valles, des vierten Earl of Harwick – der sie selbst anführt.«

Damien spürte, wie sich alle seine Muskeln zum zweiten Mal innerhalb einer Stunde anspannten. *Verflucht!* Er hatte zwar damit gerechnet, dass der Mann, der Alissende nachstellte, trotz der Tatsache, dass sie ihre Heirat bei Hofe verkündet hatte, erneut einen dreisten Versuch unternehmen würde, sie in seinen Besitz zu bringen. Schließlich hatten ihn Alissendes Mutter und Father Michael davor gewarnt, dass Hugh seine Bestrebungen nicht einstellen würde. Doch er hatte gehofft, mehr Zeit zu haben, um sich Respekt zu verschaffen, ehe Hugh auftauchte.

Mit gerunzelter Stirn drehte er sich zu Ben um. »Es ist wohl besser, die Männer in Alarmbereitschaft zu versetzen«, meinte er leise. »Ich muss Alissende darüber informieren und sie auf einen möglichen Angriff vorbereiten, dann werde ich zum Wachturm gehen und die alarmieren, die dort Dienst tun. Wenn du währenddessen die Männer hier über die Situation in Kenntnis setzen könntest, werde ich …«

»Verzeiht, Mylord, aber ich muss Euch mitteilen, dass … also ich glaube, Ihr solltet wissen, dass Lord Harwick – dass er … und dass … dass Lady Alissende …«

Der Page verhaspelte sich an seinen eigenen Worten. Er war leichenblass und machte sich offensichtlich Sorgen wegen der schlimmen Folgen, die es für ihn haben würde, wenn er seinen Herrn heute bereits zum zweiten Mal bei etwas unterbrach und diesmal sogar mitten im Satz.

Damien bemühte sich, nicht allzu finster zu schauen, sah den Jungen an und sagte mit ruhiger Stimme: »Ganz ruhig, Junge. Du wirst dir keinen Rüffel einhandeln, nur weil es noch etwas gibt, was du mir mitzuteilen hast. Hast du mir sonst noch etwas zu sagen?«

»Ja, Mylord«, erwiderte der Page, während er mehrmals schluckte und ein besorgter Ausdruck in seinen braunen Augen lag. »Es geht darum, dass Lord Harwick sich von Westen nähert. Lady Alissende, mehrere ihrer Mägde und eine kleine Eskorte haben die Burg vor einer Viertelstunde verlassen, um im Wald am Rande der westlichen Grenze von Glenheim Beeren zu sammeln.«

Damien hatte das Gefühl, als würde sich ihm ein Holzpflock ins Herz bohren, als ihm die Bedeutung des eben Gehörten klar wurde, noch ehe der Page die letzten vernichtenden Worte krächzte …

»Lord Harwick wird unweigerlich auf Lady Alissende stoßen, die nur von einer Handvoll Männer bewacht wird, Sir Damien. Und wenn es stimmt, was man in der Vergangenheit über ihn gehört hat, dann befindet sie sich in großer Gefahr. In außerordentlich großer Gefahr.«

Kapitel 7

Der Wald bot ihnen willkommenen Schutz vor der sengenden Sonne. Alissende genoss den kühlen Schatten, während sie nach den Stellen mit den dickblättrigen Erdbeerpflanzen suchte, die hier normalerweise üppig wucherten. *Mère* sehnte sich nach einer ihrer Lieblingssüßspeisen: reife Beeren in Rotwein eingelegt, dann in Mandelmilch aufgekocht, angedickt mit Mehl und mit Rosinen, Safran, Zucker, Ingwer und Zimt abgerundet. Sie würden den Rest des Tages brauchen, um die Süßspeise zuzubereiten, und so war die morgendliche Jagd nach den Beeren ein guter Vorwand, um eine Weile die Ruhe und den Frieden des Waldes zu genießen.

Damien wäre wahrscheinlich verärgert, wenn er herausfand, dass sie die Burg verlassen hatte, ohne ihm Bescheid zu sagen; doch sie hatte den Gedanken nicht ertragen, dass er es ihr vielleicht verwehren würde. Sie musste raus, und sei es auch nur für kurze Zeit.

Gott sei Dank schien Michael sie zu verstehen; er hatte sie zufälligerweise gerade in dem Moment aufgesucht, als sie sich fertig machte, um mit vier ihrer Mägde die Burg zu verlassen. Anfangs war er wegen ihres Planes besorgt gewesen – so besorgt, dass er sogar Damiens Trainingsstunde im Hof hatte unterbrechen wollen, um ihn davon in Kenntnis zu setzen. Aber irgendwie war es ihr gelungen, ihn davon zu überzeugen, dass das nicht nötig wäre. Sie hatte ihm dafür ein bisschen um den Bart gehen und sich damit einverstanden erklären müssen, dass vier Männer der Burgwache sie in den Wald begleiteten – aber schließlich hatte er zugestimmt.

Jetzt war sie endlich in der friedlichen Stille des Waldes und ließ sich von trüben Gedanken den kurzen Moment der Ruhe verderben, der ihr vergönnt war. Als wollte sie sie daran erinnern, schickte die Sonne ihre hellen Strahlen vor Alissende durch die Bäume, sodass die Staubkörnchen tanzten. Das Licht lockte Alissende tiefer in den Wald, und ein paar Schritte weiter trat sie auf eine Lichtung, die nach dem Dunkel des Waldes förmlich vor Helligkeit zu funkeln schien. Der Boden war mit dunkelroten Erdbeeren übersät, die unter tief hängenden dunkelgrünen Blättern hervorlugten.

Es war perfekt … genau das, wonach sie gesucht hatte.

Alissende rief nach Jeanette und Edmee, die ihr am nächsten waren, und bereitete mehrere Körbe vor, die sie fürs Pflücken mitgebracht hatten.

»Ah, das ist wirklich ein schöner Flecken, Mylady«, meinte Edmee, und ihr rosiges Gesicht strahlte vor Freude, als sie zusammen mit Jeanette auf die Lichtung trat. »Catherine und Marguerite werden neidisch sein, denn sie haben bisher keine annähernd so gute Stelle gefunden. Sollen wir einen von den Männern zu ihnen schicken, damit sie auch hierher kommen?« Sie war ein hübsches, dralles Mädchen mit blonden Haaren und hellblauen Augen, die in der Familie lagen, und sie bildete einen auffälligen Gegensatz zur schlankeren, dunkelhaarigen Jeanette.

»Ja, in Ordnung«, erwiderte Alissende. »Wenn sie nicht zu weit weggegangen sind, wäre das wohl am besten.«

»Ich werde mich darum kümmern, Mylady«, sagte Jeanette mit leiser Stimme und knickste kurz, ehe sie zu den Wachen ging, die nur ein paar Schritte entfernt am Waldrand standen.

Nach einem Moment kam Jeanette auf die Lichtung zurück

und fing auch mit dem Pflücken an. Trotzdem entging Alissende nicht, wie Jeanette und Edmee miteinander flüsterten, kicherten und immer wieder Blicke zu den drei ziemlich attraktiven Männern warfen, die am Rande der Lichtung Stellung bezogen hatten. Die Soldaten wirkten verlegen, aber entschlossen, ihre Pflicht zu erfüllen, und Alissende musste über das kokette Verhalten der Mädchen lächeln.

Wie jung sie alle waren. Wie unwissend ob des Kummers, der neben dem Schönen mit der Liebe einhergehen konnte. Wenn sie sie so beobachtete, schien alles so einfach und unkompliziert. Überhaupt nicht so wie ihre Gefühle für Damien.

Diese widerstreitenden Empfindungen wurden allmählich unerträglich. Immer wenn sie mit Damien zusammen war, war sie voller Sehnsucht. Jedes Mal, wenn er ihr in der Öffentlichkeit über die Hand strich oder seine Hand um ihre Taille legte, während sie durch die große Halle oder von der Kapelle zurück zur Burg gingen, spürte sie dieses angenehme Ziehen im Innern. Das Verlangen, sich in seine Arme zu schmiegen, wie es einmal ganz natürlich zwischen ihnen gewesen war.

Doch sie konnte nicht vergessen, wie widerwillig er bei ihrer schmerzhaften Scharade mitmachte. Er war nicht mehr derselbe Mann wie früher. Alle Zärtlichkeit, mit der er sie jetzt bedachte, war gespielt, und er beschützte sie, weil er es als seine Pflicht betrachtete. Das Ganze würde in etwas weniger als sechs Monaten zu Ende sein, und dann ginge er, ohne sich auch nur einmal umzuschauen.

Genau wie vor fünf Jahren, nachdem sie ihm das Herz gebrochen hatte.

Einerseits konnte sie ihm das nicht vorwerfen. Andererseits war sie wütend über diese Wendung des Schicksals, während sie sich gleichzeitig Vorwürfe machte, dass sie immer noch zartere Gefühle für ihn hegte. Doch diesen Gefühlen war nicht zu trauen, rief sie sich in Erinnerung, und sie galten einem Mann, den es nicht mehr gab. Dass sie selbst für die zwischen ihnen bestehende Kluft verantwortlich war, änderte nichts an der Tatsache, dass Damien, da er nun wieder in ihr Leben getreten war, nicht nur wegen der lange vergangenen Zurückweisung schroff und wütend war. Er hatte sich von Gott abgewandt, und ein derartiger Abfall vom Glauben konnte nicht einfach ohne Folgen bleiben. Er belastete sie und …

Alissende hörte plötzlich einen Freudenschrei aus Edmees Richtung, und als sie aufschaute, sah sie, dass die junge Frau aufgesprungen war. Edmee drehte sich zu ihr um und hielt eine Erdbeere hoch, die fast so groß wie ihr Handteller war. Ihr Gesicht leuchtete vor Aufregung, als sie rief: »Mylady, seht Euch die hier an!«

Alissende ließ sich auf die Fersen zurücksinken und wollte gerade etwas Aufmunterndes sagen, als sie bemerkte, wie alle Farbe aus Edmees Wangen wich. Die drei Wächter zogen ihre Waffen, und im gleichen Moment hörte sie hinter sich eine vertraute Stimme.

»Oh ja – schaut Euch die an.«

Alissende atmete keuchend ein, während sie zu dem Mann herumwirbelte, der gesprochen hatte. Das Herz schlug ihr bis zum Hals, als sie dem sardonischen Blick ihres Großcousins, Hugh de Valles, dem vierten Earl of Harwick, begegnete. Er war weniger als zehn Schritte von ihr entfernt … ein großer, kräftiger Mann, der bereits im Alter von sechs Jahren seine Ausbildung zum Schwertkämpfer angefangen hatte.

Keiner hätte je gedacht, dass er einmal die Grafenwürde erben würde. Schließlich war er nur ein zweitgeborener Sohn. Bei Michael, seinem jüngeren Bruder, hatte schon bei der Geburt festgestanden, dass er einmal die Priesterlaufbahn einschlüge. Doch als erst der Vater und kurz darauf der älteste

Bruder starb, war Hugh unerwartet der neue Earl – und verfügte über alle Macht und etwaige Verworfenheit, die mit dem Titel einhergingen. Ihm fehlte nur der ungeheure Reichtum, nach dem es ihn verlangte, doch diesen Mangel würde Alissende beheben, wenn sie seine Frau würde.

»Hugh«, stieß Alissende schließlich hervor, nachdem sie ihre Stimme wiedergefunden hatte. »Ich ... ich habe nicht damit gerechnet, dass du ... dass ich ...«

Die Angst, die in ihr aufstieg, erstickte alles, was sie sonst noch hatte sagen wollen. Bei ihrem letzten Treffen vor fast sieben Monaten hatte er versucht, sie von einem der Güter ihrer Mutter zu entführen. Damals hatte er seine Absichten sehr deutlich gemacht, und obwohl sie sich gegen ihn gewehrt hatte, hatte sie es mit seiner Größe und Kraft nicht aufnehmen können. Sie wusste, dass sie sich ihm hätte beugen müssen, wäre Michael nicht in diesem Moment in Begleitung mehrerer anderer Kirchenmänner aufgetaucht. In Anwesenheit eines Bischofs war es ihnen gelungen, Hugh davon zu überzeugen, dass eine unter derartigem Zwang durchgesetzte Verbindung von der Heiligen Mutter Kirche niemals anerkannt werden würde.

Die Erinnerung an jenen schrecklichen Tag kam mit aller Macht zurück, und Alissende musste schlucken, um der aufsteigenden Übelkeit Herr zu werden. Hugh lächelte nur. Er trug zwar eine Rüstung, weil er unterwegs war, doch keinen Helm, sodass sein wie immer gut frisiertes dunkles Haar zu sehen war, welches das schmale Gesicht mit dem ausgeprägten Kiefer und der geraden Nase betonte, das die meisten Frauen recht ansehnlich fanden. Mehr als einmal hatte Alissende gedacht, dass er sogar sehr gut aussehen könnte, wären da nicht dieser tückische Blick seiner grüngrauen Augen und der grausame Zug um seinen sinnlichen Mund.

»Liebste Cousine«, murmelte er schließlich, und beim Klang seiner Stimme rieselte es ihr eiskalt den Rücken hinunter. »Mehr hast du mir zur Begrüßung nicht zu sagen?« Während er sprach, trat er näher heran, wobei er sich kein bisschen an ihren Wächtern zu stören schien, die näher gerückt waren und drohend mit erhobenen Schwertern dastanden.

»Lord Harwick«, sagte der älteste ihrer Männer, »bleibt zurück, oder wir sehen uns gezwungen, Lady Alissende vor Euch zu schützen.«

Hugh gab einen abfälligen Laut von sich. Auf sein Zeichen hin stürzten ein Dutzend oder mehr Männer aus dem Wald hinter ihr. Ihre Eskorte hatte keine Chance gegen diese Übermacht. Innerhalb weniger Sekunden befand sie sich in der Gewalt von Hughs Soldaten.

Edmee keuchte, und Jeanette schrie vor Schreck auf, wobei sie den Korb fallen ließ, den sie in der Hand gehalten hatte, als zwei der Soldaten auch sie in Gewahrsam nahmen, während Hugh nach Alissende griff, ihren Oberarm mit einer Hand packte und ihr Kinn mit der anderen schmerzhaft nach oben bog, sodass sie ihn anschauen musste.

Sie erstarrte, und ihre Hände wurden eiskalt; denn sie hatte nicht nur um sich selbst Angst, sondern auch um ihre Mägde und die Männer. Und obwohl ihre Augen wegen seines schmerzhaften Griffs und der aufsteigenden Panik brannten, biss sie die Zähne zusammen und versuchte die Tränen zurückzuhalten; denn sie war fest entschlossen, ihm keine Schwäche zu zeigen.

»Immer noch eine Kämpferin, wie ich sehe«, murmelte Hugh und zerrte sie mit der Hand, die ihr Kinn hielt, näher. Sie konnte ein ganz leises Stöhnen nicht unterdrücken, doch ihr Unbehagen wurde schnell von Abscheu ersetzt, als sie durch Hughs Bewegung eng an seinen Körper gepresst wurde.

Als sie dort war, wo er sie hatte haben wollen, sah er auf sie hinab und sein Gesicht war nur wenige Zentimeter von ihrem entfernt, als er sagte: »Kommen wir zu dem zurück, was ich gerade eben gesagt habe. Ich bin mir sicher, dass du eine viel bessere Begrüßung zu bieten hast, liebste Alissende. Es ist so lange her, und du warst so … schwierig. Ich glaube, ich verdiene eine Belohnung für meine Geduld und die Zurückhaltung, die ich bisher gezeigt habe, findest du nicht auch?«

»Ich weiß nicht, was du von mir erwartest«, erwiderte sie ruhig, wobei sie ganz still hielt. »Meine Eheschließung ist bei Hofe offiziell verkündet worden. Ich bin jetzt eine verheiratete Frau.«

»Diese Eheschließung über einen Stellvertreter war doch nur wieder ein ärgerlicher Trick meines Bruders, Alissende. Das wissen wir beide«, sagte Hugh in gefährlich schnurrendem Tonfall. »Je eher du einsiehst, dass dein Platz an meiner Seite ist, desto einfacher wird es für uns alle sein. Und jetzt los, meine Liebe, begrüß mich angemessen.«

Während er ihr Kinn weiter so fest hielt, dass sie sich nicht bewegen konnte, beugte er sich über sie und presste seinen Mund auf ihre Lippen. Er ließ sich Zeit und versuchte, seine Zunge zwischen ihren zusammengebissenen Zähnen hindurchzudrängen, als würden ihre Gefühle überhaupt keine Rolle spielen. Sie trommelte mit den Fäusten gegen seine Brust und versuchte, sich von ihm loszureißen, bis er sich schließlich lachend von ihr löste.

»Du bist eine ganz Feurige … das kann keiner leugnen. Ist dir denn nicht klar, Alissende, dass du meine Aufmerksamkeiten vielleicht genießen würdest, wenn du dich nicht so wehrtest? Der Himmel weiß, dass dein Gatte sich mehr als einmal bei mir darüber beklagt hat, nicht in der Lage zu sein, deine Leidenschaft zu wecken. Obwohl ich eigentlich eher denke, dass der arme Godfrey für die Aufgabe einfach nicht Manns genug war«, schloss er spöttisch.

»Hör auf, Hugh – lass mich los!«, sagte sie leise, und ihre Worte klangen erstickt, während sie mühsam ihre Angst im Zaum hielt. Und obwohl es schmerzte, versuchte sie ihm ihr Kinn zu entwinden, während sie noch einmal mit beiden Händen gegen seine Brust stieß.

Ebenso gut hätte er aus Stein sein können.

Er lächelte wieder und ließ endlich ihr Gesicht los, wobei er den Griff um ihren Arm jedoch nicht lockerte. Seine angespannten Gesichtszüge zeigten allerdings deutlich, dass er dabei war, die Geduld zu verlieren.

»Na, na, meine Liebe. Wenn du mich weiter so zurückweist, sehe ich mich vielleicht gezwungen, zu weniger angenehmen Mitteln zu greifen, um mich deiner Mitwirkung zu versichern.«

Er warf einen Blick auf ihre Mägde und die Eskorte. Drei Männer ihrer Eskorte kämpften gegen die Fesseln, die man ihnen angelegt hatte. Seamus, der älteste, lag bewusstlos am Boden. Man hatte ihn niedergeschlagen, als er sich gegen die Fesselung zur Wehr gesetzt hatte.

Ihre Mägde standen etwas abseits von der Gruppe. Catherine und Marguerite waren zusammen mit dem vierten Wächter ergriffen worden, als sie kurz nach Hughs Auftauchen auf die Lichtung gekommen waren. Jetzt weinten die vier Frauen leise und wurden von Soldaten mit versteinerten Gesichtern, die im Kreis um sie herumstanden, daran gehindert, ihr zu helfen.

Hugh richtete seinen Blick wieder auf Alissende und sah sie unverwandt an, während er rief: »Armand!«

»Ja, Mylord?«

Alissende schlug das Herz bis zum Hals, als sie einen verstohlenen Blick auf den Mann warf, der geantwortet hatte. Er schien der Anführer der Männer zu sein – Hughs Hauptmann der Wache. Voller Panik sah sie wieder Hugh an, der seinen Befehl aussprach, während er die ganze Zeit ihre Reaktion beobachtete.

»Wählt einen von Lady Alissendes Männern aus und durchbohrt ihn für seine Dreistigkeit, sich mir heute zu widersetzen.«

Vor Fassungslosigkeit stockte ihr der Atem, und das Entsetzen ließ endlich die Tränen fließen. »Nein!«, schrie sie auf, während sie versuchte sich von ihm loszureißen und gleichzeitig zu Armand hinschaute. Der Hauptmann war blass und seine Gesichtszüge erstarrt, doch nach einem kurzen Moment nickte er zackig, senkte den Blick und murmelte: »Wie Ihr wünscht, Mylord.«

»Du kannst deshalb doch nicht einen Mann umbringen lassen! Meine Wächter sind nur der Anweisung gefolgt, mich zu beschützen.«

»Und von wem wurde diese Anweisung erteilt, Alissende?«, fragte Hugh spöttisch, dem schließlich der Geduldsfaden riss. »Du bist nur eine Frau, die unter dem armseligen Schutz eines dummen Priesters und deiner zänkischen Mutter steht. Also präsentier mir jetzt endlich diesen Gatten, den du und mein Bruder euch aus den Fingern gesaugt habt, oder geh eine Ehe mit mir ein, die von King Edward bereits gebilligt ist.«

Die Aufforderung hallte über die Lichtung, und es wurde kurz still, ehe eine genauso kräftige männliche Stimme eine beißende Erwiderung gab.

»Dann macht Euch auf eine Enttäuschung gefasst, Lord Harwick, denn es wird keine Hochzeit zwischen Euch und Lady Alissende geben. Weder jetzt noch irgendwann.«

Hugh drehte sich zu dem Mann um, der gesprochen hatte,

und Alissendes Herz machte vor Erleichterung, Freude und gleichzeitiger Sorge einen Sprung. Ihr Blick traf den Damiens. Er stand am anderen Ende der Lichtung und hatte zwanzig Männer von Glenheims Wache dabei, die sich mit gezogenen Schwertern zwischen den Bäumen verteilt hatten. Damien bot einen herrlichen Anblick. Jeder Zentimeter seines kraftvollen Körpers schien vor Wut zu vibrieren, und der Blutdurst in seinen Augen drohte dem Mann, der seinen Zorn hervorgerufen hatte, unwiderruflichen Schaden zuzufügen.

»Wer zum Teufel seid Ihr?«, knurrte Hugh und klang nur einen Hauch weniger selbstsicher.

»Ich bin Sir Damien de Ashby, ehemaliger Tempelritter und Schwertkämpfer des verstorbenen Königs.« Damien durchbohrte Hugh mit seinem eisigen Blick, zog eine Braue hoch und bedachte ihn mit einer spöttischen Verneigung. »Ach ja – und dann bin ich auch noch Lady Alissendes Ehemann, von dem Ihr behauptet, dass es ihn nicht gibt. Ihr werdet jetzt also entweder die Dame loslassen und von ihr wegtreten oder den zweiten schweren Fehler dieses Tages begehen.« Dann lächelte Damien. Es war ein langsames, gefährliches Verziehen seiner Gesichtszüge, das Alissende einen Schauer über den Rücken laufen ließ. »Ihr seid an der Reihe, Mylord«, schloss er mit leiser und doch furchteinflößend klarer Stimme. »Entscheidet Euch. Denn wenn Ihr es nicht tut, dann werde ich es für Euch tun … und ich verspreche Euch, dass es schnell und so schmerzhaft wie möglich sein wird, und am Ende wird Eure Seele ohne weitere Verzögerung von den elenden Einschränkungen Eures Körpers befreit sein.«

Kapitel 8

Damien musste all seine Selbstbeherrschung aufbieten, um sich nicht auf Lord Harwick zu stürzen. Er hielt Alissende immer noch am Arm fest – und er tat ihr weh, wenn ihr Gesichtsausdruck ein Hinweis darauf war.

Harwick rührte sich nicht, und Damien bereitete sich innerlich darauf vor, seinen Dolch mit einem gut gezielten Wurf in der Kehle des Earls zu versenken, als Hugh Alissende plötzlich losließ und zwei Schritte in Richtung seiner eigenen Männer zurücktrat. Alissende taumelte auf Damiens Zeichen hin unbeholfen in seine Richtung, und seine Wut flammte noch heller auf, als sie nah genug war, dass er die Druckstellen erkennen konnte, welche sich auf ihrem Kiefer und ihrer Wange zu bilden begannen. Offensichtlich hatte der Mistkerl sie auch dort angefasst.

Erneut durchbohrte sein Blick Hugh.

»Und jetzt gebt Alissendes Mägde und meine Männer frei.«

Er bemerkte selbst die Anspannung, die in seiner Stimme mitschwang und die er kaum kontrollieren konnte. Also atmete er einmal tief durch, um sich zu beruhigen; denn er befürchtete, dass er seinem Widersacher sonst etwas antäte, was er später bereuen könnte.

Hugh reagierte zuerst nicht. Stattdessen stand er einfach nur weiter an der Stelle, an die er getreten war, nachdem er Alissende losgelassen hatte, und musterte Damien, als versuchte er ihn einzuschätzen.

Am Ende lächelte er, doch dieses Lächeln erreichte nicht seine Augen. Dann gab er seinen Männern ein Zeichen, damit diese die Mägde und die Soldaten freiließen. Seamus war immer noch bewusstlos. Deshalb trugen ihn seine Kameraden auf Damiens Seite der Lichtung, wo ihnen von ein paar anderen geholfen wurde, ihn zur Burg zu schaffen, wo man sich um seine Verletzungen kümmern würde.

Dann wurde es still. Damien fragte sich, was Hugh vorhatte, nachdem sein Plan durchkreuzt worden war. Würde er einen neuen Angriff vorbereiten? Versuchen, ihn allein in einen Kampf zu verwickeln? Sich zurückziehen? Es schien so, als hätten weder Lady Blanche noch Michael übertrieben, als sie Hugh des Valles als einen hartnäckigen und gefährlichen Gegner bezeichnet hatten. Männer, bei denen man nicht genau wusste, was sie als Nächstes tun würden, waren am schwierigsten, und Hugh, der offenbar in der Lage war, sein Verhalten von einem Moment auf den anderen zu ändern, wirkte noch unberechenbarer als alle, die Damien je kennengelernt hatte.

Ohne Vorwarnung gab Hugh seinen Männern plötzlich ein Zeichen, die Schwerter zu ziehen, und beendete damit die ungeklärte Situation. Damien rief seinen Männern den gleichen Befehl zu, und während er das tat, kam Hugh mit großen Schritten auf ihn zu und blieb, als er die Hälfte der Entfernung zu Damien hinter sich gebracht hatte, stehen, als wollte er Damien auffordern, das Gleiche zu tun.

Das war für Damien überhaupt keine Frage.

Liebevoll nahm Damien Alissendes Hand und schritt mit ihr über die Lichtung, bis sie sich Hugh so weit genähert hatten, dass man sich unterhalten konnte. Dann zog Damien sie dicht an seine Seite und legte einen Arm schützend um sie.

Dieses Zeichen war nicht zu verkennen. Von keinem und am allerwenigsten vom Earl of Harwick.

Hugh wandte kurz den Blick ab und machte ein mürrisches Gesicht. Doch dann veränderte sich seine Miene, und er zog überrascht die Augenbrauen hoch, wobei weiterhin Feindseligkeit in seinem Blick glitzerte.

»Aha …«, meinte er gedehnt. »Endlich lerne ich also Sir Damien de Ashby kennen – von dem es früher einmal hieß, er wäre auf dem Turnierplatz unbesiegbar, der später als der sitzengelassene Freier bekannt wurde und jetzt ein in Ungnade gefallener Tempelritter ist. Ich muss gestehen, ich dachte, Ihr wäret tot – unter der sanften Führung der französischen Inquisition ins Reich der Toten geschickt.«

Damien verkrampfte sich, doch er wollte sich auf keinen Fall zu einem Handgemenge mit dem Mann provozieren lassen. Zumindest nicht hier und jetzt.

Hugh schwieg einen Moment, als wolle er seiner spitzen Bemerkung noch mehr Nachdruck verleihen. Der Blick, mit dem er Damien bedachte, war so scharf, dass trotz seiner ansonsten unschuldigen Miene Blut hätte fließen können. »Ihr werdet mir natürlich verzeihen, dass ich annahm, die Kunde von Alissendes Vermählung über einen Stellvertreter wäre falsch. Nach allem, was ich über die Massenverhaftungen und ihre Folgen gehört hatte, schien es mir von der zeitlichen Abfolge einfach zu … sagen wir, *gelegen.*«

»Annahmen führen häufig zu gefährlich falschen Schlüssen«, entgegnete Damien sanft. Er musste sich immer noch zusammenreißen, dem Mann nicht die Faust in sein widerliches Gesicht zu schlagen.

»Wie recht Ihr habt.« Hugh schenkte ihm ein dünnlippiges Lächeln. »Aber macht Euch keine Sorgen. Ich habe es mir zu eigen gemacht, meine Fehler nicht zu wiederholen – beruhen sie nun auf Fehlschlüssen oder auch nicht.«

»Das sagt ein intelligenter Mann.«

Damiens spöttischer Tonfall ließ Hugh erröten und gleich darauf blass werden. Seine Lippen wurden ganz schmal. Als er sich offenbar wieder gefangen hatte, meinte er knapp: »Euer überaus herzlicher Empfang überwältigt mich zwar, aber eigentlich wollte ich nicht Glenheim besuchen, sondern war auf dem Weg nach Odiham Castle, wo in vierzehn Tagen die Turniersaison beginnt. Darf ich fragen, ob Ihr daran teilnehmen werdet?«

»Das habe ich vor.«

Hugh zog die Augenbrauen in gespielter Überraschung und Bewunderung hoch. »Wie mutig von Euch. Ich kann nur erahnen, wie schwer es Euch fallen muss. Die Schande kann eine schwere Last sein. Man hofft natürlich, dass mit der Zeit Gras über so eine Sache wächst, aber in diesem Falle …«

Er verstummte und schüttelte den Kopf, während er die Arme vor der Brust verschränkte und ihm ganz offensichtlich noch boshaftere Bemerkungen auf der Zunge lagen. »Das war das Erste, was ich über Euch hörte, denn ich hielt mich im Ausland auf, als es zu dem bedauerlichen Vorfall kam. Bei Hofe herrscht die schreckliche Angewohnheit, solche Dinge immer wieder aufzuwärmen und zu erzählen, wie Ihr bei Eurem letzten Turnier vor fünf Jahren vor Hunderten von Zuschauern in aller Öffentlichkeit gedemütigt wurdet, indem Ihr kurzerhand als angemessener Freier von …«

Er unterbrach sich mitten im Satz, legte einen Finger an die Lippen und tat dann sehr schockiert, als er seinen Satz mit den Worten beendete: »… von meiner Cousine Alissende abgelehnt wurdet, ja, schon seltsam. Von derselben Frau also, die Euch – einen Mann, der England in Schmach und Schande verließ, einer zölibatären Bruderschaft beitrat und schließlich wegen Ketzerei verhaftet und angeklagt wurde – jetzt plötzlich und ohne Vorankündigung bereitwillig als ihren rechtmäßig angetrauten Ehemann angenommen hat.«

Der Sarkasmus, der aus jedem seiner Worte tropfte, schien ihm eine Art perverses Vergnügen zu bereiten, obwohl der Ausdruck in seinen Augen einen geringeren Mann wohl davon abgehalten hätte, sich mit ihm anzulegen. »Das ist wirklich erstaunlich, würde ich sagen. Einfach unglaublich.«

Damien antwortete erst nicht, sondern zwang sich dazu, den Schlag, den ihm Hughs Worte versetzt hatten, wegzustecken. Er rief sich in Erinnerung, dass sie nur das waren – Worte. Die Ereignisse selbst lagen lange zurück. Die Erinnerung mochte zwar brennen wie Feuer, doch der Mistkerl würde eher in der Hölle schmoren, als dass Damien es ihm gegenüber zugab.

Damiens Blick war unverwandt auf Hughs arrogantes Gesicht gerichtet, doch seine Empfindungen hielt er eisern unter Kontrolle, sodass er mit einer gewissen Ruhe antworten konnte, die ihn selbst überraschte. »Es ist wirklich bemerkenswert, Mylord. Und darum verspüre ich auch eine gewisse Großzügigkeit. Ich rufe mir in Erinnerung, welch eine Enttäuschung es für Euch sein muss, dass Ihr das Recht verloren habt, Alissende je wieder nachzusetzen oder überhaupt in Erwägung zu ziehen, so mit ihr zu sprechen, wie ich es beobachtet habe, als ich vor einer Weile auf diese Lichtung kam. Deshalb werde ich mich beherrschen und nicht so mit Euch verfahren, wie es mir mein Instinkt rät, sondern darauf verzichten, Euch mein Schwert an Ort und Stelle in den Leib zu rammen.«

Er spürte, wie Alissende neben ihm erstarrte, und drückte kurz beruhigend ihre Schulter, während er mit einem kalten Lächeln hinzusetzte: »Aber wir werden uns ja in Odiham wiedersehen.«

Hugh grinste, und in seinen Augen lag ein verschlagener Ausdruck. Er trat einen Schritt zurück, stieß ein bellendes Lachen aus und erwiderte: »Ach, Sir Damien, unter anderen Umständen hätte ich vielleicht tatsächlich Grund gefunden, Euch zu mögen. Aber zumindest werde ich es genießen, Euch auf dem Turnierplatz gegenüberzutreten – und zu besiegen.«

Dann wandte Hugh sich von ihnen ab und ging zu seinen Männern am Rande der Lichtung zurück, von denen einer Hughs Wallach hielt. Er saß auf, drehte sich dann noch einmal zu ihnen um und rief: »Wir werden das in Odiham fortsetzen. Ich sehe dem Moment mit gespannter Erwartung entgegen – also enttäuscht mich nicht.«

Damit wendete er sein Pferd und ritt seinen Männern voran von der Lichtung in Richtung der Straße, die nach Hampshire und Odiham Castle führte.

»Im Gegenteil, Mylord«, murmelte Damien, wobei sein Blick kein einziges Mal vom Rücken des Earl wich. »Das würde ich mir für alles Gold Englands nicht entgehen lassen.«

Eine Stunde später saß Alissende im Söller und wartete auf Damien, der mit dem Medicus über die Verletzung sprach, die Seamus sich während des Handgemenges am Morgen zugezogen hatte. Er hatte den Wunsch geäußert, sich danach hier mit ihr zu treffen, und sie war etwas beunruhigt, weil sie nicht wusste, was er mit ihr besprechen wollte.

Es gab einiges, das geklärt werden musste – die Planung der bevorstehenden Reise nach Odiham Castle zum einen. Aber sie war sich sicher, dass da noch mehr war, und sie konnte nicht umhin sich zu fragen, ob es wohl mit den höhnischen Bemerkungen zu tun hatte, die Hugh beim Zusammentreffen von sich gegeben hatte.

Sie erinnerte sich gut daran, wie sich ein angespannter Zug um Damiens Mund gelegt, wie sich sein Körper verspannt hatte, als Hugh die schmerzhaften Umstände von Damiens Zurückweisung wieder ausgegraben hatte. Gütiger Himmel, sie hätte alles getan, um ihn widerlegen zu können, damit Hugh an seinem Hohn erstickte. Doch sie hatte schweigen müssen, weil alles stimmte. Jede einzelne widerliche Anspielung, die Hugh gemacht hatte, die ganze schreckliche Beschreibung des damaligen Vorfalls entsprach der Wahrheit und klang in seiner Darstellung sogar noch freundlicher als das, was tatsächlich vorgefallen war.

Sie hatte sich an jenem Tag von Damien abgewandt. Sie hatte ihn in aller Öffentlichkeit zurückgewiesen, und er hatte die verstreuten Überreste seines Stolzes vor fast zweihundert Gaffern, die dem Hofe King Edwards angehörten, zusammensammeln müssen. Es war herzzerreißend und schrecklich gewesen, und sogar jetzt wehrte sich ihr Verstand gegen die Bilder, die sie heraufbeschworen hatte, indem sie wieder an jenen Tag dachte.

Aber es war notwendig. Sie musste sich an alles erinnern, musste sich ihre Gefühle in Erinnerung rufen, wenn sie darauf vorbereitet sein wollte, was Damien und sie vielleicht erwartete, wenn sie in der kommenden Woche bei Hofe erschienen. Sie schloss die Augen und ließ den Kopf gegen die Rückenlehne ihres Stuhles sinken, während sie sich den Erinnerungen hingab, die so deutlich und klar waren, als wäre das Ganze erst vor einer Stunde passiert und nicht bereits vor fünf Jahren …

Damien hatte an jenem Tag das Turnier gewonnen, das letzte und wichtigste *pas d'armes* der Saison. Sein überragendes Können hatte ihn zum Sieger über mehr als vierzig Wettkampfteilnehmer werden lassen, und er war mit donnernden Hufen über den Turnierplatz galoppiert, um sich den ersten Teil seines Preises zu holen – die Gunst der Dame, die er auswählte, um ihn zum abschließenden Fest des Turniers zu begleiten. Der Jubel der Menge hatte ohrenbetäubende Ausmaße angenommen, als er seinen Hengst vor der Tribüne zum Halten gebracht hatte, absaß und näher trat.

Er war jung gewesen, stark und unglaublich gut aussehend.

Die Sonne hatte ihn in goldenes Licht getaucht, als wolle sie bestätigen, dass er der Erzengel der höfischen Minne sei, und viele Edeldamen um sie herum hatten seinen Namen gerufen. Sie hatten bewundernde Bemerkungen von sich gegeben und geseufzt, während sie ihm ihre flatternden Tücher entgegengestreckt hatten. Er hätte sie alle haben können. Doch er hatte nur Augen für sie.

Er war näher gekommen und hatte ihr die Hand entgegengestreckt …

Und dann hatte sie es getan.

Sie hatte nie etwas Qualvolleres in ihrem Leben getan, doch sie hatte das Gefühl gehabt, als bliebe ihr keine andere Wahl. Obwohl sie diesen Moment monatelang im Voraus geplant hatten, obwohl sie beide gemeinsam entschieden hatten, dass er dieses Turnier gewinnen müsse, damit sie mit Hilfe der Gunstbezeigung, die dem Sieger des Turniers zustand, aller Welt zeigen konnten, dass sie heiraten wollten, hatte sie sich von ihm abgewandt und so getan, als wäre sie viel zu gut für ihn, um ihn überhaupt in Erwägung zu ziehen.

Man hätte in der einsetzenden Stille eine Haarnadel zu Boden fallen hören können. Einen Moment lang waren alle verstummt. Dann hatte das Raunen begonnen, und sie war von ihrem Sitz gekrabbelt, während das Stimmengewirr in ihren Ohren widerhallte und sich der Anblick von Damiens völlig verstörtem Gesichtsausdruck in ihr Gehirn brannte.

Für die Angehörigen des Hofes war der Vorfall ein aufregender Skandal, der genug Stoff für Klatsch und Gerede der nächsten Jahre lieferte. Sie hatte mit ihrem Verhalten jedoch nicht nur Missbilligung geerntet. Denn trotz seiner überragenden Fähigkeiten auf dem Turnierplatz war Sir Damien de Ashby doch nur ein einfacher Ritter, der zweitgeborene Sohn einer verarmten Familie, während sie das einzige Kind eines hohen

Adligen war. Keiner bei Hofe hatte das ganze Ausmaß ihrer heimlichen Liebe gekannt – nein, nicht einmal ihre Mutter –, obwohl alle gewusst hatten, dass sich im Laufe der Saison eine Liebelei zwischen ihr und Damien entwickelt hatte.

Trotzdem hatten es ihr nur wenige vorgehalten, dass sie ihn beim Turnier so brüsk zurückgewiesen hatte. Viele hatten es sogar gutgeheißen und gemeint, dass sie mit ihrem weisen Verhalten ihren Vater vor einem unter Umständen unangenehmen Skandal bewahrt hätte, wie er sich erst vor ein paar Wochen zugetragen hatte, als der ältere Bruder des Ritters, Sir Alexander de Ashby, beim Tändeln mit Lady Margaret Newcomb, der Tochter eines anderen ranghohen Adligen, erwischt worden war.

Doch Alissende hatte unsägliche Qualen gelitten.

Sie hatte mit Damien nur einmal nach der öffentlichen Zurückweisung gesprochen, als er sie eine Stunde später im Waffenzelt ihres Vaters fand, wo sie sich zitternd und bebend versteckt hatte. Auch er war in einem verheerenden Zustand gewesen – immer wieder hatte ihm die Stimme versagt, und auf seinem bleichen Gesicht hatte ein fassungsloser Ausdruck gelegen. Abgesehen von jenen intimen Momenten, in denen er sich beim Liebesspiel mit ihr immer völlig hatte gehen lassen, war es das einzige Mal, an das sie sich erinnern konnte, dass er so etwas wie Schwäche oder Verletzlichkeit gezeigt hatte.

Doch an jenem Tag hatte sie ihn in die Knie gezwungen. Sie hatte gesehen, wie ihm das Herz brach, und hatte gespürt, wie auch ihr dabei das Herz zerriss, während sie sich immer wieder sagte, dass sie das Richtige tat. Das Einzige, was sie zu ihrer beider Besten tun konnte.

Oh Gott …

Sie war so dumm gewesen. So naiv, was das Leben anging und die Liebe.

So voller Angst und so jung.

Und so hatte sie ihm noch mehr schreckliche Lügen erzählt, damit er endlich ging, und als er es tat, hatte sie gewusst, dass sie ihn nie wiedersehen würde.

Das war die nächsten fünf langen Jahre so geblieben. Und es hätte sich wohl nie etwas daran geändert, wenn Hugh sich nicht eingemischt hätte ... mit seiner besitzergreifenden Habgier. Aber jetzt war Damien hier. Er war zurückgekehrt – zumindest für eine kurze Zeit – eine überwältigende, zornige und ehrfurchtgebietende Urgewalt. Einerseits ähnelte er immer noch dem Mann, den sie einst gekannt hatte, doch andererseits war er ihr in vielerlei Hinsicht auch ein Fremder geworden. Seine Nähe führte sie in Versuchung und stellte ihre Entschlossenheit auf eine harte Probe, während sie gleichzeitig auch daran erinnert wurde, wie gefährlich es wäre, wenn sie sich wieder verliebte.

Alissende öffnete die Augen, erhob sich von ihrem Stuhl und ging zu einem der bleiverglasten Fenster des Söllers. Während sie nach draußen schaute, versuchte sie die Erinnerungen zu verdrängen, die sie aufs Neue in Unruhe versetzt hatten. Es war passiert. Die Vergangenheit war nicht mehr zu verändern. Sie wusste es, und trotzdem gelang es ihr nicht, ihre Gefühle unter Kontrolle zu bringen.

Sie hatte für ihren jugendlichen Leichtsinn mit viel Leid und Gram zahlen müssen, während sie versucht hatte, so gut es ging, mit sich selbst ins Reine zu kommen. Doch mit Damiens Rückkehr war sie hilflos einer Flut von Gefühlen ausgeliefert. Sie stürzten sie in Verwirrung, quälten sie, ärgerten sie. Sie ließen sie nicht zur Ruhe kommen.

Sie wollte ihn immer noch, hegte immer noch tiefe Gefühle für ihn. Aber sie war jetzt nicht mehr das unschuldige, sorglose Mädchen, das sich damals in ihn verliebt hatte. Genauso wenig, wie er noch der strahlende, edle Ritter seiner Jugend war.

In den Jahren seither war viel passiert, und sie sehnte sich nach nichts anderem so sehr, wie für den Rest ihres Lebens möglichst weit von Damien und allen anderen Männern entfernt zu sein. Und sie wusste nicht, wie sie ihre widersprüchlichen Empfindungen in Einklang bringen sollte. Vielleicht würde sie das nie wissen.

»Gibt es da etwas Interessantes zu sehen?«

Beim Klang von Damiens Stimme wirbelte Alissende herum. Ihr Herz schien einen Schlag auszusetzen, so sehr brachte er sie mit seiner Gegenwart in Verlegenheit ... und vor allem jetzt, da sie solch tief vergrabenen Erinnerungen nachgehangen hatte, die auch ihn betrafen.

Als sie nicht sofort antwortete, deutete er aufs Fenster, während er zu ihr trat, und fügte hinzu: »Du schienst so versunken, als ich hereinkam, dass ich mich unwillkürlich fragte, was eigentlich genau deine Aufmerksamkeit auf sich gezogen hat.«

Nur du.

Die Antwort schoss ihr durch den Kopf und ließ heiße Röte in ihre Wangen steigen. Aber Gott sei Dank war sie aufmerksam genug, die Worte nicht laut auszusprechen. Um ihre Aufregung zu verbergen, schüttelte sie den Kopf und versuchte zu lächeln.

»Nein, da gibt es nichts zu sehen. Ich war nur tief in Gedanken versunken.«

Er nickte, und obwohl seine Miene freundlich wirkte, schien er sich nicht ganz wohl zu fühlen ... wie immer, wenn er dazu gezwungen war, mit ihr allein zu sein.

»Seamus ist aufgewacht«, meinte er schließlich, während er sich neben dem Fenster, an dem sie stand, mit dem Rücken an die Wand lehnte. Er verschränkte die Arme locker vor der Brust. »Der Medicus sagt, dass er sich mit der Zeit wieder erholen wird.«

»Ich bin froh«, meinte Alissende mit ruhiger Stimme. Und das war sie wirklich. Seamus war ein guter Mann und ihr treu ergeben. Er, seine Frau und die vier Kinder wurden im Dorf geliebt, denn sie waren immer bereit, mit denen zu teilen, die in Not waren.

Damien nickte und schwieg. Jetzt schien er derjenige zu sein, der in Gedanken versunken war, und sie wollte ihn gerade fragen, was er mit ihr hatte besprechen wollen, als er aufschaute und sie voller Wärme ansah. Die liebevolle Sorge in seinem Blick versetzte ihr einen Schlag.

»Wie geht es deinem Arm?«

»Der ist in Ordnung«, murmelte sie. Wieder breitete sich vom Nacken her Röte über ihr Gesicht aus und ließ ihre Ohren warm werden. Jetzt starrte er die Druckstelle im unteren Bereich ihrer Wange an – die entstanden war, als Hugh ihr Kinn auf der Lichtung so fest gepackt hatte.

Verlegen fasste sie sich kurz an die Stelle und schaute weg. »Das ist nicht schlimm. Wirklich. In ein, zwei Tagen ist alles wieder gut.«

»Ich bedauere, dass ich dich nicht eher gefunden habe, Alissende«, sagte er mit ruhiger Stimme. »Dann hätte ich verhindert, dass er dich überhaupt berührt.«

Er klang so ernst, so voller Selbstvorwürfe, dass sie ihn wieder ansah. »Du hast doch gar nicht wissen können, dass Hugh ausgerechnet heute nach Glenheim kommen würde«, sagte sie. »Das hat keiner gewusst, sonst hätte ich doch nicht gewagt, die Burg zu verlassen.«

»Warum bist du denn dann rausgegangen?« Sein eindringlicher Blick ließ sie nicht los, und es war offensichtlich, dass seine Frage weit über das hinausging, was die einfachen Worte enthielten.

Damit überraschte er sie, und sie stieß stammelnd eine Halbwahrheit hervor. »Ich … wir wollten Erdbeeren sammeln, um eine Nachspeise daraus zu machen.«

»Aha …«

Die Röte ihres Antlitzes vertiefte sich. Um ihn von einem Gespräch über ihre Beweggründe oder ihre Gefühle abzubringen, sagte sie: »Mir tut es auch leid, dass deine erste Begegnung mit Hugh durch mich so viel schwieriger geworden ist.«

»In welcher Hinsicht?«

»Man kann den Wald wohl schwerlich als idealen Ort für eine erste Begegnung mit meinem Cousin bezeichnen, und ich bedauere, dass ich dich dadurch zusätzlich in Gefahr gebracht habe.«

»Das spielt keine Rolle.« Seine attraktiven Gesichtszüge spannten sich an, und seine Miene erinnerte jetzt an den wilden Ausdruck, der auf seinem Gesicht gelegen hatte, als er Hugh gegenübergetreten war. »Wichtig ist jetzt nur, dass er von mir weiß – und auch ich ihn kennengelernt habe. Das Turnier in Odiham verspricht zumindest interessant zu werden.«

Ja, interessant und wahrscheinlich auch unangenehm.

Damien musste wohl irgendetwas bemerkt haben, denn er runzelte die Stirn und fragte: »Was ist? Denkst du anders darüber?«

»Vielleicht«, antwortete sie. Sie wollte ihn zwar nicht verletzen, musste ihn jedoch an die unangenehme Wahrheit erinnern, was ihn wohl erwarten würde, wenn er das erste Mal nach ihrem letzten gemeinsamen Auftreten bei Hofe erschien. »Odiham wird in mehrerlei Hinsicht schwierig sein, nicht wahr? Und insbesondere für dich.«

Sie wappnete sich, als sie seinem Gesichtausdruck ansah, dass er verstanden hatte, was sie meinte. Seine eben noch entspannte Haltung fiel von ihm ab, und er nahm sich Zeit mit der Antwort.

»Als ich mich einverstanden erklärte, die Verantwortung für deinen Schutz zu übernehmen, Alissende, wusste ich, dass ich auch an den Hof zurückkehren müsste … und was sonst noch damit verbunden ist.«

Seine Stimme veränderte sich, als er die letzten Worte sprach, sodass man den Eindruck bekam, er hätte einen schlechten Geschmack im Mund, und Alissende wurde das Herz schwer. Damien schwieg, schaute weg und ihr Schmerz verstärkte sich noch. Nichts würde dadurch gewonnen werden, wenn man die schmutzigen Einzelheiten jenes schrecklichen Tages noch einmal aufrollte, rief sie sich in Erinnerung. Man würde sich nur noch elender fühlen, und das Bedauern wäre noch größer. Es würde nichts ändern und …

»Geschehen ist geschehen, Alissende«, fuhr er ruhig fort und unterbrach damit ihre besorgten Gedanken, »wir müssen uns um die Gegenwart kümmern. Ich kann mit allem zurechtkommen – sowohl mit den Schatten der Vergangenheit als auch mit der drohenden Gefahr – solange ich darauf vertrauen kann, dass du dich in den Monaten, die wir zusammen leben müssen, nicht gegen mich wendest.«

Die leichte Veränderung in seinem Tonfall erstaunte sie, unwillkürlich suchte sie seinen Blick und ihr stockte der Atem, als sie merkte, wie durchdringend er sie mit seinen blauen Augen ansah.

»Das ist einer der Punkte, über die ich mit dir reden wollte, als ich dich darum bat, dich mit mir hier im Söller zu treffen«, fuhr er fort. »Da jetzt die erste Begegnung mit Hugh hinter uns liegt, denke ich, dass wir versuchen sollten, allem, was uns noch erwartet, aus einer Position der Stärke heraus zu begegnen. Dass wir eines Sinnes sind, so denn möglich.«

»Ich betrachte dich nicht als Gegner, Damien«, gestand sie mit weicher Stimme.

Ich bin sogar weit davon entfernt.

Die letzten Worte hallten in ihrem Herzen wider, aber sie unterließ es, sie laut auszusprechen.

»Das ist gut«, murmelte er. Er schien noch etwas sagen zu wollen, doch stattdessen streckte er nur schweigend die Hand aus, um mit dem Daumen zart über ihre Wange zu streichen. Er verblüffte sie damit so sehr, dass sie beinahe den Kopf geneigt hätte, um ihn in seine Hand zu schmiegen.

Im nächsten Moment streckte er die Finger, legte sie an ihr Gesicht und tat damit genau das, was sie selber hatte tun wollen. Das konnte zu nichts führen, raunte eine Stimme in ihrem Innern. Gütiger Himmel! Das konnte es nicht. Aber die Berührung fühlte sich so wundervoll an und jagte ein Kribbeln von ihrem Hinterkopf bis zu ihren Zehen.

Wie aus eigenem Antrieb schienen sich ihre Hände zu heben, die eine stützte sich leicht an seinem Brustkorb ab, während die andere über seinen Arm zu seiner Schulter glitt und sie sich in die ihr so vertraute Umarmung schmiegte. Dann verharrten beide mit angehaltenem Atem in dieser Position, und Alissende fragte sich, ob Damien genauso überrascht wie sie darüber war, wie instinktiv ihre Körper aufeinander reagierten. Seine Hand lag immer noch an ihrer Wange, und obwohl das Vergnügen mit Schuldgefühlen vermischt war, schloss sie die Augen, gab sich dem Gefühl hin und wagte es nicht, zu ihm aufzuschauen, denn sie befürchtete, dann völlig verloren zu sein.

Eine ganze Weile lang sprach keiner von beiden. Sie standen einfach nur da, und nichts als das leise Geräusch ihrer Atemzüge war zu hören. Als sie es nicht mehr ertragen konnte, öffnete sie schließlich die Augen, doch nur, damit sich erneut Wärme in ihr ausbreitete, als sie feststellte, dass er sie mit demselben Ausdruck in den Augen anschaute wie an dem Abend ihrer vorgetäuschten Eheschließung.

Der Himmel bewahre mich vor dem sicheren Untergang …

»Solange es die Bedingungen unserer zeitlich befristeten Verbindung erfordern, dass wir häufig zusammen sind«, meinte Damien schließlich, »und uns wie ein frisch verheiratetes Paar benehmen, sollten wir vielleicht versuchen, das Zusammensein mehr zu … genießen, als wir es bisher getan haben.«

»Wie ein frisch verheiratetes Paar«, wiederholte sie wie hypnotisiert von der köstlichen Anspannung, die sich zwischen ihnen immer mehr verstärkte.

»Ja, das ist es, was wir für die Leute sind.«

Dann hörte er auf zu sprechen, doch gleichzeitig senkte er den Kopf ein bisschen und dann noch ein Stück, sodass der Eindruck entstand, dass er sie küssen wollte …

Trotz der süßen Verwirrung, die sie erfasst hatte, durchzuckte Alissende diese Erkenntnis, und irgendwie gelang es ihr, genug Klarheit – und Verstand – aufzubringen, um ihn ein bisschen hinzuhalten, indem sie flüsterte: »So wollen wir doch auf die anderen wirken, oder nicht?«

»Das ist der Plan«, murmelte er, während sein Mund jetzt so dicht an ihrem war, dass sie die verlockende Wärme seines Atems an ihren Lippen spürte, als er sprach.

»Aber jetzt ist doch niemand hier, Damien. Außer uns.«

Das ließ ihn schließlich innehalten. Er war förmlich erstarrt, wobei seine Lippen ihren so nahe waren, dass sie seinen Kuss fast schmecken konnte.

Oh, wie sehr sehnte sie sich danach, weiterzumachen, die verführerische Zärtlichkeit einfach geschehen zu lassen. Doch Zweifel und verletzte Gefühle flehten sie an, stark zu bleiben und ihm zu widerstehen, wenn sie es vermochte. Ihr Herz schlug so schnell, dass sie das Gefühl hatte, es würde ihr gleich aus der Brust springen, als er sich gerade so weit von ihr löste, um sie anzusehen.

Wieder schoss Hitze durch ihren Körper, als sie der unterdrückten Leidenschaft gewahr wurde, die in seinen Augen glühte. Doch es dauerte nur ein paar Atemzüge, und dann ließ leise Erheiterung die Anspannung aus seinen Gesichtszügen verschwinden und wurde gleich darauf von einer widerwilligen Hinnahme der Situation abgelöst.

Er würde nicht weitermachen. Zumindest im Moment nicht.

Der Gedanke schoss ihr durch den Kopf und erinnerte sie daran, dass Sir Damien de Ashby nie jemand gewesen war, der kampflos aufgab. Und sie wusste, dass sie mehr als die Hilfe von himmlischen Engeln oder Heiligen brauchen würde, sollte er sich entscheiden, sie zum Mittelpunkt seines Interesses zu machen.

»Ich stimme dir zu«, meinte Damien schließlich, wobei die heiseren Worte überhaupt nicht so klangen, als hätte er aufgegeben. Sein Mund verzog sich zu diesem sinnlichen halben Lächeln, welches bei ihr immer das Gefühl auslöste, als würde ihr der Magen bis in die Kniekehlen rutschen. »Und so komme ich jetzt zum zweiten Punkt, über den ich mit dir reden wollte.«

Alissende stellte fest, dass sie erst einmal schlucken musste, damit ihr Hals nicht mehr so trocken war, ehe sie etwas sagen konnte. »Gibt es da unter Umständen einen Zusammenhang damit, was du erst vor einem Moment gesagt hast?«, fragte sie mit leicht krächzender Stimme. »Denn wenn das der Fall sein sollte, muss ich dich bitten, mich loszulassen, ehe wir fortfahren – sonst bin ich dazu nicht in der Lage«, hauchte sie.

»In gewisser Weise besteht da ein Zusammenhang – ja.«

Er sah immer noch so aus, als hätte er irgendetwas vor, doch dann löste er sich nach ein paar weiteren köstlichen Momenten von ihr und trat wieder zum Fenster hin. Sie wartete darauf, dass er sich über den zweiten Punkt ausließ, den er erwähnt hatte, und beobachtete ihn aus leicht zusammengekniffenen Augen.

»Es erfordert, dass wir beide Hand in Hand arbeiten, um das gemeinsame Ziel zu erreichen, Lord Harwicks Plan zu durchkreuzen. Doch damit wir darin Erfolg haben, musst du etwas tun, was viele als unorthodox ansehen würden.«

Na, wenn sich das nicht nach etwas anhörte, dem sie aus dem Weg gehen sollte, als hinge ihr Leben davon ab. Und das war es bestimmt auch, wenn sie Damien richtig einschätzte. Sie konnte die Erregung, die bei der Aussicht darauf, gleich seinen Vorschlag zu hören, in ihr aufflammte, nicht unterdrücken.

»Und das wäre?«, fragte sie vorsichtig.

»Du müsstest dich von mir unterrichten lassen. Ein Unterricht, der dich lehrt, wie du dich gegen Hughs Einschüchterungsversuche zur Wehr setzen kannst, wenn es wieder erforderlich sein sollte. Wir werden beide ruhiger schlafen können, wenn wir wissen, dass du in der Lage bist, dich in Zukunft selbst zu verteidigen.«

Nachdem du wieder aus meinem Leben verschwunden bist … aber diesmal für immer.

Die höhnischen Worte hallten durch ihren Kopf, doch sie verdrängte sie und konzentrierte sich auf ihre erste Reaktion auf seinen Vorschlag.

»So etwas ist doch gar nicht möglich, Damien. Ich habe nicht die Kraft, um mich auf eine körperliche Auseinandersetzung mit einem Mann einlassen zu können, geschweige denn mit Hugh, der ein erfahrener Kämpfer und fast so kräftig wie du gebaut ist.«

»Wenn ich mit dir fertig bin, wirst du das Gelernte sogar gegen mich einsetzen können, wenn du es willst. Aber du wärest natürlich nur dann erfolgreich, wenn ich nicht darauf vorbereitet sein sollte ... was, so muss ich gestehen, natürlich nie der Fall sein wird. Es ist nur fair, wenn ich dich warne.«

Seine Augen funkelten, während er sprach, und es war so ein wundervolles Gefühl für sie, nach so langer Zeit wieder einen Blick auf Damiens verspielte Seite zu erhaschen. Sie lächelte ihn an und schüttelte dabei den Kopf. Die offensichtliche Leichtigkeit, mit der er sie von ihren Sorgen abgelenkt hatte, beeindruckte sie. Gleichzeitig konnte sie jedoch eine gewisse Skepsis in Bezug auf seine Idee nicht unterdrücken.

»Was ist?«, fragte er, als er ihre zweifelnde Miene sah. Er legte eine Hand auf sein Herz, als hätte ihn ein spitzer Pfeil getroffen. »Es trifft mich schwer, dass Ihr an mir zweifelt, Mylady. Zutiefst.«

Jetzt musste sie tatsächlich lachen. »Ach, Damien, du glaubst doch nicht ernsthaft, dass du einer Frau beibringen kannst, sich aus dem Griff eines Kriegers zu befreien, der fast schon von der Wiege an gelernt hat, zu kämpfen und zu töten. Ich habe von Frauen gehört, die während der Abwesenheit ihrer Ehemänner Truppen angeführt haben, um ihre Güter zu verteidigen. Aber ich kenne keine, die von sich behauptet hätte, es mit einem Mann im Zweikampf aufnehmen zu können. Wie bist du überhaupt auf so eine verrückte Idee gekommen?«

»Das war in Ägypten, als ich mit zwanzig weiteren Tempelrittern durch die Gegend von Beni Hasan zogen.«

»Wie bitte?«

»An diesem Ort leben Menschen, die eine alte Kunst der Verteidigung ausüben, bei der es Hunderte von Griffen, Schlägen und Abwehrmöglichkeiten gibt. Die Techniken sind jederzeit einsetzbar und sehr nützlich. Die Männer dort unterrichten auch ihre Frauen darin, damit diese sich in Kriegszeiten selber verteidigen können.«

Alissende schaute ihn ungläubig an. »Du meinst das wirklich ernst, nicht wahr?«

»Das tue ich, denn ich weiß, dass es geht.«

Wieder sagte sie nicht sofort etwas. Doch sein Vorschlag begann Wirkung bei ihr zu zeigen, wie er es wahrscheinlich beabsichtigt und geahnt hatte. Sie hatte in den letzten fünf Jahren alles unterlassen, was auch nur im Ansatz hätte spontan wirken können, doch Damien erinnerte sich zweifellos daran, wie sehr sie es genossen hatte, sich impulsiv oder auch mal empörend zu verhalten, als sie jünger gewesen war. Und dies hier würde zumindest einen praktischen Nutzen haben, wenn es sich als so erfolgreich erwies, wie Damien anzunehmen schien.

»Also, Alissende, was sagst du dazu – bist du damit einverstanden, dass ich es dir beibringe?«, fragte er. »Am Anfang werden wir täglich üben müssen, damit du dich an die Bewegungen, Griffe und Haltungen gewöhnst.«

In dem Augenblick wusste sie, dass sie es tun würde, obwohl es für jeden, der sie zufälligerweise dabei beobachten sollte, äußerst befremdlich aussehen würde. Doch das würde sich einfach genug umgehen lassen.

Sie sah ihn an. »Wenn du es möchtest, Damien, werde ich versuchen, diese ungewöhnliche Fähigkeit, von der du so viel hältst, zu erlernen. Ich halte es jedoch für besser, wenn wir während des Unterrichts unter uns sind, fern von neugierigen Blicken und Leuten, die sich einmischen.«

»Ich bin erleichtert, Mylady«, erwiderte er gewandt, »und auch erfreut über Eure Zustimmung, doch ich fürchte, Eurer Bitte, dass wir während des Unterrichts allein sind, kann ich leider nicht nachkommen.« Bei den letzten Worten schüttelte Damien in gespieltem Bedauern den Kopf, doch die beabsichtigte Wirkung machte er damit zunichte, als er sie frech angrinste.

Sie war immer noch dabei, mit ihrer Überraschung über seine Erwiderung fertig zu werden, als er sich umdrehte und daran machte, das Zimmer zu verlassen.

»Warte! Wo willst du hin?«, stotterte sie, während sie genug von ihrer Fassung zurückgewann, um ihn finster anzusehen und dem ihr zugewandten Rücken etwas lauter hinterherzurufen: »Und warum um Himmels willen kannst du meiner Bitte nicht nachkommen?«

Er blieb stehen und blickte über die Schulter, um sie anzusehen, als er fast die Tür erreicht hatte. »Um deine erste Frage zu beantworten: Ich will alles vorbereiten, damit wir unverzüglich mit dem Unterricht beginnen können. Und um deine zweite Frage zu beantworten: Ich *könnte* deiner Bitte sehr wohl nachkommen … aber ich lehne es einfach ab.«

Und wieder war Alissende sprachlos und schaffte es gerade mal, einen empörten Laut von sich zu geben, als er seiner groben Äußerung eine Bemerkung folgen ließ, die die erste zu ihrem Entsetzen völlig harmlos wirken ließ.

»Ich habe vor, deinen Unterricht in aller Öffentlichkeit abzuhalten, Alissende. Direkt vor den Augen der Leute, vor denen wir als frisch vermähltes Paar auftreten sollen.« Er zwinkerte ihr zu und grinste wieder. »Ich überlasse es dir, den Grund dafür herauszufinden.«

Und dann drehte er sich um und verließ den Raum … während sie mit offenem Mund und wild pochendem Herzen zurückblieb. Sein leises, doch unüberhörbares Pfeifen drang noch lange an ihre Ohren und füllte das verblüffte Schweigen, das er zurückgelassen hatte.

Kapitel 9

»Ich habe dir doch gesagt, dass ich nicht weiß, was ich davon halten soll, *Mère.*«

Alissende verzog das Gesicht und riss ihre Hand unter dem fein gewebten Lavabotuch hervor, auf das sie gerade eine Lilie stickte. Sie steckte den Finger, in den sie sich eben schon wieder gestochen hatte, in den Mund. Wäre sie keine Dame gewesen, dann hätte sie vielleicht laut geflucht. Ihre untypische Ungeschicklichkeit ärgerte sie fast so sehr, wie es Damien in den letzten paar Tagen geschafft hatte; denn er schien es eindeutig zu genießen, sie tagtäglich in der Kunst der Selbstverteidigung zu unterrichten.

In aller Öffentlichkeit.

»Vielleicht macht er sich Gedanken wegen der Reise an den Königshof in zwei Tagen. Hugh ist schließlich trotz allem ein ernst zu nehmender Gegner. Weißt du, ob Damien ein Mann ist, der in Zeiten großer Anspannung Trost in Liebesangelegenheiten sucht?«

Alissendes griesgrämige Miene nahm jetzt eindeutig wütende Züge an. »Damien de Ashby genießt eher die Vorstellung eines bevorstehenden Kampfes, als dass er sich deshalb Sorgen macht. Ich glaube sogar, dass er sich irgendwie auf seine nächste Begegnung mit Hugh freut.«

Alissende stieß die Nadel mit dem schneeweißen Faden in das Tuch und zuckte gleich darauf zusammen, weil sie sich schon wieder versehentlich gestochen hatte.

»Prendre garde, Alissende«, murmelte Lady Blanche, und Alissende stellte schockiert fest, dass ihre Mutter ihre Gesichtszüge nur mühsam unter Kontrolle hielt, um etwas, das verdächtig nach einem Lächeln aussah, zu unterdrücken. »Die Stickerei mag noch so schön sein, aber der Priester kann sich beim Abendmahl die Hände nicht mit einem Tuch voller Blutflecken trocknen.«

Eine ganze Weile lang starrte Alissende ihre Mutter an und versuchte zu entscheiden, ob der Gesichtsausdruck, den sie meinte gesehen zu haben, tatsächlich da gewesen oder nur eine Ausgeburt ihrer überreizten Fantasie war. Doch bis auf eine leichte Röte – und die ließ sich genauso gut auf die im Raum herrschende Wärme zurückführen – zeigte ihre Mutter eine gelassene Miene.

»Stimmt irgendetwas nicht, *amie?«,* fragte Lady Blanche schließlich und schaute mit unschuldigem Blick von ihrer Stickerei auf. »Ich hoffe, ich habe dich mit meiner Mahnung nicht verletzt.«

»Nein. Du hast wie immer recht, *Mère«,* seufzte Alissende schließlich und schaute weg. »Ich scheine heute Morgen einfach nicht in der Verfassung zu sein, um irgendetwas richtig zu machen.«

Nicht nur heute Morgen, sondern ständig, seitdem Damien de Ashby wieder in mein Leben getreten ist und mich mit verführerischen Liebkosungen, zärtlichen Worten und feurigen Blicken bedenkt.

Diese Erkenntnis ließ Alissende noch gereizter werden, und sie legte das Tuch beiseite. Auch Lady Blanche ließ das Altartuch sinken, auf das sie gerade ein filigranes Kreuz stickte, und sagte: »Komm, *ma fille.* Wir können später weitermachen. Lass uns jetzt ein bisschen nach draußen in die Sonne gehen und etwas Salbei für den Braten heute Abend sammeln.«

»Das wäre eine willkommene Ablenkung«, stimmte Alissende ihr zu. Während sie aufstand und sich streckte, fügte sie etwas leiser hinzu: »Aber ich sollte auch ein paar Brennnesseln sammeln, um sie in Damiens Unterhosen zu verstecken, damit er etwas hat, worüber er nachdenken kann, statt mit mir herumzuschäkern.«

Doch als sie kurz innehielt, um sich ein paar verirrte Fäden vom Rock zu streichen, schaute sie zu ihrer Mutter hin und erwischte sie dieses Mal dabei, dass sie lauthals lachte.

»*Mère,* ich versichere dir, das ist kein bisschen witzig!«

»Ach, *chérie,* ich weiß, ich weiß«, erwiderte Lady Blanche immer noch kichernd, während sie aufstand und einen Arm um sie schlang. »Männer können einen wirklich in den Wahnsinn treiben, diese eigensinnigen Geschöpfe. Ich habe festgestellt, dass es am besten ist, selbst das zu tun, womit sie einen wütend machen, doch dabei noch mehr Inbrunst an den Tag zu legen. Wenn man solchen Herausforderungen mit Selbstvertrauen begegnet, kann das wahre Wunder bewirken, wenn man selbst wieder die Zügel in die Hand nehmen möchte.«

»Was schlägst du vor?« Alissende wurde ganz steif. »Soll ich mich etwa genauso verhalten wie er … mir ihm gegenüber die gleichen Freiheiten herausnehmen, wie er es tut?«

»Vielleicht.« Ihre Mutter sah sie ruhig an und schwieg kurz, ehe sie hinzufügte: »Ich könnte dir die Frage besser beantworten, wenn ich etwas genauer wüsste, womit Sir Damien dich in letzter Zeit so sehr aus der Fassung bringt.«

Alissende biss sich auf die Unterlippe. Kopfschüttelnd trat sie ans Fenster. Die Frage ihrer Mutter hatte heiße Röte in ihr aufsteigen lassen. Sie erinnerte sich an ein paar dieser Momente mit Damien, und gleichzeitig wurde ihr bewusst, dass sie gar nicht so unglücklich über seine Aufmerksamkeiten war. Nein, eigentlich genoss sie jede Berührung, jede Liebkosung … jedes geflüsterte Wort, mit dem er sie neckte, während sie einander eng umschlangen, weil es der Unterricht erforderte. Um die Wahrheit zu sagen, hatte sie angefangen, sich auf den täglichen Unterricht mit Damien so sehr zu freuen, dass sie im Grunde nur ihre eigenen Tagträume ablenkten, und nichts anderes.

Sie versuchte, eine verächtliche Miene aufzusetzen, reckte das Kinn und drehte den Kopf, um ihre Mutter anzusehen. »Er legt einfach ein äußerst unschickliches Benehmen an den Tag, stiehlt mir die ganze Zeit Küsse und liebkost mich ständig während des Unterrichts, auf dem er besteht, damit ich lerne, mich selbst zu verteidigen.«

»Aha«, meinte ihre Mutter und nickte. »Ich habe über die Dienstboten bereits von dieser neuen Betätigung gehört. Ich halte es immer für eine gute Idee, wenn eine Frau etwas Nützliches lernt, aber natürlich halten die Dienstboten Sir Damien für etwas« – sie verstummte, während sie nach dem passenden Wort suchte – *»eigenartig.«*

»Das ist er tatsächlich«, murrte Alissende. »Am meisten regt mich auf, dass ich seinen Annäherungsversuchen hilflos ausgeliefert bin, da ich ständig von Leuten umgeben bin, die glauben, wir wären richtig miteinander verheiratet.«

Lügnerin.

Die spöttische Stimme in ihrem Innern hielt sich mit ihrer Kritik nicht zurück. Sie spürte, wie ihr die Röte in die Wangen stieg, denn sie wusste sehr wohl, dass sie ungerecht war … und nicht ehrlich. Sie wusste, dass sie Damien jederzeit dazu bringen konnte, damit aufzuhören. Es bedurfte nur eines flehenden Wortes. Doch das hatte sie bisher nicht geäußert, denn im tiefsten Innern ihres Herzens wollte sie nicht, dass er aufhörte.

Ja, das Gefühl der Hilflosigkeit hatte weit weniger mit Damiens Verhalten als mit ihrem eigenen unbezähmbaren Verlangen nach ihm zu tun. Doch das konnte sie nicht zugeben, insbesondere nicht vor ihrer Mutter. Dann wagte sie noch einen letzten mutigen Vorstoß und murmelte: »Er weiß es und verwendet es gegen mich.«

»Ich verstehe.«

Alissende sah ihre Mutter überrascht an. *Ich verstehe?* Mehr hatte sie dazu nicht zu sagen? Doch Lady Blanche schwieg weiter und musterte sie nachdenklich.

Jetzt noch verlegener brach Alissende das Schweigen und versicherte: »Versteh mich nicht falsch, *Mère.* Ich weiß, dass keiner dieses Verhalten bei einem frisch verheirateten Mann für ungewöhnlich erachten wird. Doch wenn man bedenkt, was wir miteinander abgemacht haben …«

Da endlich nickte Lady Blanche zustimmend. »Trotzdem wirst du ihm möglicherweise eine wertvolle Lektion in Bezug auf seine Frivolitäten erteilen, wenn du ihn genauso behandelst.«

»Wahrscheinlich ermutige ich ihn damit eher noch.«

Ihre Mutter zuckte die Achseln. »Das ist das Risiko, das man bei dieser Form des Widerstands eingeht.«

Dann sah sie Alissende direkt an, und ihr Blick war mit einem Mal so durchdringend wie früher, als Alissende noch ein Kind gewesen war und sie hatte herausfinden wollen, ob sie auch wirklich die Wahrheit sagte. »Wie würdest du dich fühlen, wenn Sir Damien tatsächlich auf dein Verhalten hin noch aufmerksamer werden würde?«

Da wusste Alissende, dass alles verloren war. Ob es ihr nun gelänge, etwas zu sagen, oder nicht, spielte keine Rolle mehr. Ihr Mienenspiel in einem einzigen, unachtsamen Moment sowie die Tatsache, dass sie ihrer Mutter nicht in die Augen schauen konnte, gaben beredter Antwort als alle gegenteiligen Beteuerungen, die sie hätte von sich geben können.

Nach einer viel sagenden Pause nickte ihre Mutter schließlich. »Du machst dir etwas aus ihm. Mehr als du bereit bist zuzugeben.«

Der Tonfall, in dem Lady Blanche dies feststellte, hätte auch gepasst, wenn sie über den Zustand des Kräutergartens gesprochen oder Wasser zum Baden bestellt hätte. Während sie sprach, beugte sie sich nach vorn und legte die kostbaren Stoffe zusammen, die sie bestickt hatten, und tat sie in einen Korb. Dann drehte sie sich erwartungsvoll zu Alissende um, als wäre sie überrascht, dass diese bisher noch nichts erwidert hatte.

»Was willst du von mir hören?«

»Versuche gar nicht erst, es abzustreiten, *amie.* Ich kann die Antwort in deinen Augen lesen. Aber als deine Mutter möchte ich gern wissen, wie tief deine Gefühle gehen – und was du zu tun gedenkst.«

»Ich … ich, nun ja, das heißt, ich …« Alissende wusste, dass sie sich völlig unverständlich anhörte. Aber das hätte sie nicht überraschen dürfen, denn eigentlich waren alle ihre Gedanken, die Damien betrafen, unverständlich.

»Dann ist es sogar schlimmer, als ich angenommen habe«, meinte Lady Blanche.

»Was meinst du damit?«, fragte Alissende vorsichtig.

Die Finger ihrer Mutter lagen sittsam gefaltet vor ihrer schmalen Taille, und ihr Gesichtsausdruck war ernst, doch in ihren Augen lag eindeutig ein Glitzern, das Alissende noch niemals gesehen zu haben meinte.

»Du bist verliebt in ihn.«

Alissendes Mund ging auf – klappte auf, um genau zu sein –, doch ehe sie etwas sagen konnte, schüttelte Lady Blanche den Kopf und hob die Hand, um ihrer Tochter zu verstehen zu geben, dass sie sich nicht um eine Antwort bemühen müsste. Sie schenkte ihr ein liebevolles Lächeln, trat zu ihr und strich ihr eine verirrte Locke von der Wange.

»Ärgere dich nicht, *amie.* Ob nun erwachsen oder nicht, so bist du doch immer noch mein Kind, und ich habe dich und Sir Damien die letzten paar Wochen genau beobachtet. Damals vor Jahren habe ich dich auch beobachtet, aber ich habe geschwiegen, weil ich dachte, dass deine damalige Entscheidung notwendig sei. Ich kann sehen, was sich hier abspielt, ohne dass ein Wort gesagt wird.«

»Aber ich weiß nicht, was ich für ihn empfinde. Nicht wirklich«, meinte Alissende schließlich schwach.

»Natürlich weißt du es nicht«, erwiderte Lady Blanche mitleidig. »Sogar in ihren erhabensten Momenten kann die Liebe sehr viel Verwirrung stiften.« Sie tätschelte Alissendes Hand, beugte sich nach vorn und küsste sie auf die Wange. Alissende atmete den lieblichen Maiglöckchenduft ein und ließ sich einen Augenblick lang von ihm trösten, um sich dann jedoch zurückzulehnen, als ihre Mutter sagte: »Aber jetzt muss ich dir eine andere Frage stellen.«

»Welche?«

»Warum glaubst du, dass Sir Damien nicht das Gleiche für dich empfindet, *ma chérie?*«

Alissende schüttelte den Kopf und löste sich mit einem verbitterten Lachen von ihrer Mutter. »Das tut er nicht. Das musst du mir glauben. Ja, er mag ein Mann sein wie jeder andere, mit all seinen männlichen Bedürfnissen, doch wir haben erst vor kurzem über die Vergangenheit gesprochen. Was er erlebt hat und die Grausamkeit, die er beim Verhör durch die Inquisition hat ertragen müssen …«

Sie rieb sich die Stirn und versuchte, nicht zu viel darüber nachzudenken, denn sie wusste aus Erfahrung, dass sie sich dann nur noch schlechter fühlte. Es war dieselbe unüberwindliche Mauer aus unabänderlicher, kalter Wahrheit, die sich jedes Mal vor ihr aufbaute, wenn sie versuchte drumherum zu schauen, und es schmerzte zu sehr, weiter gegen sie anzugehen. »Nein, seine Erlebnisse haben ihn zu sehr verändert, um je wieder die Gefühle zu entwickeln, die wir vielleicht einmal geteilt haben.«

»Du könntest überrascht sein, *ma fille.* Was sich im Herzen eines Mannes abspielt, erkennt man nicht immer von außen – und manchmal ist es ihm selbst gar nicht klar.«

Daraufhin ließ Alissende sich wieder auf ihren Stuhl sinken, und Lady Blanche verschränkte die Arme derart entschlossen vor der Brust, dass sich bei Alissende in ängstlicher Vorahnung die Nackenhaare aufstellten.

»Na schön«, murmelte ihre Mutter und sah nachdenklich zu Boden. »Das gehört nicht zur Sache. Wir müssen im Moment mit dem auskommen, was wir wissen.« Sie sah Alissende wieder in die Augen. »Du machst dir etwas aus diesem Mann, der die Rolle als dein Gatte auf Zeit übernommen hat. Weit über die Bedingungen hinausgehend, die er für euer Verhalten als verheiratetes Paar vor anderen festgelegt hat, hat er angefangen, mit dir in einer Form umzugehen, die dich ... beunruhigt, ja?«

Alissende fühlte sich zu elend, um zu antworten, und nickte deshalb nur, aber Lady Blanche gab sich damit nicht zufrieden.

Mit ein paar Schritten war sie bei ihr, setzte sich neben sie und ergriff die Hand ihrer Tochter, um ihr Unterstützung und Kraft zu geben. »Nein, Alissende«, schalt sie sie sanft, »das ist nicht die starke und fähige Tochter, die ich aufgezogen habe. Es ist an der Zeit, ein bisschen Feuer zu zeigen, *amie,* denn eine Frau erreicht nichts auf dieser Welt, wenn sie nur dasitzt und die Hände ringt, weil ein Problem aufgetaucht ist oder ein sturer Mann. Die Frage, die ich dir eben gestellt habe, verlangt nach einer Antwort. Sir Damien fordert dich in gewisser Weise mit den Freiheiten heraus, die er sich während des Unterrichts dir gegenüber herausnimmt.«

Ihre freundlichen Augen funkelten, als sie lächelnd eine Augenbraue hochzog, sodass ihr Gesicht einen zugleich entschlossenen wie schelmischen Ausdruck bekam. »Was willst du dagegen unternehmen?«

Er hatte mit dem Feuer gespielt, und er wusste es.

Damien grübelte über diese Tatsache nach, als er ins kühle Dunkel der Dorfkirche schlüpfte. Er war froh, ein paar Augenblicke allein zu sein, um zumindest nach außen hin wieder Selbstbeherrschung zu erlangen. Ungeachtet seiner Entfremdung von Gott war dies der friedlichste Ort, der ihm eingefallen war, als er von dem Bedürfnis, allein zu sein, übermannt worden war. Zwischen den Messen stand die Kirche meistens leer, und so setzte er sich in der ersten Reihe auf eine Bank neben der Statue der Madonna rechts vom Altar.

Und dann dachte er nach.

Allmählich entglitt ihm die Kontrolle über die Situation mit Alissende. Seit vier Tagen hatte sich jetzt die erotische Spannung zwischen ihnen gesteigert, bis sie ein fast unerträgliches Maß angenommen hatte und ihn quälte, wann immer er in ihrer Nähe war – und trotzdem schürte er noch die Flamme mit einer Berührung hier, einem geflüsterten Wort da, einem gestohlenen Kuss …

Gütiger Himmel, er hatte die letzten Tage anscheinend an nichts anderes mehr denken können, als ihren Körper mit solchen Zärtlichkeiten zu überhäufen.

Ihren nackten Körper.

Bei dem Gedanken hätte er fast laut aufgestöhnt. Die Bilder

seiner überhitzten Fantasie stiegen aufs Neue in ihm auf und ließen ihm keine Ruhe. Bald war es wieder Zeit für eine dieser höllischen Unterrichtsstunden, die er törichterweise mit ihr begonnen hatte. Und wie häufig er sich auch sagte, dass er sich benehmen und eine gewisse Distanz zu ihr einhalten sollte, während sie zusammenarbeiteten, wusste er doch ganz genau, dass er bei der ersten sich bietenden Gelegenheit, ihre Lippen zu küssen oder die Hand über ihren herrlichen Körper gleiten zu lassen, alle guten Vorsätze fahren lassen würde.

Ein Körper, der einem echten Ehemann oder einem Liebhaber vorbehalten war.

Dass sie in so entzückender Weise auf ihn zu reagieren schien, wenn er sich diese Zärtlichkeiten stahl, machte das Ganze für ihn nur noch erregender – wenn ihre Wangen sich röteten oder ihre Nippel sich zu verführerischen Knospen unter ihrem Kleid verhärteten, wenn er mit der Hand über ihren Busen strich.

Und erst gestern hatte sie sich wie in alten Zeiten instinktiv fester an ihn geschmiegt, ehe sie sich ihres Tuns bewusst wurde und sich von ihm gelöst hatte, wobei sie stärker errötet war, als er es je bei ihr gesehen hatte. In diesem Augenblick hätte er sie am liebsten vom Hof in ihr Schlafzimmer getragen, um ihr Getändel zu süßer, befriedigender Erfüllung zu bringen.

Aber natürlich hatte er das nicht getan. Er konnte nicht, egal wie sehr es ihn nach ihr verlangte. Sie war eine verbotene Frucht für ihn – nicht nur wegen ihrer Vereinbarung oder des Vertrauensbruchs vor so vielen Jahren; nein, er hatte ihr nichts zu bieten. Nicht mehr. Er konnte ihr noch weniger geben als vor fünf Jahren, denn er war kaum mehr als eine leere Hülle, von Gott verlassen, und die Narben auf seinem Körper waren Zeugnis einer zerstörten Seele, die in ihm schlief. Das konnte er nicht vergessen.

Ach, aber du brauchst deine Leidenschaft doch nicht auf herkömmliche Praktiken zu beschränken, raunte ihm eine Stimme in seinem Innern zu. *Es gibt andere Möglichkeiten, sein Verlangen zu stillen. Möglichkeiten, die es dir erlauben, Alissende zu berühren … von ihr zu kosten, sie zu genießen und sie dich, ohne dass es tatsächlich zum Vollzug kommt. Möglichkeiten, die euch schon früher beiden Freude bereitet haben …*

Damien stöhnte auf, beugte sich nach vorn und vergrub den Kopf in den Händen, während er versuchte, die wolllüstigen Gedanken zu verdrängen. Heiliges Erbarmen, das brachte gar nichts. Er musste einfach seine Selbstbeherrschung stärken, verdammt noch mal, und sich nicht ständig irgendwelchen Fantasien über die Frau hingeben, die ihn derartig in Versuchung führte.

»Dann ist es immer noch so schmerzvoll für dich zu beten?«

Als Damien die freundliche Stimme hörte, schaute er auf und sah, dass Ben – der gute, unerschütterliche Ben – sich ihm näherte.

»Das ist nicht das Problem, mit dem ich heute kämpfe, mein Freund«, gestand Damien, als Ben nah genug war, um sich mit einem erleichterten Seufzer neben ihm auf der Kirchenbank niederzulassen. »Aber es stimmt, dass mir das Beten immer noch keinen Frieden schenkt.«

Mit einem leichten Lächeln nickte er wegen der Grimasse, die Ben zog, während er sich auf der harten Bank zurücklehnte, und fragte: »Und was ist mit dir? Arbeitest du wieder bis spät in die Nacht für Father Michael und verzierst seine Texte mit Buchmalereien, sodass du am Tisch einschläfst und dadurch einen steifen Nacken bekommst?«

»Nein, Damien, dieses Wehwehchen habe ich allein dir zu verdanken.«

»Wie das?«

»Es ist das Ergebnis dieses höllischen Trainings mit den Männern, bei dem du dir von mir helfen lässt.« Ben rieb sich den Nacken und milderte seine Kritik mit einem Lächeln, als er fortfuhr: »Ich bin nicht mehr so jung wie ehedem, das kann ich dir versichern. Aber ich bin auch kein Krieger, und wahrscheinlich wird mich das ständige Wiederholen dieser Schlagabfolgen mit dem Schwert eher umbringen als die Waffe des Feindes. Als Geistlicher bin ich Tätigkeiten mit Pergament und Tinte viel mehr gewohnt als solche mit Schwert und Schild.«

»Damit kenne ich mich nicht aus«, meinte Damien in einem frotzelnden Ton, mit dem er Bens Blick auf sich zog. »Aber ich schätze mal, dass du dich für einen alten Mann recht wacker hältst.«

Als Antwort fing er sich einen Schubs ein, der ihn fast von der Bank hätte segeln lassen, und lachend wehrte er Ben ab, um sich dann mit auf den Knien abgestützten Armen nach vorn zu beugen. Sein Lächeln verblasste, und er schaute zum Altar auf. Sein Blick ging ins Leere, als er sagte: »In Wahrheit, mein Freund, solltest du dich glücklich schätzen, dass du dir beim Training nur Gedanken um die Männer machen musst.«

Einen Augenblick lang blieb es still.

»Ich nehme an, du beziehst dich auf den recht ungewöhnlichen Unterricht, den du Lady Alissende erteilst?«, fragte Ben in einem Ton, der Damien hätte warnen sollen, sich nicht weiter auf das Thema einzulassen. Aber er war zu tief in sein Elend verstrickt, als dass er auf seinen Instinkt gehört hätte.

»Ja«, erwiderte er und starrte immer noch Richtung Altar. »Verflucht will ich dafür sein, dass ich damit angefangen habe.«

Wieder breitete sich Schweigen aus. Aber die Anspannung,

die in der Luft lag, war einfach nicht zu übersehen und veranlasste Damien schließlich dazu, den Kopf zu drehen und Ben anzuschauen. Er ertappte seinen Freund dabei, wie dieser ihn intensiv musterte.

»Was ist?«, fragte Damien.

Ben zuckte die Achseln und versuchte unschuldig zu gucken. »Nichts weiter. Als ich gestern früh zufällig durch den Hof kam, gabst du Lady Alissende gerade Unterricht, und was ich da sah, wirkte sehr … interessant.«

»Ach ja?«

»Ja.«

Damien presste die Lippen aufeinander. Es wäre besser, einfach das Thema zu wechseln. Oder Ben direkt zu sagen, dass er darüber nicht reden wollte. Oder einfach zu gehen.

Aber plötzlich wurde ihm bewusst, dass er möglicherweise aus einem bestimmten Grund zur Kirche gekommen war. Vielleicht musste er darüber reden, was passierte … mit jemandem, der ihn nicht verurteilen würde. Mit jemandem wie Alex..

Unversehens wurde er von einer Flut der Trauer erfasst, und ihm wurde ganz eng ums Herz. Obwohl er und sein Bruder in vielen Dingen nicht immer derselben Meinung gewesen waren, hatte es dieses Verständnis und dieses Zusammengehörigkeitsgefühl zwischen ihnen gegeben, welches er ganz stark vermisste, wie Damien erst jetzt plötzlich klar wurde.

Damien wich Bens Blick nicht aus und beschloss, einen Versuch zu wagen. »Würdest du mir bitte erklären, was du so interessant fandest?«

»Ich hatte schon gedacht, du würdest nie fragen.« Sein Freund lehnte sich zurück und machte es sich ganz offensichtlich bequem. »Aber jetzt, da du es getan hast …«

Damien bedachte ihn mit einem Blick, der ihn davor warnte, noch länger zu zögern, weil er ansonsten seine Meinung wieder ändern würde.

»… würde ich sagen, dass der erste Eindruck, den ich bei eurem Anblick bekam, der war, als beobachtete ich zwei Personen, die ganz vertieft in ihr Schauspiel waren. Entweder das, oder ich beobachtete das amouröse Spiel zwischen einem Mann und einer Frau, die wahrhaft ineinander verliebt sind.«

Das Schweigen, das dieser ungeheuerlichen Bemerkung folgte, war zum Schneiden dick, und Damien meinte fast daran zu ersticken … doch dann schoss ihm der Gedanke durch den Kopf, dass er eher wegen Bens Bemerkung keine Luft mehr bekam, als dass das drückende Schweigen etwas damit zu tun hatte.

»Nun …«, fügte Ben schroff hinzu und machte eine abwiegelnde Handbewegung angesichts von Damiens entsetzter Miene. »Vielleicht geht der Ausdruck ›verliebt‹ zu weit. Ich hätte sagen sollen, dass ihr wie zwei Menschen wirktet, die dabei sind, sich ineinander zu verlieben. Das wäre wohl treffender.«

»Aber kaum besser«, gelang es Damien hervorzustoßen.

»So habe ich es aber wahrgenommen«, bekräftigte Ben mit einem Schulterzucken. »Du hast gefragt, und ich habe geantwortet. Das kannst du mir jetzt nicht vorwerfen.«

»Ich werfe dir nichts vor«, erwiderte Damien, der sich genügend von seinem Schock erholt hatte, um ihn wütend anzufunkeln. »Das heißt aber nicht, dass ich nicht der Ansicht bin, du könntest leicht übergeschnappt sein.«

Ben fuhr für jemanden, der behauptete, nur aus schmerzenden Gliedern und einem steifen Nacken zu bestehen, verdächtig schnell zu ihm herum. »Mein Verstand arbeitet so gut wie eh und je, Damien. Dass du es nur weißt. Doch nachdem ich dich die letzten paar Tage beobachtet habe, würde ich dasselbe von dir nicht zu behaupten wagen, hm?«

Damien, der ihn im Grunde nicht widerlegen konnte, rührte sich einen Moment lang nicht und dachte nach. Als ihm keine befriedigende Entgegnung einfiel, atmete er tief ein, senkte den Kopf, während er die Hände locker faltete und die Unterarme immer noch auf den Schenkeln abstützte.

»Ich kann Alissende nicht lieben ... oder irgendeine andere Frau, was das betrifft, Ben«, murmelte er mit geschlossenen Augen. »Was ich für sie empfinde, ist weit weniger edel. Da bin ich mir sicher.«

»Wie um alles in der Welt kommst du denn auf die Idee?«

»Durch das Bewusstsein, dass ich nicht mehr zu den zarteren Gefühlen in der Lage bin, die zur Liebe gehören.«

Ben gab nicht sofort eine Antwort, doch aus dem Augenwinkel konnte Damien beobachten, wie er nachdenklich nickte, als wäge er ab, was er gehört hatte. Schließlich meinte Ben: »Ja, vielleicht hast du recht ...«

Er verstummte, als hätte ihn die Vernunft davon abgehalten, das zu beenden, was er hatte sagen wollen.

Dies war nicht der Moment für taktvolle Zurückhaltung, entschied Damien. Er sah Ben wieder an und hakte nach: »Aber?«

»Aber wenn du recht hast«, fuhr Ben fort und warf Damien noch einen schnellen Blick zu, um sicher zu sein, dass dieser ihn wirklich bis zum Ende anhören wollte, »dann gehe ich fest davon aus, dass dir dein Gewissen in den letzten Tagen die Ruhe raubt, weil es dir sagt, du solltest mit Lady Alissende nicht so anbandeln, wie du es getan hast, wenn du nicht bereit bist, dich wie ein Ehrenmann zu verhalten.«

Damien zuckte zusammen. Oh, das tat weh. Trotzdem war es die Wahrheit, ob es ihm nun gefiel oder nicht. Er hatte sich wirklich bemüht, nicht zu intensiv oder zu lange an jenen Tag in ein paar Monaten zu denken, an dem er Alissende unausweichlich für immer verlassen würde – nicht nur, weil er wusste, dass es unehrenhaft wäre, bis dahin mit ihr herumzutändeln, sondern auch, weil er mit jeder Stunde, die verging, immer deutlicher erkannte, wie schmerzhaft dieser endgültige Bruch für ihn sein würde. Daran ließ sich nichts ändern, aber das machte es auch nicht leichter. Wieder seufzte er und richtete den Oberkörper auf, sodass er sich mit dem Rücken anlehnen konnte.

»Ich habe einen letzten kleinen Rat, mein Freund«, meinte Ben leise.

»Welchen?«, fragte Damien, während das unerklärliche Elend immer größer wurde, das sich in ihm bei dem Gedanken aufbaute, was er von nun an zu tun hatte. Das Wissen, dass er ab sofort mit dem Necken und Schäkern aufhören musste, das er mit Alissende genossen hatte.

»Es ist so«, sagte Ben in einem so ernsten Ton, dass Damien ihn unwillkürlich ansah. »Wenn du feststellst, dass du Lady Alissendes Charme nicht widerstehen kannst, dann musst du in Erwägung ziehen, dass es etwas Edleres als pure Lust ist, was dich in ihre Arme treibt. Seine Lust kann man mit jeder Frau stillen – und umgekehrt kann ein Mann seine Grundbedürfnisse durch reine Willenskraft kontrollieren. Das weißt du selbst, da du ja als Tempelritter gedient hast. Aber in der Liebe ist das anders.«

Bei seinen Worten keimte Hoffnung in Damien auf, und er schaute in sich hinein, ob da mehr war als Trostlosigkeit. Aber wie immer ragte diese Mauer aus Dunkelheit vor ihm auf. Er spürte, wie sich sein Mund vor Bitternis verzog. »An dem, was du sagst, mein Freund, ist sicher etwas Wahres dran. Aber auf mich trifft es nicht zu. Der Himmel stehe mir bei –

ich wünschte so sehr, dass du recht hättest, aber das hast du nicht.«

Entschlossen biss Damien die Zähne zusammen und kämpfte gegen die verführerische Stimme in seinem Kopf, die ihn vom Gegenteil überzeugen wollte. Ben war wieder verstummt, und Damien spürte, dass sein Freund mit seinen Gedanken mittlerweile ganz woanders war, bei einem nicht weniger wichtigen Punkt. Und nur einen Atemzug später erfuhr Damien, was es war.

»Du weißt, dass der Himmel dir bei deinem Problem helfen würde, wenn du nur fragtest«, meinte Ben sanft, und Damien spürte wieder dieses seltsame Ziehen in seiner Brust. Ihm wurde klar, dass er gerade nicht nur aus langjähriger Gewohnheit den Himmel angerufen hatte, sondern dass die Erinnerung daran, dass ihm ein solcher Trost nicht mehr vergönnt war, immer noch fürchterlich schmerzte.

»Gott hört alle, Damien«, fuhr Ben fort. »Und Er heißt alle, die Einlass begehren, willkommen, um zu vergeben alle Sünden und allen Sündern – sogar jenen, die sich aus Kummer oder Wut von Ihm abgewandt haben.«

Die Pein, die in Damiens Eingeweiden wühlte, war zu groß, als dass er gleich hätte antworten können, und so stemmte er sich von der Bank hoch und verdrängte den Schmerz durch reine Willenskraft, während er seine immer gegenwärtige Sehnsucht nach dem Trost zu lindern suchte, den Ben ihm anbot.

»Gott mag mir vielleicht vergeben, Ben, wenn und falls ich einen Weg finde, um Ihn darum zu bitten«, meinte Damien schließlich mit rauer Stimme. »Aber zuerst muss ich mir selbst vergeben – vieles. Und ich vermag nicht zu sehen, dass das in naher Zukunft passieren wird.« Lächelnd ergriff er Bens Hand und versuchte die Sorge in den Augen seines Freundes zu übersehen. Er war zutiefst dankbar für die Seelenverwandtschaft, die sie miteinander verband und die tiefer ging als Worte. »Ich danke dir für deinen Rat, Ben«, sagte er leise. »Alles wird gut – du wirst schon sehen.«

Ben nickte schweigend, und Damien drehte sich um und ging den Mittelgang entlang zur Tür. Gerade als er ins Freie treten wollte, meinte er Ben sagen zu hören: »Ich bete darum, Damien. Ja, um deinetwillen wie auch um Lady Alissendes willen werde ich darum beten.«

Kapitel 10

Damien war bereit. Er stand in dem Teil des Hofes, den er für das Training bestimmt hatte, und blickte zu dem kleinen Tisch mit Erfrischungen, den er im Schatten nahe der Burgmauer hatte aufstellen lassen. An jedem der letzten vier Tage hatte er die Küchenhelfer gebeten, ein leichtes Mahl zu bereiten, welches er und Alissende während der kurzen Pausen zwischen ihren anstrengenden Übungen zu sich nehmen konnten.

Die traurige Wahrheit sah jedoch so aus, dass das Essen in den vergangenen Tagen meist unberührt geblieben war, weil er eher darauf bedacht gewesen war, sich mit Alissende in unterhaltsamerer Form zu beschäftigen. Viel lieber als zu essen übte er mit ihr Stellungen und Griffe der Selbstverteidigung, da er sich auf diese Weise die köstlichsten Freiheiten herausnehmen konnte, welche ihn in den verheerenden Zustand gebracht hatten, in welchem er sich jetzt befand.

Aber heute, so schwor er sich, würden sie mehrere Pausen einlegen und sich am Tisch gegenüberstehen und essen und trinken, bis nichts mehr da war.

Ja, heute würde er alles unter Kontrolle behalten, schwor er sich, auch wenn es ihn schier umbrachte. Seitdem er die Kirche verlassen hatte, zwang er sich dazu, sich so viele Szenarien wie möglich vorzustellen, bei denen er in Versuchung geraten könnte, seinen Schwur zu brechen, sich Alissende gegenüber angemessen zu verhalten. Noch nie, seit er den Fängen der Inquisition entronnen war, war er dem Beten so nah gewesen.

Jetzt musste er es nur noch schaffen, ihr zu widerstehen, auch wenn sein Körper allein bei ihrem Anblick nach ihr verlangte. Er musste die Versuchung ertragen, ihr so nah zu sein … wenn er sie mit seinen Armen umschlang … seine Hände auf ihrem Körper lagen … wenn ihr Duft seine Sinne so sehr betörte, dass ihm die Knie weich wurden …

Erbarmen.

Er konnte es schaffen, knurrte er schweigend, während er zum Tisch marschierte und dort zur Ablenkung eine der Pasteten herunterschlang, der er gleich einen ganzen Becher Apfelwein folgen ließ. Dann stellte er den leeren Becher ab und streckte Rücken und Arme, um sich auf den Unterricht vorzubereiten. Währenddessen klammerte er sich an die erhebende Vorstellung, dass Alissendes Widerstreben, den Unterricht in aller Öffentlichkeit abzuhalten, ihm dienlich sein würde, um bei seinem Entschluss zu bleiben.

Er begann gerade ein gewisses Vertrauen in seine Fähigkeit zu entwickeln, dass er Haltung bewahren würde, als er sich zufällig umwandte und sah, wie Alissende gerade den Hof betrat.

Ein Blick genügte, und all seine Hoffnungen zerstoben.

Sie kam mit anmutiger Leichtigkeit auf ihn zu. Irgendetwas war anders an ihr. Nichts, was er hätte benennen können. Aber es war nicht zu übersehen.

Bei allen Engeln und Heiligen …

Es war die Art, wie sie sich bewegte, das sanfte Wiegen ihrer Hüften und die Haltung ihres Kopfes, dessen üppiges Haar sie hochgesteckt hatte. Und dann das Kleid, das sie anhatte. Gütiger Himmel, es schien sich an ihre Rundungen zu schmiegen und betonte ihre herrlichen Kurven.

Dann war sie nah genug, sodass er den Blick in ihren Augen sehen konnte, und in dem hilflosen Versuch, seine völlig ausgetrocknete Kehle zu befeuchten, schluckte er mühsam.

»Ich hoffe, ich habe dich nicht zu lange warten lassen, Damien«, murmelte sie und senkte dabei den Kopf, sodass ihm eine kurze Atempause vergönnt war, nachdem heftiges Verlangen durch seinen Körper getobt hatte.

»Nein«, erwiderte er genauso leise. Er räusperte sich, um seine Heiserkeit loszuwerden. »Ich war nur gerade die Bewegungsabläufe durchgegangen, in denen ich dich halten – äh, unterrichten – will.«

»Wie schön. Aber wenn du nichts dagegen hast, würde ich gern etwas zu mir nehmen, ehe wir anfangen.« Sie lächelte zerknirscht. »Ich wurde in eine längere Unterhaltung mit *Mère* gezogen, während wir stickten, und so hatte ich keine Zeit, etwas zu essen.«

Auf sein schweigendes Nicken hin trat sie an ihm vorbei und nahm sich ein Obsttörtchen und einen Becher vom Tisch. Der sinnliche Duft von Ambra und süßem Waldmeister, den sie immer benutzte, hüllte ihn ein, sodass sich sein Magen vor Verlangen zusammenzog. Er schloss die Augen, und fast gegen seinen Willen atmete er tief ein und quälte sich mit glühenden Gedanken und süßen Erinnerungen, die der Duft in ihm hervorrief.

Nicht gerade ein viel versprechender Anfang.

Fest entschlossen, sich von solch gefährlichen Gedanken abzulenken, öffnete er die Augen, um gleich darauf festzustellen, dass Alissende direkt vor ihm stand und sich zu ihm umgedreht hatte und ihn anschaute, während sie aß. Obwohl er wusste, dass er es lieber nicht tun sollte, beobachtete er gebannt, wie sie von ihrem Obsttörtchen abbiss und vom Apfelwein nippte, sodass er immer wieder einen kurzen Blick auf ihren Mund erhaschte.

Diese weichen, rosigen Lippen blitzten am Rand des Bechers auf, während sie trank, bis plötzlich ohne Vorwarnung ihre Zunge herausschnellte, um einen Tropfen des lieblichen Tranks aufzufangen. Glühende Hitze zuckte bei dem Anblick durch seinen Leib, sodass er unruhig von einem Bein aufs andere treten musste, weil er genau wusste, dass ein gewisser Teil seines Körpers gleich anschwellen würde, egal wie hehr seine Absichten waren.

Damien riss den Blick von ihr los und ermahnte sich, sich auf die vor ihm liegende Arbeit zu konzentrieren und sonst nichts. Dieses fortgesetzte Schwelgen in ihrem Anblick – wie unschuldig es auch sein mochte – brachte nichts, sondern bewirkte eher das Gegenteil.

Er hätte daran denken sollen, dass er Alissende nicht zu berühren brauchte, um von ihr erregt zu werden. Das hatte er nie gebraucht. Sie führte ihn allein durch ihre Gegenwart in Versuchung.

Als er seine Gedanken endlich wieder unter Kontrolle gebracht hatte, um sich einigermaßen entspannt zu bewegen, trat Alissende plötzlich zu ihm hin und streckte die Hand nach seinem Gesicht aus. Sein Blick flog zu ihr hin, als sie mit dem Daumen seidig, sinnlich über seine Wange strich.

Das kam so unerwartet und wurde von einem so intensiven Gefühl begleitet, dass ihm der Atem stockte und ihm ein leicht erstickter Laut entwich.

»Geht es dir nicht gut, Damien?«, fragte sie mit einem leicht amüsierten Unterton in der Stimme. Und diese blauvioletten Augen … oh, auch in ihnen stand ein Lachen und dann noch etwas anderes …

Sie drückte ihm den Becher in die Hand und murmelte: »Hier, trink etwas um Himmels willen. Ich wollte dich nicht erschrecken. Da war nur ein Krümel – siehst du?« Sie hielt ihm einen Finger hin, an dessen Spitze ein bisschen Pastetenteig klebte.

Er brachte kein Wort hervor. Nein, es war das erste Mal, seit er denken konnte, dass er ganz und gar sprachlos war. Und deshalb trat er nur schnell zwei Schritte zurück, hob den Becher, den sie ihm gereicht hatte, und leerte ihn mit einem Zug, während er sich mit einer Inbrunst, die völlig untypisch für ihn war, wünschte, er hätte die Dienstboten etwas Stärkeres als Apfelwein auftischen lassen.

»Ich weiß, dass du schnell mit dem Unterricht beginnen willst«, fuhr Alissende mit einer Stimme fort, die wie ein Bad in süßem Honig für ihn war, »aber ehe wir richtig anfangen, würde ich dich gern nach deiner ehrlichen Meinung fragen.«

»Worüber?«, gelang es Damien mit leicht krächzender Stimme zu fragen.

»Über meine Fortschritte in den letzten Tagen.«

Hätte Damien nicht bereits begonnen, an seinem Verstand zu zweifeln, wäre ihm vielleicht der Gedanke gekommen, dass sich Alissendes Augenlider leicht gesenkt hatten und sie einen – nein, wieder zwei Schritte näher gekommen war, während sie sprach. Sie zog eine Braue hoch und gleichzeitig einen Winkel ihres üppigen Mundes.

»Nun, was sagst du dazu?« Sie hatte das Obsttörtchen, welches sie sich vom Tisch genommen hatte, aufgegessen, und während sie auf seine Antwort wartete, nahm sie eine Fingerspitze in den Mund und lutschte einen Klecks der klebrigen, süßen Obstfüllung ab. Als sie ihn wieder zwischen ihren Lippen hervorzog, tat sie es langsam und genüsslich und auf der Spitze war nur ein Anflug von Feuchtigkeit zu erkennen. »Haben sich meine Fähigkeiten … verbessert?«

Das war exakt der Moment, in dem Damien sich am liebsten an Ort und Stelle hingesetzt hätte, wäre da nicht das Gefühl gewesen, dass seine Beine mit Bleigewichten an den Boden gefesselt waren.

Aber dann gelang es ihm doch, sich wieder so weit zu erholen, um aufrecht stehen zu bleiben und etwas zu erwidern, das sich wie eine Antwort anhörte, mochte sie auch etwas heiser klingen.

»Ich würde sagen, du machst dich ziemlich gut, Alissende.« Er räusperte sich, denn er wollte auf gar keinen Fall, dass ihm die Stimme versagte. »Ja, wirklich ziemlich gut.«

Ihr Lächeln spülte über ihn hinweg – strahlend und anscheinend völlig unbefangen. »Da bin ich aber erleichtert«, sagte sie und schob ihre Hand in seine Armbeuge, sodass sie ihn in die Mitte des Übungsplatzes ziehen konnte, »und ich bin ganz erpicht darauf anzufangen, um zu sehen, was für interessante Stellungen du mir heute beibringen willst.«

Damien widerstand dem Impuls, sie wieder anzusehen, doch allein schon die scheinbare Doppeldeutigkeit ihrer Worte versetzte seine Sinne in Aufruhr. Er wappnete sich, um mit dem Unterricht anfangen zu können, und machte sich wie immer bereit zu wiederholen, was sie in der letzten Stunde gelernt hatte.

Die letzte Stunde … oh, gütiger Himmel, er hatte ihr eine Abfolge von Bewegungen beigebracht, mit denen man sich befreien konnte, wenn man von hinten angegriffen wurde. Das bedeutete, dass es ihm gestern noch großes Vergnügen bereitet hatte, sie anzuweisen, sich mit dem Rücken zu ihm zu stellen, wobei sich ihr wohlgerundeter Po gegen seine Lenden und ihre Schultern gegen seine Brust gedrückt hatten. Sein linker Arm war um ihre Taille geschlungen gewesen, während sein rechter Arm über ihrer Brust gelegen hatte … direkt auf ihrem herrlichen Busen, gütiger Himmel …

»Sollen wir anfangen?«, rief Alissende fröhlich, und er stellte fest, dass sie sich ein paar Schritte entfernt von ihm hingestellt hatte. Sie wandte ihm den Rücken zu und hatte die Arme leicht erhoben, womit sie ihn aufforderte, sie wieder in der Stellung zu umfassen, mit der sie gestern aufgehört hatten.

Damien unterdrückte ein Stöhnen, biss die Zähne zusammen und nahm seine Position ein. Das war einfach lächerlich. Er war ein erfahrener Kämpfer, hatte blutige Schlachten erlebt, brennende Wüstensonne und die Grauen der Inquisition. Er konnte damit fertig werden – mit diesem Verlangen, das sie in ihm entzündete – ohne dabei zugrunde zu gehen.

Er schlang seine Arme um sie und zog sie mit einem Ruck etwas kräftiger, als er es unter normalen Umständen wohl getan hätte, an sich … sodass er hörte, wie ihr die Luft mit einem Zischen entwich. Jetzt ging doch tatsächlich die Wut mit ihm durch, dachte er voller Abscheu. In dieser Stellung waren seine Lippen dicht neben ihrem Ohr, und er hielt es nur für angemessen, ihr eine Entschuldigung für sein übereifriges Verhalten zuzuraunen. Doch er hätte schwören können, dass er genau in diesem Moment ein Lächeln über ihr Gesicht hatte huschen sehen.

Aber als er genauer hinschaute, schien sie ganz ruhig und gelassen, während sie nur mit einem Nicken seine Entschuldigung annahm. Wenn man in dem Moment überhaupt etwas ihrer Miene hätte entnehmen können, dann nur, dass sie voller Ernst bei der Sache war und bereit, mit dem Unterricht zu beginnen.

Damien sah sich vor, nicht zu tief einzuatmen, um nicht wieder von ihrem betörenden Duft gefangen genommen zu werden, und sah stur nach vorn, während er die Zähne zusammenbiss. »Erinnerst du dich daran, was du als Erstes tun musst, wenn jemand dich so angreift?«, fragte er mürrisch.

»Ich glaube schon«, antwortete sie.

Aber sie ließ ihren Worten keine Abwehrbewegung folgen, sodass er sie fast knurrend fragte: »Stimmt irgendetwas nicht, oder warum fängst du nicht an?«

»Nein.« Sie klang kühl und gelassen, trotz der Tatsache, dass sie so dicht, in einer fast schon sinnlichen Umarmung standen. Er begriff nicht, wie sie in der Situation die Ruhe bewahren konnte, denn durch seine Adern schien inzwischen geschmolzene Lava zu fließen, weil ihre Körper sich so eng aneinander schmiegten.

»Ich bin noch nicht ganz soweit, denn ich habe gerade über etwas nachgedacht«, fuhr sie fort. »Wenn wir übermorgen abreisen, um an den Königshof zu fahren, können wir den Unterricht nicht mehr in der Öffentlichkeit fortsetzen. Dort wäre es noch unangenehmer als hier – andererseits denke ich, dass wir weitermachen sollten, denn ich habe noch nicht genug gelernt.«

Bei den letzten Worten drehte sie den Kopf an seiner Brust, um mit großen, unschuldigen Augen zu ihm aufzuschauen. »Was meinst du?«

Zum zweiten Mal innerhalb einer Viertelstunde meinte Damien fast zu ersticken. Er schaute zu ihr hinunter, während sein Mund nur Zentimeter von ihren Lippen entfernt war. Er atmete ganz flach ein und stieß den Atem langsam wieder aus, ohne dabei eine andere Bewegung zu machen. Schließlich blinzelte er und brachte genug Kraft auf, um zu murmeln: »Ich glaube, du hast wohl recht.«

Sie nickte leicht und schien sich des Aufruhrs, den sie in seinem Innern ausgelöst hatte, gar nicht bewusst zu sein, und verschlimmerte alles nur noch, als sie hinzufügte: »Da bin ich aber froh. Denn ich habe ziemlich viel darüber nachgedacht, und ich muss gestehen, dass ich trotz meiner anfänglichen Vorbehalte jetzt erkenne, wie dankbar ich dir dafür sein sollte, dass du mir so eine Möglichkeit geboten hast. Und deshalb möchte ich mich dafür erkenntlich zeigen.«

Sie bedachte ihn wieder mit einem reizenden Lächeln, und Damien konnte sie nur anstarren. Seine Beklommenheit wurde mit jeder Sekunde größer, denn instinktiv wusste er, dass es nichts Gutes sein konnte, was sie im Sinn hatte, wenn es mit so einem völligen und unerwarteten Wandel in ihrem Verhalten einherging.

»An was genau denkst du dabei?«

Er sprach, weil sie zu erwarten schien, dass er etwas sagte. Doch innerlich stöhnte er auf, sobald die Worte heraus waren; denn ihm war völlig klar, dass es wahrscheinlich das Unbesonnenste war, was er sie in diesem Augenblick hätte fragen können. Doch Alissende schien von seiner Frage begeistert zu sein. Sie lächelte noch strahlender.

»Ich dachte mir, wir könnten uns einer Tätigkeit hingeben, die du vielleicht ebenso anregend empfindest wie ich meinen Unterricht. Doch auch der sollten wir nachgehen, wenn wir unter uns sind.«

Sie senkte den Kopf, als würde sie überlegen, und Damien musste sich sehr anstrengen sich nicht zu bewegen. Das war wider jeglichen männlichen Instinkt, wenn ihre Worte doch gerade wieder das Feuer in ihm geschürt hatten, sodass sich die Hitze in schon vertrauten Regionen ausbreitete.

»Ja, es ist besser, wenn wir dabei unter uns sind«, meinte sie schließlich und bedachte ihn diesmal mit einem eindeutig verführerischen Blick, »denn ich kann mir kaum vorstellen, dass du bei der Tätigkeit, die ich im Sinn habe, Zuschauer haben willst.«

Damien war völlig fassungslos angesichts der erotischen Bilder, die ihm plötzlich durch den Kopf schossen. Sie konnte doch nicht etwa tatsächlich das denken, was er annahm, dass sie es tat. Nein, das konnte nicht sein. Es war verrückt, so etwas überhaupt anzunehmen …

»Ich würde sogar vorschlagen, dass wir damit nicht warten, bis wir bei Hofe sind, sondern schon jetzt anfangen«, fuhr sie mit dieser munteren Stimme fort, während das, was sie mit ihren Worten andeutete, sich wie Stahlnägel in sein völlig verwirrtes Gehirn bohrte. »Wenn ich es mir recht überlege, finde ich sogar, dass wir schon heute Abend damit anfangen sollten … hier in unserem Zimmer auf Glenheim.«

Trotz des Schocks, der sich immer weiter in ihm ausbreitete, bekam Damien noch irgendwie mit, wie sie sagte: »So. Nachdem wir das nun geklärt haben, sollen wir jetzt mit dem Unterricht beginnen?« Er schaffte es sogar, einen Laut von sich zu geben, der wohl als Zustimmung aufgefasst werden konnte …

Eine instinktive Reaktion, die er sofort bereute, als sie genau das tat, was er ihr während der gestrigen Stunde beigebracht hatte, indem sie den kleinen Finger seiner rechten Hand packte, ihn schmerzhaft nach hinten riss, sodass er seinen Griff unwillkürlich lockerte. Sie nutzte die Gelegenheit, um ihm den Ellbogen direkt in den Magen zu rammen.

Mit aller Kraft.

Jetzt schien Damien die Luft ganz weg zu bleiben, genau wie es bei dieser Abwehr auch sein sollte. Er taumelte zurück, krümmte sich und keuchte, während er versuchte, wieder zu Atem zu kommen.

Durch den Nebel, der seinen Blick verschleierte, sah er, wie Alissende sich umdrehte und sich ihre verblüffte Miene schnell in einen triumphierenden Ausdruck verwandelte. Sie stützte die Fäuste in die Hüften, und kurz bevor er in die Knie ging, nachdem er an diesem Tag in mehr als einer Hinsicht besiegt worden war, hörte er ihr frech-fröhliches Lachen.

»In einer Sache scheinst du dich in Bezug auf meinen Unterricht geirrt zu haben, Damien«, neckte sie ihn immer noch lachend. »Ich habe es doch geschafft, dich zu überrumpeln. Aber ich muss gestehen, dass du bei etwas anderem ganz recht hattest.«

»Ach ja? Und das wäre?«, krächzte er, nachdem er wieder etwas zu Atem gekommen war. Trotz seines körperlichen Unbehagens konnte er nicht verhindern, über ihre offensichtliche Freude zu lächeln.

»Auf die Weise kann man wirklich einen Angreifer abwehren.« Sie grinste noch breiter. »Viel besser, als ich es mir je hätte vorstellen können.«

Der Abend konnte gar nicht schnell genug kommen.

Alissende konnte sich nicht daran erinnern, wann sie sich das letzte Mal so sehr auf etwas gefreut hatte. Sie brannte förmlich vor Entschlossenheit. Natürlich war es genauso niederträchtig wie gemein gewesen, dass sie Damien heute so erbarmungslos gequält und dieselbe Verzweiflung in ihm geweckt hatte, der er sie fast eine Woche lang unterworfen hatte. Bestimmt würden ihr zahlreiche Avemarias und gute Taten auferlegt werden, wenn sie es bei der Beichte gestand.

Aber bis dahin genoss sie jeden Augenblick.

Als sie ihm gesagt hatte, sie wolle ihm den Gefallen erwidern, und das in der Ungestörtheit ihres Schlafgemachs, war sein Gesichtsausdruck unbezahlbar gewesen. Genauso wie seine Reaktion auf kleinste Bewegungen von ihr, ihr Atmen, ja sogar wie sie aß und trank … nun ja, es hatte einiges gebraucht, um sie wieder zu besänftigen, nachdem er sie mit seinem Verhalten in der Öffentlichkeit so aufgebracht hatte. Aber zumindest verstand sie jetzt, warum er sein Spiel mit ihr so sehr genossen hatte. Ja, fast so sehr, dass sie es in Erwägung zog, ihm zu verzeihen und ihn nicht weiter zu quälen. Aber das wäre viel zu einfach gewesen.

»Du scheinst heute Abend ja sehr gut gelaunt zu sein, Cousine«, meinte Michael, der sie mit seiner Bemerkung wieder ins Hier und Jetzt brachte. Er stand an der Tür zu ihrem Schlafgemach, hatte einen Korb voll mit benutztem Pergament, Tintenfässern, Federn und anderen Schreibutensilien auf dem Arm und erwiderte das Grinsen, das auf ihrem Gesicht lag. Es bildeten sich kleine Fältchen in seinen Augenwinkeln, als er hinzufügte: »Der Grund dafür ist bestimmt nicht die Aussicht darauf, Briefe abzuschreiben.«

Als sie mit den Schultern zuckte, schüttelte er den Kopf und setzte lachend seine Sachen ab. »Ich bin mir sehr wohl der Tatsache bewusst, dass dein Verstand es allemal mit deiner Schönheit aufnehmen kann, *amie*«, schalt er sie, »und ich bin dir gern in jeder Weise gefällig, aber nicht einmal ich kann mir vorstellen, wofür du diese Sachen brauchst. Es gibt kaum etwas, das ich weniger anregend finde als die Aussicht, einen ganzen Abend über einen Tisch gebeugt zu sitzen, sich dabei mit Tinte zu bekleckern und einen steifen Nacken zu bekommen.«

»Ach, ich weiß nicht«, murmelte sie und nahm eine der Federn, die er gebracht hatte, und zwirbelte sie zwischen den Fingern. »Ich rechne fest damit, dass es heute Abend sehr anregend sein wird. Mehr denn je sogar.«

Michael schüttelte nur wieder glucksend den Kopf und murmelte etwas über die Launen der Frauen. Alissende behielt ihr Lächeln so lange bei, bis er ihr geholfen hatte, alle Sachen, die er mitgebracht hatte, auszupacken. Als sie fertig waren, drehte sie sich zu ihm um und umarmte ihn kurz und fest.

»Danke, Michael«, sage sie, küsste ihn auf die Wange und zauste ihm das Haar. »Ich weiß, wie teuer diese Sachen sind, und werde mich an mein Versprechen halten und beim Pergamentmacher ein Dutzend neuer Bögen besorgen, um diese hier aus dem Fundus des Klosters zu ersetzen.«

»Ich hege keinen Zweifel daran, Cousine. Aber bis dahin werden die Brüder diese hier nicht vermissen, und die Schreiber werden begeistert sein, auf frischem Pergament zu schreiben, sobald es da ist.« Er zwinkerte ihr zu. »Um die Wahrheit zu sagen, sind das die einzigen unter meinen Bekannten, die sich noch mehr freuen als du, wenn sie Briefe schreiben dürfen.«

Alissende lachte auf seine spöttische Bemerkung hin, hakte ihn unter und ging mit ihm zur Tür. »Ach, Michael, ich werde dich so sehr vermissen. Musst du wirklich hier auf Glenheim bleiben, während wir an den Hof reisen? Kannst du uns nicht begleiten?«

»Nein, Cousine.« Er blieb stehen und legte seine Hand liebevoll an ihre Wange. »Einer muss hier bleiben und auf deine Mutter aufpassen. Und außerdem kenne ich nur Hugh dort, und der würde sich eher erdolchen als zugeben, dass wir miteinander verwandt sind. Und jetzt umso mehr, da er weiß, dass ich dich vor ihm schütze.«

Alissende runzelte die Stirn. »Ja, er war wirklich nicht sonderlich erfreut. Er wird sich vielleicht gegen dich wenden, Michael. Du musst vorbereitet sein. Dein Bruder hat es nie gut aufgenommen, wenn ihm jemand einen Strich durch die Rechnung machte. Und ich fürchte, dass er auf Blutverwandtschaft keine Rücksicht nehmen wird.«

Michael löste sich von ihr und sah sie mit gespielter Abscheu an. »Was ist das denn? Machst du dir etwa Sorgen um mich, Alissende?«

»Ich traue Hugh alles zu.«

Ohne etwas zu erwidern, legte Michael seine Hände auf ihre Schultern, beugte sich vor und küsste sie auf die Stirn. »Hab keine Angst, *amie.* Ich werde wachsam sein.«

Sie nickte und ging mit ihm zur Tür.

»Pass gut auf *Mère* auf, während ich weg bin, Michael. Wenn irgendetwas sein sollte, benachrichtige mich sofort. Odiham ist nur zwei Tagesreisen entfernt. Vergiss das nicht.«

»Ich werde daran denken, Alissende. Dir eine gute Reise.« Er bedachte sie mit einem eindringlichen Blick und zog die Augenbrauen hoch, um seine nächsten Worte zu bekräftigen, als er hinzufügte: »Und sag Sir Damien, dass ich für seinen Sieg beim bevorstehenden Turnier beten werde. Vielleicht erteilt er ja meinem Bruder eine Lektion in Demut.«

Dann grinste Michael sie noch einmal an, winkte und verließ den Raum. Auch Alissende winkte ihm zum Abschied zu und sah ihm mit einer Mischung aus Zuneigung und Sorge hinterher. Sie hatte Michael immer eher als Bruder denn als Cousin betrachtet, und obwohl sie sich freute, dass er in der Priesterschaft Ruhe und Zufriedenheit gefunden hatte, konnte sie doch nicht verhindern, dass sie sich Sorgen um ihn machte. Es bedrückte sie, dass er niemanden hatte, an den er sich wirklich wenden konnte, außer vielleicht andere Geistliche, ihre Mutter oder sie selbst.

Trotz all der Scherze, die er machte, wusste Michael genauso gut wie sie, dass man seinem Bruder nicht trauen konnte. Hugh hatte kein Hehl aus seiner Verachtung für seinen feinfühligeren und körperlich schwächeren Bruder gemacht. Alissende zweifelte keinen Moment daran, dass Hugh jedes ihm zur Verfügung stehende Mittel benutzen würde, um zu erreichen, was er wollte. Sogar Michael.

Doch mit Hugh würde sich Damien bald befassen, und zwar in einer Situation, die er nicht mit Einschüchterung oder brutaler Gewalt zu seinen Gunsten beeinflussen konnte. Nein, der Ausgang des Turniers hing nur von einer Sache ab: vom Können im Kampf. Wenn Damiens Fertigkeiten in der Hinsicht nur annähernd so gut waren wie damals, als sie ihn kennengelernt hatte – und sie ging eher davon aus, dass sie sich noch verbessert hatten –, dann konnte Hugh froh sein, wenn er den Kampfplatz unversehrt verließ.

Doch bevor es zur erfreulichen Erledigung dieses Problems kam, gab es anderes Erfreuliches … nämlich die Befriedigung, Damiens Gesicht zu sehen, wenn sie ihm eröffnete, welche Überraschung ihn dafür erwartete, dass er sie die ganze Woche mit seinen Annährungsversuchen in aller Öffentlichkeit gequält hatte.

Alissende lächelte in sich hinein und ging zum Tisch, auf dem sie die Schreibutensilien ausgebreitet hatte, welche Michael ihr freundlicherweise überlassen hatte. Sie ließ die Finger über die glatte Oberfläche des Holzes gleiten und ging in Gedanken noch einmal ihren Plan durch. Ja, es würde bestimmt ein höchst vergnüglicher Abend werden, denn wenn alles zu ihrer Zufriedenheit verlief, dann würde auch Damien seine Lektion gelernt haben … und zwar auf eine Art und Weise, mit der er nie gerechnet hatte.

Dafür würde sie schon sorgen.

Kapitel 11

Kurz nach Sonnenuntergang stand Damien oben im Gang und spürte, wie Unbehagen in ihm aufstieg – was an sich lächerlich war, wenn man bedachte, dass er vor der Tür zu seinem eigenen Schlafgemach stand. Aber das war genau das Problem. Es mochte vielleicht sein Schlafgemach sein, doch er wusste, was – oder viel mehr, *wer* – darin auf ihn wartete.

Wenn er nicht versprochen hätte, nach dem Abendessen zu erscheinen – ein Versprechen, das ihm am Nachmittag in einem schwachen Moment abgerungen worden war –, würden jetzt mindestens zehn Meilen zwischen ihm und dieser Tür liegen.

Doch er hatte es versprochen, und deshalb war er jetzt hier.

Er hatte nicht vor, lange zu bleiben.

Nein, er würde nur kurz seine Aufwartung machen und so gelassen und distanziert wie möglich dem entgegensehen, was wohl die größte Versuchung seines Lebens sein würde. Und dann würde er fliehen.

Er schämte sich nicht, es zuzugeben. Er musste es einfach tun. Denn sonst würde er den verruchten Gelüsten nachgeben, die seit vier Tagen seine Gedanken beherrschten … Fantasien von all den verführerischen Variationen im Liebesspiel, denen er sich mit Alissende hingeben könnte, ohne dabei die Vereinbarung, die Ehe nicht zu vollziehen, zu verletzen.

Er war sich darüber bewusst, dass er sich die verfahrene Situation im Grunde selbst zuzuschreiben hatte. Und das machte es ihm nicht gerade leichter. Er hatte es natürlich viel zu spät erkannt, aber er war schlau genug, sich die Wahrheit einzugestehen. Er hatte mit dem schalkhaften Necken begonnen, dessentwegen sich Alissende ihm nun als Verführerin zeigte, und er konnte es nicht mehr ungeschehen machen. Er wusste, dass sein Entschluss, von nun an diesem Verhalten abzuschwören, bedeutungslos war. Er hatte mit seinem eigenen verfluchten Verlangen die Sirene in ihr zum Vorschein gebracht und entfesselt.

Leider nützte es gar nichts, wenn er für den Rest des Abends wie ein Tölpel im Gang herumstand.

Damien biss die Zähne zusammen und bat im Stillen um die Kraft, die er brauchen würde, um zu überstehen, was Alissende auf der anderen Seite der Tür an verführerischen Qualen geplant haben mochte. Dann tat er die letzten beiden Schritte zur Tür, hob den Riegel an und stieß gegen das schwere Holz. Ganz leicht. Golden schimmerndes Licht fiel durch den Spalt, aber er war nicht groß genug, um in den Raum zu schauen.

Damien tat einen letzten, sehnsüchtigen Blick in die sicheren Gefilde des Gangs, dann stieß er die Tür ganz auf und trat ins Schlafgemach, um gleich darauf abrupt stehen zu bleiben. Er hörte, wie die Tür hinter ihm zufiel, aber er schien sich nicht mehr von der Stelle rühren zu können, während sein Verstand zu verarbeiten suchte, was sich seinem Blick darbot.

Alissende stand über einen massiv wirkenden Schreibtisch gebeugt, den er bisher noch nie bemerkt hatte. Ihre Kleidung konnte man, wenn man höflich war, gerade noch als nützlich bezeichnen, und ihr schönes Haar war vollständig von einem riesigen schwarzen Tuch bedeckt. Fast vollständig, verbesserte er sich. Eine seidige Strähne war unter dem Tuch hervorgerutscht und hing ganz natürlich und dabei sehr ansprechend gelockt an ihrer Wange.

Dessen ungeachtet wirkte sie wie das krasse Gegenteil der verführerischen Schönheit, als die sie sich noch am Nachmittag gegeben hatte. Der Unterschied war so groß wie der zwischen einer eleganten Stute und dem Arbeitspferd eines Bauern. Auf dem ganzen Tisch waren Pergamentbögen, Tintenfässer und Schreibfedern verstreut, und sie war gerade dabei, ein paar Blätter beiseite zu schieben, um Platz für irgendetwas zu schaffen. Sie schien ihn gar nicht zu bemerken. Oder wenn sie es tat, dann machte sie sich darüber keine großen Gedanken.

»Was zum Teufel soll der ganze Kram?«

Endlich hatte Damien seine Stimme wiedergefunden, trotzdem rührte er sich nicht von der Stelle.

Sie schaute nur ganz kurz zu ihm auf, ehe sie sich wieder ihrer Tätigkeit zuwandte, die offenbar ihre ganze Aufmerksamkeit in Anspruch nahm. »Was stehst du an der Tür, Damien? Komm her und lass uns anfangen.«

Das ließ ihn die Zähne noch fester zusammenbeißen. Er ließ sich doch nicht herumkommandieren, verdammt. Noch ließ er sich wie irgendein pflichtvergessener Schuljunge behandeln … oder zumindest, wie er sich vorstellte, dass ein pflichtvergessener Schuljunge sich fühlen müsste; denn er selbst hatte nie einen Lehrer oder Unterricht gehabt.

»Womit anfangen?«, fragte er, als er sich wieder gefasst hatte. Er lehnte sich mit dem Rücken gegen die Tür und gab sich den Anschein gelangweilter Gelassenheit, um ihr klar zu machen, dass er selbst entschied, wie lange er blieb.

»Mit deinem Unterricht natürlich«, antwortete Alissende.

»Unterricht?«

Als er merkte, dass er erneut ihre Worte wiederholt hatte und dabei bestimmt nicht sonderlich gescheit wirkte, war es bereits zu spät, und er musste es damit wettmachen, dass er weiter möglichst gelassen an der Tür lehnte.

Alissende warf ihm einen ungeduldigen Blick zu und hielt in ihrem Tun endlich lange genug inne, um sich aufzurichten und die Hände in die Hüften zu stützen. »Ich habe dir doch gesagt, dass ich mich für deinen Unterricht in Selbstverteidigung erkenntlich zeigen will, und deshalb habe ich das hier vorbereitet. Ab heute Abend werde ich dir lesen und schreiben beibringen.«

»Wie bitte?«

Das setzte ihn in Bewegung. Er stieß sich von der Tür ab, ging zu ihr hin und blieb ihr gegenüber am Tisch stehen. Dann sah er nur mit finsterem Blick von ihrem unerträglich ernsthaften Gesicht auf den Haufen – Schreibsachen, gütiger Himmel. Das war unannehmbar. Es brachte ihn aus der Fassung wie nichts anderes. Wenn er diese Sachen nur ansah, die normalerweise Schreiberlinge benutzten, kam er sich absolut töricht vor. Er war für den Krieg geboren, verdammt. Er war dafür gemacht, das Heft eines Schwertes zu packen oder einen Speer, aber doch nicht eine Schreibfeder.

Seine Augen verengten sich zu schmalen Schlitzen, und er durchbohrte sie förmlich mit seinem Blick. Aber sie erwiderte seinen Blick mit ruhiger Gelassenheit, ohne auch nur im Mindesten eingeschüchtert zu wirken.

»Wie bist du bloß auf die Idee gekommen, dass ich lesen und schreiben lernen will?«, stieß er schließlich scharf hervor und betonte dabei jedes einzelne Wort.

Sie verschränkte die Arme vor dem Teil ihres Körpers, wo er ihren Busen vermutete. »Wie bist du bloß auf die Idee gekommen, ich wolle lernen, wie man sich selbst verteidigt?«

»Das war eine Notwendigkeit«, fuhr er sie an. »Zu deinem eigenen Schutz gegen Hugh oder jeden anderen Mann, der versucht, dich zu überwältigen.«

»Das hier ist auch eine Notwendigkeit. Für dich.«

»Das ist nicht im Entferntesten miteinander zu vergleichen.«

»Doch, beides ist wichtig, und was ich dir beibringe, bleibt dir bis an dein Lebensende erhalten.«

»Ich bin mein ganzes bisheriges Leben ohne Lesen und Schreiben zurechtgekommen, und ich sehe keinen Grund, das jetzt zu ändern.«

Sie bedachte ihn mit einem äußerst geduldigen Blick. »Bist du nicht Herr dieser Burg« – sie machte eine bedeutungsschwangere Pause – »zumindest für die noch verbleibenden Monate unserer Vereinbarung?«

»Ja.« Mürrisch bestätigte er ihr dies und verschränkte nun selbst die Arme vor der Brust, weil er spürte, worauf sie hinauswollte, und er sich ziemlich sicher war, bei dieser Diskussion den Kürzeren zu ziehen.

»Muss ich dir dann wirklich die näheren Gründe erläutern, warum es für dich nützlich wäre, zumindest die Grundzüge des Lesens und Schreibens zu erlernen, Damien?«

Er zog es vor, nicht zu antworten. Stattdessen sah er sie finster an und spürte, wie sich seine Hände zu Fäusten ballten. Er wollte das nicht. Er wollte keinen Unterricht. Zwar hatte er erkannt, welchen Wert so eine Fähigkeit hatte. Er hatte es bei seinem ersten Zusammentreffen mit Edgar Charmand, dem Verwalter von Glenheim, am eigenen Leib erfahren.

Aber in Wahrheit fühlte sich Damien minderwertig, weil man es nie für nötig erachtet hatte, ihn im Lesen und Schreiben zu unterrichten. Ja, nicht nur minderwertig, sondern richtiggehend unzulänglich. Als er jung gewesen war, hatte es keine Rolle gespielt; denn da war er nur ein einfacher Ritter gewesen, der kämpfte, um auf dem Schlachtfeld zu Ehren zu kommen und so materielle Zuwendungen zu erhalten, die ihm ein angenehmes Leben ermöglichten. Doch als er Alissende kennengelernt hatte, war in ihm die Sehnsucht nach mehr entstanden. Die Sehnsucht nach Dingen, die er aufgrund von Gegebenheiten, die sich außerhalb seiner Einflussnahme befanden, nie würde haben können.

Einerseits war er von niedriger Geburt. Aber andererseits war da auch diese quälende Angst, die es ihm versagte, Alissendes Idee überhaupt in Erwägung zu ziehen. Er konnte ihr nicht entkommen, denn er trug sie tief in sich selbst. Wenn er nun gar nicht lernen konnte, auch wenn er es versuchte? Wenn nun das ganze Gerede stimmte, dass er nicht in der Lage wäre, diese Kunst oder andere Dinge der feineren Lebensart zu erlernen, die den wahren Lords vorbehalten waren, während er nur ein niederer, landloser Ritter war?

Nein, er würde diese Möglichkeit gar nicht erst in Erwägung ziehen. Er fühlte sich ihrer bereits unwürdig genug. Es bestand wirklich nicht die Notwendigkeit, auch noch Dummheit auf die Liste wenig schmeichelhafter Eigenschaften zu setzen, die Alissende mit ihm in Verbindung bringen konnte.

»Ach, Damien«, sagte sie da mit leiser Stimme, als spürte sie den Grund für seine Widerspenstigkeit. »Es wird nicht so schwierig sein. Du wirst schon sehen. Es gibt nichts, was dich daran hindert, du musst nur die Gelegenheit beim Schopfe ergreifen. Vertrau mir. Du kannst sicher sein, dass niemand etwas davon erfahren wird, was wir hier machen. Niemand wird es je erfahren, wenn du es nicht willst.«

Damien gab ihr immer noch keine Antwort. Er konnte nicht, doch zumindest ließ er die Arme sinken, weil er spürte, wie ernst sie es meinte. Seine Hände waren nach wie vor zu Fäusten geballt, doch in seinem Innern hatte sich bei ihren Worten etwas gelöst. Vielleicht lag es nur daran, wie sie es gesagt hatte. Es war offenkundig, wie ernst es ihr war. Ganz und gar ernst. Unwillkürlich spürte er auch, dass sie alles ihr Mögliche tun würde, um sein Ehrgefühl und seinen Stolz zu schützen, wenn er sich nur einverstanden erklärte.

Das Gefühl wurde immer stärker.

»Du, Alissende«, meinte er schließlich mit heiserer Stimme, um denn kurz innezuhalten, damit er nicht über die Worte stolperte, »nur du würdest mich unterrichten, wenn ich mich einverstanden erkläre? Kein anderer ... weder Michael noch Ben würden erfahren, was wir hier machen?«

»Kein anderer, Damien. Du hast mein Wort.«

Sie erwiderte seinen Blick mit freundlicher Gelassenheit und Stärke. Da schaute Damien sie an, schaute sie wirklich an. Sie war schön. Sogar mit dieser lächerlichen Kleidung und der Kopfbedeckung besaß sie eine Art leuchtende Schönheit, die selbst die Sterne überstrahlte.

Aber da war noch etwas anderes. Etwas, das tiefer ging und beständiger war. Und da erkannte er plötzlich, dass das die Eigenschaft war, die er in den letzten fünf Jahren am meisten vermisst, nach der er sich sogar stärker gesehnt hatte als nach der Befriedigung anderer Bedürfnisse, die ihn nachts wach gehalten hatten. Es war etwas Einzigartiges, das Alissende mehr als alles andere auszeichnete und das zum großen Teil dafür verantwortlich war, dass er sich damals in sie verliebt hatte.

Sie besaß ein schon fast unheimliches Einfühlungsvermögen, das über bloße Sorge um ihre Mitmenschen hinausging. Sie schien fühlen zu können, was andere fühlten, und die Welt durch ihre Augen zu sehen. So eine Fähigkeit war selten. Und in diesem erstaunlichen Moment wusste er, dass er bis ans Ende seines Lebens suchen könnte, und doch würde er etwas Derartiges bei keinem anderen Menschen auf der ganzen Welt wiederfinden.

»Warum?«, fragte er leise, und die Kehle war ihm ganz eng

wegen tausend widerstreitender Gefühle. »Warum willst du das tun?«

Ausgerechnet für mich und besonders jetzt …

Die letzten Worte hatte er zwar nicht laut gesagt, doch beide wussten, was er meinte. Alissende brauchte nicht nett zu ihm zu sein. Nachdem er sie während der Trainingsstunden der letzten Woche vor aller Augen so erbarmungslos geneckt hatte, war das verführerische Verhalten, das sie heute an den Tag gelegt hatte, eher das gewesen, was er verdiente.

Sie zuckte die Achseln und verzog die Lippen zu einem leichten Lächeln. »Ich habe mich entschieden, den nobleren Weg zu gehen, als unter den gegebenen Umständen vielleicht von mir zu erwarten gewesen wäre.«

Seine Lippen verzogen sich ebenfalls zu einem Grinsen. »Wie würdest du dann das beschreiben, was heute Nachmittag beim Unterricht passiert ist?«

»Als winzigen Hinweis darauf, was möglich wäre, sollte ich mich zu einer anderen Vorgehensweise entschließen.«

»Der Himmel bewahre mich davor.«

In ihren Augen blitzte es kurz auf. »Betrachte es einfach als vorübergehende Waffenruhe. Es ist wohl am besten, wenn wir deinen Unterricht jeden Abend in diesem Zimmer nach Sonnenuntergang abhalten. Dann können wir eine Stunde arbeiten, ehe wir schlafen gehen, und keiner bekommt es mit.«

»Du bist eine kluge Frau.« In seinem Lächeln lag jetzt keine Zurückhaltung mehr, und eine unerklärliche Wärme erfüllte ihn bei ihrem bloßen Anblick.

Alissende erwiderte sein Lächeln, und im selben Augenblick wurde er von einem überwältigenden … Glücksgefühl erfasst. Er war absolut überrumpelt und musste sich erst einmal räuspern, ehe er weitersprechen konnte.

»Danke, Alissende«, sagte er schließlich leise. »Ich weiß zwar nicht, was für ein Schüler ich sein werde, aber ich …«

Er wandte den Blick ab und biss die Zähne zusammen. Sofort spürte er, wie ein Nerv an seiner Wange zu zucken begann. Er sah sie wieder an und führte seinen Satz zu Ende. »Ich glaube, ich möchte es gern versuchen, wenn du bereit bist, mich zu unterrichten.«

»Es wäre mir ein Vergnügen, Damien. Wirklich.«

Ihre Stimme klang genauso heiser wie seine, und auf ihren Wink hin ging er um den Tisch herum und stellte sich neben sie. Dabei spürte er wieder die seltsame Wärme, die sich unwillkürlich in ihm ausbreitete und deren Wellen gegen die Ränder der Dunkelheit schlugen, die nun schon seit so langer Zeit in ihm herrschte. Als sich das Gefühl verstärkte, erkannte er, dass es nicht von der Vorfreude oder gar Dankbarkeit herrührte, angenehme Stunden in Alissendes Nähe zu verbringen.

Nein, das Gefühl beruhte auf seiner Gewissheit, dass sie tatsächlich meinte, was sie gesagt hatte. Es wäre ihr ein Vergnügen, ihn zu unterrichten – und deshalb war er sich sicher, dass es auch für ihn ein Vergnügen sein würde.

Schlaflos lag Alissende viele Stunden später im kühlen Dunkel der Nacht hinter den zugezogenen hauchzarten Vorhängen auf ihrer Seite des Bettes. Sie widerstand der Versuchung, sich auf den Rücken zu rollen und Damien anzusehen, versuchte nicht daran zu denken, dass er nur eine Armeslänge hinter ihr lag. Wenn sie sich anstrengte, vermeinte sie seine Wärme zu spüren, die durch das dünne Laken drang, mit welchem sie zugedeckt war. Sie konnte fühlen, wie seine starke Hand zärtlich über ihren Rücken strich und dann um ihre Taille glitt, sodass sein Handteller mit den ausgestreckten Fingern warm auf ihrem Bauch lag.

Fast …

Ach, wie sehr sehnte sie sich danach, Damien zu spüren, ihn zu halten … ihn wieder zu lieben.

Die Sehnsucht schmerzte heute Nacht mehr denn je, nachdem er seinen Stolz in ihre Hände gelegt und sich bereit erklärt hatte, sich von ihr im Lesen und Schreiben unterrichten zu lassen. Sie war sich nicht sicher gewesen, ob er sich darauf einlassen würde. Als sie seiner Miene beim Betreten des Raumes gewahr geworden war, hatte sie schon damit gerechnet, dass er auf dem Absatz kehrtmachen und wieder gehen würde. Aber er hatte ihre Herausforderung angenommen – ihr Angebot, das sie ihm in ganz anderer Weise unterbreitet hatte, als er ihr seine Dienste mit seinen erotischen Neckereien zur Verfügung stellte, aber vielleicht aus nicht so viel anderen Gründen.

Ob er es nun zugeben mochte oder nicht – auch Damien spürte die Anziehungskraft, die einst zwischen ihnen bestanden hatte. Sie hatte es gleich am ersten gemeinsamen Abend auf Glenheim gemerkt, und das neckische Spiel, das er in letzter Zeit mit ihr trieb, hatte es nur noch offensichtlicher gemacht.

Doch jetzt war es an ihr, sich darüber klar zu werden, was sie eigentlich wollte. Sie wusste, dass sie ihn immer noch wollte, trotz seiner schmerzhaften Bedingung, ohne die er nicht auf den Handel eingegangen wäre, und ihrem Entschluss, ihr Herz nie wieder irgendeinem Mann zu schenken. Ihr Verlangen nach ihm führte sie in Versuchung, war ein schmerzhaftes Sehnen, obwohl ihr die Vernunft sagte, dass Gefühle bedeutungslos waren. Er wurde von finsteren Dämonen beherrscht, die ihr völlig fremd waren, er hatte den Glauben an Gott verloren und setzte mit seiner schroffen Abkehr seine unsterbliche Seele aufs Spiel. Würde sie nicht die Augen vor unabänderlichen Tatsachen verschließen, wenn sie sich ihm mit Körper und Seele wieder hingab?

Aber sie wollte ihn immer noch … so falsch das auch sein mochte.

Die überwältigende Erkenntnis hatte sie wie ein Blitzschlag getroffen, als sie ihn dabei beobachtete, wie er mit der neuen Aufgabe kämpfte, nachdem sie am Abend mit dem Unterricht begonnen hatte. Er hatte die Stirn vor Konzentration gerunzelt, seine schmalen, eleganten Finger hatten den Federkiel umfasst, während er mühsam die Linien und Schleifen nachzog, die sie ihm auf dem Pergament vorgezeichnet hatte. Eine Locke seines dunkelblonden Haars war ihm in die Stirn gefallen, als er sich über das Blatt beugte, doch er war so vertieft gewesen, dass er es gar nicht bemerkt hatte.

Aber sie hatte es bemerkt. Nur mühsam hatte sie den Drang unterdrücken können, die Hand auszustrecken und ihm das Haar aus der Stirn zu streichen. Um dann mit anderen wolllüstigeren Taten fortzufahren. Sie hatte sich so sehr danach gesehnt, ihn anzufassen. Aber sie hatte sich dazu gezwungen, ihre Hände keinen Millimeter zu bewegen.

In Wahrheit war es fast eine Erleichterung für sie gewesen, als die Stunde vorbei war … und nicht weil er ein schlechter Schüler gewesen wäre – nein, ganz im Gegenteil. Nein, der Grund war, dass sie sich im Bett umdrehen und so der Versuchung widerstehen konnte, ihn anzuschauen. Sie konnte vorgeben zu schlafen und musste sich nicht auf eine der erotisch aufgeladenen Gespräche einlassen, auf die es immer hinauszulaufen schien, wenn sie zusammen waren.

Das trieb sie allmählich in den Wahnsinn.

Sie hatte das Gefühl, es bald nicht mehr ertragen zu können, so sehr sehnte sie sich nach ihm. Die fortgesetzte qualvolle Nähe steigerte ihre Verzweiflung so sehr, dass sie schon überlegte, aufzustehen, sich anzuziehen und im Dunkeln zur Kapelle zu gehen, um dort zu beten und nachzudenken.

Es mochte wohl kurz vor Morgengrauen sein. Wenn sie so früh am Morgen zur Dorfkirche ging, könnte das unter Umständen Gerede heraufbeschwören, aber andererseits wäre ihr Verhalten nicht so ungewöhnlich, als dass sie nicht eine angemessene Erklärung dafür finden würde …

Alissende erstarrte. Einen Moment lang glaubte sie, endgültig den Bezug zur Wirklichkeit verloren zu haben. Entweder das, oder sie war doch eingeschlafen und träumte nur. Eine andere Möglichkeit gab es nicht.

Damien berührte sie.

Seine Hand war unter dem Laken und glitt über ihren Rücken nach oben. Ihren nackten Rücken, denn wie es üblich war, trug sie keine Kleidung im Bett, während Damien es sich in den Jahren, die sie nicht zusammen gewesen waren, angewöhnt hatte, zumindest sein Lendentuch zu tragen und manchmal sogar sein Hemd anzubehalten.

Seine Liebkosung war sanft und bedächtig. Seine Hand hielt kurz vor ihrer Schulter inne, und seine Fingerspitzen kneteten und massierten sie in einer Weise, dass alle Verspannung und aller Schmerz durch ihr anstrengendes Training schwand. Ein herrliches Gefühl. Sie schloss die Augen und drängte sich instinktiv seiner Berührung entgegen, weil sie einfach zu überrascht und überwältigt war, um anders reagieren zu können. Ihr Rücken und ihre Arme begannen vor Lust zu kribbeln. Das Gefühl breitete sich über ihren ganzen Körper aus, und sie spürte, wie sich ihre Nippel zu schmerzenden Knospen zusammenzogen.

Barmherziger Himmel …

Schlief er? Wenn er wusste, was er da tat, warum tat er es dann? Vielleicht sollte sie …

Aus der Tiefe ihrer Kehle drang ein Laut, und sie stöhnte leise, während alles vernünftige Denken sich in Luft auflöste, als seine Hand nach vorn glitt und ihre Brust umfasste, wie er es früher auch immer getan hatte. Es war, als hätte es die Jahre der Trennung nie gegeben, und sie schwelgte wieder in den unzähligen herrlichen Momenten des Liebesspiels, die sie miteinander geteilt hatten.

Das war zu viel. Tränen schossen ihr in die Augen, und sie wollte sich schon auf den Rücken drehen, um ihn zu wecken, wenn er es wirklich nur tat, weil er sich gerade in den Fängen eines lustvollen Traumes befand. Doch dann strich er mit dem Daumen sinnlich über die harte Knospe, sodass ihr wieder der Atem stockte und glühende Hitze von diesem schmerzenden Punkt zu der jetzt leicht pochenden Stelle zwischen ihren Beinen spülte.

Sie war zu keinem klaren Gedanken mehr in der Lage, ihr Körper schwelgte in den herrlichen Gefühlen, die er in ihr entfesselte. Als besäße er die unheimliche Fähigkeit, genau zu wissen, was sie brauchte, wonach es sie am meisten verlangte, ließ er seine Hand quälend langsam über ihre Rippen und ihren Bauch nach unten gleiten … um diese nicht enden wollende Liebkosung zu ihrem Höhepunkt zu bringen, indem er seine Hand über die zart behaarte Wölbung ihres Geschlechts legte.

Da stöhnte sie laut auf und reckte sich unwillkürlich seiner Hand entgegen, als er einen Finger zwischen die seidigen Falten ihres Fleisches schob und über ihren geschwollenen Knoten strich, sodass sie ob der unglaublichen Lust, die sie dabei empfand, Sterne zu sehen meinte.

»Damien, bitte, du musst aufwa …«, hub sie an zu sagen, ehe sie mit einem Laut abbrach, der eine Mischung aus einem leisen Aufschrei und einem Stöhnen war, als er sie mit sanftem Ruck auf den Rücken rollte und sein suchender Finger leichter die richtige Stelle fand. Unwillkürlich spreizte sie die Beine, und mit einer Schnelligkeit, die ihr den Atem nahm, rieb er plötzlich mit zwei Fingern über den sensibelsten Punkt ihrer Erregung.

»Schsch, Alissende … gib dich einfach dem Gefühl hin …«

Er raunte diesen verführerischen Befehl in ihr Ohr, ehe er begann ihren Hals mit kleinen Küssen zu übersäen, bis er bei den festen Spitzen ihrer Brüste ankam und dabei keinen einzigen Moment mit der süßen Folter zwischen ihren Beinen aufhörte.

»Aber wir können nicht«, gelang es ihr keuchend hervorzustoßen. Seine Finger strichen weiter über ihr zartes Fleisch, und das heiße Drängen zwischen ihren Beinen wurde immer stärker, breitete sich in ihrem Bauch aus und erreichte schließlich ihre schmerzenden Brustspitzen. »Unsere Vereinbarung, Damien – du sagtest …«

»Ja, ich weiß«, sagte er leise. Trotz des Schleiers der Erregung, der sie umhüllte, bemerkte sie seine Heiserkeit. Ihn fesselte das gleiche, unerfüllte Verlangen, das auch sie gepackt hatte. Ihr Denken löste sich allmählich auf, es waren nur noch Bruchstücke – zu wenig, als dass sie noch einen Sinn ergeben hätten oder es ihr möglich gewesen wäre, etwas Vernünftiges von sich zu geben.

Damien hielt in der zärtlichen Eroberung ihrer Kehle und ihrer Brüste inne und hob den Kopf. Seine Berührung wurde sanfter, langsamer, sodass sie sich fast gegen seine Hand gedrängt hätte und ihn mit ihrem Körper schweigend anflehte, nicht aufzuhören. Bebend holte sie tief Luft, um still zu liegen, dann drehte sie den Kopf, um ihn anzuschauen.

»Wir müssen nicht richtig miteinander schlafen, Alissende«, sagte er mit etwas stockender Stimme. Er sah sie durch den Nebel reiner, betörender Lust an, der sie beide umgab. »Ich erinnere mich an andere Möglichkeiten«, flüsterte er. »Andere Freuden, die wir miteinander teilen können, wenn du nur bereit bist. Aber so weiterzumachen, zu versuchen, dich nicht zu berühren, und so zu tun, als ob ich nichts empfinden würde …«

Er hielt einen Moment lang inne, und eine verwirrende Mischung aus Eindringlichkeit, Qual und Sehnsucht huschte über sein schönes Gesicht. »Wir können an unserer Vereinbarung festhalten und unsere Verbindung auf Zeit nicht vollziehen. Aber ich bitte dich darum, mir zu erlauben, dich auf andere Weise zu lieben … jetzt … wenn du es genauso sehr willst wie ich.«

Im Halbdunkel des Raumes erwiderte sie Damiens Blick. Seine wunderschönen Augen waren voller Ernst, und zugleich loderte in ihnen die Flamme desselben Verlangens, das auch sie innerlich verbrannte. Ihr Körper sehnte sich nach ihm. Das stimmte. Doch sie konnte auch nicht leugnen, dass ihr Herz bei seinen Worten einen sanften Ruck getan hatte. Ein Gefühl, das ihr den Hals zuschnürte und Tränen in die Augen steigen ließ.

Gott stehe ihr bei; denn das Ganze würde zu nichts führen. Er würde sich nie an sie binden können, sich nie für ein gemeinsames Leben entscheiden – wegen der Schmach, die sie ihm vor fünf Jahren angetan hatte, und der Pein, die er unter den Händen der Inquisition hatte erleiden müssen. Aber auch sie konnte es nicht; denn jetzt kannte sie die dunkle Seite der Liebe und fürchtete, den Verlust nie verwinden zu können, wenn sie zuließ, sich wieder von ihm vereinnahmen zu lassen. Das alles würde nichts daran ändern, dass Damien sie in sechs Monaten verließe – und dann wäre sie allein.

Der Schmerz dieser Erkenntnis ging zu tief, als dass sie ihn hätte ertragen können, und so verdrängte sie ihn für den Augenblick in einem Aufwallen von Trotz und Verlangen nach dem, was jetzt möglich war. Denn das hier wollte sie mehr als alles andere, ob es nun selbstsüchtig, töricht und nicht von Dauer wäre oder nicht. Es würde ihr reichen, sagte sie sich. Sie klammerte sich mit einer Art Verzweiflung an diese Hoffnung. In den langen leeren Jahren, die vor ihr lagen, würde sie sich an diese Zeit mit Damien erinnern können und darin Trost finden. Ja, das würde sie …

Alissende streckte eine zitternde Hand nach ihm aus, wie sie es früher schon tausend Mal getan hatte, damals, als sie noch zusammen gewesen waren, und strich ihm mit den Fingern über die Wange. Sie legte in diese zarte Liebkosung alles Gefühl, das in ihr war, und er schloss die Augen, schmiegte sich an ihre Hand und holte tief Luft, als wolle er all die Zärtlichkeit, die sie ihm darreichte, in sich aufsaugen.

»Ich erinnere mich auch, Damien«, raunte sie ihm schließlich leise zu, und die Worte kamen ein bisschen stockend heraus, »und ich sehne mich danach, all das wieder mit dir zu teilen. Aber noch mehr sehne ich mich danach, dass du mich liebst, dass du wirklich mit mir schläfst, so wie wir es damals getan haben.«

Damiens Körper verkrampfte sich leicht, und in seinen durchdringenden Blick mischte sich die Andeutung von Gefühlen, denen er kaum wagte, Ausdruck zu geben … Hoffnung, Unsicherheit, Leidenschaft und ungezügeltes Verlangen. Seine Stimme klang tiefer, als er schließlich murmelte: »Aber wenn daraus nun ein Kind entsteht, Alissende? Ich könnte nicht guten Gewissens …«

Sie schüttelte den Kopf und drängte die plötzlich in ihren Augen brennenden Tränen zurück, während sie mit rauer Stimme erwiderte: »Darum brauchst du dir keine Sorgen zu machen, Damien. Es wird kein Kind geben.«

Auf seinem Gesicht lagen Überraschung und Zweifel, doch

sie legte die Finger auf seine Lippen, ehe er etwas sagen konnte. »Die Gründe dafür gehören jetzt nicht hierher, aber du brauchst dir in dieser Hinsicht wirklich keine Sorgen zu machen.«

Daraufhin sagte er nichts, sondern schloss nur die Augen, und ein Nerv zuckte an seiner Wange, ehe er sich wieder so weit unter Kontrolle hatte, um sie anschauen zu können. Und da war sie ganz verblüfft von der unendlichen Sehnsucht in seinen Augen, die mit etwas anderem vermischt war, etwas Dunklem, Abgründigem, das aus den Tiefen seiner Seele kam.

»Aber auch darüber hinaus … du weißt doch, Alissende, nicht wahr?«

Der Schmerz, die Verletzlichkeit in seiner Stimme versetzte ihrem Herzen wieder einen Stich, ehe er fortfuhr: »Nichts kann etwas daran ändern, was ich geworden bin oder was am Ende passieren wird … dass ich gehe …« Er hielt inne, seine Stimme hatte verdächtig heiser geklungen und voller Bedauern. »Verstehst du?«, fragte er schließlich fast flüsternd.

Alissende konnte wegen der Tränen, die ihr die Kehle zuschnürten, nicht sprechen, und nickte nur. Zu mehr war sie nicht in der Lage.

Aber das schien auch keine Rolle mehr zu spielen. Sie merkte, wie sie die Augen schloss und einen leisen Laut von sich gab, in dem sich Verlangen und Leidenschaft ausdrückten, als er sie in die Arme zog und sein Gesicht an ihrem Hals vergrub. So hielt er sie ganz lange eng an sich gezogen, und sie genoss das Gefühl seines kräftigen Körpers, der sich an ihren drückte, während sie seine Wärme und seinen verführerischen Geruch in sich aufsog. Sie schob ihre Finger in das weiche Haar in seinem Nacken, zog ihn an sich und küsste ihn auf Stirn, Schläfe und Wange, bis sie endlich bei seinen sinnlichen Lippen ankam …

Und das entfesselte das Verlangen, das die beiden so lange verleugnet hatten. Dieser Kuss stürzte sie in das herrliche Geben und Nehmen von Lust und Leidenschaft.

Blind ließ sie ihre Hände über seinen Rücken nach unten gleiten, um seinen Lendenschurz abzustreifen, doch Damien hinderte sie daran. Einen Augenblick später löste er sich gerade so weit von ihr, um sie durchdringend ansehen zu können, und sein Mund verzog sich zu einem leichten Lächeln, als er sie leise bat, noch ein bisschen länger zu warten … dass sie schon bald selbst das Heft in die Hand nehmen dürfe. Danach.

Wonach?, wollte sie schon fragen, doch dann setzte bei ihr alles Denken aus, als er wieder begann, sie auf herrlichste Art und Weise zu liebkosen. Seine Finger glitten warm und prickelnd an ihrer Seite nach unten über die Rundung ihres Pos, ehe sie sich zwischen ihre Schenkel zu ihrer dort pochenden, verborgenen Weiblichkeit schoben. Mit einem leisen Stöhnen legte er seine ganze Hand wieder über ihr Geschlecht, ehe er mit dem Mittelfinger quälend langsam über die nassen, geschwollenen Falten ihres Fleisches rieb, sodass sie sich ihm entgegenwölbte.

»Ich habe schon so lange davon geträumt, dich wieder so zu berühren, Alissende«, sagte er heiser. »Heiliges Erbarmen, aber ich kann nicht aufhören …«

»Hör nicht auf, Damien … bitte.«

Sie wollte, dass er weitermachte, wollte jeden Moment genießen und ihn in sich aufsaugen, so wie ausgedörrte Erde die ersten Regentropfen nach langer Trockenheit gierig in sich aufnimmt. Aber sie spürte die Anspannung in ihr durch die süße Folter seiner Finger. Es war so lange her … so lange … und doch schien er sich noch an alles zu erinnern, kannte ihren Körper und wusste, wie er sie berühren musste.

»Bei allem, was heilig ist, Alissende, in meinem ganzen Leben habe ich nie etwas kennengelernt, das so schön ist wie du«, wisperte er. Er hauchte zarte Küsse auf ihr Ohr, während er sprach, und das erneute Prickeln ließ sie ihren Kopf nach hinten und zur Seite strecken, damit er ihren Hals liebkoste. Das Gefühl seiner Lippen auf ihrer Haut ließ sie vor Verlangen erschaudern und sandte glühende Lava durch ihre Glieder bis in ihr tiefstes Inneres.

Das Wissen, dass auch er sie wollte, genauso sehr wie sie ihn, war betörend. Sie spürte, dass seine Hand zitterte, als er ihr das Haar aus der Stirn strich, und wusste, dass das an dem so lange unterdrückten Verlangen lag. Seine Hand strich über ihre Wange weiter, und seine Lippen glitten von ihrem Hals zu dem sensiblen Punkt an ihrem Halsansatz. Instinktiv drehte sie sich zu ihm um, damit er danach ihre Brüste mit seinen Zärtlichkeiten übersäen konnte.

Und die ganze Zeit lagen die Finger seiner anderen Hand zwischen ihren Beinen und bewegten sich ohne Unterlass, wobei die Spitze des Mittelfingers immer wieder in einem erotischen Rhythmus neckend in sie eindrang, der sie laut aufschluchzen ließ. Alissende schloss die Augen und begann sich im Einklang mit seiner Berührung zu bewegen. Ihre eigenen Hände verkrampften sich vor Leidenschaft, und die eine krallte sich förmlich in das Bettlaken, während die andere Damiens Arm gepackt hielt, sodass sie sein Muskelspiel spürte, während seine Finger weiter ihr erregtes Geschlecht reizten.

»So … und jetzt noch ein bisschen mehr«, hauchte er, während er einen weiteren Finger in sie schob und gleichzeitig weiter die kleine Perle, die dicht darüber lag, mit seinem Daumen massierte, bis sie meinte, vor Lust zu vergehen.

Er lockte sie näher und näher an den Rand süßen Vergessens … Plötzlich verschwamm alles vor Alissendes Augen, und leuchtende Funken sprühten, als sie aufschrie und ihr Körper die Führung übernahm, während sie ihre Erfüllung fand. Die Zuckungen ihres Höhepunkts wogten durch sie hindurch und waren so stark, dass sie fast das Bewusstsein verlor.

Als sie langsam auf die Erde zurücktrieb, bebte ihr Körper immer noch leicht, und sie stellte fest, dass sie an Damiens Brust lag und seine starken Arme sie umschlangen. Sie legte ihren Kopf in den Nacken, um zu ihm aufzuschauen. Kurz begegnete sie seinem Blick, ehe er sich mit einem leisen Stöhnen der Lust auf ihren Mund stürzte, und der Klang seines Begehrens ließ auch ihre Leidenschaft wieder aufflammen.

Sein Verlangen nach ihr war unverkennbar. Sein steifes Geschlecht wollte befriedigt werden, und Alissende streckte die Hand nach seinem Lendentuch aus, um es endlich zu lösen. Sie wollte, dass er genauso nackt war wie sie, wollte endlich wieder seine Männlichkeit sehen. Doch er fing ihre Hand ein und verwob seine Finger mit ihren, womit er sie daran hinderte, den unteren Teil seines Körpers ihrem Blick zu entblößen.

»Nein«, murmelte er und lehnte sich so weit zurück, dass er ihr in die Augen schauen konnte. »Halte noch einen Moment länger aus.«

»Warum … stimmt irgendetwas nicht?«

Er lächelte und bedachte sie mit einem Blick so voll träger Sinnlichkeit, dass sie in die Knie gegangen wäre, hätte sie gestanden.

»Ja«, sagte er leise. »Und das Erste ist dies …«

Er hielt ihren Blick fest, während er die Hand ausstreckte und die Vorhänge des Bettes zuzog, sodass sie in einen Kokon aus Dunkelheit gehüllt wurden, der sie beide zu schattenhaften Gestalten werden ließ.

»Und dann dies …«, fuhr er mit etwas heiserer Stimme fort, um sich endlich mit einer fließenden Bewegung seines Lendentuches zu entledigen. Im nächsten Moment überraschte er sie damit, dass er sie rittlings auf sich zog, wobei er sie mit der starken Wärme seiner Hände führte, sodass ihre gespreizten Beine über seiner steil aufragenden Männlichkeit zu liegen kamen.

Dann holte er tief Luft, und während er den Atem anzuhalten schien, stieß er mit vor Lust ganz rauer Stimme hervor: »… und schließlich dies.«

Er atmete zischend aus, während er die Hüften hob und mit einem glatten Stoß tief in sie eindrang. Ein keuchender Schrei entrang sich ihren Lippen und wurde von seinem Stöhnen zurückgegeben, während sie sich ihm angesichts des herrlichen Gefühls entgegenstreckte. Sterne tanzten vor ihren Augen, und instinktiv wiegte sie sich auf ihm, nachdem die erste köstliche Erschütterung vorbei war. Sie war von der Schönheit ihrer Vereinigung vollkommen überwältigt, obwohl sie irgendwo in den Tiefen ihres Unterbewusstseins merkte, dass er sich überhaupt nicht mehr bewegte.

»Oh, bei allen Engeln und Heiligen, Alissende«, sagte er mit kehliger Stimme, während er ihre Hüfte packte und versuchte, ihre wiegende Bewegung aufzuhalten, »du musst warten, sonst halte ich nicht lange durch. Darum habe ich dich auf mich gesetzt, weil ich hoffte, die Lust dadurch in die Länge ziehen zu können, aber …«

Alissende atmete langsam aus, während die wundervollen Gefühle sie dazu drängten fortzufahren, sodass sie ihre ganze Kraft aufbringen musste, um seine Bitte um Geduld zu erfüllen. Sie legte ihre Hände auf seine Brust und spürte das warme Spiel seiner Muskeln unter ihren Handflächen, während sie beide darum kämpften, sich nicht zu bewegen.

Es war ein nutzloses Bemühen.

Er war tief in ihr vergraben, und es fühlte sich so gut an … so gut, dass sie bereits im nächsten Moment erkannte, seiner Bitte nicht nachkommen zu können. Nein, nicht wenn die Welt es befahl – doch sie würde ihm auch nicht dieselbe Art explosiver Erfüllung verwehren, die sie in ihrer ganzen wilden und unaufhaltsamen Herrlichkeit erlebt hatte.

Und so packte sie seine Schultern und rollte sich zur Seite, sodass sich ihre Verbindung für einen, wie sie hoffte nur kurzen Moment, löste, damit er jetzt über sie käme. Sie umschlang ihn mit ihren Beinen, und sein ganzer Körper bebte von der Anstrengung, die es ihn kostete, nicht die Kontrolle über sich zu verlieren, als sie ihm ihre Hüften entgegenhob und ihn drängte, sie wieder in Besitz zu nehmen.

»Warte nicht länger, Damien«, murmelte sie leise. »Liebe mich jetzt, so wie wir es beide ersehnen. Ganz und gar, jetzt …«

Sogar im Dämmerlicht innerhalb des Bettes war der süße Schmerz, den ihre Aufforderung in ihm auslöste, auf seinem Gesicht zu erkennen. Mit einem lauten Stöhnen stieß er tief in sie hinein, und dann gaben sie sich der vollkommenen Ekstase hin. Alissende klammerte sich an ihn und kam jedem seiner herrlichen Stöße entgegen, während sie spürte, wie sich die Anspannung wieder zu einem unerträglich schönen Höhepunkt aufbaute …

Sie schmiegte sich an Damien, schloss die Augen und vergrub ihr Gesicht an seinem Hals, während sie ihre Lippen auf seine salzig-warme Haut drückte. Mit einem weiteren perfekten Stoß ließ er sie wieder die Wonnen der Liebe erleben, und sie schrie seinen Namen, als ihre Weiblichkeit um ihn herum zu zucken begann. Einen Moment später spürte sie, wie er erstarrte, und hörte ihn laut aufschreien, als er sich seiner eigenen Seligkeit hingab und sie mit der angenehmen Wärme seines Samens füllte.

Als er sich völlig in sie ergossen hatte, brach Damien auf ihr zusammen. Sie genoss sein Gewicht auf ihrem Körper, und vage nahm sie wahr, wie ihre Herzen im schnellen Gleichklang pochten. Sie verwob ihre Finger mit seinen und drückte einen Kuss auf seine Stirn. Sie war von einem Gefühl der Befriedigung erfüllt, das sie vor fünf Jahren das letzte Mal verspürt hatte.

Seine Augen waren geschlossen und seine Miene entspannt. Aber nur einen Moment später rutschte er von ihr herunter, um sie nicht zu erdrücken. Ein Arm jedoch ruhte weiter auf ihrer Taille, und seine Finger waren mit ihren verwoben.

»Es tut mir leid, dass ich es nicht länger hinauszögern konnte«, murmelte er schließlich, und seine Stimme klang rau. Erschöpft. Sie lächelte, zog seine Finger an ihre Lippen und küsste sie.

»Dafür besteht kein Grund, Damien«, sagte sie und strich mit den Lippen über seinen Handrücken. »Es war wundervoll. Und es war für uns beide lange her.«

»Du hast ja keine Ahnung, wie lange.«

Sie legte den Kopf in den Nacken, um ihn anzuschauen.

Bei ihrer Bewegung hob er den Kopf vom Kissen, öffnete die Augen und begegnete ihrem Blick. »Mein letztes Mal, Alissende, war mit dir.«

»Wie bitte?« Das eben Gehörte traf sie wie ein Schock, und sie fühlte sich gleichzeitig wundervoll und schrecklich.

»Nachdem ich dich verlassen hatte, schloss ich mich den Templern an.«

»Nun ja, natürlich weiß ich, dass … aber ich habe auch gehört, dass die ehemals strikten Regeln des Templerordens im Laufe der Zeit nicht mehr ganz so streng eingehalten wurden.« Sie richtete den Blick auf den Betthimmel. »Ich nahm wohl an, in all den Jahren … ich hätte einfach nicht gedacht …«

Ihre Stimme verklang, und sie merkte, dass Damien sich auf den Rücken drehte, wobei er sorgfältig darauf achtete, seinen Unterkörper mit dem Laken zu bedecken. Nach einer Weile meinte er leise: »Es stimmt, dass sich nicht alle an die Gelübde hielten, dazu gehörte auch mein Bruder Alex. Aber ich tat es, Alissende. Unter anderem hatte ich ein Keuschheitsgelübde abgelegt.« Er zögerte kurz, ehe er mit einem Anflug von Verlegenheit in der Stimme hinzusetzte: »Die Gebote, welche einem die Selbstbefriedigung versagten, waren nicht weniger strikt. Ich war bis zu meiner Verhaftung und Befragung durch die Inquisition ein Templer, und ich habe nie ein Versprechen, das ich gab, auf die leichte Schulter genommen.«

Alissende spürte die Kraft, die hinter dieser Bemerkung und in dem Mann steckte, der sie geäußert hatte. Dieses Gefühl ließ ihr den Atem stocken, und sie fühlte sich plötzlich seltsam schüchtern. Ein angenehmes Schweigen breitete sich aus, und sie widerstand dem Drang, sich unruhig hin und her zu wälzen. Wie sollte sie sich ihm gegenüber jetzt verhalten, fragte sie sich. Würden sie so weitermachen, als ob nichts passiert wäre?

Heilige Mutter Gottes, konnte sie denn überhaupt so tun, als ob nichts passiert wäre?

Damien löste ihr Problem, indem er einen Arm nach ihr ausstreckte und sie damit schweigend einlud, sich an ihn zu kuscheln.

Sie zögerte nur einen kurzen Moment lang, ehe sie sich dankbar an seine Brust ziehen ließ und ihren Kopf auf den warmen, muskelbepackten Bereich zwischen Schulter und Brust legte. Wieder stellte sie mit einem Anflug von Überraschung fest, mit welcher Leichtigkeit sie zu diesem vertrauten Umgang miteinander zurückgefunden hatten. Darunter mischte sich die bittersüße Erkenntnis, wie sehr sie genau das vermisst hatte.

»Danke, Alissende«, murmelte er nach einem tiefen Seufzer.

Sie meinte, dass sie sich von ihrer Fantasie einen Streich spielen ließ, denn sie hätte schwören können, dass in seiner Stimme neben Zufriedenheit auch Sehnsucht oder vielleicht sogar Trauer mitschwangen. Aber das war natürlich lächerlich.

»Du hast viel mehr getan als ich, Damien«, meinte sie schließlich, während sie die Augen schloss und zärtlich seine Brust streichelte. Unwillkürlich bemerkte sie die Narben, und sie wusste, ohne auch nur einmal überlegen zu müssen, dass damit seine Herrlichkeit in ihren Augen kein bisschen geschmälert wurde. »Wofür solltest du mir denn Dank schulden?«

»Dafür dass du mich so nimmst, wie ich bin … und dass du mich wieder zurückgenommen hast.«

Ach Damien, du warst doch nie fort – nicht für mich. Weißt du das denn nicht?

Die Frage hallte durch Alissendes Kopf, doch sie war zu erschöpft nach der erstaunlichen Folge von Ereignissen der letzten paar Tage, um die Kraft zu finden, es oder irgendetwas anderes laut auszusprechen.

Wie Damien nur wenige Augenblicke zuvor stieß Alissende nun auch einen leiseren Seufzer aus und kuschelte sich enger an ihn, während sie dem ruhigen, steten Schlag seines Herzens an ihrem Ohr lauschte. Sie wollte nicht über diesen wunderschönen Moment hinaus nachdenken, entschied sie, damit es nicht zu einer peinlichen Zurschaustellung von Gefühlen kam. Für den Augenblick war dies hier genug. Dieses Zugehörigkeitsgefühl, dieser Einklang mit Damien, war zu neu, und es wäre zu grausam, sich daran zu erinnern, dass es irgendwann vorbei wäre, sodass sie wieder allein zurückblieb.

Damien schlang seinen kräftigen Arm fester um sie, und seine Wärme schenkte ihr eine wundervolle Geborgenheit. Allein schon diese schlichte Umarmung war nach langen Jahren fruchtloser Träume und Reue ein herrliches Gefühl. Und während sie diesen Moment genoss, entschied sie, genau das zu tun, was er vorhin vorgeschlagen hatte. Sie gab sich dem köstlichen Gefühl hin, in seinen Armen zu liegen, und glitt in einen sanften, traumlosen Schlummer.

Damien spürte den Moment genau, in dem sie einschlief. Er spürte es am Gewicht ihres Kopfes, der nun schwerer an seiner Schulter ruhte, und ihren gleichmäßigen, tiefen Atemzügen.

Es war fast unglaublich, was da gerade eben zwischen ihnen vorgefallen war.

Er hatte es nicht geplant. Er hatte sich noch nicht einmal erlaubt, überhaupt an die Möglichkeit zu denken, als sie zu Bett gegangen waren. Er hatte es einfach getan, was so gar nicht dem Bild entsprach, das er von sich hatte – einfach der starken, instinktiven Sehnsucht nachzugeben, die Hand auszustrecken und ohne überhaupt darüber nachzudenken, sich Gedanken wegen der Folgen zu machen, über die seidig glatte Haut ihres Rückens zu streichen.

Und es hatte sich herrlich angefühlt.

Er schloss die Augen und ließ sich auf das Kissen zurücksinken. Ihr köstlicher Duft umspielte seine Sinne, und er erlaubte sich endlich, daran zu glauben, dass dies hier wahr war und nicht wieder einer von den Hunderten von quälenden Träumen, die ihn in der Vergangenheit verfolgt hatten. Alissende lag wirklich an ihn gekuschelt in seinen Armen. Er hatte ihr auf eine der vielen Arten, nach denen er sich gesehnt hatte, Freude geschenkt. Sie hatten sich tatsächlich geliebt, und sie hatte sich genauso sehr danach gesehnt wie er, hatte ihn sanft flüsternd gedrängt, nicht aufzuhören.

Die Erinnerung daran wärmte ihn von innen und entfachte

die Glut der eben erlebten Leidenschaft aufs Neue. Als hätte er einen Blick in den Himmel geworfen … so war es für ihn gewesen. Die Gefühle, die Empfindungen waren zu mächtig gewesen, als dass er sich noch unter Kontrolle hätte halten können. Sie war so unerträglich schön gewesen, hatte sich ob der Lust ihrer Vereinigung unter ihm gewunden. Ach, er hätte sie stundenlang anschauen können, wäre es ihm nur möglich gewesen, die Erfüllung ein bisschen länger hinauszuzögern.

Ihr zweiter Höhepunkt hatte ihn dann fast genauso sehr erschüttert wie sie. Er hatte ihn seine eigene Erlösung finden lassen und war eine fast übermächtige Erfahrung gewesen – nicht nur wegen der herrlichen Empfindungen während ihres Liebesspiels, sondern auch der Anblick ihres Gesichts in diesen Momenten der Ekstase … bis sie vor Wonne seinen Namen herausschrie.

Das war es wert gewesen. Und obwohl er nicht wusste, wie es von nun an zwischen ihnen sein würde, war er sich sicher, das Richtige getan zu haben. Er bedauerte es nicht – das würde er nie – und es würde genügen. Das musste es, denn er hatte nicht mehr zu geben.

Er konnte ihr in diesen sechs Monaten seinen Schutz gewähren. Er konnte ihr all die Gefühle geben, zu denen er in der Lage war, und er konnte ihr die körperliche Erleichterung verschaffen, nach der sie sich beide so sehr sehnten. Aber sein Herz konnte er ihr nicht geben. Es lag nicht mehr in seiner Macht, es zu verschenken, denn es war ihm im Laufe der letzten Jahre verloren gegangen, zur Unkenntlichkeit verschmort in den Flammen der Verbitterung, des Hasses und der spirituellen Abkehr von dem, was er einst geglaubt hatte.

Er spürte, dass er sich nach mehr sehnte, obwohl sie diejenige gewesen war, die ihn damals abgewiesen hatte. Doch auch wenn sich ihre Gefühle geändert hatten und er ihr irgendwo tief in seinem Innern vergeben haben sollte – sogar wenn er irgendwie eine Möglichkeit fände, sich den Reichtum und Ruf anzueignen, der es ihnen erlauben würde, wirklich eine lang andauernde gemeinsame Zukunft zu haben – es würde nicht reichen. Nein, Alissende verdiente einen Mann, der unversehrt war, unverdorben und sich nicht von der Kirche abgewandt hatte. Einen, der sich nicht bis ans Ende seines Lebens immer wieder würde umdrehen müssen, um Verhaftung und Verhör durch die Inquisition zu entgehen. Einen, der ihr all diese Dinge geben konnte, zu denen er jetzt nicht in der Lage war.

Also musste dieses Band, dieses Verständnis, das zwischen ihnen war, für den Moment reichen und für die verbleibenden Monate der Übereinkunft, in denen er als ihr Ehemann und Beschützer gegen alles Böse in dieser Welt auftrat.

Es war schon eine Ironie des Schicksals, dass man es ausgerechnet ihm, dem ehemaligen, von der Welt zugrunde gerichteten Tempelritter zutraute, sie vor dem zu schützen, was ihn fast vernichtet hätte. Aber während er versuchte einzuschlafen, wiederholte er in Gedanken, was er nicht vergessen durfte; denn er musste selbst davon überzeugt sein, sonst würden sie beide ins sichere Verderben stürzen.

Was sie jetzt miteinander teilten, musste genügen.

Der Himmel stehe ihm bei … es musste einfach genügen.

Kapitel 12

Drei Nächte später

Es war so still.

Ein kühler Windhauch strömte durch den Fensterladen und weckte Alissende aus der Schwärze eines Traumes. Sie öffnete die Augen und versuchte sich zu orientieren. Ihre Umgebung war ihr nicht vertraut. Kentley Abbey. Sie waren auf dem Weg nach Odiham Castle gewesen, als sich die Dunkelheit auf sie gesenkt hatte. Sie befand sich in dem Zimmer, das man ihr und Damien für die Nacht überlassen hatte. Ihr Atem ging unregelmäßig, und als sie die Hand an ihr Gesicht hob, stellte sie fest, dass ihre Wangen feucht waren. Es war alles so real gewesen … die Bilder waren immer noch in ihrem Kopf. Damien hatte sie verlassen, und ihr Herz schmerzte so sehr, als wäre es wirklich passiert.

Aber es war nur ein Traum, tröstete eine innere Stimme sie. *Nur ein Traum …*

Alissende ließ den Kopf aufs Kissen zurücksinken. Damien lag nicht im Bett. Sie streckte die Hand aus und tastete über das Laken. Es war kühl. Dann war er also schon vor einiger Zeit aufgestanden – aber erst nachdem sie sich wieder geliebt hatten, wie in jeder Nacht seit ihrer ersten intimen Wiedervereinigung. Doch heute Nacht war ihr Liebesspiel langsamer gewesen, herzzerreißender als je zuvor, und sie hätte am liebsten geweint, als sie in seinen Armen zerbrach. Auch er hatte seine

Erfüllung gefunden, doch da war eine Dunkelheit in seinen Augen gewesen … der Schatten einer Last auf seiner Seele.

Danach hatte er sie an sich gezogen und schweigend betrachtet, wobei er sich auf einen Arm aufstützte. Sein Blick hatte voller Sorge auf ihr geruht, während er ihr zärtlich mit den Fingern über die Wange gefahren war und ihr das Haar hinters Ohr gestrichen hatte. Ehe sie ihn nach seinen Gedanken hatte fragen können, hatte er sich zu ihr gebeugt und sie geküsst. Dann hatte er sich auf den Rücken gedreht und leise Gute Nacht gesagt. Später hatte sie dann gehört, wie seine Atemzüge langsamer wurden, als er eingeschlafen zu sein schien, und dann hatte auch sie sich dem Schlummer hingegeben.

Jetzt war er fort.

Alissende richtete sich im Bett auf und suchte im schattigen Raum der Abtei nach seiner Gestalt. Es war fast Vollmond, und der fahle Schein fiel durchs einzige Fenster der schlichten Kammer. Er war nicht da.

Sie glitt von der Lagerstatt, die sie als Bett benutzt hatten, und schaute in den Garten, der sich an das Gebäude anschloss, in dem sie untergebracht waren. Er war voller Arzneipflanzen, wie sie in jeder Abtei und jedem Kloster in England angebaut wurden, und der Mond schien so hell, dass der Boden in weißschimmerndes Licht getaucht war. Er beleuchtete glänzende grüne Blätter und stachelige Blumen, als hätte der Pinsel eines Künstlers sie in kühles Blau und Silber getaucht.

Und dann sah sie ihn.

Er lehnte an der Steinmauer in der Ecke neben einem Zaungeflecht, das einen Laubengang bildete. Er hatte Hosen an, sich aber nicht die Mühe gemacht, sein Hemd zu schließen. Es stand weit offen, sodass seine nackte Brust über den verschränkten Armen zu sehen war. Alissende warf sich eine Decke über und ging zu ihm nach draußen.

Er schaute auf, als sie sich näherte, und wieder stockte ihr der Atem bei seinem Anblick … so schön war er. Doch es lag dieser nachdenkliche Ausdruck auf seinem Gesicht, bei dem sie sich immer danach sehnte, es mit beiden Händen zu umfassen und die finsteren Gedanken und Erinnerungen, die in seinen Augen lauerten, fortzuküssen.

»Es tut mir leid, dass ich dich geweckt habe«, murmelte Damien, als sie ihn erreicht hatte.

»Nein, ich bin nicht deinetwegen wach geworden«, sagte sie. »Ein Traum hat mich geweckt.«

Er wandte den Blick ab und nickte kurz. »Die Nacht und ich haben in dieser Hinsicht eine etwas unsichere Waffenruhe geschlossen. Manchmal lässt sie mich schlafen, und dann wiederum muss ich ihr bis Tagesanbruch die Macht über meine Gedanken abtreten.«

»Heute Nacht hat sie die Schlacht anscheinend gewonnen«, meinte Alissende.

Damiens sinnlicher Mund verzog sich zu einem gequälten Lächeln.

»Dann lässt dich der Gedanke an das bevorstehende Turnier nicht schlafen?«

Er sah sie einen Moment lang an. In seinem Blick lag eine Strenge, die sie dort noch nicht gesehen hatte, und in seiner Stimme schwang Bitterkeit mit, als er schließlich antwortete. »Nicht das Turnier an sich, aber seine Begleitumstände. Die Leute, denen ich mich stellen muss. Und das Gerede …«

Seine Worte verklangen, aber Alissende wusste genau, was er meinte, und dieses Wissen durchbohrte sie wie eine Lanze der Schuld. Sie hatten beide gewusst, dass ihre Rückkehr an den Hof schwierig werden würde, aber es war natürlich auch klar, dass Damien die Hauptlast tragen würde. Schließlich war er derjenige gewesen, der in den folgenden Jahren Zielscheibe des Geredes gewesen war, denn er war nach jenem Turnier, aus dem er als Sieger hervorgegangen war, zurückgewiesen worden ... vor all den Lords und Ladys von Englands mächtigem Adel – war er doch nur ein einfacher Ritter gewesen, den man ihrer Liebe nicht wert erachtete.

»Es tut mir leid, was du auf Odiham wohl wirst erdulden müssen«, sagte sie leise. *Meinetwegen,* dachte sie noch, aber sie sprach es nicht aus.

»Lass es, denn man kann nichts daran ändern. Alles wird gut, sobald ich auf dem Turnierplatz an der Reihe bin.«

Da war immer noch diese Schärfe in seiner Stimme, und Alissende zuckte innerlich zusammen, weil sie wusste, dass nicht ganz richtig war, was er sagte. Denn sie konnte sehr wohl etwas daran ändern. Sie konnte etwas tun, das sie von dem Moment an, in dem er wieder in ihr Leben getreten war, weit von sich gewiesen hatte. Sie könnte ihm die Wahrheit erzählen, warum sie sich vor fünf Jahren so verhalten hatte. Damit würde sie etwas gestehen, von dem sie gehofft hatte, dass es nie ans Licht kommen würde ... es zuzugeben wäre für sie genauso quälend wie die dunklen Vorahnungen, unter denen er litt. Aber jetzt musste sie es tun. Es wäre nicht fair, ihn zusätzlich zu allem anderen, was er zu ertragen hatte, auch noch mit einer Lüge zu belasten.

Alissende richtete den Blick auf ihn und brach das Schweigen. »Damien, ich ... es gibt da etwas, das ich dir sagen möchte. Wir haben nur einmal darüber gesprochen, was damals am Turniertag passierte ... und was ich dir sagte, entsprach nicht der Wahrheit.« Ihre Worte waren kaum lauter als ein Flüstern, und ihr Hals war wie zugeschnürt, doch sie zwang sich fortzufahren. »Es ist mein Fehler, dass ich nicht früher mit dir darüber geredet habe, aber jetzt muss ich dir erzählen, was damals wirklich passiert ist, und ich bitte dich, mich anzuhören.«

Er rührte sich nicht. Er schien noch nicht einmal zu atmen. Das Schweigen dehnte sich zwischen ihnen aus, und als er sich schließlich bewegte, dachte sie, dass er vielleicht einfach weggehen und sie ohne ein weiteres Wort stehen lassen würde.

Doch das tat er nicht. Er ließ nur die Arme sinken und sah sie weiter mit verletztem Blick an, als könnte er nicht glauben, was sie gesagt hatte – dass sie es tatsächlich wagte, nach all den Jahren wieder an diesem Thema zu rühren.

»Es besteht keine Notwendigkeit, irgendetwas zu erklären, Alissende«, meinte er schließlich. »Was geschehen ist, ist geschehen, und es bringt nichts, noch einmal darüber zu sprechen.«

»Ich weiß, dass sich dadurch nichts ändert, Damien. Aber ich hoffe, dass dann alles ein bisschen leichter zu ertragen ist.«

Ihr Hals war trocken und rau. Sie schluckte, während ihr Blick forschend über sein Gesicht glitt. »Willst du mich nicht anhören? Bitte.«

Sein schmerzerfüllter Blick war kaum zu ertragen. Der Nerv an seiner Wange zuckte, und sie dachte, dass er vielleicht noch etwas sagen würde. Aber am Ende nickte er ihr nur einmal kurz zu. Mit diesem Zeichen seiner Bereitschaft ihr zuzuhören breitete sich eine gewisse Ruhe in ihr aus. Und das gab ihr die Kraft zu sagen, was sie schon vor fünf Jahren hätte sagen sollen.

»Als ich dir damals nach dem Turnier den Rücken zuwandte, Damien, hatte das nichts mit deinem niederen Stand zu tun oder weil sich meine Gefühle für dich in irgendeiner Weise geändert hätten«, erklärte sie leise. »Das habe ich im Zelt meines Vaters nur gesagt, weil ich dachte, dass du es mir glauben würdest. Und weil es einfacher für mich war, als meine wahren Gedanken preiszugeben.«

Ihre Finger krampften sich in den Stoff ihres Kleides, doch

ihr Blick blieb unverwandt auf ihn gerichtet, während sie fortfuhr: »In Wirklichkeit war ich einfach nur zu schwach, der Stimme meines Herzens zu folgen, weil ich Angst vor den möglichen Folgen hatte – und weil bereits etwas passiert war, das mir als eine schreckliche Lehre und Warnung für mich erschien.«

Damien runzelte die Stirn. »Ich verstehe nicht, was du meinst.«

»Dass ich dich abwies, hatte etwas mit deinem Bruder zu tun und meiner Freundin, Lady Margaret.«

Verärgert verschränkte er wieder die Arme vor der Brust. »Das kann ich nur schwer akzeptieren, Alissende. Kurz nach dem Skandal wegen Alex und Margaret sprachen wir mehrmals darüber. Genau aus diesem Grund haben wir beschlossen, dass ich dich nach dem Turnier für mich fordern sollte … um sicherzustellen, dass keiner, auch nicht dein Vater, uns vorwerfen könnte, uns fehlte der Mut unsere Gefühle füreinander zu bekennen, wie es bei meinem Bruder und Margaret der Fall gewesen war.«

»Aber da war noch mehr, Damien«, entgegnete Alissende und schüttelte den Kopf. »Du hast nicht alles gewusst.«

»Was hätte da sonst noch sein können?«, fragte Damien schroff. »Alex verliebte sich in eine Frau über seinem Stand … genau wie ich. Sie gaben sich ihrer Liebe im Geheimen hin … genau wie wir. Der einzige Unterschied ist: Ehe mein Bruder den Mut aufgebracht hatte, ihr seine Liebe in ehrenwerter Weise zu erklären, wurden sie von Lady Margarets Vater erwischt. Und Alex wurde vor die Wahl gestellt, der Bruderschaft der Templer beizutreten oder in England zu bleiben und die Hölle auf Erden zu durchleiden, zu der nur ein Earl einen einfachen Ritter verdammen kann, der seine Tochter ruiniert hat.«

In Damiens Augen brannte das Feuer, an das sie sich so gut erinnerte. »Ich wäre bereit gewesen, das oder jede andere Prüfung auf mich zu nehmen, Alissende, egal um welchen Preis. Mein Bruder war es nicht, und so wählte er den einfacheren Weg – genau wie du, als du dich von mir abwandtest und vor den Augen der Öffentlichkeit so tatest, als würden wir einander nichts bedeuten. Mehr gibt es da nicht zu wissen.«

»Es gibt noch einen anderen Grund, warum ich mich damals so verhalten habe.«

»Dann nenn ihn mir«, forderte er sie leise auf, »denn ich kann ihn mir nicht vorstellen. Wir hatten damals keine Geheimnisse voreinander, Alissende. Erinnerst du dich denn nicht mehr? Wir haben uns immer alles gesagt.«

»Aber das, Damien«, wandte sie ein, »habe ich dir nicht gesagt, weil dafür keine Zeit mehr war. Lady Margaret erwartete ein Kind.«

Sprachlos starrte er sie an. Als er schließlich den Mund öffnete, sprach er jedes Wort ganz deutlich aus. »Sie war schwanger mit dem Kind meines Bruders?«

Alissende nickte bedrückt. »Ich erfuhr es am Morgen des Turniers. Margaret hatte eine kurze, verzweifelte Nachricht an mich geschickt und bat mich, zu ihr zu kommen. Ich fand sie mit bleichem, tränenüberströmtem Gesicht in ihren Gemächern vor, und sie erzählte mir, dass ihr Vater sie fortschicken würde. Ich konnte nur kurz unter vier Augen mit ihr sprechen, ehe der Leibwächter, den Lord Welton zu ihrer Bewachung abgestellt hatte, kam und sie zwang zur Kutsche mitzukommen. Aber das konnte sie mir gerade noch erzählen, bevor sie fortgeschafft wurde.«

Damien fuhr sich mit einer Hand durchs Haar und sah immer noch überrascht aus. »Himmel, ich kann es nicht fassen. Alex hat nie von einem Kind gesprochen.«

»Vielleicht hat er es gar nicht gewusst. Margaret selber war sich erst gerade darüber klar geworden, und sie erzählte es mir an jenem Morgen aus Verzweiflung über die Umstände und wegen unserer langjährigen Freundschaft.«

Alissende blickte hinab auf ihre gefalteten Hände und erinnerte sich wieder an damals, an all die schrecklichen Momente. »Ich habe Margaret nach jenem Tag nicht wiedergesehen, aber ich habe später gehört, dass ihr Kind bei der Geburt starb, und so blieben ihr nur die Schande, ein gebrochenes Herz und Jahre der Buße, die sie in einer Abtei leistete, fern von allen, die sie einst geliebt hatte.«

Damien schüttelte nur den Kopf, während Trauer und Entsetzen sich immer noch auf seinem Gesicht widerspiegelten. Er schloss für einen Moment die Augen und ließ sich wieder nach hinten gegen die Mauer sinken.

Als er sie wieder ansah, zwang sie sich dazu, seinen Blick zu erwidern, obwohl es so schmerzhaft war, was sie ihm zu sagen hatte. Nach allem, was zwischen ihnen vorgefallen war, schuldete sie es ihm, dass er die Worte nicht nur aus ihrem Munde hörte, sondern sie auch in ihren Augen sah.

»Was ich dir an jenem Tage antat, Damien, was ich uns antat«, erklärte sie mit leiser, aber fester Stimme, »geschah aus egoistischer Panik heraus. Ich hatte bis dahin ein wohlbehütetes Leben geführt, ein aufgrund meines Reichtums und meines Standes sorgloses, unbekümmertes Leben. Als ich sah, was Margaret widerfahren war, erkannte ich, dass es auch mir hätte passieren können. Ich hätte diejenige sein können, die man in Schande, mit einem Kind im Leib wegschickte. Noch unerträglicher aber war der Gedanke, dass man dich verbannen oder dir noch Schlimmeres antun könnte; denn ich kannte dich gut und zweifelte nicht daran, dass du im Gegensatz zu Alexander bleiben und egal um welchen Preis – auch wenn es dich das Leben kostete – jeden zum Kampf herausfordern würdest, der von dir verlangte, mich zu verlassen.«

Sie wandte für einen Moment den Blick ab, um des bohrenden Schmerzes, der in ihrem Innern wütete, Herr zu werden, damit sie auch den Rest sagen konnte. »Ich habe dich aus Angst zurückgewiesen, Damien. Ich war jung und dumm und hatte Angst davor, was hätte passieren können. Es schien mir besser, uns schnell das Herz zu brechen, als jene nicht enden wollenden Qualen zu erleiden, die Margaret und Alexander zu erdulden hatten.«

Sie gab einen leisen, erstickten Laut von sich, und als sie zu ihm aufschaute, sah sie ihn nur ganz verschwommen durch die heißen Tränen, die ihr in die Augen gestiegen waren. »Ich hatte natürlich unrecht. Schrecklich unrecht. Doch auch wenn man sich geirrt hat, gibt es keine Möglichkeit, es ungeschehen zu machen, nicht wahr?«

Sie hielt Damiens Blick stand und spürte die alte Vertrautheit kurz zwischen ihnen aufflackern, als wären sie nie getrennt gewesen ... jenes gegenseitige Verständnis, das sie einst geteilt hatten und das tiefer ging als Worte. Er kannte nun die wahren Gründe für ihr damaliges Handeln. Es änderte nichts zwischen ihnen – das konnte es gar nicht –, aber zumindest kannte er nun die Gründe.

Seine Miene wirkte erschöpft, als hätte ihn die Last, die ihm nach all dieser Zeit abgenommen worden war, viel Kraft gekostet. Er schüttelte langsam den Kopf, während er zu Boden schaute. »Ach, Alissende. Ich wünschte, ich hätte ... wir hätten ...«

Er verstummte, als wäre es zu schwer, den Satz zu Ende zu führen. Sie wusste es genauso gut wie er; es war zu spät, um die Kluft, die zwischen ihnen war, mit Worten zu überbrücken. Es war zu spät, um etwas an dem Weg, den sie eingeschlagen hatten, zu ändern oder an den Menschen, zu denen sie durch die Jahre, den Kummer und die Probleme geworden waren, und sie wieder in die unschuldigen, leidenschaftlichen Liebenden zurückzuverwandeln, die sie einst gewesen waren.

Sie senkte den Blick, schloss die Augen und drängte die Tränen zurück, während sie murmelte: »Ich weiß, Damien. Ich wünschte es mir auch.« Aber dann lief ihr doch eine Träne über die Wange, als sie den Blick wieder hob und die Lippen zu etwas verzog, das als Lächeln hätte durchgehen können. »Es ist wirklich eine Ironie des Schicksals, dass ich mir keine Sorgen hätte machen müssen, mich könnte dasselbe Los treffen wie Margaret. Doch das wusste ich damals noch nicht.«

Bei diesen Worten richtete sich Damiens gequälter Blick wieder auf sie.

Sie schüttelte den Kopf und presste die Finger unwillkürlich gegen ihre Lippen, ehe sie die Trauer, die sie bei diesem bitteren Gedanken immer überkam, unter Kontrolle gebracht hatte. Sie holte etwas zitternd Luft und gestand: »Vor drei Nächten habe ich dir gesagt, dass ich einen besseren Moment und einen anderen Ort abwarten wollte, um dir zu erklären, warum ich mir so sicher bin, dass aus unserer Verbindung kein Kind hervorgeht. Jetzt ist der richtige Moment gekommen. Im Laufe der Zeit hat sich herausgestellt, dass ich keine Kinder bekommen kann.«

Er runzelte die Stirn. »Aber am Tag meiner Ankunft … deine Mutter … sie machte sich Sorgen wegen der Möglichkeit, oder etwa nicht?«

»Meine Mutter hat die Tatsache noch nicht akzeptiert. Aber mir bleibt nichts anderes übrig … nach vier fruchtlosen Ehejahren mit Godfrey. Dass ich nicht empfangen konnte, rief viel Streit zwischen uns hervor. Und während des letzten Jahres kam dann noch viel anderer Kummer hinzu …«

Da brach ihre Stimme, und sie hörte auf zu reden. Sie schloss die Augen und drängte die peinigenden Erinnerungen durch reine Willenskraft zurück, obwohl der pochende Schmerz in ihrem Innern nicht nachlassen wollte. Und das war der Moment, in dem sie überrascht feststellte, dass Damien sie berührte.

»Es tut mir leid, Alissende. Offenbar hat keiner von uns in den letzten Jahren viel Frieden gefunden.«

Durch seine verständnisvollen Worte schien der Schmerz in ihrem Innern ein wenig nachzulassen. Doch dasselbe Bedauern, das ihr das Atmen schwer machte, klang in seiner Stimme durch, wenn er sprach. Sie schaute zu ihm auf und wusste instinktiv, dass es noch etwas gab, was er sagen wollte.

Er schien seine Worte sehr sorgfältig zu wählen. »Ich danke dir für deine Ehrlichkeit, Alissende. Doch nun ist es an mir, dir etwas begreiflich zu machen. Du musst damit aufhören, dir Vorwürfe zu machen, dass du mir nicht früher die Wahrheit gesagt hast. Wir werden nie wissen, wie sich damals alles zwischen uns entwickelt hätte. Denn auch wenn du es mir gleich am ersten Tag meiner Ankunft erzählt hättest, hätte ich nicht …«

Er presste die Lippen aufeinander und zögerte einen Augenblick lang. Seine Miene war so ernst und voll der gleichen Freundlichkeit und Wärme, die er ihr gezeigt hatte, als sie sich liebten, dass sie meinte, ihr würde gleich wieder das Herz brechen.

»Ich will damit nur sagen, dass es meine Entscheidung nicht geändert hätte, die ich bei meiner Ankunft auf Glenheim getroffen hatte«, fuhr er fort. »Ich habe die Bedingungen für unsere Vereinbarung nicht gestellt, weil ich dich verletzen wollte, Alissende. Es ist nur einfach so, dass ich nicht wieder zurück kann. Ich bin nicht mehr derselbe Mann, der ich früher einmal war.« Seine Gesichtszüge verkrampften sich. »Außerdem wird keiner, der mir nahe steht, vor den Verhören der Inquisition sicher sein, wenn man herausfinden sollte, dass mein Ablassbrief eine Fälschung ist. Und aus diesen beiden Gründen muss zwischen uns alles so bleiben, wie es jetzt ist.«

»Ich verstehe«, murmelte Alissende. Sie wusste, dass er recht hatte, und trotzdem musste sie verzweifelt um die Kraft kämpfen, die Sehnsucht nach ihm zu unterdrücken, welche durch seine Aufrichtigkeit wieder in ihr zu knospen begonnen hatte. »Und ich stimme dir zu, denn auch ich habe mich in vielerlei Hinsicht verändert.«

Er nickte etwas ruckartig, als versuche er sich selbst von dem Wahrheitsgehalt ihrer beider Geständnisse zu überzeugen. Alissende sagte nichts mehr.

Er begegnete ihrem Blick mit der ihm eigenen Wärme, und die Schatten schienen fürs Erste aus seinen Augen gewichen zu sein. Er hob seine Hand an ihre Wange und wischte mit dem Daumen die dort noch haftende Feuchtigkeit weg.

Als er wieder sprach, klang seine Stimme sanfter, aber die in ihm tobenden Gefühle waren nicht zu überhören. »Ich werde alles geben, was ich zu geben vermag, Alissende. Von morgen an, wenn wir auf Odiham eintreffen, werde ich alles in meiner Macht Stehende tun, um dich vor Hugh oder jedem anderen Mann, der meint dich gegen deinen Willen für sich beanspruchen zu können, zu schützen. Keiner wird es noch wagen, wenn ich fertig bin. Das verspreche ich dir.«

Alissende wollte ihm so vieles darauf erwidern, aber sie konnte es nicht. Nein, der Kloß in ihrem Hals hinderte sie daran. Deshalb nickte sie nur schweigend. Sie wollte in dieser Sache stark sein ... und sich daran erinnern, wie nutzlos – wie gefährlich – es war, mehr zu wollen, als sie jetzt hatten. Sie wollte die Vergangenheit und die Zukunft vergessen und nur in der Gegenwart leben, denn sie wusste, dass alles Wünschen in der Welt nichts daran ändern würde, was gewesen war oder was sein würde.

Damiens Blick hielt sie noch einen Moment länger fest. In seinen Augen offenbarten sich all die Gefühle angesichts des Gesagten … und des Unausgesprochenen. Dann hob er den Arm und lud sie in die Geborgenheit seiner Umarmung ein, während er leise sagte: »Komm her. In ein paar Stunden wird die Sonne aufgehen, und der morgige Tag wird bestimmt ereignisreich sein. Wir sollten versuchen, noch ein wenig zu schlafen.«

Kapitel 13

Odiham Castle, Hampshire
Zwei Tage später

Alissende trat aus dem großen Zelt, das jetzt für eine Woche ihr und Damiens Zuhause sein würde, und schaute zum Himmel hinauf. Bleigraue Wolken türmten sich wütend am Horizont auf und kündeten Regen an. Das war nun wirklich kein sonderlich vielversprechender Anfang.

Sie waren wie geplant gestern eingetroffen und hatten den Tag damit verbracht, sich überall umzuschauen, während die Bediensteten damit beschäftigt waren, alles aufzubauen. Der Festumzug des Turniers würde erst am Abend stattfinden und in eine große Feier mit Essen und Tanz in Odihams ungewöhnlicher achteckiger Festung münden. Wenn die Vielzahl der bunten Zelte und Pavillons, die auf dem Feld verteilt waren, einen Hinweis gab, so würden sich am Abend die Feiernden innerhalb der steinernen Mauern drängen.

Der eigentliche Wettkampf würde am nächsten Morgen beginnen, und sie konnte nur hoffen, dass es bis dahin genügend aufgeklart war, damit die Teilnehmer sich nicht durch Schlamm und Morast kämpfen oder es bei unangenehmem Nieselregen oder Regen mit ihren Gegnern aufnehmen mussten. Aber das konnte man nur abwarten.

Vorher mussten sie jedoch noch die Eröffnungszeremonien über sich ergehen lassen mitsamt der offiziellen Vorstellung beim König, die für sie und Damien ungefähr so erfreulich werden dürfte, als wollten sie sich von einem Medicus ein eiterndes Geschwür öffnen lassen. Aber es musste getan werden.

»Bist du so weit, deine Aufwartung zu machen?«, fragte Damien, als er aus dem Zelt trat und wie sie erst zum Himmel aufschaute, ehe er seinen Blick auf sie richtete. Dabei wich ein bisschen von der Anspannung, die ihn beim ersten Anblick von Odihams steil aufragenden Türmen befallen hatte, und machte etwas sanfteren Gefühlen Platz.

»Ihr seht wunderschön aus, Mylady.«

»Danke.«

Sein leise geraunites Kompliment ließ die Hitze, die stets in ihren Wangen lauerte, wenn er in der Nähe war, auflodern. Dabei war es nicht gerade hilfreich, dass jedes Mal, wenn sie zufällig des sinnlich-spöttischen Zugs um seine Lippen oder seiner eleganten Hände mit den erfahrenen, starken Fingern ansichtig wurde, die Erinnerung an seine intimen Zärtlichkeiten der letzten Nacht in ihr aufblitzten.

»Die Farbe steht dir«, meinte er und unterbrach damit ihre aufreizenden Gedanken. »Vielleicht weil sie in besonders reizvoller Weise dein Erröten hervorhebt.«

»Ihr habt Euch auch sehr schön zurechtgemacht, Sir«, gelang es ihr mit leicht heiserer Stimme zu antworten.

»Ich muss gestehen, dass das nicht mein Verdienst ist, sondern dass ich es wieder einmal der weisen Voraussicht deiner Mutter zu verdanken habe.«

Er ließ ein strahlendes Lächeln aufblitzen, mit dem er sie entwaffnen wollte.

Das tat es.

Und da wusste sie, wie sie heute mit Sir Damien de Ashby umgehen musste. »Was für ein Glück«, erwiderte sie und zog dabei eine Augenbraue hoch, »dass *Mère* ein so scharfes Auge hat – und aus allem immer das Beste zu machen vermag.«

Einen Augenblick lang dachte sie, dass Damien tatsächlich gleich die Kinnlade herunterfallen würde. Doch er erholte sich schnell genug, um mit einem übertrieben vornehmen Nicken zu erwidern: »Richte ihr bitte meine unendliche Dankbarkeit aus, wenn du sie das nächste Mal siehst, denn ohne sie würde ich bestimmt gerade mal dafür taugen, meine Aufwartung im Stall oder in der Spülküche zu machen.« Seiner Ansprache folgte eine schwungvolle Verbeugung, die sie zum Lachen brachte. Dann richtete er sich wieder auf, groß und wirklich schmuck anzusehen, und reichte ihr seinen Arm.

»Würdet Ihr mich denn so, wie ich bin, zum Fest begleiten, Mylady?«

»Ja, Sir, es wäre mir eine Ehre, mit Euch an meiner Seite dem König vorgestellt zu werden«, erwiderte sie wieder lachend und schob ihre Hand in seine Armbeuge – und fürchtete, dass dies wohl der letzte Moment voller Leichtigkeit für die nächsten Stunden oder vielleicht die ganze nächste Woche war.

Als sie sich dem Burgtor näherten, stand es, wie erwartet, weit offen. Das Fallgitter war hochgezogen, und Männer, die wie Angehörige der königlichen Leibwache aussahen, hatten sich mit Schreibern zu beiden Seiten des Eingangs postiert. Sie erstellten für den für das Turnier ernannten Wappenkönig eine Liste aller Wettkampfteilnehmer, seien sie von Adel oder einfache Ritter. Außerdem wurden so für den Herold des Königs die Namen gesammelt, die dieser bei Beginn der Feierlichkeiten verkünden würde.

Sie kamen näher und waren nur noch zwanzig Schritte vom Tor entfernt … als Alissende es bemerkte.

»Es geht los«, hörte sie Damien im selben Augenblick murmeln. Manche der Lords und Ladys konnten ihre Überraschung und ihre Neugier gut verbergen, schauten nur kurz in ihre Richtung und senkten dann rasch wieder den Blick, während andere überhaupt keine Bedenken zu haben schienen, sie offen anzugaffen, während sie sich dem Tisch auf der rechten Seite des Tores näherten.

Sie blieben vor dem Schreiber stehen, der vom Regen völlig durchnässt war und sie mit freundlicher Miene erwartungsvoll anschaute. Alissende versuchte das Lächeln zu erwidern, obwohl sie wusste, dass die Freundlichkeit des Mannes nur aufgesetzt war, bis er wusste, ob derjenige, dessen Namen er auf die Liste setzen musste, ein hochrangiger Adliger oder ein einfacher Ritter war.

Wenn er sich jemand Wichtigem gegenüber fand, würde er schnell zu dem von ihm erwarteten schmeichlerisch-kriecherischen Verhalten übergehen. Und wenn er es nur mit einem fahrenden Ritter zu tun hatte, der auf der Suche nach Ruhm und einem der Goldpreise war, konnte er sein unterwürfiges Verhalten ablegen und reizbar werden, wie es an diesem äußerst betriebsamen Tag besser zu ihm passen würde.

Die Miene des Schreibers wechselte von leutselig zu ehrfürchtig, ehe Damien seinen Namen nennen konnte.

»Sir Damien de Ashby mit Lady Alissende of Surrey.« Obwohl Damien leise sprach, schienen die Namen in der plötzlich eingetretenen Stille von den Burgmauern widerzuhallen.

»Ich ... äh ja, natürlich«, stotterte der Schreiber und wurde ein bisschen blass, ehe er errötete und seine Papiere durchwühlte, als suche er nach etwas.

»Stimmt irgendetwas nicht?«, fragte Damien mit leiser, doch deutlich akzentuierter Stimme, während er den Schreiber finster ansah.

»Nein, natürlich nicht. Es ist nur, dass ich ...« Der Schreiber brach ab und schaute zu dem anderen Schreiber hin, der auf der anderen Seite des Tores saß. Die beiden tauschten einen Blick aus, ehe der erste Schreiber wieder mit seiner Feder herumfummelte.

»Also gut«, murmelte er, als würde er mit sich selber reden, »wollen wir uns das einmal richtig aufschreiben …«

Alissende runzelte die Stirn angesichts der seltsamen Reaktion des Mannes, während Damien keine Miene verzog.

»Sir Damien de Ashby aus dem Hause Ashby«, sagte der Schreiber sich vor, während seine Feder über das Pergament kratzte. Er schaute auf. »Führt Ihr immer noch dasselbe Wappen wie früher, Sir, oder habt Ihr ein anderes übernommen, während Ihr … fort wart?«, beendete er seine Frage etwas lahm.

Plötzlich traf Alissende die Erkenntnis mit aller Macht. Der seltsame Empfang rührte nicht nur von dem Skandal her, der mit Damiens letztem Aufenthalt bei Hofe verbunden war, oder der Verbindung, die man immer noch zwischen ihm und der verfolgten Bruderschaft der Tempelritter sah. Damit hatte sie gerechnet. Aber es schien eher so, als wüsste dieser Mann – dieser niedere Bedienstete im Haushalt des Königs – über Damiens Verwicklung mit der französischen Inquisition Bescheid. Mit jemandem wie Damien zu sprechen, war für Leute aus dem einfachen Volk gleichbedeutend, als stünde man einem Geist gegenüber. Oder einer zur Hölle verdammten Seele.

Sie wusste, wem sie diesen unangenehmen Empfang zu verdanken hatten: Hugh.

»Ich führe wie eh und je das Wappen des Hauses Ashby«, erklärte Damien mit fester Stimme.

»Sehr schön, Sir. Ich werde es dem Wappenkönig des Turniers und dem Herold King Edwards mitteilen.«

Der Schreiber schien sich nun wieder gefasst zu haben und setzte die restlichen Informationen auf das Pergament, ehe er aufschaute und ihnen bedeutete, durch das Tor zu treten. »Der offizielle Willkommensgruß des Königs ist in einer Stunde. Bis dahin könnt Ihr Euch im Hof von den bereitgestellten Erfrischungen nehmen.«

Damien nickte und führte Alissende durch das Tor, wobei keinem von beiden der zweite Blick entging, den der Schreiber seinem Kollegen auf der anderen Seite zuwarf. Sie hatten kaum zehn Schritte getan, als sie von einem jungen Knappen überholt wurden, der an ihnen vorbei über den Hof sprintete und in einem der vielen reichverzierten Eingänge der Festung verschwand.

»Hugh hat befohlen, sofort bei unserem Eintreffen informiert zu werden«, sagte Damien leise, während er anscheinend ganz gelassen mit ihr weiterging.

»So sieht es aus.«

Alissende spürte, wie sich Damiens Armmuskeln anspannten, und als sie zu ihm aufschaute, sah sie, dass sein Gesicht wieder die verbitterte, angespannte Miene von vorhin zeigte.

»Wir müssen das hier nicht machen ... das weißt du«, sagte sie leise, nachdem sie sich umgeschaut und festgestellt hatte, dass niemand in Hörweite war. »Es würde keine große Mühe machen, deinen Namen von der Liste streichen zu lassen. Wir könnten in weniger als zwei Tagen wieder auf Glenheim sein.«

Damien sah sie überrascht an, und seine angespannte Miene verzog sich zu einem Lächeln, das sich irgendwie nicht mit dem wilden Funkeln vertrug, das immer noch in seinen Augen brannte. »Nein. Das wäre wirklich das Schlimmste, was wir tun könnten. Keiner darf daran zweifeln, dass du unter bestem Schutze stehst. Ich bin Hugh de Valles oder jedem anderen gewachsen ... sei unbesorgt.«

Sie antwortete nicht. Ihr Magen krampfte sich immer noch zusammen, und sie musste den Drang unterdrücken, die feuchten Hände an ihrem Rock abzuwischen. Hugh war ein Meister der Manipulation, und wer wusste schon, was für Pläne er bereits in seinem verschlagenen Hirn ausbrütete?

Aber das wusste Damien jetzt genauso gut wie sie, und deshalb schwieg sie, während sie ihm zu den Tischen folgte, auf denen Kelche mit Wein standen. Dabei sprach sie im Stillen ein Gebet und bat um die Kraft, ihre Ängste so weit in den Griff zu bekommen, um auch den restlichen Tag und die bevorstehende Aufwartung beim König gut zu überstehen.

Damien sah zu, wie Alissende ihren dritten Becher mit gewürztem Wein innerhalb einer Viertelstunde, die sie sich nun innerhalb der trutzigen Mauern von Odiham befanden, trank – nein, hinunterstürzte. Ihr Blick huschte nervös zwischen den Gruppen von Leuten umher, die in respektvollem Abstand von ihnen standen und es trotzdem schafften, nach Herzenslust heimlich in ihre Richtung zu schauen.

Viele der Adligen meinte Damien noch von damals zu kennen, doch keiner von ihnen schien den ersten Schritt tun zu wollen. Nein, das war vom gesellschaftlichen Standpunkt aus gesehen zu gefährlich. Er war so etwas wie ein Paria – nicht nur ein in Ungnade gefallener ehemaliger Meister im Kampf, sondern bis vor kurzem auch Mitglied der unter Verdacht geratenen Bruderschaft der Templer und gerade erst aus dem Verhör der Inquisition entlassen. Hinzu kam noch der Eindruck, dass Alissende anscheinend den König höchstpersönlich vor den Kopf gestoßen hatte, indem sie ohne königliche Erlaubnis einen Mann von niedrigerem Stand als sie selbst geheiratet hatte. Da überraschte es nicht weiter, dass viele der Ladys und Lords ihnen lieber aus dem Weg gingen.

So wenig dies Damien auch stören mochte, konnte er doch nicht umhin zu bemerken, dass bei Alissende das Gegenteil der Fall war. Ihre Nerven waren offenbar zum Zerreißen gespannt, und trotz des ganzen Weins, den sie trank, steigerte sie sich immer mehr in diesen Zustand hinein. Es war also an ihm, etwas dagegen zu tun.

»Komm mit.«

Höflich, aber bestimmt griff er nach ihrer Hand, und sie musste ihren Becher absetzen, als er sie vom Tisch wegzog. Er legte ihre Hand in seine Armbeuge und hielt sie dort fest, während er sich in Richtung Burg in Bewegung setzte, sodass sie keine andere Wahl hatte, als ihm zu folgen.

»Wohin gehen wir?«, flüsterte sie. Ihr Blick huschte immer noch nervös umher, und sie marschierten mit langen Schritten vorwärts.

»Hinein.«

»Aber … warum?«

Er hatte Glück, dass sie wegen des vielen Weins, den sie getrunken hatte, nicht so eigensinnig wie sonst reagierte, wenn er auf irgendetwas bestand. Ihre Hand umklammerte seinen Arm, während sie weitergingen. Als sie einmal stolperte, hatte er das Gefühl, sein Tempo verlangsamen zu müssen, während sie auf der Suche nach dem passenden Ort durch eine Reihe schmaler Gänge schritten. Sie kamen an ein paar Dienstboten vorbei und schließlich auch an einer feinen Dame, doch sie setzten unbeirrt ihren Weg fort …

Und dann hatte er ihn gefunden. *Oh ja …*

Damien blieb am Ende eines breiteren Steinweges stehen, der vom Tumult des Haupthofes wegführte. Hier konnte man in einen kleineren und glücklicherweise leeren Hof sehen, in dessen Mitte ein schönes, aus Stein gehauenes Kreuz aufragte, das von den rechteckig angelegten Beeten des Kräutergartens umgeben war.

Ein einziges vergittertes Bogenfenster war in die Mauer eingelassen, sodass man aus dem Innern der Burg nach draußen schauen konnte, wollte man sich am friedvollen Anblick des kleinen Gartens erfreuen. Durch dieses Fenster fiel auch das einzige Licht, welches den dunklen Gang beleuchtete, und Damien blieb mit Alissende daneben stehen und drehte sie zu sich um, damit sie ihm ins Gesicht sah.

»Wir sind da«, murmelte er. Dann holte er tief Luft und nahm erfreut den Duft der Kräuter wahr, der in der Luft lag. »Ich möchte, dass du dir jetzt etwas Zeit nimmst und gar nichts tust. Versuch an nichts anderes zu denken, als an die Ruhe und die Stille, die hier herrscht.«

»Wie bitte?«

Alissendes Gesicht war leicht gerötet, und er nahm an, dass sie vom Wein und der nachmittäglichen Wärme erhitzt war. Jetzt jedoch schaute sie ihn an, als wäre ihm ein zweiter Kopf gewachsen.

»Tu, was ich dir sage, ehe du dich noch in eine Ohnmacht hineinsteigerst.« Er lächelte. »Und rufe dir in Erinnerung, dass wir heute der Eröffnungsfeier eines Turniers beiwohnen, keiner Hinrichtung.«

»Dieser Tatsache bin ich mir wohl bewusst«, erwiderte sie leicht pikiert, und der Anflug von Empörung ließ ihre ungewöhnlichen Augen fast saphirblau schimmern, während sie die zu Fäusten geballten Hände in die Hüften stemmte. »Ich fasse es nicht. Du hast mich vom Burghof gezerrt, damit ich mir … mir …« Sie stotterte und zeigte durch das Fenster auf den Kräutergarten, um dann den Satz höchst eloquent zu Ende zu führen, indem sie sagte: »… *das* hier ansehe?«

Damien widerstand dem Drang zu lachen, denn es konnte gefährlich sein, sie in ihrem gegenwärtigen Zustand zu reizen. Stattdessen streckte er seine rechte Hand aus und umfasste ihr Kinn. Das brachte sie sofort zum Schweigen, und ehe sie es schaffte, eine weitere halbwegs sinnige Frage zu formulieren, murmelte er: »Findest du es etwa nicht wunderschön hier?«

Sie wirkte völlig verwirrt. »Na ja ...«

Weil er weiterhin ihr Kinn umfasst hielt, konnte sie nicht noch einmal in den Garten schauen und nickte deshalb nur kurz, während sie ihn mit großen Augen ansah. »Das ist es wohl.« Wieder flackerte diese irgendwie bezaubernde Wut in ihren Augen auf, und sie entgegnete: »Und was ist mit Euch, Sir? Findet Ihr denn den Anblick erfreulich?«

Wieder zog Damien nur die Mundwinkel zu einem trägen Lächeln hoch, und da sein Blick unverwandt auf sie gerichtet war, als er sprach, konnte kein Zweifel daran bestehen, dass er keinesfalls den Garten meinte, als er sagte: »Ja, Mylady, was ich sehe, ist ohne Frage wunderschön.«

Er spürte eher, wie sie hastig Luft holte, als dass er es hörte, und es bescherte ihm eine unerklärliche Freude, dass er es zumindest vorübergehend geschafft hatte, sie auf andere Gedanken zu bringen.

»Das ist jedoch nicht der Grund, weshalb ich dich hergebracht habe.«

»Nicht?« Sie klang jetzt viel weniger selbstsicher, und wieder unterdrückte Damien den Drang zu grinsen.

»Nein. Ich bin bisher nur einmal auf Odiham gewesen, und ich muss gestehen, ich wusste gar nicht, dass es diesen Garten gibt. Das letzte Mal, als ich hier war, gab es in diesem Hof nur zwei Bänke und etwas Unkraut.«

»Warum sind wir dann hergekommen?«, fragte sie und sah mit diesem Anflug von Verwirrung, der sich im leichten Kräuseln ihrer Nase zeigte, sogar noch anbetungswürdiger aus.

»Deshalb ...«

Während er sprach, neigte er den Kopf zu dem Kuss, den er ihr schon den ganzen Tag hatte geben wollen. Er fuhr hauchzart über ihre Lippen, knabberte an ihnen, bis er seinen Mund fest auf ihren legte, um sie leidenschaftlich zu küssen.

Alissende gab einen Laut von sich, der sich in einen leisen Seufzer verwandelte. Als sein Mund den ihren berührte, hatte sich ihr Körper im ersten Moment leicht angespannt, doch dann schien sie in seinen Armen zu schmelzen. Ihre Arme schlangen sich um seine Schultern, und sie erwiderte seinen Kuss mit einer Inbrunst, die sogar ihn überraschte. Er fragte sich, ob es wohl am Wein lag, dass sie so schnell entflammt war. Während er sich von den warmen Wellen der Leidenschaft umspülen ließ, nahm er sich vor, überall, wo sie in Zukunft leben sollten, sei es nun Glenheim oder eins ihrer anderen Güter, dafür zu sorgen, dass der Weinkeller reichlich bestückt war.

Nach einem langen, herrlichen Moment endete der Kuss, und Alissende schwankte leicht, sodass er ihre Taille umfasste, damit sie nicht das Gleichgewicht verlor.

»Vorsicht.« Er war jetzt nicht mehr in der Lage, ein Grinsen zu unterdrücken, als er neckend fortfuhr: »Aber ich fühle mich geschmeichelt. Ich habe schon immer gehofft, dass meine Küsse einmal einer Frau die Sinne schwinden lassen und sie in Ohnmacht fällt.«

»Ich falle nicht in Ohnmacht.« Alissende klang ein wenig gereizt, weil er es geschafft hatte, sie zu überraschen. »Ich bin nur etwas wacklig auf den Beinen.« Sie runzelte die Stirn. »Vielleicht habe ich dem Gewürzwein etwas zu sehr zugesprochen.«

»Wie schade, dass das der Grund ist und nicht meine wunderbaren Fähigkeiten.« Er stieß einen übertriebenen Seufzer aus. »Dann werde ich wohl weiter daran arbeiten müssen.«

Das brachte sie zum Lachen. »Du machst das schon sehr gut, wenn du es unbedingt wissen willst. Aber ich küsse dich erst wieder, wenn ich wieder im Vollbesitz meiner Sinne bin.«

»Wann wird das sein?«, fragte er und zog voller Hoffnung die Augenbrauen hoch.

»Du bist wirklich unverbesserlich«, tadelte sie ihn, aber die Schelte verpuffte angesichts des verträumten Ausdrucks in ihren Augen.

»Ich möchte einfach nur gern wissen, wann ich wieder das Vergnügen haben werde, von deinen Lippen zu kosten.«

»Das kann ich dir nicht sagen … aber etwas anderes kann ich dir versichern.«

»Bitte, mach es nicht so spannend«, murmelte er, ohne mit ihrer etwas kecken Antwort zu rechnen, die von einem lieben Lächeln begleitet wurde.

»Ich bin jetzt wirklich viel entspannter, wenn das deine Absicht gewesen sein sollte.«

Eine unangenehm vertraute männliche Stimme ertönte hinter ihm: »Oh, wie rührend … es tut mir fast leid, so einen kleinen romantischen Moment zu unterbrechen.«

Damien drehte sich zu Hugh um und schob im gleichen Moment Alissende schützend mit einer zügigen Bewegung hinter sich. Sein Blick war hart wie Stahl, als er seinen Rivalen ansah, und die sofortige Einschätzung der Situation sagte ihm, dass Hugh zwar in der Laune sein mochte, Unruhe zu stiften, doch im Augenblick keinen direkten Angriff plante.

»Lord Harwick«, sagte Damien und bedachte ihn mit einem knappen Nicken, während er seine Haltung veränderte, sodass Alissende an seine Seite treten konnte, wenn sie es wollte. Sie tat es und schlang dabei ihren Arm um seine Taille, was er trotz der angespannten Situation als äußerst angenehm empfand.

»Ashby«, erwiderte Hugh mit dem gleichen kurzen Rucken des Kopfes. Der Blick seiner grüngrauen Augen war gleichmütig-abschätzend, als er Alissende ansah. »Meine liebste Cousine«, murmelte er. »Du siehst mit diesem rosigen Hauch auf den Wangen ganz bezaubernd aus. Ashby behält dich besser gut im Auge, sonst hält man dich noch für ein schmackhafteres Dessert als die auf der Tafel des Königs. Sogar ich könnte dich auf der Stelle verschlingen.«

Seine geschmacklose Bemerkung wurde von einem lüsternen Lächeln begleitet. Damien spürte, dass Alissende leicht erschauderte. Er drückte ihre Schulter und sah Hugh kalt an. »Alissende wird wie immer völlig sicher an meiner Seite sein.« Er machte eine bewusst überhebliche Pause und fügte dann hinzu: »Mylord.«

»Wir werden sehen.«

Hughs leise Antwort sowie die Tatsache, dass er auf Damiens Stichelei nicht reagierte, versetzte Damien in Alarmbereitschaft. Doch er hatte keine Zeit, länger darüber nachzudenken, denn Hugh wurde plötzlich äußerst jovial. Er hob beide Hände hoch in die Luft und wippte auf den Absätzen, als er mit aufgesetzter Freundlichkeit meinte: »Aber was vertrödeln wir unsere Zeit in diesem feuchten Gang, wenn woanders gefeiert wird? Ich habe nur aus diesem Grunde nach Euch gesucht – um Euch zu holen; denn die Vorstellungen gehen gleich los.« Ein hinterhältiger Ausdruck trat in seine Augen, obwohl sich seine Miene sonst nicht veränderte. »Ich weiß, dass Ihr das nach all den Jahren, die Ihr fort wart, bestimmt nicht verpassen wollt, Sir Damien. Und viele der Anwesenden sind mehr als erpicht darauf, einen Blick auf Euch zu erhaschen … dessen könnt Ihr gewiss sein.«

Damien antwortete nichts, war sich aber nur zu wohl der versteckten Anspielung in Hughs Worten bewusst. Der Mistkerl hatte in Erwartung von Damiens Ankunft Gerüchte gestreut und dabei bestimmt alten Klatsch und Tratsch neu aufgerührt.

Hugh tat so, als wäre er von Damiens Schweigen überrascht. »Wie … wollt Ihr etwa nicht die Gelegenheit nutzen, Euch ein

Bild von denjenigen zu machen, denen Ihr morgen auf dem Platz gegenübertretet?«

Da ließ Damien es zu, dass sich seine Miene änderte, und er bedachte Hugh mit einem wölfischen Grinsen, das Alissende wieder zittern ließ. »Das spielt keine große Rolle für mich. Es gibt nur einen Gegner, der mich interessiert, jedoch aus Gründen, die nichts mit unserer bevorstehenden Begegnung auf dem Turnierplatz zu tun haben.« Er zog die Augenbrauen erneut in einer Weise hoch, die ihm nur als pure Unhöflichkeit ausgelegt werden konnte. »Ich habe mir schon früher ein Bild von ihm gemacht und bin deshalb … unbesorgt.«

Es war offensichtlich, dass Hugh nie gelernt hatte, seine Empfindungen zu unterdrücken oder zumindest zu verbergen, wenn er einem Gegner gegenüber stand. Es war deutlich zu erkennen, dass er die Bemerkung als Affront auffasste, und sein Gesicht verzog sich vor Wut. Er schaffte es jedoch, sich so weit unter Kontrolle zu behalten, um noch hervorzustoßen: »Wir werden sehen, Ashby.«

»Ja, das werden wir«, erwiderte Damien kein bisschen beunruhigt. Er merkte, dass er seinen Rivalen mit seinem freundlichen Tonfall verwirrt hatte, und fügte hinzu: »Aber bis dahin … sollten wir uns vielleicht in die große Halle begeben?«

Hugh setzte sich ruckartig in Bewegung und ging voran. Damien folgte ihm, wobei er den Arm von Alissendes Schulter nahm und nach ihrer Hand griff, während er sie mit einem ermutigenden Blick bedachte. Ihre Augen waren groß, und sie wirkte blass und wieder mehr als nur ein bisschen nervös. Damien verfluchte Hugh im Stillen dafür, dass er zunichte gemacht hatte, was er erreicht hatte, indem er mit Alissende von der Menge fort zu diesem kleinen Kräutergarten gegangen war.

Aber daran hätte er wohl ohnehin nichts ändern können.

Alissende wäre auch so wieder nervös geworden, sobald sie zu den Feierlichkeiten zurückgekehrt wären. Hugh hatte das mit seinem Auftauchen nur ein bisschen beschleunigt.

Damiens Blick war auf Hughs kräftigen Rücken gerichtet, während er ihm folgte. Er war sich nur zu wohl der Tatsache bewusst, dass Hugh de Valles, Lord Harwick, wahrscheinlich ein ernstzunehmender Gegner sein würde, trotz der Beleidigungen, bei denen er Gegenteiliges behauptet hatte. Ob er sich beim Kampf an die Regeln hielt, bliebe abzuwarten. Damien wusste jedoch, dass Vorsicht geboten war, wenn es um diesen Mann ging.

Jawohl, es versprach in jeder Hinsicht ein unerfreulicher Abend zu werden, und während sie sich der großen Halle näherten, dachte er sehnsüchtig an den kurzen Moment zurück, den er mit Alissende am Kräutergarten genossen hatte. Fast wünschte er sich, sie hätten dort bleiben und allem entgehen können, was ihnen noch bevorstand.

Aber er wusste, dass diese Gedanken dumm und sentimental waren. Die Zeit für solche Träumereien war vorbei. Er musste sich wieder in die kalte, harte Aura des kampfgestählten Kriegers hüllen, der er einst gewesen war, wenn er die nächsten Tage – die nächsten *Stunden* – überstehen wollte.

Jetzt war es so weit, dachte er, biss die Zähne zusammen und legte Alissendes Hand wieder in seine Armbeuge, als sie vor der großen Flügeltür zum Audienzsaal stehen blieben. Er beobachtete, wie die Flügel auf Hughs Befehl hin aufschwangen. Der Lärm der Feiernden schlug ihnen entgegen, zusammen mit dem Geruch von vielen Leibern, von unterschiedlichen Parfüms und von Essen und Trinken.

Ja, es war wirklich so weit.

Und er war bereit.

Kapitel 14

Alissende ließ den Blick durch den großen Saal schweifen, während eine Flut von Erinnerungen an Zusammenkünfte am königlichen Hof wieder in ihr aufstieg. Das letzte Mal, als sie bei einem solchen Ereignis dabei gewesen war, hatte noch King Edwards Vater auf dem Thron gesessen. Godfrey hatte darauf bestanden, dass sie ihre Aufwartung machten, denn Hugh hatte ihn davon überzeugt, dass es in seinem ureigensten Interesse wäre, sich häufiger bei Hofe zu zeigen, wenn er in die Gunst des Königs kommen wollte.

Seitdem waren erst zwei Jahre vergangen.

Das schien kaum möglich. In mancher Hinsicht waren jene Ereignisse so frisch in ihrer Erinnerung, als wäre es gestern gewesen, während andere – viele andere, die dazwischen lagen – eine Ewigkeit her zu sein schienen.

»Komm, Alissende. Der König und die Königin haben bereits Platz genommen, und die Turnierteilnehmer haben sich mit ihren Damen für die Vorstellung versammelt«, unterbrach Damien ihre Gedanken. »Wir sollten uns ihnen anschließen und warten, bis wir an der Reihe sind.«

Er klang angespannt, und sie warf ihm einen prüfenden Blick zu. Sie war es nicht gewöhnt, dass ihm unbehaglich zumute war, wobei sie es ihm jetzt kaum zum Vorwurf machen konnte. In wenigen Augenblicken würden sie dem König gegenübertreten und wegen einer Eheschließung getadelt werden, zu der sie ihn gezwungen hatte. Wenn es gut lief, würde es nur unangenehm werden … im schlimmsten Fall konnte es sich als katastrophal erweisen.

Alissende nickte wortlos und schob sich mit Damien durch die Menge, wobei sie sich zwang, nach Personen Ausschau zu halten, die sie vielleicht wiedererkannte. Da waren mehrere Damen, mit denen sie stundenlang beim Handarbeiten zusammengesessen hatte, als sie das letzte Mal hier gewesen war. Obwohl sie zwei dabei ertappte, wie diese sie unverhohlen anstarrten, wandten beide rasch den Blick ab, als sie versuchte, ihnen einladend zuzulächeln.

Damit hatte sie wohl rechnen müssen, doch trotzdem versetzte es ihr einen Stich. Man schnitt sie. Sie war von Geburt an die Tochter eines Earls gewesen und durch die Ehe mit Godfrey auch noch die Gattin eines Earls. Somit war sie von den Damen der Gesellschaft immer bevorzugt behandelt worden. Doch jetzt rümpften sie die Nase über sie.

Ihre Entscheidung, gegen den Willen des Königs einen einfachen Ritter zu ehelichen, schien es jetzt nicht mehr so erstrebenswert zu machen, in ihrer Gesellschaft gesehen zu werden. Sie hatte immer Klagen über das launische Verhalten der Gesellschaft gehört, ohne es jedoch je ganz zu verstehen. Sogar damals, als Damien insgeheim wegen der Kränkungen geschäumt hatte, die man ihm aufgrund seiner niederen Geburt antat, hatte sie seine Wut zu beschwichtigen versucht, ohne eigentlich wirklich Verständnis für ihn zu haben.

Jetzt konnte sie sich zumindest annähernd vorstellen, was er damals gefühlt haben musste. Diese Form der Zurückweisung versetzte ihr einen Stich – umso mehr, da sie einmal geglaubt hatte, diese Leute wären ihre Freunde.

Sie merkte, dass sich ihre Finger in Damiens Arm gebohrt hatten, denn er wandte seinen Blick vom Hauptgeschehen ab, wo gerade die Turnierteilnehmer vom König empfangen wurden. Besorgt schaute er auf sie herab und murmelte: »Stimmt irgendetwas nicht, Alissende?«

»Nein, ich …« Sie schüttelte den Kopf, um dann in sein schönes Gesicht zu sehen, das sie so gern hatte. »Ich habe einfach nur nie gewusst, wie schwierig es war. Und ich …«

Sie verhaspelte sich und schwieg, sodass Damien bestürzt die Brauen runzelte.

Sie holte tief Atem und hub aufs Neue an. »Was ich sagen möchte, ist … ich bin dir unendlich dankbar, mit mir in die Höhle des Löwen zu gehen.«

Er überraschte sie – und ganz offensichtlich eine Reihe anderer Leute – damit, dass er den Kopf in den Nacken warf und laut lachte.

»Das ist wohl die treffendste Beschreibung des Königshofes, die ich je gehört habe, Alissende.« Seine Augen funkelten belustigt. »Bitte schön. Gern geschehen. Und du sollst wissen, dass es auch mir hilft, dass ich dich an meiner Seite habe.«

Aus irgendeinem Grunde ließen ihr seine Offenheit und sein liebevolles Geständnis Tränen in die Augen steigen, und wieder sah er sie verwirrt an.

»Beim heiligen Kreuz, Frau, ich wollte dich nicht zum Weinen bringen«, sagte er mit vor Fassungslosigkeit tonloser Stimme. »Du weißt doch, dass ich mich nicht über dich lustig mache.«

Da musste sie ihn trotz ihrer verschwommenen Sicht anlächeln. Sie zog an seinem Arm und lachte selber ein bisschen, während sie den Kopf schüttelte. »Nein, das ist es nicht.«

»Was denn dann?«

»Es war deine Freundlichkeit, die mich überrumpelt hat. Einfach, dass du so süß und verständnisvoll bist.«

Er schien weiter völlig verwirrt von dem zu sein, was sie sagte – und nicht sonderlich erfreut darüber, dass sie ihn, den wilden Krieger zahlloser Turniere und Schlachten, als »süß« bezeichnete.

»Es ist nichts, Damien«, sagte sie und lachte dabei, um den heiklen Moment zu überspielen. »Betrachte mein Verhalten einfach als eine Folge meiner Angst vor dem heutigen Abend. Denk nicht mehr daran.«

Das war keine vollkommene Lüge, entschied sie für sich. Sie war tatsächlich nervös, weil sie nicht wusste, was sie noch erwartete.

Damien schüttelte den Kopf und grummelte, dass er wohl nie wirklich begreifen würde, was im Kopf einer Frau vor sich ginge, woraufhin sie erwiderte, dass das naturgegeben wäre, denn es würde die Fähigkeiten eines jeden Mannes übersteigen … so wäre es von Gott schließlich vorgesehen worden. Sie wollte gerade noch eine weitere erklärende Bemerkung von sich geben, als sie spürte, wie er sich anspannte, während sie im selben Moment hörte, wie der Herold ihre Namen rief.

»Sir Damien de Ashby mit seiner Frau, Lady Alissende of Surrey.«

Sie hatte das Gefühl, als würde ihr ganzer Magen plötzlich nach oben streben, und alles verschwamm vor ihren Augen, als sie die Gasse entlanggingen, die die Anwesenden für sie bildeten, während sie sich dem König von ganz Britannien näherten. Eben noch hatte über dem Saal das Summen leise geführter Unterhaltungen gelegen, begleitet von den Geräuschen vieler sich bewegender Menschen, doch nach der Verkündung ihrer Namen breitete sich drückende Stille aus. Gleichzeitig schien jeder in dem, was er gerade getan hatte, innezuhalten und reckte den Hals, um ja mitzubekommen, was der Souverän wohl diesen beiden erst kürzlich so ungehorsamen Personen zu sagen hätte.

Alissendes Übelkeit wurde nicht gerade dadurch gelindert,

dass neben Edwards neuer Königin, Isabel von Frankreich, und dem Günstling des Königs, Piers Gaveston, auch Hugh mit auf dem erhöhten Podest hinter dem Königspaar stand. Er mochte sich wohl sehr ernst geben, doch sie wusste, dass sie sich den kurzen lüsternen Blick nicht eingebildet hatte, als sie spürte, wie sich die Muskeln in Damiens Arm unter ihren Fingern anspannten.

Doch dann waren sie vor dem Podest angekommen, und Alissende war gezwungen, in einem tiefen Knicks zu versinken, während Damien sich vor dem Königspaar verbeugte.

»Erhebt Euch und nehmt Unseren Gruß entgegen.«

King Edward gab den Befehl in einem Tonfall, der zwar voller Autorität war, doch längst nicht so ehrfurchtgebietend wie sie es von seinem Vater her erinnerte. Als Alissende es wagte, den jungen Souverän und seine Königin wieder anzusehen, stellte sie fest, dass er noch genauso gut und wohlgestalt aussah wie die wenigen Male, die sie bei früheren Besuchen bei Hofe hatte bemerken können. Doch er hatte diesen sanften Zug um Augen und Mund, den Michael erwähnt hatte, als er das erste Mal angedeutet hatte, dass die Stellvertreterheirat mit Damien bei Hofe wohl akzeptiert werden würde.

Auch Isabel sah gut aus, doch war ihre Schönheit von ganz anderer Art als die zarter englischer Damen. Sie war eine kühne, auffallende Erscheinung, und es ging das Gerücht, das sogar Alissende zu Ohren gekommen war, dass sie Vorbehalte gegen Piers Gaveston hatte oder es zumindest nicht gern sah, dass ihr Gatte einen solch engen Umgang mit ihm pflegte. Um die Wahrheit zu sagen, wirkte sie sogar in diesem Moment nicht sonderlich erfreut darüber, dass sie zur einen Seite des Königs saß und Piers zur anderen … auf einem Stuhl, der nur ein kleines Stück hinter dem des Monarchen stand und genauso prächtig aussah.

Die Stille dauerte bestimmt eine ganze Minute an. King Edward schaute Damien an, dann richtete er seinen Blick auf Alissende und schließlich wieder auf Damien, ohne auch nur einen Ton von sich zu geben. Seine Stirn war leicht gerunzelt, die Lippen fest aufeinandergepresst … doch ansonsten war seine Miene recht ausdruckslos.

Damien stand stramm, nachdem er von seinem König dazu aufgefordert worden war.

Er verharrte unbeweglich in dieser Haltung – eindeutig ein Ritter mit unverkennbarer Disziplin. Ihr dagegen fiel es schwer, unter dem durchdringenden Blick des Königs nicht nervös herumzuzappeln. Als sie schließlich meinte, es nicht mehr länger ertragen zu können, richtete King Edward seinen Blick wieder auf sie und sprach. Und das war fast genauso schlimm; denn er brachte seinen königlichen Unmut derart zum Ausdruck, dass seine Worte von den umliegenden Wänden widerzuhallen schienen.

»Lady Alissende, Ihr seid von edler Geburt, und Wir wollen vor den Versammelten kundtun, dass Ihr die Ehre Eures Standes herabgesetzt habt, indem Ihr Euch einen Gatten ausgesucht habt, der so weit unter Euch steht – insbesondere wenn man auch bedenkt, dass Ihr dies tatet, obwohl Wir ausdrücklich den Wunsch geäußert hattet, dass Ihr Euch mit Unserem lieben Hugh de Valles, Lord Harwick, vermählt. Wir betrachten es als Beleidigung, Mylady, dass Ihr Euch zu einer solch überstürzten und unüberlegten Handlung habt hinreißen lassen.«

Alissende hatte das Gefühl, als würde ihr der Magen in die Kniekehlen sacken. Dadurch stieg erneut Übelkeit in ihr auf, sodass sie sich wünschte, sie müsste nicht reglos vor dem König stehen.

Doch der Souverän war noch nicht fertig, denn er schaute sie finster an und fügte schneidend hinzu: »Ihr wusstet um Unseren Wunsch in dieser Sache, nicht wahr?«

Ihr blieb keine andere Wahl als zu antworten und darauf zu vertrauen, dass ihr dabei nicht schlecht werden würde. Sie senkte den Blick und neigte den Kopf in einer, wie sie hoffte, sittsam-reumütig wirkenden Pose, während sie die Worte murmelte, die sie mit Michael so oft geübt hatte und bei denen zumindest sie wusste, dass sie der Wahrheit entsprachen. »Ja, Sire. Ich bitte um Eure Vergebung und unterwerfe mich Eurer großen Gnade, um Euch inständig zu bitten, doch zu bedenken, dass meine Widerspenstigkeit nicht vom Willen gelenkt war, sondern vom Herzen. Es lag nie in meiner Absicht, Euch gegenüber unverschämt zu erscheinen oder die absolute Macht zu leugnen, die Ihr über uns, Eure unwürdigen Untertanen, ausübt.«

Damiens Kopf fuhr zu Alissende herum, als er diese dem König so flüssig vorgetragene Entschuldigung hörte. Wie war sie darauf gekommen? Er merkte, dass er sie fast mit offenem Mund anstarrte, und aus Scham über seinen Mangel an Disziplin riss er den Blick nach vorn und nahm wieder Haltung an.

King Edward wirkte fast genauso überrascht wie Damien, und der eben noch finstere Gesichtsausdruck wurde von einer viel offeneren Miene abgelöst. Die Königin schien ein Lächeln unterdrücken zu müssen, und Piers wirkte interessiert, während Hughs Gesicht so eine Wut zeigte, dass Damien überrascht war, keine Blitze aus seinen Augen schießen zu sehen.

»Ist dem so, Mylady?«, fragte King Edward schließlich, wobei er sich längst nicht mehr eines so bestimmenden Tonfalls bediente.

»Ja, Sire«, erwiderte Alissende sanft mit immer noch gesenktem Kopf.

»Seid Ihr bereit, Uns, Eurem Herrscher von Gottes Gnaden, zu versichern, dass Ihr diesen Mann aus einem anderen Grund zum Gatten genommen habt, als dadurch Unsere Wahl zu umgehen, der Wir für Euch Lord Harwick als neuen Herrn und Gebieter ausersehen hatten?«

Die Frage hallte durch den ganzen Saal, und Damien spürte, wie er sich verkrampfte. Würde Alissende es schaffen, überzeugend zu lügen? Aus Gründen der Selbsterhaltung hoffte er, dass es ihr gelänge, doch jener andere Teil von ihm, der von dem einst unbeugsamen und prinzipientreuen Schwertarm Gottes noch verblieben war, lehnte es ab, weil er wusste, dass Lügen fast immer negative Folgen hatten.

»Ich versichere es, Sire.«

Wenn überhaupt möglich, so klang Alissendes Stimme jetzt noch fester und ehrlicher als zuvor, und Damien musste unwillkürlich wieder den Kopf leicht in ihre Richtung drehen, sodass er zumindest aus dem Augenwinkel einen Blick auf sie erhaschen konnte.

Glücklicherweise hatte er von Kindheit an gelernt, seine Gefühle nicht zu zeigen, denn obwohl er gedacht hatte, Alissende wäre mit ihrer sehr überzeugenden Täuschung fertig, schien sie noch mehr zu sagen zu haben – und als er es vernahm, wäre er ansonsten wohl vor ihr auf die Knie gesunken.

»Wie viele hier im Saal wohl wissen, haben Sir Damien de Ashby und ich uns vor langer Zeit geliebt, als ich noch ein Mädchen war und er gerade erst zum Ritter geschlagen. Es stimmt, dass wir im Bösen voneinander schieden, aber unsere Wiedervereinigung hat mir viel Freude gebracht, und aus diesem Grunde bin ich jetzt mit ihm in der Ehe verbunden, die vor vier Monaten über einen Stellvertreter geschlossen wurde. Ich bitte Euch noch einmal inständig um Vergebung für mein unverschämt wirkendes Verhalten, durch das wir uns

Eure Missbilligung zugezogen haben; denn es geschah aus Liebe und nicht aus Missachtung Eurer Hoheit.«

Plötzlich setzte hinter ihnen im Saal ein Raunen ein, welches die Stille vertrieb, und überrascht beobachtete Damien, wie King Edward zu Hugh schaute, der daraufhin nach unten sah, als würde er sich verneigen. Trotzdem strahlte seine ganze Gestalt Wut aus, wodurch klar war, dass es für ihn noch nicht vorbei war. Ganz und gar nicht.

»Und was habt Ihr zu all dem zu sagen, Sir?«, richtete der König das Wort an Damien, nachdem er sich wieder dem Saal zugewandt hatte. »Wir haben bereits etwas über Euch gehört und wollen nun wissen, ob Ihr noch etwas hinzuzufügen habt, nachdem Ihr so eine gute Partie gemacht habt, ohne vorher Unsere Erlaubnis einzuholen?«

»Nein, Sire«, antwortete Damien mit leiser, doch fester Stimme. Einen Moment lang biss er die Zähne aufeinander, während er dem Drang widerstand, Hugh finster anzuschauen. Es wäre nicht klug, sich herausfordern zu lassen. Besser wäre es, einfach nur zu sagen, was gesagt werden musste, damit Alissendes und sein Schicksal nicht mehr auf Messers Schneide stünde. »Mylady hat bereits alles gesagt. Wir bitten Euch beide untertänigst um Verzeihung für unsere hastige Heirat, zu der uns unsere … Gefühle getrieben haben.«

King Edwards Gesicht verzog sich kurz, dann entspannten sich seine Züge wieder. Ungeduldig wedelte er mit der Hand, um sich dann mit leiser Stimme an jene zu wenden, die sich in seiner unmittelbaren Nähe befanden. »Na gut … aber Wir erinnern Euch daran, dass Ihr Euch in Zukunft sehr vorsichtig verhalten solltet. Wir haben keinen Langmut mehr in dieser Sache.«

Etwas lauter, damit ihn alle hören konnten, fügte er hinzu: »Wir waren zwar überrascht und verärgert, als Wir von Eurer

Heirat erfuhren, zu der Wir nicht Unsere Erlaubnis gegeben hatten, doch Uns bleibt jetzt keine andere Wahl, als der einzigen Macht, die über Uns steht – Gott und seiner Braut, der Heiligen Mutter Kirche – Unseren Gehorsam zu zollen, indem wir Eure Heirat anerkennen. Friede sei mit Euch und der widerwillige Segen Eures Königs.«

Alissende versank wieder in einem tiefen Knicks, und Damien verbeugte sich. Dann verließen sie den Audienzbereich vor dem Podest und zogen sich in den Hauptteil des Saales zurück, während der Herold den Namen des nächsten Turnierteilnehmers und dessen Gemahlin zur Aufwartung beim König ausrief.

Es war vorbei. Es schien unglaublich, aber sie hatten es hinter sich gebracht, ohne dass es zu einer Katastrophe gekommen war.

Damien führte Alissende fort und suchte nach einem stillen Flecken. Er war überrascht, dass der angesichts der vielen Menschen im Saal nicht weiter schwer zu finden war. Er blieb neben einem der langen Tische stehen, die an der Wand aufgestellt worden waren und auf denen sich die köstlichsten Leckereien türmten. Er ließ Alissendes Hand los und sah sie an.

»Das hast du gut gemacht.«

»Danke.«

Sie klang verhalten, und er suchte nach Anzeichen dafür, wie es ihr nach der Befragung, die sie über sich ergehen lassen mussten, ginge. Sie wirkte etwas erschöpft, was gewiss daran lag, dass sie dem Zorn des Königs ausgesetzt gewesen war.

»Du warst sehr überzeugend«, fuhr er fort, während er sie weiterhin musterte und sich fragte, ob sie irgendwelche Gründe nennen würde, die sie zu ihrer Rede veranlasst hatten. Was er wohl empfand, wenn sie es tat? Doch sie blieb still und sah auf ihre gefalteten Hände.

»Ich war beeindruckt«, meinte er nach einer Weile. »Du bist entweder eine sehr gute Lügnerin geworden, oder du …«

Ihr Kopf zuckte nach oben, sie funkelte ihn an und schnitt ihm damit den Rest seines Satzes ab, ehe sich ihre Wimpern wieder wie ein Schild senkten. Doch er hatte lange genug in ihre wunderschönen Augen gesehen, um dort die Antwort auf seine Frage zu finden, deren süße Wucht er bis in die Zehen zu spüren meinte.

Bei allen Heiligen …

»Man sagt eben das, was von einem erwartet wird, Damien«, murmelte Alissende schließlich so leise, dass er sie kaum verstehen konnte, da nun wieder überall im Raum geredet und Musik gespielt wurde.

»Mehr war also nicht? Du hast nur gesagt, was du meintest sagen zu müssen?«, bohrte er hartnäckig nach. Damit lenkte er ihren Blick wieder auf sich, hielt ihn fest und war gleichzeitig erleichtert und gereizt ob ihrer Antwort.

Ein sanfterer, besorgter Blick glitt über ihr Gesicht. »Damien, ich …«

»Verzeihung, Sir.«

Damien und Alissende drehten sich beide zu dem Pagen um, der sich ihnen unbemerkt genähert hatte. Er trug die Livree des Königs, doch Damien erinnerte sich nicht, den Jungen schon einmal gesehen zu haben. Das war natürlich nicht weiter verwunderlich in Anbetracht der zahllosen Bediensteten, die zum Gefolge des Königs gehörten. Doch über sein plötzliches Auftauchen hinaus schien der Junge nervös zu sein, und sein Blick huschte ständig zwischen Damien und Alissende hin und her, während sein Adamsapfel auf und ab hüpfte, als er mehrmals in schneller Folge schluckte.

»Seid Ihr Sir Damien de Ashby?«

»Ja. Was willst du?«, fragte Damien mit gerunzelter Stirn.

»Ich überbringe Euch eine Nachricht, Sir, von einem Eurer Männer, Sir Reginald. Euer Turnierross ist erkrankt, und Euer Mann ersucht Euch dringend, schnellstens in die Stallungen zu kommen, da die Gefahr besteht, dass Euer Pferd morgen nicht in der Verfassung ist, am Turnier teilzunehmen.«

»Was für eine Krankheit hat es?« Damien sah den Jungen finster an, und dieser wurde ganz bleich. Sorge und Zweifel rangen in Damien miteinander, während er auf die Antwort des Pagen wartete. Sein Wallach hatte in den letzten vier Monaten im Training gute Dienste geleistet, und als er vor ein paar Stunden bei ihm gewesen war, hatte er wohl und munter gewirkt.

»Das hat er nicht gesagt, Sir«, erwiderte der Junge, der wieder krampfhaft schluckte. »Er gab mir nur mit auf den Weg, dass er Euch nicht stören würde, wäre es nicht so dringend.«

Damien stieß einen unterdrückten Fluch aus. Dann schaute er Alissende an, und ihr ernster Blick spiegelte seine eigene Sorge wider.

»Geh«, drängte sie ihn, ehe er irgendetwas sagen konnte. »Ich werde in unser Zelt zurückkehren und auf Nachricht von dir warten.«

Seine Miene verfinsterte sich noch mehr. Das Ganze gefiel ihm immer weniger. Es war nicht weit von der Festung bis zum Turnierplatz und dem Feld, wo die Zelte der Wettkampfteilnehmer aufgebaut waren. Der Weg dorthin würde wahrscheinlich von Fackeln erleuchtet und kein bisschen einsam sein angesichts der erschienenen Menschenmenge. Trotzdem hasste er es, Alissende irgendwohin ohne Begleitung gehen zu lassen.

Der Page sah aus, als ob er es gar nicht abwarten konnte, wieder zu verschwinden, nachdem er seine Nachricht überbracht hatte, doch Damien hielt ihn noch einen Moment länger zurück. »Wie heißt du, Junge?«

»Simon, Sir.« Der Junge zerknautschte seine Mütze zwischen den Fingern und trat unruhig von einem Bein auf das andere.

»Hier, Simon«, sagte Damien und griff in seine Lederbörse, um eine Münze hervorzuholen. »Geleite Mylady zurück zu unserem Zelt, während ich mich um das Problem im Stall kümmere.«

»Das ist nicht nötig, Damien«, wandte Alissende sanft ein. »Niemand wird mich daran hindern, zu unserem Zelt zurückzukehren.«

»Trotzdem werde ich dafür sorgen, dass du immer unter Schutz stehst.«

Falls dies eine Falle sein sollte und Hugh versucht, dich so von mir zu trennen.

Obwohl er die Worte nicht laut ausgesprochen hatte, verstand Alissende und gab mit einem Nicken schweigend ihre Zustimmung.

»Bring sie schnell zurück, Simon, und weiche nicht vom Weg zum Zeltlager ab, sonst blüht dir eine Belohnung, die sich deutlich von der Münze unterscheidet, die ich dir gerade gegeben habe.«

»Ja, Sir – ich meine, nein, Sir. Ich werde Mylady direkt zu Eurem Zelt und den Bediensteten bringen, die dort auf sie warten.«

Damien nickte und legte einen Finger kurz an Alissendes Wange, dann wandte er widerwillig den Blick von ihr ab. Die ganze Sache gefiel ihm nicht, aber er hatte keine andere Wahl. Ohne Pferd würde er morgen nicht beim Turnier antreten können.

Um die Sache so schnell wie möglich zu erledigen und wieder bei Alissende zu sein, drehte Damien sich um und marschierte eilig an den Menschen im Saal vorbei, die ihm hinterherstarrten, als er in den dunklen Hof trat, der zu den Stallungen führte.

Damien kam der Weg ungewöhnlich verlassen vor, als er im schwachen Mondlicht und anhand verschwommener Erinnerungen die richtige Richtung suchte. Die Stallungen und Nebengebäude von Odiham lagen wegen des ungewöhnlichen achteckigen Grundrisses der Burg am äußersten Rand der Stützmauer, und Damien schalt sich selbst, weil er nicht früher daran gedacht hatte und dann zumindest eine Fackel hätte mitnehmen können.

Im Grunde wäre er nie auf den Gedanken gekommen, dass nur so wenige Bedienstete unterwegs sein würden. Aber vielleicht waren sie wegen der Eröffnungsfeierlichkeiten auch alle drinnen beschäftigt.

Bald würde er beim Stall sein. Er konnte bereits den flackernden Schein der Laternen erkennen und das leise Wiehern der Pferde hören. Doch dass Reginald ihm nicht entgegenkam, war ein schlechtes Zeichen. Wahrscheinlich bedeutete das, dass es dem Pferd schlechter ging, als er gedacht hatte, und Reginald bei ihm hatte bleiben müssen …

Das Zischen, das plötzlich hinter Damien ertönte, warnte ihn und ließ ihn in Habachtstellung gehen, ehe gleich darauf etwas Langes, Hartes auf seine Schulterblätter krachte. Was immer ihn getroffen hatte, verursachte entsetzliche Schmerzen, und er erkannte, dass er am unteren Bereich des Hinterkopfes getroffen worden wäre, hätte er nicht instinktiv auf die flüsternde Ankündigung des Schlages reagiert.

Damien wirbelte zu seinem unsichtbaren Angreifer herum. Geduckt erwartete er den nächsten Schlag und wünschte, er hätte genügend Zeit, um nach seiner Klinge zu greifen. Offensichtlich ging jemand mit einer Turnierlanze auf ihn los. Im nächsten Moment sah er sie auch schon wieder auf seinen Kopf zukommen. Außerdem erhaschte er einen Blick auf den kleinen, untersetzten Mann, der die Lanze schwang. Als er ihr auswich und unter ihr wegrollte, erkannte er im fahlen Licht des Mondes, der kurz hinter den Wolken hervorgekommen war, rotes Haar und funkelnde Augen.

Der Schlag hatte ihn verfehlt, aber er stieß mit einem zweiten Mann zusammen, den er in der Dunkelheit vorher nicht gesehen hatte. Doch, bei Gott, Damien spürte ihn, als die Faust des Mistkerls gegen seinen Kiefer krachte, während er noch versuchte taumelnd hochzukommen, um die beiden anzusehen. Der Schlag ließ Damien wieder zu Boden gehen und füllte seinen Mund mit dem metallischen Geschmack von Blut, während es in seinen Ohren zu klingeln begann. Doch er hatte keine Zeit zu reagieren, denn in dem Moment traf ihn aus einer anderen Richtung ein Tritt mitten im Bauch, der glühend heißen Schmerz entfesselte und seinen Atem zu einem erstickten Grunzen reduzierte.

Verdammt, es waren drei.

Während er zusammengekrümmt auf die Seite rollte, durchdrang diese Erkenntnis schwach sein von Schmerz betäubtes Hirn, während die Schläge auf ihn niederzugehen begannen. Zu seinem Glück erwachte im selben Moment, in dem er einen gequälten Atemzug holte, etwas in ihm zum Leben. Sein Kampfeswille meldete sich zu Wort und wuchs zu einer flammenden Glut wie damals unter den höllischen Qualen der Inquisition. Doch im Gegensatz zu damals wurde er jetzt nur von seinem eigenen Schmerz gefesselt.

Und – so wahr ihm Gott helfe – das würde ihn nicht aufhalten.

Mit einem Knurren reinster Wut sprang Damien auf und ließ die Fäuste fliegen. Den einen Angreifer traf er an der Brust und streckte ihn rücklings zu Boden, während er gleichzeitig dem zweiten den Absatz gegen das Knie stieß. Damien hörte den erstickten Schrei des Mannes, als das Gelenk brach. Der Mann stürzte zu Boden, doch ehe Damien auch nur mehr machen konnte, als Luft zu holen, gingen die beiden anderen Angreifer auch schon wieder auf ihn los.

Mit kampfgeschärften Sinnen nahm er es mit ihnen auf. Er packte die Lanze und riss sie an sich, ehe er wieder von ihr getroffen werden konnte.

Ah – jetzt hatte er zumindest eine Waffe.

Sie wussten es noch nicht, aber selbst bei drei gegen einen waren die Chancen jetzt ausgeglichen. Genussvoll setzte er die Lanze ein und ließ sie mit einer Genauigkeit, die aus unzähligen Übungsstunden und vielen Kämpfen im Laufe der letzten zehn Jahre herrührte, in die schattenhaften Ziele krachen.

Doch dann war es fast so abrupt, wie er den Kampf zu seinen Gunsten hatte wenden können, auch schon vorbei.

Er hörte ein ersticktes Grunzen, dem ein leise hervorgestoßener Rückzugsbefehl von einem der Männer, mit denen er kämpfte, folgte. Derjenige, dessen Knie er zerschmettert hatte, schien verschwunden zu sein. Die beiden anderen stellten unvermittelt ihren Angriff ein. Er erwischte ein Stück der Tunika von einem der Männer, als diese sich zur Flucht wandten, denn er wollte wissen, warum sie ihn angegriffen hatten. Doch der Schuft riss sich los, und Damien blieb außer einem Stück Stoff nur leere Luft.

In der Ferne meinte Damien eine Tür schlagen zu hören und ein Krabbeln, als würde jemand über eine Mauer oder ein Tor klettern. Dann war alles still.

Sein Atem ging in keuchenden Stößen, und die Brust war

ihm eng. Der Zorn, der ihm beim Durchhalten geholfen hatte, verebbte, sodass nur pochender und bohrender Schmerz von den zugezogenen Verletzungen blieb.

Es tat entsetzlich weh … an zu vielen Stellen, um sie zählen zu können.

Mit einem erstickten Stöhnen sank Damien auf die Knie und versuchte seine wirren Gedanken zu ordnen. Er brauchte keinen klaren Kopf, um zu wissen, dass es hier nicht darum gegangen war, zur falschen Zeit am falschen Ort zu sein. Keiner der Angreifer hatte auch nur vorgegeben, es auf seine Geldbörse abgesehen zu haben.

In diesem Moment blickte er auf das Stück Stoff hinunter, das er immer noch umklammerte. Die Wolkendecke riss wieder auf, sodass fahles Mondlicht den Fetzen beleuchtete, den Damien einem seiner Angreifer aus dessen Kleidung gerissen hatte. Es war ein goldfarbener Stoff mit roten Streifen.

Hughs Farben.

Der Mistkerl war demnach noch hinterhältiger, als sogar Damien gedacht hatte. Er schloss die Augen und atmete gleichmäßig und langsam durch. Es hatte keinen Sinn, sich jetzt darüber aufzuregen. Besser, er sparte seine Wut für einen Moment auf, in dem sie ihm etwas nützte. Zum Beispiel morgen, wenn er sie gegen Hugh zum Einsatz bringen konnte.

Damien hob eine Hand an die Stirn und zuckte zusammen, als seine Finger eine klaffende Wunde über der Augenbraue ertasteten. Deshalb hatte er also während des Kampfes ständig blinzeln müssen. Vorhin hatte er noch gedacht, es wäre Schweiß, der seine Sicht behinderte. Er spie aus und stellte fest, dass durch den Schlag des zweiten Schuftes an seinen Kiefer auch sein Mund voller Blut war.

Er unterdrückte einen Fluch. Wie sehr auch sein Kopf schmerzen mochte, so ging es dem Rest seines Körpers doch noch schlimmer. Er würde wohl erst in frühestens einer Stunde wirklich abschätzen können, wie schwer er verletzt war, doch ihm war schon jetzt klar, dass er sich mindestens eine Rippe gebrochen hatte. Das erkannte er an dem stechenden Schmerz, der ihn jedes Mal durchzuckte, wenn er versuchte tief genug Luft zu holen, um nach einem seiner Männer in den Stallungen zu rufen. Diese waren immer noch hundert oder mehr Schritte entfernt – zu weit weg, als dass einer von ihnen die Prügelei gehört haben könnte.

Er versuchte noch einmal, tief Luft zu holen, doch wieder war da dieser stechende Schmerz, der sofort Übelkeit in ihm aufsteigen und ihm schwarz vor Augen werden ließ. Offenbar würde er es auf diese Weise nicht schaffen, Hilfe herbeizurufen.

Nein, er würde wieder auf die Beine kommen und hingehen müssen.

Er biss die Zähne zusammen und richtete sich mühsam auf, wobei er sich von seiner Wut antreiben ließ. Er schlang einen Arm um seine schmerzenden Rippen und setzte sich Richtung Stall in Bewegung. Vielleicht war der Angriff als Vergeltungsmaßnahme für die Beleidigungen gedacht gewesen, mit denen er Hugh heute in der Nähe des Kräutergartens bedacht hatte. Oder vielleicht war es auch einfach nur Hughs Versuch, ihn einzuschüchtern oder dafür zu sorgen, dass er am morgigen Turniertag nicht gegen ihn antreten konnte.

Er konnte jedoch auch nicht die Möglichkeit außer Acht lassen, dass es bei diesem feigen Angriff nur darum gegangen war, ihn lange genug von Alissende zu trennen, damit Hugh an sie herankam. Dieser beängstigende Gedanke verlieh ihm die Kraft, noch schneller zu gehen.

Ja, er würde es bis zu den Stallungen schaffen. Er würde seine Männer ausfindig machen und mehrere zum Zelt vorausschicken, denn er wusste, dass sie viel schneller dort und bei Alissende sein konnten als er in seinem jetzigen Zustand.

Und dann würde er es Hugh heimzahlen.

Bei Gott, ob verletzt oder nicht, morgen würde er Hugh de Valles, Lord Harwick, den feigen Hinterhalt, zu dem er heute Nacht angestiftet hatte, büßen lassen.

Und er würde jeden Moment dabei genießen.

Kapitel 15

Alissende ging im engen Zelt auf und ab und atmete den beruhigenden Duft der Bienenwachskerzen ein, die sie von zuhause mitgebracht hatte. Dabei versuchte sie, sich mit der Beobachtung der Schatten abzulenken, die sich durch die sorgfältig aufgestellten, flackernden Kerzen auf der Zeltwand dehnten und streckten.

Hin und wieder schaute sie zu Edmee hin, die sich offenkundig sehr bemühte, sich mit irgendeiner Stickerei zu beschäftigen, obwohl man deutlich erkennen konnte, dass auch sie nicht ganz bei der Sache war. Mehr als eine halbe Stunde war kein Wort gewechselt worden, seitdem Alissende zum Zelt zurückgekehrt war. Simon hatte sie zurückgebracht. Nachdem er zum Abschied die Finger an die Stirn gelegt und den Kopf kurz gebeugt hatte, war er zur Burg zurückgestürmt und hatte dabei so ausgesehen, als fürchtete er, die Höllenhunde des Hades könnten aus der Dunkelheit auftauchen, um ihn zu verfolgen.

Es sah Damien gar nicht ähnlich, so lange auszubleiben, ohne sich in irgendeiner Form zu melden. Die Stallungen waren weniger als zehn Minuten vom Übungsplatz und dem angrenzenden Zeltlager entfernt, und sie hatte angenommen, dass er ihr zumindest eine kurze Nachricht durch einen seiner Männer würde überbringen lassen, falls die Lage in Bezug auf sein Pferd so ernst war, dass er nicht selber kommen konnte.

Das ließ nichts Gutes ahnen.

Edmee erstarrte und ließ die Stickarbeit in ihren Schoß fallen. »Hört Ihr das, Lady Alissende?«

Auch Alissende blieb stehen und rührte sich nicht mehr, während sie zu erkennen versuchte, was ihre Magd vernommen hatte. Sie runzelte die Stirn und hörte nur die für ein Zeltlager üblichen Geräusche: das durch den Wind hervorgerufene Rascheln des Zeltstoffes, das Klappern von Töpfen und das leise Murmeln der Dienstboten, die sich unterhielten, während sie auf die Rückkehr ihrer Herren und Herrinnen vom königlichen Empfang warteten.

»Da … ich habe es wieder gehört, Mylady … jemand ruft Euren Namen!«

Dieses Mal bemerkte auch Alissende es. Der Ruf war leise und die Stimme ihr unbekannt, doch dann war sie deutlicher zu hören, als sie ihren Namen wiederholte, weil derjenige, der ihn rief, wohl nähergekommen war.

Alissende sprang auf, rannte zum Zelteingang und riss die Klappe weg. Sie war froh, dass mehrere Fackeln den Weg zwischen Burg und Zeltlager beleuchteten, damit die edlen Gäste nach dem Empfang beim König zu ihren Quartieren zurückfanden.

»Lady Alissende – Mylady!«, rief jemand mit gedämpfter Stimme, damit die Dienstboten aus den umliegenden Zelten nichts mitbekamen.

Da endlich erblickte Alissende eine Gestalt den Weg herunterrennen. Leicht erschreckt wich sie einen Schritt zurück, ehe sie erkannte, dass es einer ihrer Männer aus Glenheim war, der vom Waffenkönig ein Schlaflager bei den Turnierpferden in den Stallungen zugewiesen bekommen hatte.

»Was ist los, Bernard – wo ist Sir Damien?« Forschend glitt ihr Blick über sein Gesicht, während sie darin nach einer Erklärung für sein seltsames Verhalten suchte.

»Geht es Euch gut, Mylady? War hier alles ruhig?«, fragte er und holte dabei keuchend Luft. Sie merkte, dass er ihre Frage nicht beantwortet hatte, sondern mit der Hand am Schwertheft den Blick schweifen ließ, als halte er nach irgendwelchen Eindringlingen Ausschau.

»Alles ist ruhig, und es sind nur ich und Edmee hier, die auf Nachricht warten.« Sie trat einen Schritt näher und zwang damit Bernard, ihr in die Augen zu sehen. »Wo ist Sir Damien, Bernard? Ich will das jetzt sofort wissen.«

»Verzeiht, Mylady. Ich habe nur Sir Damiens Befehl befolgt und musste erst herausfinden, ob bei Euch alles in Ordnung ist, ehe ich Euch antworten konnte«, murmelte Bernard, der jetzt wieder zu Atem gekommen war und deutlich selbstsicherer wirkte, nachdem er wusste, dass seiner Herrin nichts passiert war. »Er ist an einer dunklen Stelle des Burghofes von drei Schurken angegriffen worden, die sich ihm nicht zu erkennen gegeben haben. Er glaubt, dass Lord Harwick hinter dem Angriff steckt, und hatte Angst, dass Euch auch etwas passiert sein könnte. Deshalb hat er mich vorausgeschickt, um nach Euch zu sehen.«

»Dann ist er also verletzt?«, fragte Alissende und packte Bernards Ärmel. »Gütiger Himmel, wo ist er – welcher Art sind seine Verletzungen?«

»Er kann selbst laufen, Mylady, und kommt gleich nach. Er hat zwar jegliche Hilfe zurückgewiesen, doch man muss sich um ihn kümmern, sobald er hier beim Zelt ist«, erwiderte Bernard mit ernster Miene. »Ihr haltet am besten Eure Heilmittel bereit, denn es ist möglich, dass er sich außer den Schnittwunden und Prellungen, die man sofort sieht, noch weitere Verletzungen zugezogen hat.«

Der Himmel habe Erbarmen …

Nachdem Alissende Edmee zugerufen hatte, das Kästchen

mit den Kräutern und Heiltränken zu holen, wollte sie sich Richtung Burg in Bewegung setzen. Sie war fest entschlossen, gleich zu Damien zu laufen und ihm zum Zelt zurückzuhelfen, ob er nun die Hilfe seiner Männer eigensinnig abgelehnt hatte oder nicht. Doch sie wurde von Bernard aufgehalten.

»Nein, Mylady. Ich bedaure, aber ich kann Euch nicht erlauben, dieses Zelt zu verlassen.«

»Aber gewiss doch«, erwiderte sie und entriss ihm ihren Arm, während sich ihre rechtschaffene Wut auf ihm entlud. »Ich bin die Herrin, und ich gebe die Befehle. Etwas anderes steht hier nicht zur Debatte.«

»Der Herr, Euer Gatte, hat mir verboten, Euch irgendwohin gehen zu lassen, und mir mit dem Tod gedroht, wenn ich seinem Befehl nicht Folge leiste. Er ist jetzt das Oberhaupt, und nach Recht und Gesetz muss ich an erster Stelle seinen Befehlen gehorchen, Mylady.«

Dieser halsstarrige, sture Narr …

Doch bevor sie sich noch weiter mit Bernard streiten konnte, bemerkte sie, dass sich am Rande des Zeltlagers etwas bewegte, und sie und Bernard drehten sich zu den drei nebelhaften Gestalten um, die sich ihnen näherten. Alissende schlug das Herz bis zum Hals, und sie meinte keine Luft mehr zu bekommen. Zwei weitere Männer aus Glenheim gingen mit Damien in der Mitte den Weg entlang. Sie kamen sehr langsam voran, obwohl Damien, wie Bernard gesagt hatte, aus eigener Kraft ging.

Als sie näherkamen, keuchte Alissende laut auf und rannte trotz Damiens Befehl los. Dabei war es ihr egal, welchen Eindruck ihr Verhalten auf irgendwelche zufällige Beobachter machen mochte. Er hatte eine Schnittwunde über der Augenbraue, die sich bereits verfärbte, sowie eine aufgerissene Lippe, doch das wilde Funkeln in seinem Blick hielt sie davon ab, sich hier draußen in irgendeiner Form um ihn zu kümmern, wie er es sich auch von seinen Männern verbeten hatte, sich stützen zu lassen.

»Wo bist du verletzt?«, fragte sie ruhig, während sie die Klappe des Zeltes aufhielt, nur seinen Arm nahm und ihm auf das etwas erhöht stehende Feldbett half, sobald sie im Innern des Zeltes waren.

»Überall«, antwortete er gequält, während er sich mit größter Vorsicht auf der Federmatratze niederließ, um dann zischend auszuatmen, als er den um die Rippen geschlungenen Arm sinken ließ.

»So, dann will ich dir mal beim Ausziehen helfen, damit ich mir deine Verletzungen besser anschauen kann«, murmelte Alissende, während sie sanft an einem Ärmel zu ziehen begann.

Damien machte sich ganz steif, aber irgendwie wusste sie, dass nicht der Schmerz der Grund dafür war.

»Vielleicht wäre es besser, wenn einer meiner Männer mir dabei behilflich ist«, meinte er ruhig und bedachte sie mit einem Seitenblick. »Ich würde dich nicht damit, was du zu sehen bekommst, erschrecken wollen.«

»Unsinn. Als ich lernte, mit Nadel und Faden umzugehen, habe ich bereits meine erste Wunde genäht, und als Herrin einer Festung habe ich unzählige Prellungen verarztet. Du brauchst dir keine Sorgen zu machen, du würdest mein Feingefühl in irgendeiner Form verletzen.«

»Ich bezog mich nicht auf die neuen Wunden, Alissende.«

Endlich begriff sie, was Damien ihr sagen wollte – dass es ihm um die Narben auf dem unteren Teil seines Körpers ging, die sie noch nicht gesehen hatte. Sie erinnerte sich, dass er nie zugelassen hatte, dass sie ihn bei hellem Licht ganz nackt sah. Nein, sogar wenn sie sich liebten, hatte er immer die Bettvorhänge zugezogen, sodass sie beide ins Dunkel gehüllt waren.

Sie erinnerte sich daran und zögerte dann keine Sekunde.

»Es gibt niemanden außer mir, der sich um dich kümmern könnte, Damien.« Sie schaute ihm fest in die Augen, während sie sprach, damit er ihr auch wirklich glaubte. Zwar würde es sie bestimmt betroffen machen, wenn sie sah, was man ihm angetan hatte, aber der Anblick würde sie eher mit Wut über die Grausamkeit der Menschen erfüllen, denn mit Abscheu.

Offensichtlich hatte er zu große Schmerzen, um weiter mit ihr zu diskutieren, denn er nickte nur und gab ihr die Erlaubnis, die anderen wegzuschicken, damit sie sich um ihn kümmern konnte.

Schnell hatte sie sich davon überzeugt, dass sie alles Nötige an Kräutern, Wein und Wasser dahatte, um daraus Salben und einen Heiltrank zu bereiten oder auch Umschläge für Brüche zu machen, die er sich unter Umständen zugezogen hatte. Nach der gemurmelten Anweisung an Edmee, Bernard und die beiden anderen Gefolgsmänner, sie bis zum Morgen nicht zu stören, außer wenn sie nach ihnen riefe, scheuchte Alissende sie aus dem Zelt und band die Klappe zu. Dann drehte sie sich mit in die Hüften gestützten Händen zu Damien um.

»Ehe wir anfangen, solltest du einen Sud aus in Wein gelösten Kräutern zu dir nehmen. Das hilft gegen die Schmerzen.« Mit diesen Worten ging sie mit langen Schritten zu der Kiste mit Kräutern, die Edmee für sie geholt hatte, maß etwas Pulver von Schafgarbe und Schwarzwurz für die Behandlung von Prellungen und Brüchen ab und rührte es in einen Becher mit Wein. »Vielleicht würde es aufgewärmt und mit etwas Honig versetzt besser schmecken, aber ich halte es nicht für klug, wenn du mit der Einnahme noch länger warten würdest.«

Daraufhin streckte Damien die Hand nach dem Becher aus

und stürzte den Inhalt in einem Zug hinunter. Er verzog angewidert das Gesicht. »Das Heilmittel scheint mir fast schlimmer als die Verletzung, meine Liebe.«

»Du gewöhnst dich besser daran«, entgegnete sie und unterdrückte ein Lächeln, als sie ihm den leeren Becher abnahm und die restlichen Sachen zusammensammelte, die sie für die Verarztung seiner Verletzungen brauchen würde.

»Warum?«

»Weil du diesen Heiltrank zweimal am Tag zu dir nehmen wirst, bis es dir wieder gut geht.«

»Darüber werden wir uns später noch einmal unterhalten, wenn ich mich wieder kräftiger fühle«, sagte er und griff dabei nach der Platzwunde an seiner Stirn. »Vielleicht morgen, wenn ich mich darauf vorbereite, deinem Cousin die Abreibung seines Lebens zu verpassen.«

»Das meinst du nicht ernst!«

Damien sah sie wieder an und zuckte bei der schnellen Bewegung zusammen, ehe er antwortete: »Du kannst doch nach allem, was er getan hat, nun wirklich kein Mitgefühl mehr mit ihm haben, Alissende.«

»Nein«, erwiderte sie hitzig. »Es wäre mir eine Freude, wenn man ihm auf dem Turnierplatz oder sonst wo eine Demütigung zufügt. Aber du beabsichtigst doch wohl nicht allen Ernstes, in diesem Zustand morgen am Turnier teilzunehmen?«

Er gab einen höhnischen Laut von sich. »Natürlich tue ich das. Es gibt ja wohl nichts, was ich sonst tun könnte, ohne dabei meine Ehre zu verlieren.«

»Aber du bringst dich um, wenn du versuchst mit diesen Verletzungen zu kämpfen!« Sie sah ihm jetzt direkt in die Augen und legte die Tiegel und Verbände auf den Tisch neben dem Bett. »Und damit erreichst du genau das, was Hugh gerne möchte.«

»Keine Angst, Hugh wird im Verlauf der nächsten Woche der Turnierwettkämpfe genau das von mir bekommen, was er verdient.«

Damiens Tonfall jagte ihr einen Schauer über den Rücken, und sie merkte, wie dankbar sie dafür war, ihm nie auf dem Schlachtfeld gegenübertreten zu müssen. Sie sah ihn an und beobachtete, wie sein Blick noch eindringlicher wurde … obwohl er offensichtlich gerade wieder eine Schmerzattacke durchlitt, was sie nur daran merkte, dass sein Atem ganz leicht ins Stocken geriet.

»Was meine Wunden betrifft«, fuhr er fort und zog dabei eine Augenbraue hoch, »musst du erst einmal nachschauen, wie schlimm sie überhaupt sind. Bis auf diese Rippe und ein paar Platzwunden, die genäht werden müssen, dürfte da eigentlich nicht viel sein.«

»Wir werden sehen.« Sie schürzte die Lippen und schüttelte angesichts seiner Sturheit den Kopf. »Dann komm, lass uns weitermachen.«

Als Erstes reinigte sie die Platzwunde über seinem Auge mit einer Tinktur aus Thymianöl und Wasser. Während der Prozedur gab er keinen Laut von sich, obwohl sie wusste, dass es bestimmt brannte. Er zuckte noch nicht einmal zusammen, als sie zerstoßene Nelken auf den Schnitt an seiner Lippe drückte, um die Stelle zu reinigen und gleichzeitig den Schmerz zu betäuben. In offenen Wunden brannten Nelken sogar noch mehr als Thymianöl, das wusste sie aus eigener Erfahrung. Es war so schmerzhaft, dass ihre Augen im letzten Winter, als sie ihre aufgerissenen Lippen damit behandelt hatte, ganze zehn Minuten lang getränt hatten. Doch er zuckte noch nicht einmal zusammen.

Alissende war von seiner Selbstbeherrschung beeindruckt und bedeutete ihm, seinen rechten Arm auszustrecken – mit dem linken schien er in Schonhaltung zu verharren – um ihm beim Entkleiden zu helfen. Ihn seiner Tunika, des Hemdes und der Hosen zu entledigen, war gar nicht so schwer, wie sie angenommen hatte. Allerdings hatte sie den Verdacht, dass dies eher mit seinem stoischen Ertragen von Schmerzen zu tun hatte, denn mit ihrem Geschick. Sie sah, wie er die Lippen zusammenpresste, und hörte, wie ihm immer wieder der Atem stockte, wenn er sich in einer für ihn unangenehmen Weise bewegen musste.

Bald war er bis auf das Lendentuch komplett ausgezogen, und sie sah wieder das Narbengewirr auf seinem Körper, diese schreckliche Erinnerung an die Qualen der Inquisition. Es war von mehreren frischen Verletzungen übersät und mindestens einer schweren Prellung über den Rippen. Was sie bisher jedoch nicht hatte sehen dürfen, waren die Narben, die sich von seinem Rumpf bis nach unten zu seinen Oberschenkeln hinzogen und nur von seinem Lendentuch etwas verdeckt wurden. Ihre Augen brannten, und sie musste sich von innen auf die Wangen beißen, um nicht ihre Gefühle zu zeigen, sondern ihn so ruhig und methodisch zu behandeln, wie es am besten war.

»Es tut mir leid, dass ich dich aus der Fassung gebracht habe, Alissende«, meinte er leise. Sie sah ihn an und merkte, dass er sie beobachtet hatte, um ihre Reaktion abschätzen zu können.

»Ich bin nicht so bestürzt, wie du denkst. Wirklich nicht.«

Sie hatte es geschafft, etwas zu sagen, aber sogar sie merkte, wie heiser ihre Stimme dabei geklungen hatte. Er würde denken, dass sie gelogen hatte, genauso wie in dem Moment, als sie vor dem König gestanden und sie als Grund für die Heirat Liebe angegeben hatte. Es war wohl besser so. Besser, als wenn er die Wahrheit geahnt hätte – dass nämlich ihre Worte weit davon entfernt waren, eine Lüge zu sein, sondern der Wahrheit entsprachen.

»Ich hatte gehofft, vermeiden zu können, dass du das alles siehst.« Sein Lachen klang sehr verhalten. »Ich weiß, dass der Gegensatz zu dem Mann, der ich einst war, groß ist. Wenn diese Narben bedeckt sind, ist es zumindest einfacher für mich, mich vor mir selbst zu verstecken … und auch vor dir.« Sie saß neben ihm auf dem Bett, als er den Blick auf sie richtete, und sie sah, wie leicht bedrückte Belustigung mit tief sitzender Scham in seinen Augen miteinander rangen. »Ich fände es gut, wenn du schnell machen könntest, damit du den Anblick nicht länger als nötig ertragen musst.«

Sie zögerte einen Moment und sann eine Weile darüber nach, was er gerade gesagt hatte. Dann entschied sie, dass sie es nicht unkommentiert stehen lassen konnte. Vielleicht musste sie ihm einen kurzen Blick in ihr Herz gewähren, wenn sie ihm ihre Gedanken zu dieser Sache mitteilte, und das war immer gefährlich. Aber sie erkannte, dass sie nicht weitermachen konnte, ohne ihm ihre Meinung zu diesem Thema zu sagen.

»Du sprichst häufig von diesem anderen Mann, zu dem du geworden bist, Damien«, erwiderte sie schließlich ruhig, »doch ich muss dir sagen, dass diese äußerlichen Veränderungen – die Narben von all den Wunden, die dir zugefügt worden sind – mich nicht in der Weise berühren, wie du meinst. Wenn ich sie sehe, empfinde ich keinen Ekel, ja, noch nicht einmal Mitleid. Nein, in mir ist dann nur Wut darüber, was du hast erdulden müssen. Weißt du das denn nicht?«

Sie musste blinzeln, zwang sich aber, seinem Blick standzuhalten, während sie auch den Rest sagte, der ihr so schwer fiel. »Du musst eine Sache ein für alle Mal begreifen, Damien … meine Gefühle für dich hatten nie etwas mit deinem Aussehen zu tun. Ich will nicht leugnen, dass du für mich immer ein gut aussehender Mann warst, aber das hat sich auch jetzt nicht geändert. Ich finde dich immer noch sehr attraktiv, was du ja bestimmt auch bemerkt hast, wenn wir nachts allein in unserem Bett waren.«

Sie nahm den Tiegel mit der Salbe und eine aufgerollte Bandage, als sie mit ernster Miene mit den Worten schloss: »Mehr will ich dazu nicht sagen, Damien, aber es ist mir wichtig, dass du dir darüber im Klaren bist, wenn schon über nichts anderes.«

Er sah sie an, als wären ihr Federn aus dem Kopf gewachsen, blieb aber im Angesicht ihrer Erklärung still. Das überraschte sie, denn eigentlich kannte sie ihn als einen Menschen, der nie ein Problem damit hatte, seine Meinung zu egal welchem Thema zu sagen.

Alissende war ein bisschen verlegen, weil sie ihm Einblick in jene innersten Gefühle gewährt hatte, die auf ihn gerichtet waren, und wich seinem Blick aus, obwohl sie spürte, dass er warm auf ihr ruhte. Sie konzentrierte sich lieber auf seine Verletzungen, trug Salbe auf die Schürfwunden an seinen Beinen auf, nähte den Schnitt über den Rippen und legte einen festen Verband an, nachdem sie noch einen mehrfach zusammengelegten Streifen Stoff über die dick mit Salbe versehene Wunde gelegt hatte.

Er stöhnte einmal kurz auf, als sie den Verband ein bisschen zu stramm zog, aber abgesehen davon gab er ziemlich wenig in den Minuten nach ihrer Erklärung von sich …

Bis sie ihm half, sich auf dem Rücken auszustrecken, nachdem alle Stellen verarztet waren, und sie zufällig in Richtung seiner Taille sah. Da war schon eine Reaktion zu sehen, nur bestand sie nicht aus Worten. Nein, das war eine rein körperliche, sehr männliche Reaktion auf die Fürsorge, die sie ihm gerade hatte angedeihen lassen. Alissende spürte, wie ihre offenbar ständig geröteten Wangen auch noch heiß wurden, als sie versuchte, überall anders hinzuschauen, nur nicht zu der harten, riesigen Schwellung, die gegen sein Lendentuch drückte. Damien hatte ihr in den letzten Tagen selten gestattet, ihn anzufassen, sondern hatte sich in den Momenten ihres sinnlichen Beisammenseins darauf konzentriert, ihren Körper zu erforschen. Aber sie genoss diese Seite an ihm. Oh ja, sie genoss es sehr. Sie würde nie den Schock und das Erstaunen vergessen, als sie – noch unschuldige Jungfrau – diesen eindeutigen und sehr beeindruckenden Beweis seines Verlangens nach ihr gesehen hatte.

Sie wurde schier von der Sehnsucht, ihn genau jetzt zu berühren, überwältigt, aber sie hielt sich zurück, denn sie hatte das Gefühl, dass ein solches Verhalten weder besonders taktnoch verständnisvoll war, wenn man bedachte, dass er wahrscheinlich gerade ziemlich starke Schmerzen hatte.

In dem verzweifelten Bemühen, das Problem irgendwie zu lösen, griff sie nach dem Laken und zog es ihm bis zur Taille hoch, um sich dann ihren Salben und Tinkturen zuzuwenden, die sie wieder wegpacken wollte. Sein unterdrücktes Lachen ließ sie innehalten, und ihr Blick fuhr zu ihm herum. Sie war mehr als nur ein wenig streitlustig gestimmt und durchaus darauf eingestellt, ihn in seine Schranken zu weisen, falls es erforderlich sein würde.

Seine Augen begannen zu funkeln, als er ihren wütenden Blick sah, und sie war kurz davor, eine scharfe Bemerkung von sich zu geben, als sie sich noch einmal anschaute, was sie mit dem Laken angerichtet hatte. Und da stellte sie dann fest, dass er gar nicht über sie lachte.

Das über seine steil aufgerichtete Erektion gezogene Laken wirkte etwas lächerlich, um es einmal vorsichtig auszudrücken. Der Stoff, der ihn eigentlich hatte bedecken und verhüllen sollen, erweckte nun den Eindruck, man hätte es mit einem

Zelt in Miniaturausgabe zu tun, bei dem die Zeltbahnen über einen mächtigen Mittelpfosten drapiert worden waren.

»Mich dünkt, er lässt sich nicht verstecken«, meinte Damien und verzog dabei das Gesicht. »Er scheint wie immer seinen eigenen Kopf zu haben, wenn es um dich geht.«

»Oh, ich … ich glaube, ich könnte – das heißt, ich …«

Alissende hatte das Gefühl, ihre Wangen würden in Flammen stehen, während sie stotterte und sich krampfhaft bemühte, nicht in hilfloses Kichern auszubrechen.

»Da hilft nur eins«, seufzte Damien, in dessen Stimme immer noch eine gewisse Erheiterung mitschwang. Doch während er ihren Blick festhielt, zog er eine Braue hoch und legte den Kopf leicht zur Seite, als er gestand: »Na ja, vielleicht gibt es auch zwei oder drei Möglichkeiten. Aber ich versichere dir, dass die erste eindeutig erfreulicher ist als die anderen.«

Alissende hielt erst den Atem an und fragte dann kühn: »Ich glaube, ich weiß, um welche es bei der ersten Möglichkeit geht, aber sag mir doch bitte, welche die anderen sind.«

»Ein eisiges Bad zum einen.« Damiens Gesicht war völlig ausdruckslos bis auf dieses Funkeln in seinen Augen. »Das könnte jedoch ein bisschen schwierig sein, da es im Hochsommer nicht so viel kaltes Wasser gibt … ganz abgesehen davon, dass das bei einem Bettlägerigen nicht so leicht zu bewerkstelligen ist. Denn da wird nicht nur der Mann ganz nass, sondern auch die Matratze.«

Nun zog auch sie eine Augenbraue hoch und stellte fest, dass sie das Ganze ziemlich genoss. »Du bist jetzt also bettlägerig, ja?«

»Ja, Mylady. Ich muss leider feststellen, dass meine Verletzungen mir verbieten aufzustehen.« Wieder flackerte es in seinen Augen, und seine Mundwinkel verzogen sich zu einem schelmischen Grinsen. »Ich bin dir völlig ausgeliefert.«

»Hmmmmm«, meinte sie und legte den Finger an die Lippen, während sie so tat, als würde sie angestrengt nachdenken. Die Vorstellung, diese Macht über ihn zu haben, war in Wahrheit seltsam erregend. »Was macht man denn dann in so einer Situation?« Sie warf ihm einen Blick zu, als wäre ihr plötzlich eine Idee gekommen. »Ich weiß! Ich werde hiermit anfangen …«

Sie zog das Laken so weit herunter, dass sie an die Bänder kam, die das Lendentuch vorne zusammenhielten, löste sie und zog sie auseinander, während sie die ganze Zeit aufpasste, Damien ja nicht zu berühren – noch nicht einmal durch den Stoff. Sie schaute zu ihm auf und verlor dabei fast den Mut, weiterzumachen, als sie die sengende Glut in seinen Augen sah. Seine Bauchmuskeln spannten sich zitternd an, während sie sich vorarbeitete. Doch er sagte immer noch nichts, noch gab er irgendein anderes Geräusch von sich als das flache, gleichmäßige Rauschen seines Atems.

»Dann wollen wir doch mal schauen«, murmelte sie. »Im Anschluss daran sollte ich jetzt wohl dies hier machen …«

Die Lust, die auch in ihr erwacht war, ließ ihre Stimme heiser klingen, als sie nach den Rändern seines Lendenschurzes griff und ihn weiter aufzog. Dann zog sie ihn mit einem Ruck nach unten über seine Hüften, sodass seine Erektion hervorschnellte. Er war so steif, dass sein langer Schaft durch die Bewegung wippte. Sie berührte ihn zwar immer noch nicht, doch sie konnte nicht verhindern, dass ihre Augen bei dem herrlichen Anblick, der ihr so lange verwehrt worden war, ganz groß wurden, und sie stieß einen bewundernden Seufzer aus.

Daraufhin verzogen sich Damiens Lippen wieder, doch diesmal in einer selbstzufriedenen Weise, und sie verspürte einen Anflug von Verärgerung, dass sie so viel von ihren Gedanken preisgegeben hatte. Na schön. Sie wusste schon, wie sie die Kontrolle wieder in die Hand nehmen konnte. Sogar buchstäblich.

»Nun denn …«, meinte sie und reizte ihn weiter mit einer besonders gedehnten Sprechweise. »Ich frage mich, was wohl passiert, wenn ich das hier mache …«

Bei diesen Worten strich sie mit der Handfläche sanft, aber fest über seinen angespannten, geschwollenen Schaft und verspürte eine heftige Befriedigung, als er die Augen schloss und keuchend Luft holte, weil er ihre Berührung so sehr genoss.

Aber das reichte noch nicht.

Sie legte ihre Hand sanft um seinen Schaft und bewegte sie dann nicht mehr. Nein, nicht einen Finger, bis er endlich die Augen aufriss. Da sah sie ihm tief in die Augen und fragte mit süßer Stimme: »Mache ich bisher alles richtig, Damien? Helfe ich dir damit?«

»Ja.« Seine Gesichtszüge wirkten fast schmerzverzerrt. »Alles wunderbar – aber ich glaube, es würde nicht schaden, wenn du deine … Hilfe … fortsetzen würdest.«

Wenn seine Stimme eben schon angespannt geklungen hatte, dann wirkte sie jetzt eindeutig erstickt.

Sie schenkte ihm ein strahlendes Lächeln und erwiderte: »Oh, meinst du vielleicht, dass ich das hier tun sollte?« Sprach's und packte seine Erektion fester, um ihre Hand daran auf und ab gleiten zu lassen, sodass sich ihm ein leises Stöhnen entrang, das voll schmerzlicher Ekstase war. Das war Musik in ihren Ohren.

Der Klang, der Anblick und das herrliche Gefühl, wie er sich vor Verlangen durch ihre Berührung wand, spornte Alissende an. Sie strich weiter über sein festes Fleisch, liebte ihn mit ihren Händen und murmelte sanfte Liebkosungen, während sie ihn an den Rand der Erfüllung brachte.

»Oh, Alissende«, keuchte er nach mehreren Minuten dieser

herrlichen Folter, »sei vorsichtig, denn ich kann mich nicht länger zurückhalten …«

»Ist schon gut, Damien«, flüsterte sie. »Lass es einfach geschehen und genieße es.«

Wortlos nahm er ihr Geschenk an, streckte die Hand aus und umfasste ihr Handgelenk, während sie ihn weiter streichelte und zu einem mächtigen Orgasmus trieb. Ihr Name war auf seinen Lippen, ein Flüstern, das zu einem Stöhnen reinster Lust wurde, als er mit einem machtvollen Beben seine Erfüllung fand.

Das Tuch, welches sie bereit gehalten hatte, fing den größten Teil der pulsierenden Flut auf, und nachdem die letzten lustvollen Zuckungen vorüber waren, küsste Alissende ihn auf die Stirn. Beide sagten keinen Ton, während sie ihm wieder in sein Lendentuch half und dafür sorgte, dass er bequem lag. Seine Augen waren geschlossen, und sie fragte sich, ob er wohl eingeschlafen wäre. Ihre Lippen verzogen sich zu einem amüsierten Lächeln bei der Vorstellung, dass diesmal sie ihm die Besinnung geraubt hatte – und er eingeschlafen war.

Sie stand auf, zog sich aus und löste ihr Haar, um es zu kämmen und zu einem langen, dicken Zopf zu flechten, der über ihren Rücken hing. Schließlich pustete sie noch die heruntergebrannten Kerzen aus und kroch neben ihm ins Bett. Dabei passte sie auf, keine seiner empfindlichen oder verletzten Körperteile zu berühren.

Umso verblüffter war sie, als er sich bewegte. Und noch mehr so, als er sie eng an sich zog und ihren Kopf an seine Schulter schmiegte.

»Ist das denn nicht unbequem für dich, Damien?«, flüsterte sie, während sie sich wunderte, dass der Wundschmerz ihn nicht wach hielt.

»Nein«, murmelte er schläfrig. »Ich bin nie lange krank,

weißt du. Und mit deiner Hilfe – in mehr als einer Hinsicht heute Nacht«, raunte er, und sie konnte sein Lächeln hören, auch wenn sie es in der Dunkelheit nicht sah, »werde ich innerhalb kürzester Zeit wieder gesund sein.«

Ehe sie etwas auf diese kühne Behauptung erwidern konnte, versetzte er sie noch einmal in Erstaunen, als er hinzufügte: »In Wirklichkeit habe ich es sogar bequemer denn je, seit ich dich das letzte Mal in unserem Bett umarmt habe. Aber vielleicht fände ich es sogar noch besser, wenn ich dir anbieten könnte, dir die gleichen Zärtlichkeiten zu geben, mit denen du mich gerade beschenkt hast.«

Alissende unterdrückte ein Lächeln. »Ich glaube nicht, dass das in deinem Zustand klug wäre. Du ruhst dich lieber aus und kommst wieder zu Kräften.«

Er seufzte. »Da hast du wohl recht. Und ich gebe zwar nach, aber du kannst mit Sicherheit davon ausgehen, dass ich dir die süßen Folterqualen, die du mir heute Nacht zugefügt hast, doppelt – nein, vielleicht sogar dreifach – heimzahlen werde, wenn ich wieder dazu in der Lage bin.«

Sie tat so, als würde sie vor Entsetzen erschaudern, doch in Wirklichkeit war es freudige Erwartung, die Alissende erfüllte. Grinsend schloss sie die Augen und kuschelte sich in seine Arme, während sie pflichtbewusst flüsterte: »Ich erbebe vor Furcht bei dem Gedanken, Mylord.«

»Gut.«

Er zog sie noch dichter an sich, drückte einen Kuss auf ihren Scheitel und stieß einen Seufzer aus. Diesmal war er der Ausdruck reinster Zufriedenheit. Nach ein paar stummen Augenblicken wusste Alissende, dass er eingeschlafen war, und sie beschloss, das Gleiche zu versuchen. Der morgige Tag würde ihre ganze Kraft und Konzentration in Anspruch nehmen.

Und sie wollte darauf vorbereitet sein.

Kapitel 16

Eine Woche später
Der letzte Tag des Turniers von Odiham

Es war der Tag des letzten Wettkampfs.

Damien hatte schon die ganze Zeit eine dunkle Vorahnung gehabt, da er wusste, dass am Ende der Tag kommen würde, an dem er Hugh de Valles, dem Earl of Harwick, auf dem Turnierplatz gegenübertreten würde. Er bedeutete seinem Knappen, ihm beim Anlegen des Kettenpanzers zu helfen. Das dick gepolsterte Steppwams hatte er bereits angezogen. Während des Ankleidens gab Damien sich einen kurzen, aber befriedigenden Moment der Erinnerung hin und ließ die Ereignisse der letzten Woche, die ihn an diesen Punkt gebracht hatten, Revue passieren.

Eine Sache war ihm klarer als alles andere geworden: Er hatte Hugh de Valles' Gerissenheit und sein Geschick, Dinge bei diesem Turnier zu seinem Vorteil zu beeinflussen, deutlich unterschätzt. Zum Beispiel war Damien bis zum heutigen Tage Hugh noch kein einziges Mal auf dem Wettkampfplatz gegenübergetreten. Damien gab sich da keinen Illusionen hin, dass es mit Hughs Feigheit zusammenhinge oder einfach nur Zufall war. Nein, Hugh hatte es auf dem Turnierplatz und auch jeden Abend bei den Feierlichkeiten nur zu deutlich gemacht, dass er der Meinung war, weit über Damien zu stehen – nicht nur was Titel und Geburt anging, was sich nicht leugnen ließ, sondern auch hinsichtlich seiner Fähigkeiten auf dem Turnierplatz.

Deshalb hatte Hugh als Favorit mit mehr als zwanzig Kameraden im Namen des Königs alle anderen Teilnehmer des Turniers herausgefordert, wodurch er dafür gesorgt hatte, dass er Damien nur dann im Einzelwettkampf begegnen würde, wenn Damien sich nach sechs Turniertagen als der Beste erwies. Für Damien hatte es außer Frage gestanden, alles zu tun, um sich diese Position zu erkämpfen. Jetzt ging es nur noch darum, Hugh in Grund und Boden zu stampfen und ihm damit die Niederlage zuzufügen, die er verdiente.

»Mylord, die Panzerplatten können jetzt befestigt werden. Wollt Ihr dafür Eure Arme ausstrecken?«

Die Stimme seines Knappen riss Damien aus seinen Gedanken, und er warf dem Jungen ein leichtes Lächeln zu. »Ja, Thomas. Danke.«

Damien wartete, während Thomas die verschiedenen Teile der Rüstung an Rücken und Schultern festschnallte und dann noch zusätzliche Teile anbrachte, die Damien beschlossen hatte, bei diesem Turnier an den Seiten zu tragen. Sie schützten seine Rippen besser gegen Schläge, wenn der Kampf zu Fuß fortgesetzt wurde. Er kannte Hugh und wusste, dass man ihn bestimmt über den feigen Angriff im Hof vor einer Woche unterrichtet hatte und welche Verletzungen ihm dabei zugefügt worden waren. Deshalb war das bestimmt eine Stelle, auf die er es bevorzugt abgesehen haben würde.

Die Chancen des Earls, ihn an dieser Stelle wieder zu verletzen, waren jedoch gering. Nicht nur, weil der Bereich durch die Rüstung gut geschützt war, sondern auch weil Alissende seine Rippen jeden Tag als Vorbereitung für die Kämpfe so gut verbunden hatte.

Alissende.

Damien hatte versucht, heute nicht in seinen Gedanken bei ihr zu verweilen, aber er konnte die Wärme, die ihn dann doch dabei durchströmte, nicht unterdrücken. Seit jenem Abend nach dem hinterhältigen Angriff waren sie nicht mehr intim miteinander gewesen, weil sie beide der Meinung waren, er sollte sich ausruhen, um so konzentriert wie möglich zu sein und seine Kräfte für die täglichen anstrengenden Kämpfe zu schonen. Das hatte ihn jedoch nicht davon abgehalten, sich jede Nacht nach ihr zu verzehren, und er hatte es sich nicht nehmen lassen, sie in den Armen zu halten, bis sie einschliefen.

Auf seinen Wunsch hatten sie sich schon heute Morgen voneinander verabschiedet, sodass er sich gedanklich und körperlich auf den ihm bevorstehenden Wettkampf einstellen konnte. Sie hatte das Zelt verlassen, um zur Zuschauertribüne zu gehen, die den Damen der Wettkämpfer vorbehalten war. Im Gehen hatte sie ihm ein Geschenk gemacht – ihr Pfand an ihn. Das blau-violette Band, das sie gewählt hatte, weil er einmal gesagt hatte, es hätte dieselbe Farbe wie ihre Augen, hing bereits an der Spitze seiner Lanze, wo alle es sehen würden, wenn er auf den Turnierplatz galoppierte.

Er wusste, dass es falsch war, sich an solchen Kleinigkeiten zu erfreuen. Diese sanfteren Gefühle, denen er sich heute hingab, führten häufig zu gefährlichen Fehlern beim Kampf. Trotzdem drängte sich ihm unwillkürlich die Frage auf, ob der Versuch, sie aus seinen Gedanken fernzuhalten, nicht eine größere Ablenkung darstellte und damit seinen Erfolg weit mehr gefährdete.

Er kam einfach um die Erkenntnis nicht umhin, dass sie eigentlich ständig seine Gedanken beherrschte – genau wie damals vor Jahren, als er mit ganzem Herzen und ganzer Seele beim Turnier darum gekämpft hatte, der Sieger zu werden, um sie dann für sich zu fordern. Aber trotz allem, was Alissende zu denken schien, war er nicht mehr derselbe Mann wie früher. Er konnte es nicht vergessen. Die raue Wirklichkeit dröhnte wie ein Lied, das sich ständig wiederholt, in seinem Kopf: Diesmal war alles ganz anders – es war ein Kampf, den er gewinnen musste. Nicht um Alissende für sich beanspruchen zu können, sondern um ihr Schutz für die Zukunft zu geben, in der es ihn in wenigen Monaten nicht mehr geben würde. Eine Zukunft, in der sie die Gemahlin eines anderen Mannes sein würde.

Damien ignorierte den stechenden Schmerz, der ihn bei dem Gedanken durchfuhr, und biss die Zähne zusammen. Er drehte sich, damit Thomas die Beinschienen anlegen konnte, die seine Oberschenkel schützen sollten, während er sich selber noch einmal mahnte, dass es keine andere Lösung in Bezug auf Alissende gab. Er war ein ehemaliger Tempelritter, der der Ketzerei angeklagt worden war und nur durch den prekären Schutz eines gefälschten Ablassbriefes in Freiheit lebte. Irgendwann würde die List entdeckt werden, die Wahrheit herauskommen und die Katastrophe ihren Lauf nehmen. Man würde ihn wieder in die Fänge der Inquisition zerren, zusammen mit allen, die engeren Kontakt mit ihm hatten.

Eine Gemahlin würde da sofort mit ihrem Mann in Verdacht geraten, denn wer den Ehebund geschlossen hatte, war in den Augen der Kirche von einem Fleisch. Er durfte Alissende nicht so einer Gefahr aussetzen, auch wenn sie selber dazu bereit war.

In den letzten Wochen hatte er zugelassen, dass seine Fantasie sich in anderen Vorstellungen erging. Darin sah er Alissende als seine richtige Frau, eine Frau, die ihn genug liebte, um alles hinter sich zu lassen und mit ihm in die Berge von Schottland zu gehen, wo jene, die von der Kirche verfolgt wurden, Zuflucht gefunden hatten. Der König von Schottland, Robert Bruce, war vom Papst exkommuniziert worden und hatte die

Türen zu seinem Königreich deshalb weit für jene geöffnet, die sich in der gleichen misslichen Lage befanden. Und dazu gehörten alle Templer, die der Verhaftung entgangen waren und die Grenze erreichen konnten.

Aber er wusste, dass er Alissende nicht bitten konnte, so viel für ihn zu opfern. Er würde es nicht tun. Denn wie sollte er den Schmerz ertragen, sollte sie ihn wieder abweisen, wenn er es dennoch tat?

Deshalb hatte er entschieden, alles zu tun, was in seiner Macht stand, um sie vor Hugh zu schützen. Er würde ihren widerwärtigen Cousin heute in die Schranken weisen, dem Stolz des Mannes einen Schlag versetzen und dabei hoffentlich dafür sorgen, dass dieser die Lust verlor, Alissende weiter nachzustellen. Es war das, was Damien letztendlich am besten konnte – kämpfen und gewinnen. Das war alles, was er ihr reinen Gewissens bieten konnte, unabhängig von dem in ihm wachsenden Verlangen nach ihr.

»Es ist fast so weit, Mylord«, sagte Thomas leise und trat zurück. Damien schaute auf, nachdem er schon das zweite Mal an diesem Morgen von der leisen Stimme seines Knappen aus den Gedanken gerissen worden war. In den letzten Minuten, in denen er seinen Überlegungen nachgehangen hatte, hatte Thomas ihm die vollständige Rüstung angelegt. Nur der Helm fehlte noch. Er würde erst vor dem ersten Durchgang im Lanzenstechen zu Pferde aufgesetzt werden.

Damien schüttelte den Kopf und wunderte sich darüber, wie häufig er sich heute von seinen Gedanken hatte ablenken lassen. Himmel noch mal, er sollte sich lieber zusammenreißen und wach und konzentriert sein, sonst waren all seine Pläne, Hugh die Prügel zu verpassen, die er verdiente, für nichts gewesen, und dann war unter Umständen er derjenige, der besiegt abziehen musste.

»Das hast du gut gemacht, Thomas«, sagte Damien zu seinem ihn ehrerbietig ansehenden Knappen. »Jetzt hilfst du mir noch in meinen Wappenrock, und dann sind wir bereit, um uns der Menge zu stellen, die sich versammelt hat, um heute ein großartiges Schauspiel zu erleben.«

»Ja, Mylord«, antwortete Thomas, der sich eindeutig bemühen musste, seine Aufregung unter Kontrolle zu behalten.

Der Junge zog das Stoffgewand über Damiens Kopf und zupfte es über Kettenhemd und Rüstung zurecht, sodass das Wappen der Ashbys ganz glatt gestrichen war. Trotz seiner bescheidenen Herkunft trug Damien es mit Stolz. Es war dasselbe Zeichen, das er auch auf seinem Schild trug: ein weißer Sparren auf blauem Grund mit Hermelin-Pelzwerk, der von drei goldenen Leopardenköpfen eingerahmt wurde.

»Sind meine Lanzen bereit, Thomas?«, fragte Damien, während er den Panzerhandschuh seiner Schwerthand ein letztes Mal zurechtrückte.

»Ja, Herr. Reginald und Bertram stehen am Ende der Schranken mit ihnen bereit – drei Weichholzlanzen mit stumpfer Spitze zusammen mit Eurem zweiten Turnierschwert, Eurem Lieblingsstreitross sowie Eurem Schild.«

»Und das zweite Pferd, um das ich dich gebeten habe – das, welches sich nicht zum Kampf eignet, aber fürs Reiten? Steht es auch in der Nähe des Wettkampfplatzes bereit?«

»Ja, Mylord.«

Damien nickte und zerstrubbelte dem Jungen das Haar, was ihm wieder ein Grinsen eintrug, das diesmal voller Wut war, die nur Jugendliche zeigen können, welche sich mehr als alles andere wünschen, erwachsene Männer zu sein.

»Na denn, Thomas«, sagte Damien, erwiderte das Lächeln und zwinkerte ihm auch noch zu. »Nimm die Beutel mit Wasser und unsere anderen Vorräte. Es ist so weit. Sorgen wir dafür, dass keiner der Turnierteilnehmer je den kommenden Kampf vergessen wird … am allerwenigsten seine Lordschaft, Hugh de Valles, der Earl of Harwick.«

Alissende saß in der ersten Reihe der Tribüne und sah in Richtung der Schranken. Ihren bevorzugten Sitzplatz verdankte sie der Tatsache, dass Damien sich in dieser Woche als der kühnste und beste Kämpfer des gesamten Turniers erwiesen hatte. Dieser Umstand erfüllte sie gleichermaßen mit Stolz und mit Furcht. Sie hätte wissen müssen, dass Damien, sogar verwundet, alle Gegner besiegen würde, um sich die Gelegenheit nicht entgehen zu lassen, gegen Hugh anzutreten. Aber trotzdem machte sie sich Sorgen wegen des Risikos, das er auf sich nahm, ohne etwas dagegen tun zu können.

Ihm jeden Morgen die Rippen zu verbinden, hatte ihr einen gewissen Trost gegeben: Zumindest hatte sie gewusst, dass es ordentlich gemacht war. Aber es hatte nicht ihre Furcht beschwichtigen können, die sie bei dem Gedanken an eine direkte Konfrontation mit ihrem gefährlichen Cousin erfüllte.

Sie holte tief Luft und versuchte sich zu beruhigen; denn sie wusste, dass es überhaupt keinen Sinn hatte, sich Gedanken wegen einer Sache zu machen, die sie ohnehin nicht beeinflussen konnte. Deshalb versuchte sie sich umzuschauen und sich so auf andere Gedanken zu bringen. Die Tribüne war fast voll, denn der letzte Wettkampf würde bald beginnen.

Trotzdem gab es noch drei leere Plätze um sie herum.

Eigentlich hatte sie sich mittlerweile daran gewöhnt, gemieden zu werden, stellte sie fest; denn obwohl die edlen Damen und Herren nicht zögerten, Damiens überragendes Können auf dem Turnierplatz zu bejubeln, ging ihr Wohlwollen nicht so weit, die beiden als verheiratetes Paar zu akzeptieren. Hughs mächtiger Einfluss bei Hofe hatte dafür gesorgt, dass sie in dieser Hinsicht unerwünscht waren; auch wenn der König ihre Verbindung widerwillig anerkannt hatte. Keiner wollte der Erste sein, der einen zu freundlichen Umgang mit ihnen als Paar pflegte.

Das war ihr nur recht. Sie zog das Alleinsein dem Getratsche über den König, die Königin und Piers Gaveston vor.

Dem Emporkömmling aus der Gascogne war vor einem Jahr der Titel der reichen Grafschaft Cornwall übertragen worden, und die meisten hochrangigen Mitglieder des Hofes verabscheuten ihn. Darüber hinaus schienen seine ständige Gegenwart und die enge Beziehung, die er mit Edward pflegte, für Missstimmung zwischen dem König und seiner Braut zu sorgen, was wiederum zu nicht enden wollenden Gerüchten und Spekulationen führte.

Da erschien es wie ein Widerhall ihrer Gedanken, als die Posaunen ertönten und die Ankunft des Königspaares verkündeten. Wie vorauszusehen war Piers Gaveston nur ein paar Schritte hinter den beiden. Die Menge erhob sich, und obwohl Alissende das Königspaar von ihrem Platz aus nicht sehr gut erkennen konnte, erhaschte sie ein oder zwei Blicke auf die reich gewandeten Monarchen, ehe sie ihre Plätze einnahmen und der König das Zeichen gab, mit dem Wettkampf zu beginnen.

Am Ende des Wettkampfplatzes brach hektische Betriebsamkeit aus, und nachdem noch kurz ein Raunen durch die Menge gegangen war, legte sich Schweigen über die Zuschauer, während man auf das Erscheinen der Kontrahenten wartete. Das Tor, welches die Schranken von den Zuschauern abtrennte, die keine Sitzplätze hatten, wurde von drei Bediensteten des Königs geöffnet. Wieder ertönte eine Fanfare und kündigte den ersten Wettkampfteilnehmer an. Ein Herold trat an den Rand des Platzes und rief: »Seine Lordschaft Hugh de

Valles, Dritter Earl of Harwick, der unter dem Wappen des Hauses de Valles zu Ehren Ihrer königlichen Majestät, Queen Isabel, antritt!«

Nach diesen Worten ritt Hugh auf seinem Schlachtross durch das Tor. Auf Wappenrock und Schild prangte sein Wappen: drei rote Balken auf goldenem Grund. Sein Helmbusch – eine winzige goldene Krone mit einem roten Band – wies dieselben Farben auf, wobei zwei Federn, in jeder Farbe eine, aus der Mitte aufragten. An seiner Lanze flatterte ein kleines Banner, auf dem die Lilie Frankreichs zu sehen war und das ihm von der Königin gegeben worden war.

Die Menge hieß ihn stürmisch willkommen, und wenn Alissende nicht gewusst hätte, was für ein Schuft er war, hätte sie sich vielleicht von seiner beeindruckenden Erscheinung in den Bann ziehen lassen. Doch so verspürte sie nur Furcht und Abscheu, als sie ihn ansah. Sie hoffte bei Gott, dass Damien ohne Schaden zu nehmen aus diesem Kampf hervorging und Hugh eine solche Schmach zufügte, dass dieser sie danach ein für alle Mal in Ruhe ließ.

Dann war Damien an der Reihe. Alissende blickte wieder zum Tor und sah ihn an der Seite seines Pferdes näher kommen. Ihr Herz begann bei seinem Anblick schneller zu schlagen. Er trug seinen Helm mit dem blau-goldenen Federbusch in der Armbeuge, und als die Sonne auf sein Haar schien, stockte ihr der Atem. Er war so unglaublich schön. Ein mächtiger und tödlicher Krieger.

Als er seinen Helm aufsetzte und sich auf sein Pferd schwang, trat sein Herold vor und rief: »Sir Damien de Ashby, der unter dem Wappen des Hauses Ashby und zu Ehren von Lady Alissende of Surrey antritt!«

Damien galoppierte bei der Ankündigung durch das Tor, und die Menge brach in Begeisterungsrufe aus. Einige der Zuschauer, die sich seiner noch aus früheren Turnieren erinnerten, riefen: »Erzengel! Erzengel!« An seiner Lanze flatterte das blauviolette Band, welches sie ihm am Morgen geschenkt hatte, und ihr Herz schien einen Schlag auszusetzen, als er zur Tribüne schaute und sie kurz in ihre Richtung schwenkte, als er an ihr vorbeiritt.

Damien galoppierte bis ans Ende der Schranken, zügelte sein Pferd, wie es auch Hugh getan hatte, um dem König und der Königin seine Reverenz zu erweisen. Dann wendete er sein Pferd und ritt die Schranken entlang, um seine Position am gegenüberliegenden Ende in der Nähe des Eingangstores einzunehmen.

Und dann, während noch alle jubelten und schrien, gab der Herold das Startzeichen. Es ging los.

Kapitel 17

Die Begeisterungsrufe hallten noch über den Turnierplatz, da schob Damien das Ende seiner Lanze in die dafür vorgesehene Aussparung in seiner Rüstung, drückte seinem Schlachtross die Fersen in die Seiten und galoppierte donnernd auf Hugh zu. Bei dem völlig leeren Platz war es den Kämpfern überlassen, mit ihren Pferden aufeinander zuzuhalten und nicht plötzlich abzuschwenken, denn sonst wurde demjenigen, der gezaudert hatte, ein Punkt abgezogen.

Er würde nicht zaudern.

Der Lärm der Menge wurde schwächer, als befände sie sich in weiter Ferne, während er seine Lanze auf die Mitte von Hughs Brustplatte richtete. Sein Ziel war es, Hugh vom Pferd zu stoßen, doch noch wirkungsvoller war es, wenn seine Lanze dabei zerbrach.

Sie stießen aufeinander, und alles splitterte und krachte, wobei Damien sein Pferd nur einen Moment nach dem Aufprall gekonnt zügelte und einen Bogen ritt, um zu sehen, welchen Schaden er seinem Gegner zugefügt hatte. Hugh saß zwar noch im Sattel, doch seine Lanze war ganz, weil sie an Damiens Schulter abgerutscht war, während Damiens Lanze nahe dem Griff durch die Wucht des Zusammenstoßes mit Hughs Brust gebrochen war.

Mit diesem Manöver hatte er zwei Punkte errungen, und er wurde von einer Hochstimmung erfasst, als er der jubelnden Menge zuwinkte und dann wieder zu seiner Position am

Ende der Schranken zurückritt. Er schob sein Visier hoch und nahm den Wasserbeutel entgegen, der ihm von Thomas gereicht wurde. Er trank, während Bernard ihm die zerbrochene Lanze abnahm und eine neue reichte.

»Das habt Ihr gut gemacht, Mylord«, sagte Thomas. »Noch zwei solche Gänge, und der Bodenkampf wird fast keinen Einfluss mehr auf das Ergebnis haben.«

»Wir werden sehen«, antwortete Damien, der erfreut feststellte, dass seine Rippen noch nicht schmerzten. »Dieser Durchgang hat ihn bestimmt in Wut versetzt, und Hugh ist es nicht gewohnt zu verlieren. Ich bin mir ganz sicher, dass er irgendetwas versuchen wird, um auf ehrliche oder hinterhältige Weise den Wettkampf für sich zu entscheiden.«

Thomas wirkte daraufhin so niedergeschlagen, dass Damien lächelte und sagte, ehe er sein Visier wieder schloss: »Ich werde aufpassen, Thomas. Keine Sorge. Vielleicht gelingt es mir, seine Pläne derart zu durchkreuzen, dass er vor dem König und allen anderen Angehörigen des Hofes sein wahres Gesicht zeigt. Dann wird keiner mehr im Ungewissen darüber sein, was für eine Art Mensch er ist.«

»Es ist so weit, Sir Damien. Der zweite Durchgang.«

Es war Reginald, der gemahnt hatte und nun zum anderen Ende des Platzes zeigte, wo Hugh hoch zu Ross wieder seine Position einnahm. Auch er war mit einer neuen Lanze ausgestattet, obwohl die vorherige gar nicht zerbrochen war. Damien kniff die Augen zusammen und versuchte, ihn deutlicher zu erkennen. Er meinte, etwas Metallisches hätte an der Spitze der Lanze aufgeblitzt. Bei Hugh war so etwas durchaus zu erwarten, auch wenn die Turnierregeln eigentlich die Benutzung von stumpfen Waffen vorschrieben. Doch es war müßig, jetzt darüber nachzudenken … die Hitze ließ die Luft flimmern, sodass er nichts Genaues erkennen konnte.

Er würde es noch früh genug erfahren, dachte er grimmig, während er mit seinem Pferd wieder an seine Position ritt, die Lanze in die Aussparung steckte und auf das Signal wartete.

Es dauerte nur einen Herzschlag, dann kam es. Damien bohrte seinem Ross die Absätze in die Flanken, und dann raste er auch schon wieder auf Hugh zu. Seine Lanze krachte gegen Hughs Schild …

Und dann spürte er, wie ihn etwas an der Seite traf, sodass er durch die Luft gewirbelt wurde. Er stürzte mit einer solchen Wucht zu Boden, dass ihm erst einmal der Atem wegblieb, doch er zwang sich rasch wieder auf die Beine, obwohl er von einem brennenden Schmerz erfasst wurde. Dies hatte er in zahllosen Schlachten im Heiligen Land gelernt, wo der Feind jeden noch so kleinen Moment der Schwäche als Gelegenheit ausgenutzt hätte, um ihm das Leben zu nehmen.

Trotzdem brauchte er eine Weile, bis er wieder festen Stand hatte. Beim Sturz war ihm der Helm vom Kopf gerissen worden, und abgesehen von dem Klingeln in seinen Ohren, schien sich alles um ihn herum seltsam verlangsamt zu haben. Er sah, wie sein Pferd sich aufrappelte und davontrottete, und er beobachtete, wie Hugh, der auch keinen Helm mehr trug, versuchte wieder hochzukommen. Voll hämischer Freude erkannte Damien, dass es auch ihm gelungen war, seinen Gegner aus dem Sattel zu heben … allerdings auf ehrliche Art und nicht in so hinterhältiger Manier, wie Hugh es mit ihm gemacht hatte.

Und wie hinterhältig es in der Tat gewesen war, erkannte er, als er nach unten schaute. Seine Rüstung war seitlich von etwas Spitzem durchbohrt worden, und zwar genau an der Stelle, die er glücklicherweise heute Morgen beschlossen hatte, noch zusätzlich zu schützen.

Der Mistkerl hatte eine scharfe Lanze gegen ihn eingesetzt und damit alle Regeln des *pas d'armes* verletzt.

Er schaute sich die Stelle noch einmal an und tastete sie ab, um sich zu vergewissern, dass er keinen schweren Schaden genommen hatte. Wenn er von der Lanze verletzt worden war, dann nur leicht. In dieser Hinsicht hatte Hugh einen weit größeren Fehler begangen, als zunächst einmal mit dem Betrug, denn jetzt war Damien nicht nur wütend; er wollte Blut sehen.

Mit einem lauten Knurren stürmte Damien auf Hugh zu, der etwa fünfzehn Schritte von ihm entfernt war, und machte ihn bewusst auf seinen Angriff aufmerksam, um dem Mistkerl die Gelegenheit zu geben, sein Schwert zu ziehen, ehe Damien seines auf Hughs hoch gehaltenen Schild krachen ließ. Er bedrängte seinen Gegner weiter mit einem wahren Hagel aus harten Schlägen und wusste, dass Hugh sie nur mit Mühe abwehren konnte. Hughs Gesichtsausdruck, der zuerst Entschlossenheit gezeigt hatte, wechselte bald zu einer angstvollen Miene, als klar wurde, dass er gegen Damien nicht gewinnen würde – nicht gewinnen konnte.

So versuchte er mit höhnischen Bemerkungen seine Schwäche zu verbergen, wenn sich eine Gelegenheit dazu ergab, und hoffte Damien damit abzulenken, um dann vielleicht zum Gegenangriff übergehen zu können.

»Habt Ihr tatsächlich geglaubt, ich würde zulassen, dass Ihr Alissende für Euch allein behaltet?«, keuchte er zwischen zwei Schwerthieben. »Ihr seid den Staub nicht wert, der Euer Blut aufsaugen wird, wenn ich mit Euch fertig bin, Ashby.«

Die Beleidigung erforderte keine Erwiderung von Damien. Es würde viel mehr bringen, Taten sprechen zu lassen.

Er holte noch dreimal mit seiner Klinge aus ... einfach damit Hugh keinen festen Stand bekam. Dann machte er einen Schwenk und wartete auf den besten Moment, um ihm den endgültigen Schlag zu versetzen. Dabei mahnte er sich, ruhig und konzentriert zu bleiben und seine Bewegungen nicht von seinen Gefühlen beeinflussen zu lassen. Im Kampf war Disziplin fast genauso wichtig wie Können – das durfte er nicht vergessen.

Am Rande nahm er einen Wirbel von Farben hinter Hugh wahr. Es war an der Stelle, wo das königliche Zelt stand, und Damien wusste, dass der König und die Königin diesen Kampf aufmerksam verfolgten. Doch die Staubwolken, die durch den Kampf aufgewirbelt worden waren, behinderten die Sicht beträchtlich. Er hörte nur das Rauschen des Blutes in seinen Ohren und spürte die Sandkörner in seinem Mund, die sich mit dem metallischen Geschmack von Blut vermischten … und sah nur das bleiche, verzweifelte Gesicht seines Feindes vor sich.

Und dann war seine Gelegenheit da.

Hugh hob die Klinge, um sich auf Damien zu stürzen, und in dem Augenblick tat Damien einen tausendmal mit seinen Templergefährten geübten Schritt nach vorn – ein Zug, der in diesem Teil der Welt fast unbekannt war. Mit einer flüssigen Bewegung ließ er sein Schwert von der rechten in die linke Hand gleiten, riss es hoch und schlitzte die Innenseite von Hughs Unterarm auf, während er sich gleichzeitig nach vorn warf und seinen Ellbogen Hugh mitten ins Gesicht rammte, sodass ein sehr befriedigendes Knacken zu hören war.

Hugh ging wie ein Stein zu Boden und landete flach auf dem Rücken. Das Schwert entglitt seiner Hand und fiel jetzt völlig nutzlos in den Staub. Blut strömte aus seiner Nase und befleckte den Ärmel des schönen weißen Hemdes, das er unter seiner Rüstung trug. Währenddessen fuhr Damien mit schwingender Klinge in einer eleganten Drehung herum und ließ sie nur einen Zentimeter vom nackten Hals seines Rivalen entfernt innehalten.

»Der Ehre ist Genüge getan, und der Kampf ist zu Ende!«

Dieser plötzliche Ruf kam vom König, wie Damien feststellte, als er sich dazu zwang, den Blick von dem Mann zu nehmen, den er mit seiner Schwertspitze am Boden festhielt. Der König war aufgesprungen und schien entsetzt, dass das eigentlich friedliche Lanzenstechen zu einem Kampf auf Leben und Tod geworden war.

Damiens Arm zitterte vor Verlangen, das, was er begonnen hatte, zu Ende zu führen und die Klinge mitten in Hughs Hals zu stoßen. Doch der König hatte den Kampf für beendet erklärt, und ob Hugh nun betrogen hatte oder nicht, so sollte dies doch ein *pas d'armes* sein und Damien blieb nichts anderes übrig, als seinem Souverän zu gehorchen.

Mit einem Ruck zog Damien die Klinge von Hughs Hals zurück und drehte sich zu seinem Souverän um. Er schob das Schwert in die Scheide und stand still, während Hugh sich fluchend vom Boden erhob, um sich neben ihn zu stellen, während er seinen verletzten Arm hielt. Erst da bemerkte Damien die Stille, die sich über den Turnierplatz und die Tribünen gelegt hatte, und sah die entsetzten, besorgten und unverhohlen neugierigen Blicke, die auf sie gerichtet waren.

»Der Ehre ist auf beiden Seiten Genüge getan worden!«, rief der König, »und da Wir nicht bestrebt sind zu erleben, wie Unsere Untertanen einander bei einem friedlichen Turnier verstümmeln, erklären Wir hiermit das Turnier für beendet. Der Preis wird zu gleichen Teilen zwischen Lord Harwick und Sir Damien aufgeteilt werden.«

»Nein, Sire!«

Der Ausruf kam von Hugh. Damien drehte sich zu seinem Rivalen um, der entweder den Verstand verloren haben musste oder etwas im Schilde führte. Es dauerte keinen Moment, und Damien wusste, dass er mal wieder richtig gelegen hatte.

»Ich möchte Euer Majestät ersuchen, diese Entscheidung zu widerrufen, denn ich erkläre hiermit, dass Sir Damien versucht hat, sich durch einen teuflischen Trick gegen mich zu behaupten. In Wirklichkeit ...«

»Ihr lügt!«

Damien wirbelte zu Hugh herum und legte dabei die Hand an sein Schwertheft, um es jeden Moment zu ziehen und das zu einem Ende zu bringen, was sein König ihm eben noch befohlen hatte zu unterlassen. »Ihr seid derjenige, der die Regeln des *pas d'armes* gebrochen hat, indem Ihr eine scharfe Lanze eingesetzt habt!«

Als Damien diese Anschuldigung gegen ihn erhob, stürzte Hugh sich auf seine Klinge, die immer noch bei den Schranken im Staub lag, nahm sie hoch und drehte sich mit einem verbitterten Blick zu Damien um. Diesen Blick kannte Damien. Er hatte ihn auf den Gesichtern anderer Männer gesehen, die eine Niederlage nicht hinnehmen konnten.

Solche Männer lebten üblicherweise nicht lange, hatte er festgestellt, und in diesem Fall würde er diese Möglichkeit nicht sonderlich bedauerlich finden.

»Legt die Schwerter beiseite, Gentlemen, sonst setzt Ihr alles aufs Spiel, denn Wir haben Euch verboten, weiter gegeneinander zu kämpfen.«

Dieses Mal schwang in der Stimme Edwards sein ganzer königlicher Ärger mit, und einige der Damen, die der mit Seide ausgeschlagenen Tribüne am nächsten waren, reagierten mit Entsetzen auf die Vorstellung, die wahrscheinlich viele in diesem Moment hegten – dass einer der beiden Kontrahenten sich nicht fügen und deshalb sein Kopf am Ende des Tages einen der Pfähle neben dem Stadttor zieren würde.

Hugh funkelte Damien noch einmal wütend an, ehe er sein Schwert wieder in die Scheide schob, und obwohl es Damien in den Fingern juckte, etwas anderes zu tun, zwang er sich dazu, seinen Schwertknauf loszulassen. Dann wandten sich beide wieder der königlichen Tribüne zu.

»Das sind schwere Anschuldigungen, die Ihr da vorgebracht habt. Welche Beweise habt Ihr, um Eure jeweiligen Behauptungen zu stützen?«

Hugh sagte nichts, denn er hatte keinen anderen Beweis als sein Wort; doch Damien schaute zu Thomas, der am anderen Ende der Schranken stand. Gut ausgebildeter Knappe, der er war, hatte Thomas keinen Moment lang gezögert und war sofort losgerannt, als sein Herr aus dem Sattel gestoßen worden war, um das Pferd einzufangen und alle Lanzen, die beim Kampf fallen gelassen worden und zerbrochen waren, einzusammeln. Er war eindeutig schneller gewesen als Hughs Mann, denn er hatte die scharfe Lanze in der Hand, die Hugh gegen Damien eingesetzt hatte, und bestätigte mit einem Nicken, dass er sie erbeutet hatte.

»Euer Majestät«, sagte Damien und neigte den Kopf, um dem König Respekt zu zollen, ehe er ihm in die Augen sah. »Ich bin im Besitz der scharfen Lanze, die Lord Harwick gegen mich eingesetzt hat und die ich zur Untermauerung meiner Behauptung vorzuzeigen bereit bin.«

Auf den Zuschauerrängen begann plötzlich alles durcheinanderzureden, und hier und da vernahm man ein entsetztes Gemurmel, als er bei diesen Worten mit dem Kopf auf das andere Ende der Schranken wies und sagte: »Mein Knappe hält sie in der Hand. Er hat sie während des Kampfes vom Platz geholt. Er wartet nur auf Euren Befehl, sie Euch zum Beweis vorzulegen.«

Als es auf der Tribüne wieder laut wurde, nahm Damien eine Bewegung wahr: eine Frau in einem dunkelblauen Kleid mit goldenen Bändern, deren dunkles, glänzendes Haar, das zahlreiche Blüten und Bänder zierten, hochgesteckt war, stand auf.

Alissende.

Sie schob sich an einigen Höflingen vorbei, entschuldigte sich, als sie sich an mehreren Earls und ihren Frauen vorbeidrängte, und kam an eine Stelle der Tribüne, wo sie ihm besonders nah war. Ihr schönes Gesicht war voller Sorge, und er begegnete ihrem Blick für einen Moment, in dem er versuchte, ihr Mut zu machen.

»Was Ihr da behauptet, beweist nur, wie weit Ihr mit Euren Betrügereien an diesem Hofe geht«, krächzte Hugh und zog damit Damiens Blick wieder auf sich, während er gleichzeitig auf Thomas zeigte. »Es ist Ashbys eigene Lanze, die der Junge hält, nicht meine.«

»Allmählich fange ich an zu glauben, dass jedes Wort, das aus Eurem Munde kommt, eine Lüge ist, Mylord«, sagte Damien mit ruhiger Stimme, die jedoch laut genug war, um bis zum König und allen, die um ihn herum waren, zu dringen.

»An Eurer Stelle würde ich es nicht als Lüge bezeichnen, Ashby, wenn Ihr mich sagen hört, dass Eure Stunden gezählt sind. Ihr habt es gewagt, mich vom ersten Tage an, an dem ich erfuhr, dass Ihr in England seid, zu beleidigen. Ihr seid ein ehrloser Tempelritter, habt Euch der Ketzerei schuldig gemacht und wart unverschämt genug, die mir versprochene Braut für sich zu nehmen – gegen alle Vorschriften der Bruderschaft, der anzugehören Ihr beteuert habt ... gegen den Befehl Eures Königs und gegen Gott selbst!«

Damien hörte, wie die Menge wieder mit Rufen reagierte, aber diese verschmolzen zu einem undeutlichen Raunen, als er herumwirbelte und mit einer so schnellen Bewegung, der man mit dem Auge kaum folgen konnte, Hugh bei der Kehle packte und sagte: »Hätte mein König mir nicht verboten, meine Waffe gegen Euch zu richten, würdet Ihr jetzt den kalten Stahl meiner Klinge zwischen den Rippen spüren. Ihr könnt mir später antworten. Keine Sorge.«

Und dann stieß er Hugh mit solcher Wucht von sich, dass dieser zurücktaumelte und nur von Wachmännern, die der König auf dem Platz hatte Aufstellung nehmen lassen, davon abgehalten werden konnte, sich auf Damien zu stürzen. Zwei weitere Wächter hielten Damiens Arme fest, doch im Gegensatz zu Hugh machte er sich nicht lächerlich, indem er sich gegen die Männer wehrte.

»Keiner von Euch wird noch ein Wort sagen, außer Wir befehlen es, noch werdet Ihr Euch einander auf weniger als zehn Schritte nähern, bis ich Euch die Erlaubnis dazu gebe.« King Edward sah beide wütend an und war mit seiner Geduld eindeutig am Ende. »Obwohl es Unsere Aufgabe ist, eine ehrenvolle Lösung für diesen Streit zu finden, müssen Wir gestehen, dass Wir in arger Versuchung sind, Euch beide in Eisen zu legen und hier auf Odiham ins Verlies zu werfen, bis Ihr wieder etwas Vernunft angenommen habt.«

Sein finsterer Blick wanderte von Hugh zu Damien und dann wieder zu Hugh zurück. »Vorausgesetzt, dass keiner innerhalb absehbarer Zeit Unseren Befehlen zuwider handelt, sind Wir bereit, Euch eine Lösung für dieses Dilemma zu offerieren.« Plötzlich lag die ganze Kälte und Härte der Plantagenets in seinem Blick, und seine Stimme troff vor Sarkasmus: »Haben Wir Eure Erlaubnis fortzufahren?«

»Ja, Sire«, sagte Damien und neigte den Kopf. Hugh tat es ihm nach.

»Gut.« Der König ließ seinen Blick über die Höflinge und Wettkämpfer schweifen und rief laut genug, sodass alle ihn hören konnten: »Dann verkünden Wir Folgendes: Ihr, Hugh de Valles, Earl of Harwick, und Ihr, Sir Damien de Ashby, werdet

Euch von heute an in vierzehn Tagen auf dem Turnierplatz von Guildford Castle in Surrey treffen, um Euch unter den aufmerksamen Augen Unserer königlichen Richter zu duellieren. Bei dem Kampf geht es um die Ehre und den Anspruch auf den goldenen, mit Edelsteinen besetzten Sperber, der als Preis bei diesem Turnier, dem ersten der Saison, ausgesetzt war. Der Kampf wird mit Schwert, Axt und Dolch in jeweils zwei Runden ausgetragen. Nehmt Ihr die Bedingungen an?«

Sein eisiger Blick machte eindeutig klar, dass die Antwort besser schnell und zustimmend sein sollte. Das war sie.

»Wir sind erleichtert«, meinte er gedehnt. »Sollte einer der Duellanten nicht zur vorgegebenen Zeit erscheinen, wird davon ausgegangen, dass er den Kampf und damit Ehre und Preis verloren hat.« Er schürzte die Lippen und sagte leiser, sodass nur die beiden es hören konnten: »Wenn Ihr meint, Euch zusammenreißen zu können, dürft Ihr am Abschlussfest, das Wir heute Abend geben, teilnehmen. Wenn nicht, empfehlen Wir Euch anderswo zu essen, wenn Ihr nicht die nächsten vierzehn Tage gefesselt an einem Ort verbringen wollt, der finster, ungemütlich und fern Unseres Blickes ist.«

Nachdem er seine Empfehlung einen Moment lang hatte wirken lassen, hob der König beide Hände und richtete sich wieder an die Menge. »Der Kampf ist für heute beendet und wird in vierzehn Tagen fortgesetzt. Ihr dürft Euch jetzt zurückziehen, um Euch auf das Fest heute Abend vorzubereiten.«

Unter dem Klang der Fanfaren, eilig umherhuschenden Dienstboten und schwungvoll nach hinten geworfenen königlichen Roben hielt der König der Königin seine Hand hin und führte sie aus dem Zelt vom Turnierplatz.

Und dann wurde es still.

Die Wächter hielten Hugh und Damien immer noch fest, und die Menge zögerte, sich zu zerstreuen, weil vielleicht noch etwas Aufregendes passieren könnte. Doch Damien reichte es. Er hatte seinen Standpunkt gegenüber Hugh deutlich gemacht und jedem, ob Bürger oder Edelmann, gezeigt, dass mit ihm nicht zu spaßen war. Alissende brauchte sich keine Sorgen darüber zu machen, dass irgendein Ritter oder Lord noch daran zweifelte, wie gut sie von ihm beschützt wurde. Doch Hughs intrigantes Spiel hatte Damien einer Sache beraubt, auf die er mit dem heutigen Sieg gehofft hatte … er hatte sich einen einzigen Moment gönnen wollen, um ein paar der Alpträume, die ihn und Alissende immer noch plagten, zu vertreiben. Nichts an des Königs Befehl hinderte ihn daran, diesem Moment jetzt zu frönen.

Nach ein paar leisen Worten zu den Wächtern, die ihn sofort losließen, ging Damien zu Reginald, Bernard und Thomas zu den Schranken und nahm Bernard die Lanze ab, die er bei der Eingangszeremonie gehalten hatte – die Lanze, an der Alissendes blauviolettes Band befestigt war. Vorsichtig machte er das Seidenband ab und drehte sich wieder um. Als würde sie seinen Plan gutheißen, brach in diesem Moment die Sonne durch die Wolken und tauchte ihn in goldenes Licht, als er sich der Zuschauertribüne zuwandte.

Dann hob Damien den Blick und sah Alissende an, die zwischen all den anderen stand. Ein sinnliches Lächeln breitete sich auf seinem Gesicht aus, dann ging er mit entschlossenen Schritten auf sie zu.

Alissende beobachtete Damien. Ihr wurde heiß und kalt, während ihr Körper vom Kopf bis zu den Füßen zu kribbeln begann. Was hatte er vor?

Der Himmel stünde ihr bei, doch er sah genauso aus wie an jenem lange zurückliegenden Tag, als er das Turnier gewonnen hatte und auf sie zugekommen war, um ihre Gunst als

Siegerpreis für sich einzufordern. Und erstaunlicherweise reagierten die Menschen um sie herum genau so, wie sie es damals getan hatten – die Männer begannen applaudierend auf der Tribüne zu stampfen, während die Frauen bei dem herrlichen Anblick, den er bot, als er über den Platz auf sie zukam, anfingen zu tuscheln.

Aber wie damals, so hatte er auch heute nur Augen für sie. Er kam, um ihr Pfand gegen einen Kuss einzutauschen und damit allen zu zeigen, dass er ihre Gunst der aller anderen Frauen vorzog. Die Bedeutung dieser Erkenntnis überraschte sie, aber damit einher ging eine ebenso überwältigende Einsicht.

Es gab keinen Grund für ihn, es ausgerechnet jetzt zu tun. Selbst in Hinblick auf ihre vorgetäuschte Ehe ergab es keinen Sinn. In den Augen der Turnierbesucher war er eigentlich nicht als Gewinner hervorgegangen, und somit erwartete auch keiner von ihm, dass er – oder Hugh – eine der anwesenden Damen für sich beanspruchte, wie es üblicherweise der zum Sieger erklärte Ritter tun würde.

Es gab also nur den einen Grund: Er näherte sich ihr, weil er es einfach tun wollte.

Bei allen Heiligen …

»Mylady.«

Alissende wäre fast zusammengezuckt. Damiens Stimme war ganz nah, voller Zuneigung und beharrlich, und sie stellte fest, dass er vor ihrem Platz an der erhöhten Tribüne angekommen war. Er stand direkt unter ihr und reichte ihr ihr Band, das in seiner Hand flatterte.

»Das gehört Euch, Mylady, und ich gebe es Euch voller Ehrerbietung zurück.« Sie meinte zu sehen, wie sich sein Blick kurz verdunkelte, ehe er hinzufügte: »Gegen einen Kuss und Euer Versprechen, meine Verehrung am heutigen Tage anzunehmen.«

Das Herz schien ihr bis zum Hals zu schlagen, und die Kehle wurde ihr ganz eng. Oh Gott, das war genau der Moment, in dem sie sich vor fünf Jahren von ihm abgewandt hatte. Der Moment, der sie seitdem jeden Tag, jeden Atemzug zu verfolgen schien. Ihr Blick begegnete dem von Damien, und auf einen Schlag begriff sie die Größe dieses Moments. Er bot ihr eine zweite Chance, legte ihr wieder seinen Stolz zu Füßen, um damit zu tun, was sie wollte.

Dieses Mal würde sie ihn nicht enttäuschen, schwor sie.

Ihre Lippen zitterten, als sie versuchte, sein sanftes Lächeln zu erwidern. Sie beugte sich vor und streckte die Hand nach dem Seidenband aus. Ihre Finger schienen plötzlich völlig taub zu sein, trotzdem durchströmte sie ein erregendes Gefühl, als seine Hand ihre berührte.

Doch ehe sie sich wieder aufrichten konnte, hielt er sie am Kinn fest, und ihre Pupillen weiteten sich, als sie feststellte, dass das Eisblau seiner Augen sich in Saphir verwandelt hatte.

»Nicht so schnell, meine Dame. Ihr habt etwas vergessen.«

»Was denn?«, murmelte sie.

»Meinen Kuss.«

Sanft zog er sie dichter an sich heran und eroberte ihre Lippen mit solch zärtlicher Leidenschaft, dass sie meinte, ihre Beine würden gleich unter ihr nachgeben. In blinder Panik griff sie nach seinen Schultern, und die unerwarteten Rufe der Zustimmung wurden lauter, als er ihre Taille umfasste, sie von der Tribüne herunterhob und neben sich absetzte. Als sie zu ihm aufsah, nachdem sie ihr Gleichgewicht wiedergefunden hatte, überkam sie erneut ein Schock angesichts der Eindringlichkeit seines Blickes.

»Jetzt fehlt nur noch eine letzte Kleinigkeit«, erklärte er ruhig. »Nimmst du meine Verehrung an, Alissende?«

Sein Blick ruhte voller Liebe auf ihr, und ein sehr angenehmes Kribbeln durchströmte ihren Körper. Aber sie durfte nicht den Kopf verlieren: Damien war schon früher sehr überzeugend vor Publikum gewesen, als er sie in aller Öffentlichkeit geküsst und seine Zuneigung zur Schau gestellt hatte.

»Vielleicht«, flüsterte sie und strich ihm das Haar aus der Stirn. »Das kommt wohl darauf an.«

»Worauf?«, fragte er.

»Ob du es wirklich ernst meinst oder nicht.«

Sein rätselhafter Blick wurde schnell von einem Lächeln abgelöst. »Da lässt man wohl eher Taten sprechen, denn Worte, denke ich.«

Ehe sie noch irgendetwas sagen konnte, nahm er ihre Hand und führte sie vom Platz. Er ließ sie nur einen kurzen Moment lang los, um zu seinem Knappen am Ende der Schranken zu treten und leise etwas zu ihm zu sagen. Als er zu ihr zurückkam, hob er sie auf ein anderes Pferd, das Bernard für sie bereitgehalten hatte. Dann schwang er sich hinter ihr in den Sattel, legte die Arme um ihre Taille und spornte das Pferd zum Galopp an …

Er ritt mit ihr vom Platz und ließ die wissenden Blicke der stampfenden, jubelnden Menge, die die Tribüne füllte, hinter sich.

Kapitel 18

Alissende wurde aufs Neue überrascht, als Damien mit ihr ins Zeltlager ritt und dann nicht beim blau-goldenen Zelt anhielt, das sie miteinander teilten. Sie drehte sich in seinen Armen, als sie daran vorbeikamen, und schaute einen Moment lang an ihm vorbei, ehe sie den Blick zu seinem Gesicht hob.

»Ich hasse es ja, Dinge, die offensichtlich sind, zu erwähnen, Damien«, meinte sie, »aber unser Zelt ist da hinten. Und dann ist da noch etwas anderes, das eigentümlich ist: Dein Knappe Thomas kommt uns in einiger Entfernung hinterher. Bitte, sag mir, wohin wir reiten und warum.«

Er bedachte sie nur mit einem Lächeln, und sein Gesichtsausdruck ließ sie innerlich schmelzen, weckte aber auch den unbändigen Wunsch in ihr, ihm mit dem Absatz gegen das Schienbein zu treten.

»Geduld, Alissende.« Er gab ihr einen Kuss auf die Nasenspitze. »Du wirst schon sehen.«

Sie gab einen verärgerten Laut von sich, der ihn nur noch breiter grinsen ließ, und richtete den Blick wieder nach vorn.

»Ich erinnere mich, dass du Überraschungen mochtest«, murmelte er, und als sein warmer Atem über ihr Ohr strich, begann es in ihrem Bauch zu kribbeln.

»Vielleicht.« Sie wand sich im Sattel, um eine bequemere Position zu finden, und drückte ihre Hüften dabei gegen seine Lenden. Ihre unerwartete Bewegung ließ ihm den Atem stocken, und sein Arm spannte sich über ihrem Bauch an, während sie etwas mürrisch hinzufügte: »Meistens war aber ich diejenige, die die Überraschung bereitet hatte.«

»Das gelingt dir immer noch«, meinte er und stieß ein mit einem Stöhnen vermischtes Lachen aus. »Bitte hab Erbarmen und hör auf so herumzuzappeln. Wir sind fast da.«

Kurz zuvor hatten sie den Hauptweg verlassen und ritten nun durch einen waldigen Abschnitt, ehe sie auf eine kühle, grüne Lichtung kamen, an deren Rand ein Teich lag, welcher in der Sonne glitzerte.

»Das ist es«, verkündete er und zügelte das Pferd.

»Was?«

»Unser Ziel.«

Sie wartete darauf, dass er noch mehr sagte, aber er blieb stumm und half ihr beim Absteigen, ehe er mit langen Schritten davonging. Verärgerung stieg in ihr auf, als sie in den Wald blickte und dann wieder ihn anschaute. »Wo willst du hin, Damien de Ashby – und wo ist Thomas?«

Damien schien ihren Unmut gar nicht zu bemerken, sondern schaute nur über die Schulter zurück und erklärte, während er sich dem Wasser näherte: »Ich will mir den Dreck vom Kampf abwaschen. Und Thomas hält auf meinen Befehl hin bei dem Wäldchen Wache, an dem wir eben vorbeigekommen sind, damit uns niemand stört.«

»Wobei nicht stört?«, fragte sie mit scharfer Stimme und stemmte die Hände in die Hüften. Diesmal schien Damien ihren Tonfall zu bemerken, denn er hielt inne und drehte sich lächelnd zu ihr um, obwohl er den Kopf schüttelte.

»Ach, Alissende, ärgere dich nicht so. Es ist alles in Ordnung. Ich habe ein leichtes Mahl für uns vorbereiten lassen, das wir fern neugieriger Augen zu uns nehmen können, wenn es dir recht ist. Der Korb und eine große Decke sind dort drüben« – er deutete auf eine moosbedeckte Stelle unter einer Eiche mit ausladenden Ästen, die ein dichtes Blätterdach bildeten – »und wenn du so gut wärst, alles vorzubereiten, während ich mich wasche, verspreche ich, dir meine Wertschätzung sehr gründlich zu zeigen, wenn ich fertig bin.«

Sie sah ihn mit offenem Mund an. »Du willst damit sagen, dass du das alles geplant hast? Aber wie konntest du dir über den Ausgang des Kampfes so sicher sein? Oder dass du … oder dass ich überhaupt …?«

Er zuckte die Achseln. »Ich habe keine Zweifel gehegt, dass ich es mit Hugh beim Lanzenstechen aufnehmen kann. Nur bezüglich deiner Reaktion hinterher war ich mir nicht ganz so sicher.« Er grinste. »Ich bin froh, dass ich in diesem Punkt richtig gelegen habe.«

Seine weißen Zähne blitzten auf, und auf seinem schönen Gesicht lag ein verspielter Ausdruck. Doch er ließ ihr keine Zeit zu antworten, denn gleich darauf drehte er sich wieder zum Wasser um und fing an, die einzelnen Rüstungsteile und seine Kleidung abzulegen, die er neben sich auf die Erde fallen ließ. Ein paar Atemzüge später stand er vollkommen nackt am Ufer des Teiches, und das Sonnenlicht tauchte ihn in Gold und Schattenspiel.

Dann griff er in die langen Farnbüschel, die nah am Wasser standen, wahrscheinlich holte er ein Stück Seife hervor, richtete sich wieder auf und tauchte mit vorgestreckten Armen in den Weiher. Der Anblick seines kraftvollen Körpers war einfach atemberaubend.

Sie merkte, dass sie tatsächlich aufgehört hatte zu atmen, während sie ihm beim Entkleiden zuschaute. Und jetzt musste sie tief Luft holen, als er wieder an die Oberfläche kam, einen Schrei ausstieß und sich das Wasser aus dem Gesicht strich, ehe er den Kopf schüttelte, sodass ein Regen aus funkelnden Tropfen in alle Richtungen davonstob.

»Es ist kalt«, rief er ihr lachend zu.

»Dann bleib nicht zu lange drin.« Unwillkürlich erwiderte sie sein Lächeln. In ihrem Innern erwachte etwas zum Leben, als sie ihn anschaute, und das Kribbeln, das sie auf dem Rücken verspürte, ließ sie wünschen, sie könnte den ganzen Tag so stehen und ihn beobachten. Aber er hatte sie gebeten, das Essen vorzubereiten, und sie sah keinen Grund, seiner Bitte nicht nachzukommen.

Während sie versuchte, sich auf ihre Aufgabe zu konzentrieren, breitete sie die Decke flink auf dem Boden aus, ehe sie sich dem Korb zuwandte. Doch als sie den geflochtenen Deckel hob, runzelte sie die Stirn. Was um Himmels willen …

Gänsefedern?

Eine Handvoll langer, seidiger Federn lag auf einem Stapel, der nach Männerkleidung aussah. In dem Korb befand sich zwar auch ein Behälter mit reifen Erdbeeren, aber das Büschel Minzezweige konnte sie sich nicht erklären. Genauso wenig wie den kleinen Tiegel, der irgendeine Salbe zu enthalten schien und den sie ganz unten im Korb entdeckte. Das Einzige, was außer den Erdbeeren zu einer Mahlzeit gehörte, war ein Beutel mit Rotwein. Der Rest gab ihr Rätsel auf.

Sie kniete auf dem Rand der Decke und wollte sich gerade umdrehen, um Damien um eine Erklärung zu bitten, als er plötzlich hinter ihr auftauchte, sie packte und sich mit ihr auf die Decke fallen ließ, ehe er sich halb über sie rollte. Er schien sich abgetrocknet zu haben, doch abgesehen vom warmen Sonnenlicht, das seinen Körper schimmern ließ, trug er … nichts.

Sie gab ein leises Kreischen von sich, als er anfing, die Bänder ihres Kleides zu lösen. Sie drückte ihre Hände flach gegen seine Brust und schaffte es, so weit von ihm abzurücken, dass sie ihm wütend ins Gesicht sehen konnte.

»Ich verlange, dass du aufhörst, Damien de Ashby, bis du mir erklärt hast, was das alles soll« – mit wedelnder Hand deutete sie auf den Inhalt des Korbes, der verstreut neben ihnen lag – »und was genau du da eigentlich tust.«

Da hielt Damien einen Moment inne, holte tief Luft, um sich zu beruhigen, und stellte dabei fest, dass er das alles viel mehr genoss, als er ein Recht dazu hatte. Aber er konnte nicht anders. Sie war so schön. Sogar empört so wie jetzt – oder vielleicht gerade deshalb – versetzte sie ihn in Verzückung. Ihre Wangen wiesen eine solch zarte Röte auf, mit der es keine Blume auf Erden an Lieblichkeit aufnehmen konnte, und die reizende Färbung betonte noch das Funkeln ihrer Augen und ihr glänzendes dunkles Haar.

Er nahm die Hand von ihrem Rücken, um die Fingerspitzen an der Seite ihres Gesichts entlanggleiten zu lassen. Dabei lächelte er und spürte, wie er von einer Woge unerklärlicher Gefühle erfasst wurde, als er sie anschaute. Gefühle, die aus seinem Innern nach oben stiegen und von einem Ort kamen, von dem er gedacht hatte, er wäre längst tot. Aber es war da, stellte er schockiert fest – herrlich lebendig und wunderschön. Ein Gefühl, welches er nie wieder gedacht hatte empfinden zu können.

Mögen die Engel ihn bewahren …

Er tat sein Möglichstes, um diese plötzliche und erstaunliche Erkenntnis zurückzudrängen, und schluckte, während er sich wieder auf das neckische Geplänkel zu konzentrieren versuchte, dem sie sich eben noch hingegeben hatten.

»Was ich eigentlich tue?«, antwortete er mit einer Stimme, die von seinen unterdrückten Gefühlen ganz heiser war. »Nun, ich versuche dich auszuziehen, Alissende. Natürlich nur mit deiner Erlaubnis. Sonst wird es etwas schwierig, das zu machen, was ich sonst noch mit dir vorhabe.«

»Aber – hier draußen?«, flüsterte sie halb erstickt. Doch in ihren Augen war dieses ungestüme Funkeln und die tief empfundene Freude an allem Neuen, die ihn vom ersten Tage an bei ihr so entzückt hatte.

Damien versuchte wieder zu grinsen, musste jedoch feststellen, dass sein Mund nicht mitmachen wollte. Das seltsam zittrige Gefühl in seinen Lippen führte wohl dazu, dass daraus eine unangenehm schiefe Grimasse wurde. Er brauchte einen Moment, bis er sich wieder so weit im Griff hatte, um sprechen zu können. Er würde sich nur auf das Vergnügen, das er gerade bekommen konnte, konzentrieren, sagte er sich. Nur das und nicht mehr. Das musste er tun, denn wenn er anfing, über das Unvorstellbare nachzudenken – dass er zugelassen hatte, sich wieder in Alissende zu verlieben –, würde ihn das in den Wahnsinn treiben.

Er räusperte sich und bemühte sich, normaler zu klingen, als er sich in Wirklichkeit fühlte. »Damals trafen wir uns immer auf dieser Wiese am Fluss hinter Seton Castle, wo über uns nur der Himmel, die Sonne und ein paar Bäume waren. Ich erinnere mich gerne daran … um es mal so auszudrücken.« Er schaffte es, eine Augenbraue hochzuziehen, und hoffte, damit einen verwegenen Eindruck zu machen. »Davon abgesehen hält Thomas Wache, und ich muss immer noch ein Versprechen einlösen. Du erinnerst dich doch noch daran, dass ich versprach, dir die süße Folter, die du mir vor einer Woche in unserem Zelt angedeihen ließest, dreifach heimzuzahlen?«

Sie sah ihn an und lächelte. »Das hast du getan.«

»Und du gabst zu, bei dieser Aussicht vor Furcht zu beben.«

»Ja, ich erinnere mich, das gesagt zu haben.« Sie richtete ihren Blick auf seinen Mund und strich mit dem Daumen über seine Unterlippe. Mit der unschuldigen Erotik dieser Geste brachte sie ihn fast um.

»Du bebst schon, nicht wahr?«, fragte er mit heiserer Stimme.

Alissende sah ihn wieder an und raubte ihm mit dem Blick ihrer tief blauvioletten Augen den Atem. Sie schluckte. »Ja. Aber nicht mehr als du, glaube ich.«

»Wenn ich bebe, dann vor Verlangen nach dir, Alissende«, raunte er. Dann ließ er Worte Worte sein, neigte den Kopf und küsste sie wieder.

Ihr Mund war so weich. So weich und sanft unter seinen Lippen. Sie schmeckte nach Honig und Äpfeln, und als sie mit ihrer Zungenspitze den Umriss seiner Lippen erforschte, entfesselte sie damit eine Woge der Lust, die seinen ganzen Körper erfasste und sein Geschlecht steif und schwer machte.

Er küsste sie inniger, denn er wollte, dass sie das Verlangen spürte, welches sie in ihm weckte, als er begann, die Bänder in ihrem Rücken zu lösen. Das Kleid glitt über ihre Schultern, und ohne den Kuss zu unterbrechen, zog er es herunter, während er gleichzeitig seine Daumen unter die Träger ihres Hemdes schob und so beide Gewänder über ihre Hüften streifte, bis sie ganz von ihnen befreit war.

Jetzt war sie genauso nackt wie er. Er musterte ihr Gesicht und genoss die Mischung aus Lust und Schüchternheit, die sich darin widerspiegelte, weil sie nun gar nichts mehr anhatte. Bei allem, was heilig war, doch sie schien keine Ahnung zu haben, wie schön sie war, dachte er, wobei sein Herz einen Satz machte. Oh, in seinen Augen war sie einfach vollkommen, und seine Hand zitterte vor Verlangen, mit den Fingern über ihre glatte, rosig-zarte Haut zu streichen, die vom schimmernden Sonnenlicht erwärmt war.

Trotzdem berührte er sie noch nicht. Nein, er versagte sich

dieses Vergnügen erst einmal, sondern stützte sich stattdessen auf einem Ellbogen auf und umfasste ihr Gesicht, während er sie weiter küsste. Er verwöhnte ihren Mund mit verschwenderischer Aufmerksamkeit, genoss ihren Geschmack und wollte, dass sie spürte, wie groß sein Verlangen nach ihr war. Von dieser berauschenden Zärtlichkeit abzulassen, überstieg fast seine Willenskraft, doch schließlich ließ er seine Lippen zur Seite wandern, wo er noch mehr Küsse auf ihre Wange hauchte, bis er die empfindliche Stelle direkt unter ihrem Ohr erreicht hatte und ihre leisen Seufzer der Lust genoss.

Er zwang sich dazu, sich von ihr zu lösen, langsamer zu machen, und um es länger dauern zu lassen, griff er nach dem Schälchen mit den Erdbeeren. Er nahm eine heraus, und mit gespielter Gleichgültigkeit setzte er sich auf, um gleichzeitig leise zu sagen: »Ich habe Hunger – du auch?« Ohne auf ihre Antwort zu warten, biss er in die saftige Frucht, die er in der Hand hielt, und grinste über den entsetzten Ausdruck auf ihrem Gesicht, nachdem er das Liebesspiel so abrupt unterbrochen hatte.

Im nächsten Moment schlug sie lachend nach ihm und stützte sich auf den Ellbogen auf. Sie griff nach dem Schälchen, als er sich wieder neben ihr auf die Decke legte, und schaffte es tatsächlich, die Situation mit Humor zu nehmen, als sie sagte: »Ich glaube, ich würde auch gern ein oder zwei Beeren probieren … aber ich weiß überhaupt nicht, warum ich mich dafür ausziehen musste.«

»Deine Kleidung oder deren Nichtvorhandensein hat überhaupt nichts mit den Erdbeeren zu tun«, murmelte er und ließ sie nicht aus den Augen, während er das sinnliche Schauspiel, das sie beim Essen der saftigen Erdbeere bot, beobachtete.

»Ach nein?« Auch ihr Blick war unverwandt auf ihn gerichtet, während sie das erotische Geplänkel eindeutig genauso sehr genoss wie er. Als sie die erste Frucht gegessen hatte, nahm sie sich eine zweite.

Er schüttelte den Kopf. »Die Erdbeeren sind nur eine Stärkung, damit du das, was als Nächstes kommt, durchhältst … und wofür du deine Kleider ausziehen musstest.«

Als er zu Ende gesprochen hatte, griff er nach dem Tiegel mit der nach Zimt duftenden Salbe. »Wir fangen hiermit an«, sagte er, nahm den Deckel ab und tauchte einen Finger in die weiche, süß duftende Salbe, »denn das muss vor den Minzeblättern oder den Federn kommen.«

»Und was *ist* das?«, fragte sie verspielt und deutete mit dem Kopf auf den Tontopf, ehe sie ihren Kopf mit einem leisen Seufzer nach hinten sinken ließ, als er mit seinem mit ein wenig Salbe bedeckten Finger über ihren Hals nach unten zu der Mulde zwischen ihren Brüsten strich und dann noch zarte Küsse darauf hauchte.

Er tauchte seinen Finger wieder ein und richtete seine Aufmerksamkeit jetzt auf ihre vor Erregung zusammengezogenen, rosigen Brustwarzen, ehe er antwortete: »Diesen Balsam habe ich entdeckt, als ich durchs Heilige Land reiste. Man benutzt ihn meistens für verspannte Muskeln und um den Blutfluss zur Beschleunigung der Wundheilung anzuregen. Das heißt, bisher benutzte man ihn dafür«, meinte er lächelnd.

»Mmmm … es fühlt sich herrlich an. Und warm. Wärmer als die Sonne«, sagte sie und legte sich wieder auf die Decke, als er sie sanft darauf niederdrückte.

»Das kommt vom Zimt. Aber es ist eine milde Wärme, nicht wahr?«

Sie nickte und entspannte sich eindeutig unter seiner fürsorglichen Behandlung … genau das, was er gewollt hatte … zumindest jetzt.

»Schließ jetzt die Augen, Alissende«, befahl er ihr sanft, und als sie es tat, ließ er seinen Finger über ihren Bauch gleiten und dann tiefer und tiefer …

Ihr freudiger Aufschrei, als sein Finger sanft zwischen die weichen Falten ihrer Weiblichkeit glitt, hätte ihn fast an Ort und Stelle kommen lassen. Sie war bereits feucht, fühlte sich ganz seidig an und wand sich mit sinnlicher Hingabe unter seinen Händen. Sein steifes Glied pochte erbarmungslos. Er schluckte krampfhaft und mahnte sich, das Atmen nicht zu vergessen, während er all seine Selbstkontrolle aufbieten musste, um diese süße Folter nicht sofort in einer Weise zu beenden, die für beide in höchstem Maße erfüllend sein würde.

Aber noch nicht, dachte er. Nein, noch nicht …

Er stellte den Tiegel zur Seite, nahm ein paar Minzeblätter und eine der Federn – die längste und weichste von allen. Nachdem er die Minze zwischen Fingern und Daumen zerrieben hatte, verteilte er sie dort, wo er eben noch den Balsam aufgetragen hatte. Alissendes lusterfüllter Aufschrei, als die kühlende Minze die Wärme der Salbe ersetzte, ließ wieder Wellen der Lust von seinen Fingerspitzen bis in sein brennendes, schweres Gemächt schießen. Aber er wartete immer noch, denn er wusste, da war noch mehr, und er wollte sie auf all die Arten lieben, die er sich so lange vorgestellt hatte …

Ihr Körper wölbte sich ihm schamlos entgegen, als er sie mit der seidigen Feder berührte. Ihre Brustwarzen, die wie süße, reife Himbeeren aussahen, zogen sich zu harten Knoten zusammen, die geradezu darum flehten, geküsst zu werden, als er mit der Spitze der Feder über sie strich. Doch er zögerte es noch ein wenig länger hinaus, ließ sie langsam um das üppige Rund jeder Brust gleiten und dann hinunter bis zu der Stelle, wo ihre Schenkel sich trafen, bis Alissendes Atem nur noch in abgehackten Stößen kam, sie den Rücken wölbte und sich ihm entgegenstreckte.

»Bitte, Damien«, stöhnte sie. »Lass mich nicht länger warten. Berühre mich … liebe mich, bitte …«

Ihr heiseres Flehen ließ den letzten Faden, an dem seine Selbstkontrolle gehangen hatte, reißen, und mit einem leisen Seufzen ergab er sich. Er beugte sich über sie, umfasste mit beiden Händen ihre vollen Brüste und nahm mit einem sengenden Kuss von ihrem Mund Besitz. Sie vergrub die Finger in seinem Haar, während sie wieder keuchend stöhnte, und zog ihn näher an sich, als seine Lippen von ihrem Mund über ihren Hals zu ihren Brüsten glitten, um an den köstlichen kleinen Knospen zu saugen, ehe er sich noch weiter nach unten vorarbeitete. Seine Hände legten sich auf ihre glatte, von der Sonne gewärmte Haut, während sein Mund über die köstliche Wölbung ihres Bauches nach unten fuhr, und er wusste, dass er niemals aufhören wollte, dass er niemals aufhören konnte. Nein, nicht einmal, wenn sein Leben davon abhängen würde.

»Du bist so schön, Alissende«, murmelte er zwischen zwei Küssen und atmete ihren lieblichen Duft ein, kostete die Wärme ihrer Haut, die mit Minze und Zimt gewürzt war. Aber als er an der Stelle ankam, wo sich ihre Schenkel trafen, verkrampfte sie sich etwas und murmelte seinen Namen, während sich ihre Hände fester um seinen Kopf legten. Er hielt lange genug inne, um den Kopf anzuheben und leise zu raunen: »Nein, Liebste, bitte mich nicht darum aufzuhören, denn ich sehne mich danach, dir in dieser Weise Lust zu schenken, wie wir es vor langer Zeit getan haben. Wirst du mich lassen?«

Sie hatte den Kopf von der Decke gehoben, um ihn anzuschauen, und sie war so überwältigend in ihrer Leidenschaft, in dem Verlangen, das er in ihr entfacht hatte, dass ihm der Atem stockte, während er auf ihre Antwort wartete. Und als sie dann zögernd nickte und ihm dabei in die Augen schaute, bedankte er sich mit vor Gefühl ganz rauer Stimme bei ihr.

Dann legte er sanft, aber fest seine Hände auf ihre Schenkel und schob sie auseinander.

Der wunderschöne Anblick ließ seine Lenden wieder pochen, und er musste seinen Unterkörper in eine andere Position bringen, um es einigermaßen bequem zu haben. Das Leuchten ihrer Erregung lud ihn ein, und er gab sich dem herrlichen Anblick hin, bis er nicht mehr widerstehen konnte. Er strich mit den Fingerspitzen über ihr empfindliches Fleisch und hielt dann bei der runden Knospe ganz oben inne. Als er diese zärtlich streichelte, stöhnte Alissende und wand sich unter seiner Hand. Ihr Körper wölbte sich seiner Berührung entgegen und schien förmlich zu schmelzen, als er sie schließlich kostete und mit zarten Küssen überhäufte.

Es war wie ein Vorgeschmack auf den Himmel. Es war so schön, dass Damien seine zärtliche Aufmerksamkeit fortsetzte, bis er spürte, wie sie sich anspannte, hörte, wie ihre Atmung mit einem Keuchen aussetzte, und dann mit fast unerträglicher Befriedigung erlebte, wie sie von einem Orgasmus erschüttert wurde, der so mächtig war, dass er schon fürchtete, sie könnte dabei das Bewusstsein verlieren.

Er zögerte im Nachhall ihres Höhepunktes, doch sie bewegte sich nicht. Sein Herz pochte, und sein Gemächt war steif und schwer, als er sich schließlich hochdrückte, sie an sich zog und ihr Gesicht streichelte, während er leise raunte: »Alissende … Liebste, öffne die Augen, damit ich weiß, dass es dir gut geht.«

Einen Herzschlag später sah sie ihn an, wobei ihre Wimpern noch immer halb gesenkt waren, und ihre Lippen verzogen sich zu einem Lächeln. »Ach, mir geht es gut, Damien. Besser gesagt: hervorragend.«

Er erwiderte ihr Lächeln. »Da bin ich aber froh.«

»Aber dir geht es wahrscheinlich nicht so gut.« Während sie

diese Worte leise sprach, rollte Alissende sich zu ihm herum und presste ihren Schenkel mit sanftem Druck gegen seine steife Schwellung, sodass er ungewollt aufstöhnte. Wieder rieb sie sich an ihm, und er schloss die Augen, wobei er sich diesmal ihrer Berührung entgegendrängte, als sie flüsterte: »Und ich glaube, wir sollten dem so schnell wie möglich Abhilfe verschaffen.«

Dann legte sie ihre Hand an seine Wange und küsste ihn. Die zärtliche Liebe dieser Geste berührte ihn in einer Weise, dass er wusste, er würde sich davon nie wieder erholen. »Vereine dich mit mir, Damien«, flüsterte sie, »wie es uns bestimmt war, ehe alles andere dazwischenkam.«

Diese flehentliche Bitte war es schließlich, die dem Panzer, den er um sein Herz gelegt hatte, den letzten Schlag versetzte. Etwas brach in seinem Innern auf und überflutete ihn mit Wärme, Zärtlichkeit und Verlangen. Ein Verlangen, wie er es noch nie erlebt hatte, ein Verlangen, das über das rein Körperliche hinausging und Alissende lieben, verwöhnen und ehren wollte, mit allem, was er besaß. Ihren Namen murmelnd ergab Damien sich den Empfindungen, die ihn durchströmten. Er schob sich über sie, stürzte sich mit seinem Mund auf ihre Lippen und ließ alles, was er fühlte, in diesen Kuss einfließen.

Sie zog ihn enger an sich, und er schmeckte Tränen auf ihren Lippen … hörte ihren süßen Schrei der Hingabe, als sie ihre Schenkel öffnete, um damit seine Hüften zu umschließen, und ihr Körper sich ihm entgegenhob, um ihn in sich aufzunehmen.

Damiens Herz pochte laut, als er sich auf den Unterarmen aufstützte. Er sah Alissende an, die so schön und ihm so kostbar war. Ihre Augen waren vor Leidenschaft halb geschlossen, als sie ihn ansah, und ihr Gesicht drückte all die Liebe aus, die sie für ihn empfand. Da wartete er nicht länger, sondern vergrub sich tief in ihr. Es war unglaublich, dieses heiße, feuchte Gefühl, herrlicher denn jede Fantasie. Er umfasste ihr Gesicht mit beiden Händen, drückte Küsse auf ihre Augenlider und Wangen, ehe er sich wieder ihrem Mund zuwandte, während die süße Qual langsam immer wieder in sie zu stoßen ihn durchströmte und immer mächtiger wurde.

»Mein Gott, Alissende, du fühlst dich so gut an, so vollkommen«, sagte er mit heiserer Stimme, während er spürte, wie sich sein Orgasmus langsam aufbaute und ihn drängte, härter und tiefer zuzustoßen.

Ihr Körper reagierte auf seine wachsende Erregung. Sie drängte sich ihm entgegen und keuchte: »Oh, Damien ... ich halte es nicht mehr aus, es ist so schön – dieses Gefühl von dir in mir ...«

Und dann stöhnte Alissende wieder, es war ein Laut purer Ekstase, als sie erneut zum Höhepunkt kam und ihre feuchte Hitze sich rhythmisch um ihn zusammenzog, wodurch auch er endlich seine Erfüllung fand. Damien zog sich zurück und stieß noch einmal ganz tief in sie. Die Macht seines Höhepunkts jagte wie ein Orkan durch ihn hindurch, sodass er aufschrie. Er hatte das Gefühl, blind zu sein, als spürte er keinen seiner Sinne mehr und da wäre nur noch die makellose Verbindung zwischen ihm und dieser erstaunlichen Frau ... diese herrliche Verbindung von Körper, Geist und Seele mit Alissende, wie es ihm von Beginn an vorbestimmt gewesen war.

Völlig erschöpft sackte er auf ihr zusammen. Sein Atem ging in keuchenden Stößen, und mit letzter Kraft rollte er sich von ihr herunter, um sie von der größten Last seines Körpers zu befreien, während seine Beine immer noch zwischen ihren lagen und die Decke um sie gewickelt war. Ja, sie waren miteinander verbunden, ob einem das nun gefiel oder nicht, stellte er fest, als sein Verstand allmählich wieder anfing zu arbeiten und er die Welt um sich herum wahrnahm. Und es war wunderbar.

Er lag mit dem Gesicht zu Alissende, und nach einer Weile traute er sich, unter dem Arm hervor einen Blick auf sie zu werfen. Sie ruhte auf dem Rücken, die Augen waren geschlossen, und sie sah befriedigt sogar noch schöner aus, wenn das überhaupt möglich war, als bei ihrem Liebesspiel. Doch während er sie betrachtete, verzog sich ihr Mund zu einem schelmischen Lächeln und er wusste, dass sie seinen forschenden Blick bemerkt hatte.

»Hexe«, murmelte er und lächelte über ihren noch frecheren Blick, als ihre Augen sich flatternd öffneten. Er streckte die Hand aus und strich eine seidige Strähne aus ihrer Stirn. Dabei suchte er ihren Blick, und etwas in seiner Brust zog sich angenehm zusammen, als er ihn fand und sie ihn noch strahlender anlächelte.

»Pass bloß auf«, meinte er mit gespieltem Ernst, »sonst fühle ich mich noch versucht, dir deine Widerspenstigkeit mit meinen lüsternen Methoden auszutreiben. Es wären nur ein oder zwei Berührungen notwendig, um dich wieder unter meine Kontrolle zu bringen. Ja, eine zärtliche Berührung vielleicht hier«, – er strich mit den Fingern über die Spitze einer ihrer Brüste – »oder besser noch, genau hier.« Dieses Mal ließ er seine Hand über ihren Bauch nach unten gleiten, um die weichen Locken zwischen ihren Beinen zu kitzeln, woraufhin sie leise japste und sich lachend wegdrehte.

»Siehst du? Du springst ja schon auf meinen Befehl«, neckte er sie, doch der lachende Unterton verschwand aus seiner Stimme, als sie seine Hand ergriff, sie an die Lippen hob und einen sanften Kuss auf seine Finger drückte. Er meinte vor Gefühlen überzuquellen und brachte keinen Ton hervor, als er ihrem Blick begegnete.

»Ich liebe dich, Damien.«

Alissende sprach leise, und die Ernsthaftigkeit ihrer Worte war in ihren Augen deutlich zu sehen, während sie so schön und vertrauensvoll neben ihm lag. Sein Herz wurde ganz weit, und das Verlangen, ihr zu sagen, was er fühlte, stieg in ihm auf, bis er wusste, dass er es nicht mehr unterdrücken konnte. Dass die Welt und das Schicksal sich gegen ihn verbündet zu haben schienen, bedeutete nicht, dass er darüber, was in ihm war, Schweigen bewahren musste. Darüber, was sie mit ihrer Liebe in ihm ausgelöst hatte …

»Alissende, es gibt etwas, das ich dir …«

»Mylord! Verzeiht, Sir Damien, aber ich muss mit Euch sprechen!«

Die Stimme kam vom Rand der Lichtung. Es war Thomas, und es lag eine Dringlichkeit in seinem Tonfall, die Damiens Instinkte in Alarmbereitschaft versetzten. Er bat seinen Knappen zu warten, während er sich schon aufsetzte, flink von der Decke rollte und Alissende zuflüsterte, sich schnell anzuziehen.

Nachdem er die frische Hose und das Hemd, die beide im Korb gewesen waren, angezogen hatte, schlüpfte Damien in seine Stiefel. Dann überzeugte er sich davon, dass Alissende Zeit genug gehabt hatte, sich wieder einigermaßen ordentlich herzurichten, ehe er Thomas zu sich rief. Der Junge kam zusammen mit Reginald, der beunruhigt oder zumindest nervös wirkte.

»Reginald – was ist los?«

»Verzeiht vielmals, Mylord.« Reginald fühlte sich sichtlich nicht wohl bei dem, was er zu tun hatte. »Ich habe Euch auf Drängen eines Besuchers bei Hofe aufgesucht, der Euch sehen möchte.«

»Ein Besucher?«, wiederholte Damien mit gerunzelter Stirn. »Wer ist es?«

»Ein großer Mann, Mylord – ein Ritter, fast so breit und groß wie Ihr. Er ist heimlich hinten in den Stallungen an mich herangetreten und sagte, er wolle keine unnötige Aufmerksamkeit erregen.« Reginald gab einen verärgerten Laut von sich. »Er hat mich zwar eingehend nach Euch ausgefragt, wollte mir aber nicht seinen Namen nennen. Stattdessen gab er mir dies hier und sagte, Ihr würdet Euch mit ihm treffen, wenn Ihr säht, was darin ist.«

Nach diesen Worten reichte Reginald ihm einen kleinen Lederbeutel, der oben zusammengeknotet war. Der Anblick weckte irgendeine Erinnerung in Damien, aber sie war nicht eindeutig genug, um ihn wissen zu lassen, um wen es sich bei dem geheimnisvollen Mann handeln könnte. Er nahm seinem Wachmann den Beutel ab, knotete ihn auf und öffnete ihn. Als er hineinschaute, war da nur etwas, das wie ein mehrfach gefaltetes Stück Stoff aussah.

Doch als er es herauszog und aufschlug, erkannte er das Zeichen darauf, und in seinem Innern schellten alle Warnglocken Sturm. Er sah Alissende an, und die Anspannung ob der unerwarteten Entdeckung zeigte sich auch auf ihrem Gesicht. Er biss die Zähne zusammen, ballte die Hand zur Faust und richtete den Blick wieder auf Reginalds plötzlich fahles Gesicht, ehe er ihn anfuhr, zur Burg zurückzugehen, den Besucher ausfindig zu machen und dann ohne Verzögerung mit ihm zum Zelt zu kommen.

Als Reginald und Thomas losliefen, um ihren Auftrag auszuführen, öffnete Damien noch einmal die Hand und starrte das rechteckige Stück Tuch an, dessen Anblick überhaupt keine erfreulichen Gefühle in ihm geweckt hatte. Im selben Augenblick frischte der Wind auf und ließ das Laub in den Baumkronen rauschen und den Stoff flattern. Darauf war ein Zeichen, das er viele, viele Male zuvor gesehen hatte – ein Symbol, das ihm im Laufe der Jahre so vertraut geworden war wie seine eigenen Hände.

Denn der weiße Stoff, den er hielt, war mit einem unverwechselbaren Kreuz mit acht Spitzen versehen. Es war das Wahrzeichen einer verfolgten Bruderschaft, eines Ordens, der von der französischen Inquisition stark geschwächt worden war …

Es war das rote Kreuz der Tempelritter.

Kapitel 19

Alissende wartete mit Damien im Zelt auf ihren Besucher und versuchte in der angespannten Stille, die sich über sie gelegt hatte, ihres Gefühlswirrwarrs Herr zu werden. Sie hatte ein frisches Kleid angezogen und saß scheinbar gelassen da. Doch immer wieder spürte sie tief in sich ein Zucken, das die Nachwirkung des intensiven Liebesspiels war, welches sie mit Damien genossen hatte.

Kurz schloss sie die Augen und durchlebte noch einmal diese wunderschönen Momente in ihrer Erinnerung. Reginald hätte zu keinem ungünstigeren Zeitpunkt auftauchen können. Damien wollte ihr gerade etwas Wichtiges sagen, etwas, das mit ihnen beiden zu tun hatte – da war sie sich ganz sicher. Denn was sollte es anders sein, nachdem sie sich in so bewegender Weise geliebt hatten, dass ihr dabei fast die Tränen gekommen waren?

Und der Himmel stehe ihr bei, aber sie hatte ihm gesagt, dass sie ihn liebte.

Er hatte ihr nicht in gleicher Weise geantwortet. Nein, stattdessen hatte sich wieder dieser Schatten auf sein Gesicht gelegt, und das ließ den Kloß in ihrem Hals sogar noch größer werden. Doch was auch immer sie noch zu besprechen hatten, würde jetzt angesichts dieser neuen Krise warten müssen.

Es war damit zu rechnen, dass Damien in Gefahr war, denn trotz allem waren die Templer in England vor acht Monaten auf Befehl King Edwards unter Arrest gestellt worden. Er hatte den Befehl zwar nur widerwillig auf Druck seines Schwiegervaters, Philipps des Schönen von Frankreich, sowie auf Geheiß des Papstes gegeben, doch er war nun einmal in Kraft.

Deshalb musste jeder Templer, den man innerhalb der Grenzen Englands ausfindig machte, verhaftet und einem Verhör unterzogen werden. Man hörte, dass die Befragungen weniger brutal waren als die der französischen Inquisition, dafür konnten sie sich jedoch über Jahre hinziehen. Wenn Damiens Besucher ein Templer war, musste er in Besitz eines der ganz wenigen Ablassbriefe sein, wie der, den Michael für Damien hatte fälschen lassen, denn sonst setzte er sich der Gefahr aus, jederzeit verhaftet zu werden, wenn er sich in der Öffentlichkeit zeigte.

Sie würden es nur zu bald wissen.

Wie als Antwort auf ihre besorgten Gedanken entstand eine leichte Unruhe vor dem Zelt. Damien eilte mit langen Schritten zur Zeltklappe, und Alissende sprang auf. Gleich darauf schlüpfte ein Fremder ins Zelt, und Alissende beobachtete, wie Damien vor Schreck erstarrte.

»Richard?«

Der andere Mann sah genauso überrascht aus – und auch erleichtert, Damien zu sehen. Er war groß und kräftig, vielleicht ein paar Jahre älter als Damien und mit dunklem Haar, aber ganz eindeutig ein Krieger. Ja, er schien ein echter, starker Ritter zu sein, auf dessen Gesicht sich tief empfundene Freude ausbreitete, ehe er die letzten Schritte ging, die ihn noch von Damien trennten, diesen packte und in einer mächtigen Umarmung fast erdrückte.

»Du bist es! Bei allen Engeln und Heiligen, ich hatte Angst, du wärst tot!«, sagte er, und seine Stimme war vor Rührung ganz rau.

Als er sich von Damien löste, trat Alissende näher. Sie wollte ihn nicht nur eingehender mustern, sondern auch hören, was er zu berichten hatte.

»Richard, mein Gott … ich kann es nicht glauben. Nach jener Nacht in Frankreich – die Inquisitoren … sie sagten mir …« Damien versagte die Stimme, und Alissende sah, dass er schlucken musste, um fortfahren zu können. Sie musste sich zurückhalten, um nicht zu ihm zu gehen. »Ich dachte auch, dass du tot wärst«, fuhr Damien leise fort und schüttelte den Kopf. »Wie kannst du so frei durch England reisen? Und wie zum Teufel hast du mich gefunden?«

»Man stellte mir einen Ablassbrief aus, nachdem ich Ende letzten Jahres einen Zweikampf gewonnen hatte, dessen Ausgang als Gottesurteil gewertet wurde«, erwiderte Richard. »Es gibt viel zu erzählen – sehr viele Dinge. Gefunden habe ich dich, weil mir zu Ohren kam, dass dieses Turnier stattfinden würde. Ich bin im Ausland gewesen und war gerade auf dem Weg nach Hause, als ich nicht weit von hier in einer Taverne einkehrte. Ständig fiel dein Name als Favorit auf den Turniersieg, und ich beschloss mich selbst davon zu überzeugen, ob es wirklich du warst.« Richard schüttelte den Kopf. »Es ist so ein Segen, dich wohl und munter zu sehen. Ich bin jetzt schon zweimal mit John in Frankreich gewesen, um nach dir zu suchen …«

»John hat auch überlebt?«, unterbrach Damien ihn, und es war deutlich zu erkennen, dass er es nicht fassen konnte.

»Ja. Man hat ihn in jener Nacht kurz bei Montivilliers festgenommen, aber ihm gelang die Flucht, ehe man ihn zum Verhör mitnehmen konnte.«

Damien nickte. Ein Nerv an seinem Kiefer zuckte, doch er lud Richard mit einer Geste ein, sich mit ihm an den kleinen Tisch zu setzen, an dem sie immer ihre Mahlzeiten im Zelt einnahmen, und schien erst in dem Moment zu bemerken, dass er Alissende noch gar nicht vorgestellt hatte. Richard hatte in ihre Richtung geschaut, als er ins Zelt gekommen war, und sich ehrerbietig vor ihr verneigt, weil wohl an ihrer Kleidung deutlich zu erkennen war, dass sie von Adel war, nahm sie an. Doch jetzt verharrte Damien und streckte ihr seine Hand entgegen, damit sie zu ihnen trat.

»Verzeiht, Mylady. Ich war nachlässig. Vor Euch steht Sir Richard de Cantor, einer meiner engsten Gefährten, mit denen ich in der Bruderschaft gedient habe. Er, Alex, Sir John de Clifton und ich ritten in der Nacht der Massenverhaftungen quer durch Frankreich.« Er sah Richard an und fuhr fort: »Richard, dies ist Lady Alissende of Surrey. Durch eine Stellvertreterheirat mit ihr wurde ich Anfang dieses Jahres aus der Gefangenschaft befreit und wieder gesundgepflegt.«

»Du bist verheiratet?«

Jetzt war es an Richard, völlig fassungslos auszusehen. Doch schnell schloss er seinen vor Erstaunen offen stehenden Mund wieder und sah Alissende entschuldigend an. »Verzeiht, Mylady. Ich wollte Euch nicht beleidigen. Es war nur die Überraschung, durch die ich mich zu dieser Bemerkung hinreißen ließ.«

»Ich verstehe, Sir Richard.« Sie nickte ihm zu und setzte sich mit ihnen an den Tisch, während sie hoffte, dass sie gefasster aussah, als sie sich nach den aufregenden Ereignissen des heutigen Tages fühlte. »Es ist bestimmt alles sehr überraschend und viel, um es zugleich aufnehmen zu können.«

»Das stimmt.« Er sah kurz zu Boden, ehe er seinen Blick wieder auf Damien richtete. »Ich dagegen muss dir jetzt die traurige Mitteilung machen, dass meine Frau Eleanor, von der ich dir früher erzählt habe, kurz nach meiner Rückkehr im vergangenen Jahr gestorben ist.«

»Das tut mir leid, Richard«, sagte Damien, und auch Alissende fand mitfühlende Worte. »Ich weiß, dass du gehofft hattest, sie würde wieder gesund werden.«

Richard nickte, und Alissende konnte sehen, wie schwer die Erinnerung auf ihm lastete. Doch dann schenkte er ihnen ein leichtes Lächeln. »Doch Gottes Güte ist allumfassend, und mir wurde die Freude zuteil, mich wieder mit einer wundervollen Frau zu vermählen. Ich habe dir viel zu erzählen, doch jetzt muss es erst einmal reichen, dass Meg und ich Anfang dieses Jahres geheiratet haben. Sie befindet sich im Moment auf Hawksley Manor und erwartet die Geburt unseres ersten Kindes.«

»Wie bitte?« Damien packte Richards Arm, und zum ersten Mal seit der Ankunft ihres Besuchers lag ein echtes Lächeln auf seinem Gesicht. Er klopfte Richard lachend auf die Schulter. »Du wirst wieder Vater? Herzlichen Glückwunsch, Mann! Das sind wirklich gute Neuigkeiten.«

Wieder nickte Richard, der immer noch lächelte. »Es ist schon seltsam, welche Wendungen das Schicksal manchmal nimmt, nicht wahr?«

»Ja, das stimmt.« Damien schaute Alissende an, und in ihrem Bauch kribbelte es angenehm.

Im nächsten Atemzug wandte Damien sich wieder zu Richard um. »Ich denke, es gibt viel zu besprechen. Weit mehr, als hier und jetzt gesagt werden kann. Wenn du deine Heimkehr ein paar Tage hinauszögern könntest, würde ich mich über deine Gesellschaft freuen. Der König hat mir befohlen, in vierzehn Tagen nach Guildford Castle zu reisen, um gegen einen Earl anzutreten, der hier mit unfairen Mitteln gegen mich gekämpft hat.« Er warf Richard einen kläglichen Blick zu. »Noch eine lange Geschichte, fürchte ich, aber wir würden uns freuen, dich als Gast bei uns aufzunehmen, bis wir abreisen müssen.«

Richard zögerte, und etwas an seiner Miene ließ eine böse Vorahnung in Alissende aufsteigen. »Ich wünschte, ich könnte bleiben, Damien«, sagte er, »aber ich fürchte, ich habe noch mehr Neuigkeiten, deretwegen du deine Pläne für die nächsten paar Tage wahrscheinlich ändern musst.«

»Worum geht es?«

»Es betrifft Alex.«

Damiens Gesichtszüge wurden starr. Alissende spürte, dass das Gleiche für seinen ganzen Körper galt. Sie konnte ihn zwar nur im Profil sehen, aber sie wusste, dass seine Augen vor Trauer ganz leer waren – wie immer, wenn er daran erinnert wurde, dass sein Bruder tot war.

»Du brauchst es mir nicht zu erzählen, Richard. Diese Ausgeburten der Hölle, die mich befragten, verrieten mir mehr, als ich hören wollte. Es gibt nichts mehr zu sagen.«

Richard wirkte betroffen. »Ich weiß, dass du auf Alex böse warst, weil er seine Gelübde gebrochen hatte, Damien, aber ich kann nicht glauben, dass du nicht wissen willst, wo er ist.«

»Was willst du damit sagen?«, fragte Damien wütend. »Keiner weiß, wo die Inquisition die Opfer ihrer Grausamkeit verscharrt. Auch wenn man die Stelle fände, würden da so viele andere Tote sein, dass es fast unmöglich wäre, die Überreste meines Bruders zu finden.«

Während Damien sprach, zeigten sich auf Richards Gesicht erst Verwirrung, dann Schock und plötzlich schien er zu begreifen. »Ihre Opfer verscharrt …?«, wiederholte er. Er fuhr sich mit der Hand durchs Haar, ehe er Damien wieder in die Augen sah. Und dann erklärte er recht ruhig: »Ich weiß nicht, was diese Teufel in Frankreich dir erzählt haben, Damien, aber dein Bruder ist nicht tot.«

»Was?«

Richard nickte. Sein Blick war unverwandt auf Damien gerichtet. »Alex lebt. Und er befindet sich in England, keine drei Tagesritte von hier entfernt.«

Damien war sich nicht sicher, ob er noch atmen konnte, denn der Schock, der ihn bei Richards Worten erfasste, schien sich in seinem ganzen Körper auszubreiten. Seine Lunge, seine Muskeln und seine Gedanken gefroren an diesem einen unglaublichen Punkt: Alex lebte. Es konnte nicht sein, und doch saß Richard hier vor ihm und behauptete es.

»Es stimmt, Damien«, sagte Richard und schien zu wissen, wie unmöglich es für ihn klang. »John und ich haben Alex vor einem Monat in Frankreich aufgespürt, bestachen seine Wächter mit einem Teil des Templerschatzes, den wir bei uns hatten, und brachten ihn nach England zurück.«

Aus dem Augenwinkel sah Damien, dass Alissende eine Hand auf den Mund gedrückt hatte. Er dagegen kam sich wie eine Statue vor, so erstarrt saß er da. Er war sich noch nicht einmal sicher, dass sein Herz noch schlug. »Mein Gott, ich kann es nicht glauben.« Die Worte waren kaum zu hören, aber er hatte das Gefühl, als würden sie ihm aus der Kehle gerissen. »Nach all der Zeit … lebt er noch?«

»Ja«, antwortete Richard. »Er lebte, als ich ihn vor weniger als einer Woche in Johns Obhut zurückließ.«

Damien stieß einen leisen Fluch hervor, als er sich schließlich verwirrt in seinem Stuhl zurücklehnte. »Ich muss zu ihm.« Er hob den Blick und sah, dass sich auf Alissendes Augen ein verräterischer Schimmer gelegt hatte, den er aus seinen zu verdrängen suchte. Sie nickte ihm wortlos zu, nahm seine Hand und drückte sie tröstend.

»Es wäre klug, es eher früher denn später zu tun, Damien«, sagte Richard leise.

Damien warf Richard einen scharfen Blick zu und spürte, wie sich vor Sorge alles in ihm zusammenzog. »Wie schlecht geht es ihm?«, fragte er.

Richard neigte den Kopf und versuchte eindeutig, ihn zu beruhigen. »Nicht gut.«

Damien wandte den Blick ab und schloss die Augen bei dem Gedanken, was Alex durchgemacht haben musste. Er erinnerte sich an seine eigenen Folterqualen und wie nah er dem Tod gewesen war. Und das war bereits fünf Monate her. Die Vorstellung, dass Alex noch mehr hatte erdulden müssen, war unerträglich.

»Dann muss ich so schnell wie möglich los«, sagte er mehr zu sich selbst.

»Das wäre am besten«, meinte Richard. »Doch ich fürchte, ich kann dich nicht dorthin begleiten. Ich habe Meg in ihrem Zustand jetzt schon zu lange allein gelassen. Aber ich werde dir genau sagen, wo John sich mit Alex versteckt hält, sodass du ihn mit deinen Männern leicht finden kannst. Wenn dein Bruder erst wieder zu Kräften gekommen ist und in der Lage zu reisen, können wir ihn zu mir nach Hawksley Manor bringen, wo er besser genesen kann, so Gott will.«

»Ist John denn auch im Besitz eines Ablassbriefes?«, fragte Damien.

Richard schüttelte den Kopf. »Er versteckt sich zusammen mit Alex. Aber was ist mit dir? Du kannst dich eindeutig frei durchs Land bewegen, und das auch noch unter deinem eigenen Namen. Wie bist du an einen gekommen?«

Damien zögerte und spürte, wie sich Alissendes Finger um seine Hand krampften, ehe sie für ihn antwortete: »Mein Cousin Michael ist Priester. Zusammen mit den Dokumenten für die Schließung einer Stellvertreterheirat sorgte er auch dafür, ehe Damien aus Frankreich geholt wurde.« Sie schaute kurz zu Boden. »Sein Ablassbrief ist jedoch nicht ganz so bindend wie Eurer, Sir Richard.«

Richard zögerte kurz, dann meinte er: »Ich verstehe.« Er richtete den Blick wieder auf Damien. »Dann sei besonders vorsichtig, Damien – und überlege dir, ob du nicht vielleicht nach Schottland gehen möchtest. Seit Bruce exkommuniziert wurde, weil er Red Comyn auf dem heiligen Grund von Dumfries tötete, hegt er besonderes Mitgefühl für jene, die sich in einer ähnlichen Lage befinden. So lange seine Grenzen weiterhin für uns Templer offen stehen, ist Schottland der sicherste Ort für alle, auf denen ein päpstlicher Bann lastet und die nicht im Besitz eines Ablassbriefes sind.«

»Ich habe vor, irgendwann dorthin zu gehen, Richard, aber meine Aufgabe hier ist noch nicht erledigt.«

»Ich verstehe. Ehrlich gesagt, gibt es wohl ein halbes Dutzend von uns, die freiwillig in England bleiben, um die Brüder zu befreien, die von der französischen Inquisition verhört wurden und hier herübergekommen ist. Von uns allen bin ich bisher der Einzige, der sich überall frei bewegen kann.«

»Du sagst, die französische Inquisition verhört Männer hier in England?«, fragte Damien mit gerunzelter Stirn.

»Ja, ohne dass King Edward davon weiß. Bei unserer Suche nach dir und Alex haben wir mehrere Orte entdeckt – in der Regel in der Nähe von Gütern, wo man gegen den Orden Groll hegte. Dort sind heimlich Franzosen untergebracht, weil deren Verhörmethoden bessere Ergebnisse für diejenigen bringen, welche die Bruderschaft zerstören wollen.« Mit grimmiger Miene meinte Richard: »Ich brauche dir bestimmt nicht zu erklären, warum.«

Damien war nicht in der Lage zu antworten und nickte nur.

»Werde ich dich begleiten, wenn du deinen Bruder aufsuchst, Damien?«

Die leise Frage kam von Alissende. Er sah sie an und war wie immer von ihrer Schönheit beeindruckt, die nicht nur ihr Aussehen betraf, sondern von innen heraus zu leuchten schien. Man merkte ihr an, wie besorgt sie um ihn war, obwohl eher sie diejenige sein würde, die sich in Gefahr begab, wenn sie mit ihm kam. Denn abgesehen von Wegelagerern, denen man unterwegs begegnen konnte, oder der Möglichkeit eines Unfalls bei der Geschwindigkeit, mit der er würde reisen müssen, um zu Alex zu kommen, war da noch die Tatsache, dass er auf dem Weg zu zwei Männern war, die von der Krone gesucht wurden, damit man sie einem Verhör unterzog. Männer, die vom Gesetz her als Ketzer betrachtet wurden.

»Nein, Mylady«, erwiderte er sanft. »Ich werde nur meinen Knappen und einen anderen Mann mitnehmen, damit ich so schnell wie möglich vorankomme. Ihr werdet unter dem Schutz meiner restlichen Männer nach Hause reisen, wo ich wieder zu Euch stoßen werde, wenn ich alles erledigt habe.«

Sie wirkte einen Moment lang betrübt, doch dann schien sie ihre Enttäuschung heruntergeschluckt zu haben, und ihrem lieblichen Gesicht war anzusehen, dass sie seine Entscheidung akzeptierte. Als sie den Blick senkte und nickte, spürte er, wie Gefühle in ihm hochkamen, über die er jetzt nicht sprechen konnte – erst musste diese Krise gemeistert werden und er wieder bei ihr auf Glenheim sein.

»Wie du wünschst, Damien«, sagte sie schließlich. »Ich hoffe, Alex ist auf dem Wege der Besserung, wenn du bei ihm eintriffst, und du kommst bald wieder zu mir zurück.«

»Danke, Mylady, für das und vieles mehr.« Damien nahm Alissendes Hand in seine, womit er diesen bemerkenswerten Blick wieder auf sich zog und ihn festhielt, während er ihre Hand an seine Lippen zog und leise versprach: »Innerhalb einer Woche bin ich wieder bei dir. Das schwöre ich.«

In den Stunden nach ihrer Abreise von Odiham waren Damien, Thomas und Bernard gut vorangekommen, sodass Damien zu einer kurzen Rast aufrief, um die Pferde zu tränken. Es war ein gutes Gefühl, die Glieder zu strecken, aber sie durften sich nicht zu lange aufhalten. Sobald Thomas aus dem Wald zurück war, wo er einem menschlichen Bedürfnis nachging, würden sie sich wieder auf den Weg machen. Wenn sie dann nur einmal irgendwo übernachteten, würden sie vielleicht tatsächlich noch vor Einbruch der folgenden Nacht bei Alex und John eintreffen.

»Sir Damien, es nähern sich Reiter.«

Damien, der gerade den Sattelgurt seines Pferdes überprüft hatte, schaute auf und blickte in die Richtung, aus der sie gekommen waren. Es schien eine große Gruppe zu sein, mindestens ein Dutzend Männer, angesichts des aufgewirbelten Staubs und der Lautstärke des Hufgeklappers. Straßenräuber ritten nicht so, stellte Damien für sich fest. Es war wahrscheinlich eher einer der Lords mit einem Teil seines Trosses, der nach dem Ende des Turniers von Odiham nach Hause wollte.

»Sollten wir wieder aufsitzen?«, fragte Bernard, der offensichtlich auch bemerkt hatte, wie viele Soldaten es waren.

Damien nickte schweigend und schwang sich auf sein Pferd. Wenn diese Männer auf Ärger aus waren, dann würde es natürlich keinen Unterschied machen, ob sie nun auf ihren Pferden saßen oder nicht … dafür waren es einfach zu viele. Als ihm das durch den Kopf ging, war er wieder dankbar, dass Bernard so bereitwillig mitgekommen war. Sowohl Bernard als auch Thomas hatten gewusst, dass es in vielerlei Hinsicht gefährlich werden könnte, und trotzdem hatten beide erklärt, sich jeder Herausforderung zu stellen, wenn sie dadurch ihrem Herrn helfen konnten. Leider schien das, was sich da jetzt zusammenbraute, eine erste Probe ihrer Einsatzbereitschaft zu werden.

Die Männer, die in vorderster Reihe ritten, waren jetzt so nah, dass man sie deutlich erkennen konnte, und in dem Moment begriff Damien, dass es sich beileibe nicht um ein zufälliges Treffen handelte. Diese Männer trugen die Farben des Earl of Harwick … und Hugh selbst war auch dabei.

Gott sei Dank hatte er die weise Voraussicht besessen, Alissende mit all seinen Männern nach Glenheim zurückzuschicken, dachte Damien. Hier würde Hugh sie also nicht finden, was aber nicht bedeutete, dass es nicht trotzdem Ärger gäbe. Bis auf ein bisschen Zeitvertreib war für Hugh hier nicht viel zu holen. Nicht einmal er war so dumm, genau den Mann umzubringen, den King Edward zu seinem Gegner beim Zweikampf in zwei Wochen erklärt hatte. Damit würde er riskieren, den Zorn des Königs auf sich zu ziehen und wahrscheinlich aller Titel und Ländereien enthoben zu werden sowie gleichzeitig seine Ehre aufs Spiel zu setzen. Es sei denn, es gab einen anderen Grund für diese neuerliche Aggression …

»Halte dich bereit«, rief Damien Bernard mit leiser Stimme zu, während er sein Schwert zog und den Waldrand nach Thomas absuchte. Er gab Thomas' Pferd einen Klaps auf die Kruppe, sodass es zwischen die Bäume lief, wo man es nicht sehen konnte. Wo zum Teufel war der Junge? Obwohl es ihm zwar völlig gegen den Strich ging, wusste Damien, dass sie Hugh und seinen Männern wahrscheinlich entkommen konnten. Aber er wollte nicht riskieren, Thomas zurückzulassen, sodass dieser es dann mit ihnen zu tun bekam.

Er hoffte einfach, dass es gar nicht erst so weit kam. Es beruhigte ihn jedoch, dass er Bernard und Thomas die Anweisung gegeben hatte, nach Hawksley Manor zu Richard zu reiten, sollten sie durch einen Unfall oder einen Angriff unterwegs voneinander getrennt werden. Alissende sollte nicht auch noch Ärger bekommen, und Richard würde eher Mittel und Wege finden, sie zu beschützen, sollte Damien wieder verhaftet werden … oder ihm Schlimmeres widerfahren.

Er richtete seinen Blick wieder auf den näher kommenden Trupp und bemerkte, dass die Männer ihr Tempo verschärft hatten und jetzt mit gezogenen Schwertern auf ihn und Bernard zugaloppierten.

»Komm an meine Seite, da bist du besser geschützt«, rief Damien Bernard zu, ohne Hugh aus den Augen zu lassen. »Sie haben wahrscheinlich wenig Interesse an dir, und mit ein bisschen Glück wird Thomas schlau genug sein, im Wald zu bleiben, bis die Gefahr vorüber ist.«

Doch dann musste er überrascht feststellen, dass die Soldaten plötzlich die Richtung änderten und statt direkt auf sie zuzukommen, sich nun aufteilten und ihn und Bernard einkreisten, egal in welche Richtung Damien sein Pferd auch wenden mochte. Trotzdem behielt er weiterhin seine Klinge gezückt und fragte sich, ob Hugh ihn wohl noch einmal zum Zweikampf herausfordern wollte, wobei er sich diesmal aber an seine eigenen unfairen Regeln halten würde.

Er brauchte nicht lange zu warten, bis er wusste, woran er war.

»Ashby, was für ein Zufall, Euch hier zu treffen«, meinte Hugh in spöttischem Tonfall. Die Bemerkung wurde von einem blasierten Lächeln begleitet, während er näher kam. Als er sein Pferd schließlich zügelte, war er zwar ziemlich nah dran, aber nicht nah genug, als dass Damien ihn mit seiner Klinge erreicht hätte. »Aber lassen wir dieses unnötige Geplänkel. Wenn Euch das Leben Eures Mannes etwas wert ist, dann befehlt ihm, sein Schwert wieder in die Scheide zu schieben … genau wie Ihr. Jetzt.«

Hugh nickte in Bernards Richtung und fügte hinzu: »Ich muss Euch mitteilen, dass einer meiner besten Bogenschützen bereits auf ihn angelegt hat. Er hat den Befehl zu schießen, falls Ihr meinen Befehl nicht bei zehn befolgt habt.« Er hob seine Hand zum Signal, während er seinen Blick auf eine Stelle weit hinter Damiens Schulter richtete, und begann zu zählen: »Eins, zwei …«

Damien drehte sich im Sattel, um in dieselbe Richtung zu sehen, in die Hugh schaute, und stellte fest, dass es zumindest diesmal kein Bluff war. Die Sonne ließ die Spitze des Pfeils, der gespannt im Bogen des von Hugh erwähnten Bogenschützen lag, tückisch aufblitzen. Bernard war schneeweiß geworden und saß ganz steif in seinem Sattel, als erwartete er, jeden Moment von dem Pfeil durchbohrt zu werden.

Damien fuhr mit wütendem Gesichtsausdruck wieder zu Hugh herum, schob sein Schwert in die Scheide und hörte, wie Bernard es ihm nachtat. Hugh lächelte. »Jetzt werft Scheide und Gürtel auf die Erde.« Damien musste sich beeilen, um es rechtzeitig zu schaffen, doch Hugh wartete trotzdem noch einen Augenblick, in dem ihm fast das Herz gefror, ehe er seine Hand sinken ließ.

Der Mistkerl.

»Ich bin ja wirklich angemessen beeindruckt von der Demonstration Eurer Macht, Mylord«, erklärte Damien und ahmte Hughs höhnischen Tonfall nach, als der gefährliche Moment vorüber war, »aber könntet Ihr nicht einfach sagen, was Ihr wollt, statt mich erst von einem Dutzend Eurer Soldaten umzingeln zu lassen?«

Bei der Beleidigung wurde Hugh blass vor Wut, und er riss sein Pferd herum, sodass er Damien näher war. Seine Feindseligkeit ließ das Ross stampfen und tänzeln, während er hervorstieß: »Ihr werdet nicht mehr so vergnügt sein, wenn ich mit

Euch fertig bin, Ashby. Euer Winseln um Gnade wird Musik in meinen Ohren sein. Das versichere ich Euch.« Er bedachte ihn mit einem Blick voller Schadenfreude. »Wenn ich nicht gerade zu beschäftigt damit sein sollte, es Alissende zu besorgen, heißt das allerdings.«

Mehr brauchte er nicht zu sagen.

Damien stürzte sich vom Pferd, warf sich auf Hugh, ehe der Schuft auch nur die Klinge heben konnte, und zerrte ihn auf der anderen Seite des stampfenden Schlachtrosses herunter. Ein Tumult brach aus, aber ehe Hughs Männer Damien von ihrem Herrn wegziehen konnten, landete dieser drei gute Treffer mit der Faust, die er voller Genuss ins Gesicht des arroganten Widerlings krachen ließ.

Zu schnell aber wurde er weggerissen und von zwei Männern an den Armen festgehalten. Taumelnd kam Hugh wieder hoch und wischte sich das Blut weg, das ihm aus Mund und Nase strömte. Mit wutverzerrtem Gesicht stürzte er sich brüllend auf Damien und rammte ihm seine stahlharte Faust in den Magen.

Der Hieb ließ einen stechenden Schmerz durch seinen Körper jagen, der sich auf die Stelle mit der noch nicht wieder verheilten Rippe konzentrierte. Der Schmerz raubte ihm den Atem, und er wäre wahrscheinlich umgekippt, wenn ihn die Männer nicht weiterhin festgehalten hätten. Hustend zwang Damien sich dazu, wieder aus eigener Kraft zu stehen. Er wollte verflucht sein, wenn er sich auch nur den Anschein gäbe, vor Hugh de Valles in die Knie zu gehen.

»Jetzt seid Ihr wohl nicht mehr so wortgewandt, Ashby, was?«, meinte Hugh schroff, während er seine Faust öffnete und schloss und einem seiner Männer befahl, ihm ein Tuch zu bringen, damit er sich das Gesicht abwischen konnte.

Damien machte sich nicht die Mühe zu antworten. Stattdessen nutzte er die Zeit, während Hugh beschäftigt war, um wieder Luft zu bekommen und ließ dabei seinen Blick verstohlen den Weg entlang gleiten – bis er eine schwache Bewegung hinter den Bäumen zur Rechten wahrnahm. Ganz kurz war ein Gesicht zu erkennen, das verzweifelt und bestürzt aussah.

Thomas.

Himmel, der Junge sah aus, als wolle er gleich ins Freie treten, um irgendeine Art von Rettung zu starten. Das hätte Damien nicht überraschen sollen, wo er doch die Vorliebe seines Knappen für Geschichten voller Heldenmut und Tapferkeit kannte. Aber er war zu jung, um den Unterschied zwischen Mut und Dummheit zu kennen. Wenn er jetzt aus dem Wald herauskäme, wäre er tot, ehe er auch nur fünf Schritte getan hatte.

Er versuchte Thomas' Blick aufzufangen, ohne dass einer es merkte, und täuschte einen erneuten Hustenanfall vor. Erleichtert stellte er fest, dass es klappte. Thomas sah ihn unverwandt an, und Damien schüttelte heftig den Kopf, während er hoffte, dass die Botschaft ankam, auch nachdem Hugh sich direkt vor ihn stellte und ihm somit die Sicht versperrte.

»Dann wollen wir doch mal zum Kern dieses erfreulichen Treffens kommen, ja?«, knirschte Hugh. »Ihr habt Euch etwas genommen, das mir gehört. Obwohl ich es sehr genießen würde, Euch deshalb umzubringen, habe ich entschieden, dass es andere Möglichkeiten gibt, Euch loszuwerden. Möglichkeiten, die sich als noch nützlicher … und befriedigender erweisen werden.«

»Diese ständigen Wiederholungen langweilen mich unendlich«, meinte Damien gelassen, »aber wenn Ihr Euch davon unterhalten fühlt, dann fahrt nur fort.«

»Tut nicht so, als hättet Ihr keine Ahnung, Ashby. Euer Geheimnis ist entdeckt«, zischte Hugh. »Die Stellvertreterheirat mit meiner Cousine? Der Ablassbrief von der Inquisition? Beides so fadenscheinig und dünn wie das Pergament, auf dem sie geschrieben stehen.«

Damien sagte nichts, doch er konnte das Gefühl der Furcht, das ihn bei dem Gedanken beschlich, Hugh könnte tatsächlich die Wahrheit entdeckt haben, nicht unterdrücken ... Furcht nicht um seiner selbst willen, sondern um Alissendes Sicherheit.

Er war wohl nicht so erfolgreich im Verbergen des Anflugs von Furcht gewesen, wie er gehofft hatte, denn Hugh meinte voll hämischer Freude: »Ah, der durch nichts zu erschütternde Sir Damien zeigt also doch einmal den Anflug einer Reaktion. Wollt Ihr mich denn gar nicht fragen, wie ich von Eurem Plan, uns alle zu täuschen, erfahren habe? Seid Ihr gar nicht neugierig, was ich mit dieser interessanten Information zu tun beabsichtige?«

Als Damien ihn einfach nur schweigend mit seinem eisigen Blick durchbohrte, konnte er befriedigt beobachten, wie Hugh daraufhin einen Schritt zurückwich. »Ich brauche überhaupt nichts zu fragen, Harwick«, stieß er schließlich zwischen zusammengebissenen Zähnen hervor und gab sich nicht einmal mehr den Anschein von Höflichkeit. »Männer Eures Schlages können gar nicht anders, als am Ende alles zu erzählen, ob man sie nun fragt oder nicht.« Er nickte spöttisch. »Also. Warum redet Ihr nicht einfach weiter?«

»Es spielt eigentlich keine große Rolle«, meinte Hugh. »Ihr seid ohnehin ein toter Mann. Mein lieber Bruder Michael rückte so bereitwillig mit der Wahrheit über die gefälschten Papiere für die Stellvertreterheirat und den Ablassbrief heraus, wie ich gehofft hatte – natürlich erst, nachdem wir ihm den passenden Ansporn gegeben hatten.«

Damien stieß einen unterdrückten Fluch aus, so sehr schockierte es ihn, als er mit Übelkeit erregender Deutlichkeit begriff, wie weit Hugh bereit war zu gehen. Gleichzeitig packte ihn die Angst, was das für Alissende bedeuten könnte.

Hugh schien sich prächtig zu amüsieren und tat so, als wäre er überaus beeindruckt. »Ich muss gestehen, dass mir nie klar war, welch große Willenskraft der liebe Michael besitzt. Man hat mir erzählt, dass er kaum noch Leben in sich hatte, als sie fertig mit ihm waren. Aber jeder Mensch kippt irgendwann um, nicht wahr, Ashby?« Hughs Gesicht nahm einen noch unheilvolleren Ausdruck an. »Ihr scheint einfach noch nicht so weit gewesen zu sein, als Alissende für Eure Rettung sorgte und Euch aus Frankreich herausholte. Dem Himmel sei Dank kann man es jetzt noch einmal wiederholen ... oh ja, und vielleicht finden wir dann ja auch heraus, wo die Schmerzgrenze der lieben armen Alissende ist, was davon abhängt, welche Wahl Ihr ...«

»Lasst sie aus dem Spiel«, knurrte Damien und stürzte sich auf Hugh, wobei er die beiden Männer mitriss, die ihn festhielten. Doch dieses Mal waren sie darauf gefasst gewesen. Sie rissen ihn zurück und zerrten ihn ein paar Schritte von Hugh weg, der nur mit verschränkten Armen dastand und den Kopf schüttelte.

Er schnalzte mit der Zunge und trat dann wieder zu Damien. »Bewahrt doch Haltung, Ashby ... wo ist denn plötzlich Eure berühmte Selbstbeherrschung geblieben? Ich muss schon sagen: Ihr enttäuscht mich.« Er hielt inne, und aller Spott wich von ihm, als sein Blick kalt wie Eis wurde und er Damien damit durchbohrte. »Und was Eure Forderung betrifft, Alissende aus dem Spiel zu lassen – bei dem Ganzen dreht es sich doch nur um sie, Ihr blöder Bastard. Ich habe mehr getan, um sie in meinen Besitz zu bringen, als Ihr Euch überhaupt vorstellen könnt ... und ich bin noch zu viel Schlimmerem fähig. Das solltet Ihr bedenken, wenn Ihr Euch zwischen den Möglichkeiten entscheidet, die ich Euch zur Wahl stelle.«

»Dann sagt es endlich, damit wir irgendwann damit durch sind«, stieß Damien hervor.

Hugh lächelte kalt. »Ihr habt entweder die Wahl, ein Papier zu unterzeichnen, in dem Ihr erklärt, dass die Heirat mit Alissende Betrug war. Dann werdet Ihr Euch bereitwillig in den Kerker meines kleineren Gutes Grantley Hall begeben, das ein paar Meilen von hier entfernt liegt, um Euch dort als Tempelritter wieder dem Verhör durch die Inquisition zu unterziehen ...«

Hughs sadistische Pause zwang Damien dazu, sich ein »Oder?« zu verbeißen.

»Oder Ihr könnt Euch weigern, das Papier zu unterzeichnen und werdet dann ebenfalls in Gewahrsam genommen. Nur dann würde noch der äußerst traurige Umstand hinzukommen, dass Alissende mit Euch zusammen verhaftet wird, weil sie einem der Ketzerei Beschuldigten Beihilfe geleistet hat. Natürlich wird dann zweifellos auch der übrige Haushalt von Glenheim verhört werden. Und wenn man bedenkt, was aus hochwohlgeborenen Frauen unter solchen Umständen wird ...« Er gab einen gespielt besorgten Laut von sich. »Ihr wisst es wahrscheinlich, aber das ist meist überhaupt nicht appetitlich.«

»Schuft.« Damiens Stimme war kaum zu hören, so sehr machte ihm die Vorstellung zu schaffen, dass Hugh es überhaupt in Erwägung zog, Alissende dieser Art von Hölle auszusetzen.

»Denkt einfach nur daran, dass Ihr die Wahl habt, Ashby. Unterzeichnet das Dokument, und ich werde dafür sorgen, dass Alissende aus allem herausgehalten wird.«

»Sodass Ihr sie Euch dann nehmen könnt, meint Ihr wohl«,

knurrte Damien, dem klar war, was das für die von ihm geliebte Frau bedeuten würde.

Doch die andere Möglichkeit, bei der sie Verhaftung und Verhör ausgesetzt war, würde noch viel schlimmer sein.

Hugh zuckte die Achseln und grinste lüstern. »Einfach nur die Kriegsbeute – mehr nicht.« Doch im nächsten Atemzug verschwand sein Grinsen und wurde von einem drohenden Blick ersetzt. Er beugte sich vor und fixierte Damien mit einem Blick, der deutlich machte, dass es jetzt keine Verzögerung mehr geben würde.

»Und jetzt trefft Eure Entscheidung.«

Kapitel 20

Glenheim Castle
Fünf Tage später

Alissende ging im Söller auf und ab. Sie war nicht nur wegen ihrer ständigen Sorge um Damien in Unruhe, sondern sie ängstigte sich auch wegen Michael. Bei ihrer Rückkehr nach Glenheim hatte man ihr berichtet, dass Michael vermisst wurde. Lady Blanche hatte ihn als Letzte gesehen, ehe er zu einer Reise zur Chertsey Priorei aufgebrochen war, um das neue Pergament hinzubringen, mit welchem sich Alissende bei den Schreibern erkenntlich zeigen wollte. Aber er war nicht zum erwarteten Zeitpunkt nach Glenheim zurückgekehrt, und nachdem eine Nachricht an die Mönche der Priorei geschickt worden war, stellte sich heraus, dass er dort nie angekommen war.

Voller Angst und Sorge, dass er unterwegs krank geworden sein könnte, hatte Ben sich bei verschiedenen Mönchen und Priestern und geistlichen Einrichtungen umgehört. Doch bis jetzt war noch nichts Neues herausgekommen.

»Alissende, versuch doch etwas zu essen«, drängte Lady Blanche sie sanft. Sie saß an einem Tisch vor dem Feuer.

»Ich kann nicht, *Mère.* Aber bitte, warte nicht auf mich. Beim Abendessen werde ich versuchen, etwas zu mir zu nehmen. Ich verspreche es«, antwortete Alissende.

Ihre Mutter wirkte besorgt und legte ihr Messer mit einem

Seufzer auf den Teller. »Ich schaffe auch nicht mehr, *ma chérie.* Es ist dieses Warten ohne eine Nachricht, was so schwer zu ertragen ist, nicht wahr?«

Alissende nickte schweigend. Seit ihrer Rückkehr von Odiham waren sie dazu übergegangen, ihre Mahlzeiten hier im Söller einzunehmen, dessen sonnige Ruhe sie der lärmenden Unruhe der großen Halle vorzogen. Aber Alissende wusste, dass sie keinen Appetit haben würde, solange Damien nicht zurück und Michael nicht gefunden worden war.

Plötzlich bemerkte sie Unruhe unten im Hof und trat dichter an die verglasten Fenster, um nach draußen zu schauen. Bei der Szene, die sich ihrem Blick bot, zog sich ihr Magen angstvoll zusammen. Irgendetwas stimmte nicht. Die gesamte Wache von Glenheim schien aus dem Wachturm nach draußen zu strömen. Alles lief brüllend durcheinander, während man Stellung auf den Mauern und am Tor bezog.

War Damien zurückgekehrt? War er verletzt? Oder hatte das Ganze etwas mit Michael zu tun?

Diese Gedanken schwirrten ihr durch den Kopf, und sie rief ihre Mutter zu sich ans Fenster. Beide schauten kurz nach draußen, ehe sie in die Halle hinuntereilten. Sie waren gerade bei der großen Feuerstelle angekommen, als Reginald durch eine Seitentür hereingestürzt kam. Auf seinem Gesicht lag ein Ausdruck grimmiger Entschlossenheit, und er trug ein versiegeltes Dokument vor sich her.

»Mylady«, sagte er zu Alissende, als er vor ihr stehen blieb, sich verneigte und ihr dann das Pergament überreichte, »diese Nachricht wurde am Torhaus zu Euren Händen abgegeben. Lord Harwick steht mit ungefähr hundert Mann vor den Burgmauern.«

Alissendes Hand zitterte, als sie das Wachssiegel brach, auf dem das Wappen des Hauses Valles zu sehen war. Sie war leicht benommen, und das Herz schlug ihr bis zum Hals, nachdem sie den Inhalt überflogen hatte.

Sie schaute auf und griff nach der Hand ihrer Mutter, als würde sie dort Halt finden; denn heftige Furcht hatte sie erfasst.

»Hugh verlangt sofortigen Einlass in die Burg, weil er sich unter vier Augen mit mir unterhalten will«, murmelte sie.

Alissende hörte, wie Lady Blanche scharf einatmete, während sich ein wütender Ausdruck auf Reginalds Gesicht legte und er sich ganz gerade aufrichtete. »Soll er doch versuchen, durchs Tor zu kommen, Mylady«, knurrte er. »Sir Damien mag zwar im Moment nicht da sein, aber wir sind alle gut ausgebildete Soldaten und werden Lord Harwick und seine Männer in die Flucht schlagen, sodass sie wie Ratten nach Hause rennen.«

Alissende schüttelte einfach nur den Kopf, denn erst einmal fand sie nicht die Worte, um das Entsetzen zu beschreiben, das sie erfasst hatte, und schließlich murmelte sie: »Nein, wir können nicht gegen ihn kämpfen, Reginald.«

»Warum nicht, um Himmels willen?« Ihre Mutter runzelte die Stirn. »Er muss völlig den Verstand verloren haben, dass er jetzt noch versucht, dich einzuschüchtern. Deine Ehe ist bei Hofe anerkannt worden. Es wäre besser, Widerstand zu leisten, bis Hilfe von Sir Damien eintrifft.«

»Zeit ist ein Luxus, den wir nicht haben, fürchte ich, *Mère.* Noch weniger bin ich nach Lektüre dieses Briefes davon überzeugt, dass Damien uns je wieder helfen kann …«

Ihre Worte gingen in ein Schluchzen über, und sie presste die Finger an die Lippen, damit sie zu Ende reden konnte. »Hugh hat sich dazu bekannt, Michael entführt zu haben. Mein lieber, sanfter Cousin ist fast tot aufgrund eines Befehls seines eigenen Bruders, und Hugh hat geschworen, dass Michael den morgigen Tag nicht erleben wird, wenn wir ihm nicht innerhalb der nächsten Viertelstunde das Tor öffnen.«

Wie aus weiter Ferne beobachtete Alissende, wie Hughs Lippen sich bewegten, sah sein widerliches Grinsen und hörte ihre eigene unbewegte Antwort, ehe er sich umdrehte und den Raum verließ. Die Tür fiel hinter ihm zu, und sie war wieder allein.

Langsam sank sie zu Boden. Die wilde Entschlossenheit, mit der sie es geschafft hatte, sich aufrecht zu halten, solange ihr verderbter Cousin vor ihr stand, wich von ihr, bis da nur noch eine kalte, dunkle Leere war. Und Trauer. Sie breitete sich in ihr aus, wurde immer stärker und schmerzhafter, bis sie sich vor lauter Qual verkrampfte, die Arme um ihren Leib schlang und sich lautlos hin und her wiegte. Sie war innerlich so erstarrt, dass sie noch nicht einmal weinen konnte.

Damien war tot. Der Mann, den sie liebte, war tot.

Es konnte gar nicht anders sein, obwohl sie Hugh in dem Glauben gelassen hatte, er hätte sie vom Gegenteil überzeugt. Ja, sie hatte so getan, als würde sie seine Lügen über Damien schlucken. Und das nur für Michael. Der arme Michael, der von Hughs Männern so lange gefoltert worden war, bis er schließlich die Wahrheit über die Stellvertreterheirat preisgegeben hatte, zu welcher sich beide Seiten noch nicht in aller Öffentlichkeit bekannt hatten und die somit noch nicht rechtsgültig war. Schlimmer noch aber war, dass Michael unter der Folter gestanden hatte, den Ablassbrief ohne Billigung der Kirche verfasst zu haben, um Damien damit vor weiteren Verhören durch die Inquisition zu retten.

Und obwohl Michael fast zu Tode gequält worden war, lebte er noch, und deshalb hatte Alissende so getan, als glaubte sie Hughs Version, um sich etwas Zeit zu verschaffen. Außerdem war sie zum Schein auf die Ehe eingegangen, die er ihr angetragen hatte, als fehlte ihr die Willenskraft, ihm noch länger zu widerstehen. Und überrascht hatte sie festgestellt, dass er ihr glaubte. Er hatte beifällig genickt und war gegangen, um alle nötigen Vorbereitungen in die Wege zu leiten, damit die Zeremonie am übernächsten Tag stattfinden konnte.

Es war ein hohler Sieg gewesen.

Seine Lügen hallten immer noch in ihren Ohren wider, jedes seiner Worte schnitt ihr ins Herz. Hugh hatte behauptet, Damien wäre nach Schottland geflohen, als er vor die Wahl gestellt wurde, wieder Haft und Verhör durch die Inquisition über sich ergehen zu lassen oder ein Dokument zu unterzeichnen, in dem er bestätigte, dass ihre Ehe nur dem Namen nach bestand. Er hätte Damien die Wahl gelassen, erklärte er mit widerlich falscher Fürsorge, um sie vor der Schändlichkeit und Gefahr eines öffentlichen Skandals zu bewahren, der sich aus diesem Umstand ergeben würde. Und dann hatte er auch noch widerstrebende Bewunderung für Damiens Entscheidung zu fliehen bekundet und sie als äußerst selbstlos bezeichnet – woraufhin sie froh war, dass sie vorhin nichts hatte essen können, denn sonst wäre spätestens in diesem Moment der Inhalt ihres Magens vor seinen Füßen gelandet.

Bei jeder niederträchtigen Silbe, die er von sich gab, hatte sie gewusst, dass Hugh log. Sogar als er ihr das Dokument zeigte, das mit Damiens ungeübter Hand unterzeichnet war, hatte sie es gewusst. In Wahrheit hätte sie beim Anblick dieser ungelenken Unterschrift fast die Haltung verloren, während sie von unendlichem Schmerz erfasst wurde, denn das hatte nur ihre schlimmsten Befürchtungen bestätigt. Sie wusste besser als jeder andere, dass Damien niemals bereitwillig einen einmal gegebenen Schwur brechen würde, auch wenn es ihn das Leben kostete. Er hatte versprochen, sie vor Hugh zu schützen, und wenn er diesem Eid nicht mehr Folge leisten konnte, dann nur weil er seinen letzten Atemzug getan hatte und nicht, weil er Landesflucht begangen hatte.

Und so blieb ihr nichts als betäubende Trauer und der Entschluss, mit den ihr verbliebenen Mitteln dafür zu sorgen, dass Hugh keine Gelegenheit bekam, noch irgendjemand anders zu verletzen. Sie hatte ihm in die Augen geschaut und erklärt, ihr wäre klar geworden, wie klug es sei, sich endlich seinem Wunsch nach einer Heirat zu beugen. Sie hatte ihm versprochen, in der Kapelle neben ihm zu stehen und ihm Treue zu geloben …

Und wenn dann das Hochzeitsfest vorüber war und er sie zu ihrem Gemach führte, um die Ehe zu vollziehen, würde sie den Dolch ziehen, den sie in ihrem Ärmel versteckt hatte und ihm diesen mitten in sein schwarzes Herz stoßen.

Wenn sie Erfolg hatte, würde man sie des Mordes anklagen und zweifellos hängen, da keine Frau – noch nicht einmal eine von hoher Geburt – solch ein Verbrechen gegen einen Adligen verüben konnte, ohne dadurch ihr Leben zu verwirken. Natürlich bestand auch immer die Möglichkeit, dass sie im entscheidenden Moment versagte, vielleicht nicht die richtige Stelle traf oder von Hugh überwältigt wurde. Es war sogar möglich, dass er den Dolch dann gegen sie richtete.

Es spielte keine Rolle. Was auch immer geschah – sie würde tot sein und von dem Schmerz befreit, weiter leben zu müssen.

Entschlossenheit.

Mehr war Alissende nicht geblieben, und sie wollte sich daran klammern und wie einen bitteren, glänzenden Samen in ihrer Brust hegen und nähren, bis sie die tödliche Frucht trug, die Hughs Leben und ihre eigene Qual beenden würde …

Ein für allemal.

Der Kerker von Grantley Hall
Am selben Tage

Es war, als würde er in die Hölle zurückkehren.

Von dem Augenblick an, in dem man Damien in diesen teuflischen Schlund geworfen hatte, war alles wieder mit erbarmungsloser Brutalität auf ihn eingestürmt: das Grauen, das sich seinen Augen bot, die Schmerzensschreie und das Betteln um Gnade … und die Gerüche, oh Gott, die Gerüche von Unrat, Verwesung und verschmortem Fleisch. Er hatte nicht mehr atmen können, und der Magen war ihm hochgekommen, sodass er meinte zu ersticken.

Die Tatsache, dass er wusste, was ihn erwartete, hatte genügt, um ihn fast wahnsinnig werden zu lassen. Die Inquisitoren hatten noch nicht einmal angefangen, ihn ernsthaft zu befragen. Sie hingen dem Glauben an, dass sie ihn vielleicht durch die reinigende Wirkung ihrer Befragung den Fängen des Teufels entreißen konnten, und so sorgten sie dafür, dass er langsam herangeführt wurde, denn sonst würden sie womöglich ihres Erfolgs beraubt werden.

Mehr würden sie nicht tun können, wenn er auch nur ein Wort dabei mitreden durfte.

Während Damien sich gegen die Wand seiner stinkenden Kerkerzelle drückte, konzentrierte er sich auf den Lichtstreifen, der unter der Tür zu sehen war. Er wandte kein einziges Mal den Blick davon ab … nicht einmal, als er das Klappern und Rasseln hörte, welches ihm sagte, dass die erste Gruppe von Templern in ihre Zellen zurückgeführt worden war. Bis zur Besinnungslosigkeit gefoltert, würden sie gegen Frischfleisch ausgetauscht werden, wie es jeden Tag geschah.

In ein paar Minuten würde sich Damiens Tür öffnen, die Wachsoldaten hereinkommen und er nach draußen gezerrt werden, wo er wegen der Helligkeit würde blinzeln müssen. Dann würde man ihn in einen der Verhörräume bringen. Das Verhör würde gleich darauf beginnen, nachdem man ihn auf den Tisch gebunden oder an einen Stuhl gefesselt hatte. Vielleicht würde man ihn heute aber auch auf die Streckbank spannen, wie man ihm versprochen hatte, wenn er sich wieder verweigerte.

Sein Magen zog sich bei der Vorstellung zusammen. Er zwang sich zur Ruhe und unterdrückte die Panik, sonst würde er nicht schaffen, was er sich für heute vorgenommen hatte.

Denn noch war nicht alles verloren. Nein, es hatte ihn wie ein Schlag getroffen, als er trotz der unaussprechlichen Qualen, die ihm drohten, und des Wissens um die gewaltigen körperlichen Schmerzen, die sie ihm zufügen konnten, erkannte, dass in seinem Innern etwas brannte, das ihm Kraft gab und einen Anflug von Hoffnung; etwas, von dessen Existenz er überrascht worden war.

Seine Liebe zu Alissende.

Oh, bei allen Heiligen, und wie er sie liebte – und noch wunderbarer war, dass sie ihn auch liebte, dass sie diese magischen Worte gesprochen hatte, kurz nachdem sie einander nach dem Turnier geliebt hatten. Er hatte ihr an jenem Tag keine Antwort gegeben … hatte nicht gewusst, was er sagen sollte. Zu sehr war er mit Ängsten und Fragen beschäftigt gewesen, die ihre Zukunft betrafen. Und jetzt war die Zukunft da. Er erlebte sie gerade mit all ihren Schrecken, und es hatte sich nichts an seinen Gefühlen ihr gegenüber geändert.

Er musste zu ihr, er musste aus diesem Gefängnis ausbrechen und ihr alles sagen. Er musste sie vor Hugh beschützen. Und so hatte Damien während der Folter der letzten Tage einen Plan entwickelt.

Dabei hatte ihm noch etwas anderes geholfen: eine Kraft, die von etwas herrührte, das sich ebenfalls in ihm geändert hatte. Ja, in dem Moment, in dem er seine Liebe zu Alissende angenommen hatte und ihre zu ihm, hatte er gespürt, wie ein allumfassendes Begreifen in sein Herz geströmt war, welches ihm half, die schmerzhafte Leere, die schon so lange in ihm war, zu füllen. Wider alles Erwarten, wider die Hoffnung selbst hatte er doch noch eine zweite Chance bekommen, Alissende zu lieben und von ihr wiedergeliebt zu werden. Und plötzlich war es ihm wie Schuppen von den Augen gefallen, und ihm war klar geworden, dass kein Gott, der ihn in der größten Not allein gelassen hätte, ihn später mit solch einem lebenserhaltenden Schatz beschenken würde.

Diese Erkenntnis hatte ihn von der Verbitterung befreit, die ihn so lange erstickt hatte. Er war in diesem Gefängnis, in dieser Hölle auf Erden, nicht allein. Er war nie allein gewesen – nicht einmal in Frankreich. Nein, er selbst war es gewesen, der Gott den Rücken gekehrt hatte und Ihn nicht hatte sehen wollen. Jetzt, da sein Blick wieder frei war, gab es nichts, was man ihm hätte in den Weg stellen können, um zu Alissende zurückzugelangen. Heute würde er den Plan in Gang setzen, den er dieser zerlumpten und geschwächten Gruppe von Templerbrüdern zugeraunt hatte, um sich und sie endlich von ihren Inquisitoren zu befreien.

Damien klopfte leise gegen die Wand und wartete auf das Geräusch, das die Antwort sein würde. Sie hatten ihm wegen seiner Kraft und seiner Größe eine Einzelzelle zugewiesen, doch er hatte diese Möglichkeit gefunden, um sich trotzdem mit den anderen zu verständigen. Schon bald hörte er ein Kratzen und wusste, dass der Mann die Nachricht weitergeben würde, sodass so viele wie möglich von denen, die noch dazu in der Lage waren, sich gemeinsam auflehnten, wenn sich eine Gelegenheit bot.

Das Herz schlug ihm bis zum Hals, als er hörte, wie sich die Wache seiner Tür näherte. Obwohl es ihn mit Ekel erfüllte, legte er sich seitlich aufs verfaulte Stroh, das den Boden des mit Ungeziefer verseuchten Kerkers bedeckte, und tat so, als hätte er das Bewusstsein verloren – ob nun aus Angst oder weil er krank geworden war, spielte keine Rolle. Er musste nur so wirken, als könne er nicht antworten, reden oder stehen.

Und ganz gewiss nicht kämpfen.

Die Tür ging knarrend auf, und Licht fiel auf seine fast geschlossenen Augen. Dieselben Wachmänner, die ihn jeden Tag holten, kamen durch die Tür und der eine fing bei seinem Anblick an zu fluchen.

»Der Mistkerl ist schon bewusstlos, ehe er überhaupt verhört worden ist«, schimpfte er und beugte sich hinunter, um einen von Damiens Armen zu packen. Er zog und brüllte: »Hilf mir mal, warum kommst du denn nicht, Eustace! Nimm seinen anderen Arm und zieh.«

Eustace beugte sich schwerfällig vor und machte mit, während Damien sich dazu zwang, völlig regungslos zu bleiben, während sie ihn nach draußen in den Gang zerrten, über den man zu allen Zellen gelangte. Der Gang führte zu den Verhörräumen, und Damien wusste, dass er nur wenig Zeit haben würde. Alles hing davon ab, wie viel Lärm Eustace und sein Kumpan machen würden, wenn er zum Angriff überging und die Zellentüren öffnete, ehe die anderen Wachmänner herbeigerannt kamen.

Er musste einfach das Beste aus dieser Gelegenheit machen.

Eustace ächzte, dass er eine kleine Rast einlegen wollte, und hielt inne, nachdem sie ihn ein Stück über die dreckigen Steine geschleift hatten.

Das war der Moment. Jetzt war Damien am Zug. Lautlos

schoss er hoch und überraschte die beiden Männer damit so sehr, dass Eustace nach hinten fiel und laut stöhnend mit dem Kopf gegen die Wand schlug. Er schien von dem Sturz benommen, doch der andere Wachmann begann um Hilfe zu rufen, sodass Damien ihn bei der Kehle packte und das Rufen gurgelnd erstickte. Die Augen des Mannes quollen vor Angst vor, doch Damien wollte ihn nicht umbringen, wie sehr der Mistkerl es auch verdient haben mochte. Nein, dazu war keine Zeit. Stattdessen holte Damien aus und ließ die Faust gegen die Schläfe des Wachmannes krachen, sodass dieser bewusstlos zusammenbrach.

Ein Kinnhaken versetzte Eustace in den gleichen Zustand. Dann schleppte Damien sich schwer atmend zu den vier anderen Kerkerzellen und hob die Querbalken herunter. Erleichtert stellte er fest, dass Bernard aus einer der dreckigen Zellen herauskam, und ein tiefes Zusammengehörigkeitsgefühl ließ Damien dessen Arm ergreifen, ehe er sich den Türen auf der anderen Seite des Ganges zuwandte. Die armen Seelen, die sich darin befanden, würden wohl nicht in der Lage sein, aus dem Loch herauszukommen, in das sie nach ihrem letzten Verhör geworfen worden waren. Aber er wollte ihnen zumindest die Möglichkeit geben, sich zu befreien.

Ein Tumult brach aus, als drei weitere Wachmänner und zwei der Inquisitoren auftauchten und sich auf Damien und die anderen Gefangenen stürzten. Durch reine Willenskraft, so schien es, oder vielleicht auch ein bisschen Glück gelang es der zerlumpten Schar aus lange Zeit gefolterten Templerbrüdern, Bernard und Damien sich zu behaupten, indem sie improvisierte Waffen und – in Damiens Fall – die bloßen Fäuste einsetzten.

Als der Aufruhr sich gelegt hatte, waren zwei der Gefangenen sowie ein Wachmann und ein Inquisitor tot. Die restlichen

Peiniger waren in die dreckigen Zellen eingesperrt, in denen sie ihre Gefangenen so viele Monate festgehalten hatten.

»Wir sind frei, Brüder«, krächzte der dürre, bärtige Mann, der in der Nachbarzelle von Damien gesessen hatte. Seine Stimme klang, als wäre er den Tränen nahe. Er war gegen die Wand gesunken, wo der Kampf stattgefunden hatte, und sein faltiges Gesicht war nach oben gerichtet. »Gott sei gedankt, wir sind frei!«

Der Stoßseufzer wurde unter ersticktem Schluchzen und von Hustenanfällen unterbrochenem Lachen von den anderen Männern wiederholt, die überlebt hatten. Es waren insgesamt sechs, abgesehen von Bernard und Damien. Keiner der anderen war Tempelritter gewesen, sondern alle einfache Angehörige der Bruderschaft, deren Aufgabe die Bestellung der Felder gewesen war oder die Führung der Bücher in der Priorei, wo sie gelebt und gearbeitet hatten. Vier der sechs Männer waren bereits älter, und alle sahen wie die Überlebenden einer Pestepidemie aus: jämmerlich dünn, dreckig und von schwärenden Wunden übersät. Damiens Kiefer verkrampfte sich bei dem Gedanken, dass im Gegensatz zu denjenigen, die der Pest ausgesetzt gewesen waren, diese Männer durch die Hand ihrer eigenen Leute hatten leiden müssen.

»Es ist noch nicht vorbei, Brüder«, sagte Damien leise. Er bedeutete ihnen, sich hinter ihn zu stellen. »Zuerst müssen wir aus diesem verfluchten Ort herausfinden, ohne von Lord Harwicks Bediensteten oder seinen Wachmännern erwischt zu werden.«

Zwei der alten Männer scharrten nervös mit den Füßen, während derjenige, der in der Nachbarzelle von Damien gesessen hatte, mit seinem knochigen Finger den Gang hinunter zeigte. »Da drüben, an den Zimmern der Teufel vorbei, ist ein Lagerraum. Ich hörte mal, wie jemand darin sprach, als ich verhört wurde. Sie kommen und gehen wohl durch den Raum.«

Damien nickte. »Folgt mir. Wollen wir doch mal sehen, ob dieser Lagerraum nicht vielleicht unser Tor zur Freiheit ist.«

Die seltsame Schar aus alten und verletzten Männern tat, wie ihr von Damien geheißen. Es gab tatsächlich einen Gang, der aus dem Lagerraum hinausführte. Aber es kam noch besser, denn am Ende dieses Ganges befand sich die Küche, wie man unschwer an den Sachen erkennen konnte, die neben der letzten Tür aufgestapelt waren – und neben dieser Tür war ein abgedecktes, unregelmäßig herausgeschlagenes, ziemlich großes Loch in der Wand, das in einem Bogen nach unten führte. Es war offensichtlich Nacht und stockdunkel, aber jeder der Männer wusste sofort, wofür das Loch da war.

Sie hatten den Müllschacht entdeckt, in den die Leute, die in der Küche arbeiteten, Abfall und Speisereste warfen. Der Tunnel war direkt in die Steinmauer hineingehauen und leitete die Abfälle in eine Grube außerhalb des Vorwerks des befestigten Herrenhauses. Es mochte vielleicht eine unangenehme Landung werden, aber zumindest würden sie aus Grantley Hall herauskommen, wenn sie den Abfallschacht benutzten.

Damien ging als Erster für den Fall, dass Wachmänner draußen postiert sein sollten. Es war zwar unwahrscheinlich, doch nach allem, was sie riskiert hatten, wollte er auf diese Möglichkeit vorbereitet sein. Doch sie hatten Glück – unten erwartete sie ein freies Feld, das von Wald gesäumt war. Das und der stinkende Haufen Unrat, der ihren Sturz abfederte. Damien versuchte, den üblen Gestank nicht einzuatmen, sondern kletterte so schnell er konnte aus der Grube, um dann den anderen herauszuhelfen.

Keiner von ihnen hatte vorher gut gerochen. Das konnte er bezeugen. Doch jetzt stanken sie nach totem Fisch, vergammelten Zwiebeln und anderem Unaussprechlichen. Während er die Gruppe vorsichtig ungefähr hundert Schritte in Richtung Wald führte, biss er die Zähne zusammen und war dankbarer denn je für die frische Luft hier draußen.

Sie gingen eine weitere Viertelstunde durch den Wald, und Damien wollte sich gerade umdrehen, um den nächsten Befehl zu geben, als er Zweige knacken hörte. Im schwachen Schein eines von Wolken bedeckten Halbmondes meinte er die langsam sich nähernden Gestalten von mehreren Männern zu sehen, die zwischen den Bäumen auf sie zukamen. Männer zu Pferde.

Wenn jemand so nah bei Grantley derart entspannt durch die Nacht ritt, konnten das nur Soldaten von Hugh sein. Damien unterdrückte einen Fluch und erstarrte. Er blickte sich suchend nach etwas um, mit dem er vielleicht einen dieser Soldaten vom Pferd stoßen konnte. Wenn er die Aufmerksamkeit auf sich lenkte, würde vielleicht zumindest einer ihn angreifen, sodass er ihm das Schwert abnehmen konnte, wenn er ihn überwältigte. Mit einer Waffe würde er zumindest eine Chance haben – keine große, doch trotzdem eine Chance –, die anderen abzuwehren, sodass seine geschwächten Brüder und Bernard fliehen konnten.

Er drehte sich zu den Männern um, die hinter ihm standen, und flüsterte: »Geht langsam von mir weg, verteilt euch und dann lauft, wenn ich ihre Aufmerksamkeit auf mich lenke.«

»Wessen Aufmerksamkeit?«, fragte der alte Templer, der direkt hinter ihm stand.

»Von denen da.«

Damien schaute wieder nach vorn und wies mit dem Kinn zu den berittenen Männern, die etwa dreißig Schritte entfernt waren. Doch er wusste genau, wann die Männer hinter ihm sie auch erspähten, denn er spürte eine fast greifbare Anspannung, die sich plötzlich hinter ihm aufbaute. Er machte ihnen ihre Angst nicht zum Vorwurf. Sehr wahrscheinlich würde es für sie alle nur ein selbstmörderischer Versuch sein, berittenen Kriegern davonzulaufen. Gut genährten, ausgeruhten und höchstwahrscheinlich auch noch gut ausgebildeten Kriegern, um genau zu sein.

Damien packte den dicken Ast, den er vom Boden aufgehoben hatte, fester und wartete nur so lange, bis er wusste, dass die Männer hinter ihm taten, was er gesagt hatte. Dann richtete er sich zu seiner vollen Größe auf, stellte sich breitbeinig hin und rief mit anmaßender Stimme: »Nun denn. Wer von euch Mistkerlen will es zuerst mit mir aufnehmen?«

Der Klang von zischendem Metall, als wohl ein Dutzend Schwerter gleichzeitig aus den Scheiden gezogen wurden, erfüllte den Wald. Damien sagte ein schnelles Gebet und biss die Zähne zusammen, während er darauf wartete, dass man ihn angriff.

Aber es passierte nichts.

Stattdessen trieb nach einer Weile einer der Reiter sein Pferd mit einem Schnalzen ein paar Schritte vor, und dann hallte eine Stimme durch den Wald: »Damien? Bist das etwa du, du leichtsinniger Dummkopf?«

Die Überraschung traf Damien wie ein Schlag, und der Ast entglitt seinen Fingern. Die Wolken, die den Mond verdeckt hatten, rissen im selben Augenblick auf und im fahlen Schein waren zwölf berittene Krieger mit Richard an der Spitze zu erkennen. Und zum ersten Mal, seit Hugh ihn auf der Straße gefangen genommen hatte, spürte Damien Dankbarkeit in sich aufsteigen.

»Gott sei Dank, Richard«, sagte er leise, als sein Freund absaß und auf ihn zugeeilt kam. Sie begrüßten sich, indem sie einander fest die Unterarme drückten. »Woher hast du es gewusst?«

»Dein Knappe hat mich aufgesucht und mir berichtet, was passiert war.« Richard ließ seinen Blick über ihn schweifen. »Ich muss sagen, du siehst erbärmlich aus, Damien – und dieser Gestank … gütiger Himmel, der ist wirklich widerlich.«

»Tja, nun, ein Aufenthalt bei der Inquisition und eine Flucht durch einen Müllschacht können schon mal so was bei einem Mann bewirken«, scherzte er und versuchte, gar nicht erst auf die Folter einer Woche einzugehen, die er hatte erdulden müssen.

Richard schien zu erkennen, was Damien fühlte, und seine Miene änderte sich. »Es tut mir leid, dass es so lange dauerte, um zu dir zu kommen, mein Freund. Wir wurden erst langsamer, als wir uns Grantley näherten, denn wir mussten damit rechnen, auf Lord Harwicks Truppen zu stoßen. Es sind jetzt genügend geflohene Templer unterwegs, dass auch wir uns auf unserer Reise vorsehen mussten.«

Wieder drückte er Damiens Arm. »Ich bin nur dankbar, dass dir nicht mehr passiert ist, mein Freund, und du fürs Erste nicht mehr in Gefahr bist. Außerdem sollst du wissen, dass ich, während du gefangen gehalten wurdest, gute Nachrichten von John erhielt. Er glaubt, dass Alex über das Schlimmste hinweg ist, und obwohl alles dagegen sprach, scheint es so, als würde dein Bruder mit der Zeit wieder ganz gesund werden.«

»Gott sei Dank«, murmelte Damien wieder, obwohl seine Freude über diese Nachricht durch seine Sorge um die Frau, die er liebte, gedämpft wurde. Er war bedrückt und voller Angst, als er weitersprach: »Es gibt jedoch noch jemanden, der in Gefahr ist, Richard. Hast du irgendetwas von Alissende gehört?«

Bevor er antwortete, bedeutete Richard seinen Männern jenen zu helfen, die zusammen mit Damien geflohen waren. Dann zog er Damien mit sich zur Seite. »Nur dass sie eine

Nacht nach unserem Aufbruch in Odiham auf Glenheim ankam.«

»Hugh will sie für sich haben … das ist mir ganz klar«, sagte Damien grimmig mit leiser Stimme. »Er wird wahrscheinlich nach Glenheim reiten, wenn er nicht schon längst da ist. Ich muss zu ihr, Richard. Gott stehe mir bei, ich muss sie aus seinen Fängen befreien. Ich *werde* sie befreien, und wenn es mich mein Leben kostet.«

Richard nickte. »Das habe ich mir schon gedacht. Wisse, dass ich und diese Männer jederzeit bereit sind, dir zur Seite zu stehen, Damien.«

Zum dritten Mal in dieser Nacht war Damien in höchstem Maße überrascht. »Aber was ist mit deiner Frau? Und diese Männer … sind sie sich der Gefahr bewusst, in die sie sich begeben, wenn sie mir folgen?«

»Ja, das wissen sie genau wie ich. Ich kann nicht leugnen, dass Meg sich um mich Sorgen macht, aber sie war die Erste, die mich bat zu gehen, als dein Knappe nach Hawksley kam.«

Überwältigt vor lauter Dankbarkeit drückte Damien Richards Schulter und drehte sich dann mit ihm um, um zu den Pferden zu gehen. »Unter normalen Umständen braucht man drei bis dreieinhalb Tage bis Glenheim«, meinte er, nachdem er nachgerechnet hatte. »Ich muss es in zwei Tagen schaffen, Richard, will nur so lange rasten, wie man braucht, um etwas zu essen, vielleicht unterwegs irgendwo den Gestank abwaschen und mir eine starke Klinge und ein schnelles Pferd besorgen.«

Richard nickte. »Bis wir dir ein Pferd besorgt haben und alles andere, was du brauchst, wirst du mit mir reiten … Gestank hin oder her.«

Sein Tonfall, der die Worte leicht scherzhaft vorgebracht

hatte, wurde viel ernster, als er kurz innehielt und Damien im milchigen Licht des Waldes in die Augen schaute. »Sei ohne Furcht, mein Freund«, sagte er leise. »Wir werden das wie immer gemeinsam durchstehen. Was auch immer kommen mag.«

»Ja, was auch immer kommen mag«, wiederholte Damien. Der Leitspruch der Templer verursachte ihm keinen Schmerz mehr, wenn er ihn aussprach. Nein, er gab ihm sogar Kraft und verstärkte die Entschlossenheit, die er brauchen würde, um der vor ihm liegenden Herausforderung zu begegnen.

»Ich versichere dir, Richard, dass ich auf alles vorbereitet bin … was auch kommen mag.«

Kapitel 21

Die Kapelle von Glenheim Castle
Zwei Tage später

Es war fast vorbei. Der Priester redete eintönig weiter und sprach die Worte, durch die diese Verbindung durch die Kirche geheiligt wurde. Alissende hatte den Mann nie zuvor gesehen. Er war von Hugh mitgebracht worden und hatte den Befehl, diese Zeremonie schnell zu vollziehen und dabei alle Feinheiten zu vermeiden, die sie in die Länge ziehen könnten.

Aber sie stellte fest, dass das im Grunde keine Rolle spielte. Nichts spielte eine Rolle, außer diesen Tag irgendwie zu überstehen.

Sie stand mit kerzengeradem Rücken nahe beim Altar neben Hugh, während ihr Blick über die Leute aus Burg und Dorf glitt, die die Reihen füllten, sowie über die zwölf bewaffneten Männer, denen er befohlen hatte, in den äußeren Gängen der Kapelle zu stehen.

Er hatte behauptet, dass sie als Zeugen dabei sein sollten, weil bei der öffentlichen Verkündung ihrer Ehegelübde keine Leute von seinen Gütern dabei wären. Aber alle wussten, dass das nicht der wahre Grund war. Die Wachmänner waren zum Schutz von Hugh hier und sollten alle an die Macht erinnern, die er gegen sie und ihre Leute einsetzen konnte, wenn sie es wagen sollte, sich ihm erneut zu widersetzen. Gleichzeitig stellte er auf diese Weise sicher, dass ihn jetzt keiner mehr aufhalten konnte, sollte jemand wirklich so töricht sein, es zu versuchen.

Vielleicht hätte sie sogar über diese Vorstellung gelacht, wäre sie im Moment in der Lage gewesen, überhaupt etwas zu fühlen. Damien war der Einzige, der Hughs dreister und niederträchtiger Tat hätte entgegentreten können, und er war tot. Ob nun durch Hughs Hand oder auf seinen Befehl hin, spielte keine Rolle: Damien war nicht mehr, und dieser schmerzhafte Verlust hatte Alissende innerlich taub werden lassen.

Aber die Unfähigkeit etwas zu fühlen war wohl ein Segen, nahm sie an – die einzige Möglichkeit, die nächsten paar Stunden zu überstehen, ohne zusammenzubrechen. Sie konnte nur hoffen, dass diese Gleichgültigkeit bis zum Abend anhielte und dass Gott Erbarmen mit ihrer Seele haben würde, wenn sie die Todsünde, die sie plante, begangen hatte.

»Komm, Alissende, es ist so weit.«

Hughs schmieriger Tonfall drang in ihre Gedanken. Sie richtete den Blick auf ihn, ohne ihn wirklich zu sehen.

»Der Priester ist fertig. Wir müssen jetzt unsere Gelübde ablegen.«

Sie sah ihn weiter regungslos an, und nur einmal huschte ihr Blick kurz zum Hauptschiff der Kirche, wo ihre Mutter saß. *Mères* Augen waren vor Kummer rot und geschwollen und die Finger so fest in ihrem Schoß gefaltet, dass Alissende den seltsamen Gedanken nicht unterdrücken konnte, ihre Hände würden möglicherweise wie Glas zerbrechen, wenn sie so weitermachte.

»Alissende.«

Hughs plötzlich viel ärgerlicherer Tonfall zog ihre Aufmerksamkeit auf ihn zurück. Er hatte einen verkniffenen Gesichtsausdruck, wie immer, wenn er das Gefühl hatte, dass nicht alles so lief, wie er es wollte, und er drückte ihren Arm nicht allzu sanft.

»Pass doch auf, Frau. Wir müssen jetzt unsere ...«

»Bei Gott, Harwick, ich hatte angenommen, dass selbst Ihr den Unterschied zwischen heiliger Wahrheit und Blasphemie kennt.«

Die Stimme, die aus dem Dunkel des hinteren Teils der Kirche drang, erschütterte das ganze Gotteshaus, und die darin Versammelten gaben erstickte Laute und Ausrufe des Erstaunens von sich. Alissende schlug das Herz bis zum Hals, vor ihren Augen verschwamm alles, weil ihr Tränen in die Augen gestiegen waren, und ihr ganzer Körper wurde von tiefer, lebensspendender Liebe erfüllt, als sie zu der mächtigen Gestalt herumwirbelte, die in diesem Augenblick aus dem Schatten trat. Er war ein Racheengel, groß und beeindruckend, in dessen eisig blauen Augen die Feuer der Gerechtigkeit und des Verlangens nach Blut brannten, um das Unrecht wieder gutzumachen, das ihm und denen, die er liebte, angetan worden war.

Hughs Männer hatten ihre Schwerter gezogen, rührten sich jedoch nicht von der Stelle. Hugh selbst schien einen Schock erlitten zu haben, denn er starrte Damien nur an, als wäre dieser eine Art körperloser Geist und nicht der Krieger aus Fleisch und Blut, der vor ihm stand.

»Ihr könnt Alissende nicht heiraten – egal wie häufig oder auf wie viele Arten Ihr es versucht«, rief Damien, ehe er seinen Blick auf sie richtete. Die tiefe Liebe, die sie in seinen Augen sah, raubte ihr den Atem, und bei seinen nächsten Worten hätte sie am liebsten gleich wieder geweint, denn sie war eine der wenigen im Raum, die deren wahre Bedeutung und Kraft erkannte. »Es ist wider Gottes Gesetz und das der Menschen, jemanden zu heiraten, der schon einem anderen ein Ehegelübde gegeben hat, Harwick ... und ich stehe nun hier vor Euch, um in völlig unmissverständlicher Form zu erklären, dass Alissende *meine Frau* ist.«

Damien konnte den Blick nicht von Alissende wenden. Erleichterung und Liebe waren so stark, dass er sogar kaum in der Lage war, sich zu bewegen. Sie war in Sicherheit. Gott sei Dank, sie war in Sicherheit, und er war rechtzeitig eingetroffen, ehe Hugh sie noch weiter hatte entehren können. Unter ihren Augen lagen dunkle Ringe, und ihr Gesicht war ganz bleich, aber ansonsten wirkte sie unversehrt. Noch wunderbarer jedoch war, dass ihre Augen vor Liebe strahlten – zu ihm, gütiger Himmel – und sie war ohne Zweifel die schönste Frau, die er je gesehen hatte.

Doch dann unterbrach Hugh diesen kurzen Moment der Ruhe und zog Damiens Aufmerksamkeit wieder auf sich, als er knurrte: »Sie ist nicht Eure Frau, Ashby. Nicht in Wirklichkeit. Das Dokument, das Ihr erst vor einer Woche unterzeichnet habt, besagt, dass die Stellvertreterheirat von Anfang an fingiert war und nur einen letzten Versuch meines Bruders darstellte, mir Alissende vorzuenthalten, indem man sie mit einem der Ketzerei angeklagten Templer vermählte!«

Wieder begannen alle zu murmeln und Laute des Entsetzens von sich zu geben, während man von ihm zum Altar schaute, wo der Priester, Alissende und Hugh standen. Der Geistliche wirkte wie betäubt, und Damien fragte sich, ob Hugh es wohl versäumt hatte, die ganze Vorgeschichte zu erzählen.

»Soweit ich weiß, haben sich die Gesetze hinsichtlich Stellvertreterheiraten nicht geändert, Harwick«, meinte Damien abschließend. Stimme und Augen waren kalt, als er den Earl anschaute. »Alle drei Bedingungen sind erfüllt worden: Erstens gibt es ein offizielles Dokument, zweitens wurde die Ehe vollzogen …«

Damien hielt nur einen kurzen Moment inne, wobei er eine Augenbraue hochzog. Hughs wütende Miene wurde von dem Tumult noch unterstrichen, der bei dieser kühnen Erklärung unter den Anwesenden ausbrach.

»... und drittens wurden die Gelübde öffentlich abgelegt«, fuhr er fort, um einen wieder deutlich wärmeren Blick auf Alissende zu richten. »Mylady, nehmt Ihr mich, hier vor all diesen Zeugen als Euren rechtmäßig angetrauten Ehemann?«

Sie schaute ihn an, und in ihren Augen funkelten Tränen. »Ja, Sir Damien de Ashby, ich nehme Euch als meinen rechtmäßig angetrauten Ehemann.«

»Dann ist es vollbracht, und wir sind jetzt Mann und Frau«, erwiderte er mit deutlicher und kräftiger Stimme. Während er sprach, stiegen ganz tief aus seinem Innern die Gefühle hoch und sagten der Welt endlich, dass das, was in seinem Herzen glühte, vollkommener war, als er je für möglich gehalten hatte.

Hugh, der wohl spürte, dass er verloren hatte, stieß plötzlich einen unterdrückten Fluch aus, packte Alissende und zog sie zu sich. Sein linker Arm schlang sich um ihre Taille, während sich sein rechter um Hals und Schultern legte, sodass sie sich nicht mehr bewegen konnte. Der Priester war eindeutig entsetzt und erhob Einspruch, während die Anwesenden mit schockierten Lauten und Ausrufen reagierten. Damien zog Schwert und Dolch mit einer einzigen fließenden Bewegung und machte sich bereit, damit auf Hugh loszugehen.

Dann bewegte sich keiner mehr. Alissende sah völlig verängstigt aus, und die Gefahr schien heiß und schneidend dick durch den Raum zu wabern. Die Spannung ließ die Wände förmlich vibrieren, von denen das Klirren der Schwerter von Hughs Männern widerhallte. Das Schweigen zog sich in die

Länge, bis Damien dem Schurken, der die Frau, die er liebte, so grausam festhielt, zunickte.

»Euer Plan, mich loszuwerden, ist fehlgeschlagen, Harwick, und Ihr könnt die Gültigkeit meiner Heirat mit Alissende nicht widerlegen«, rief er in einem Ton, der mit tödlicher Sicherheit deutlich machte, dass seine Geduld am Ende war. »Wenn Ihr sie nicht sofort loslasst und von ihr wegtretet, sehe ich mich gezwungen, Euch auf meine Art und Weise dazu zu bringen.«

»Das würde ich gern mal sehen, Ashby«, stieß Hugh zwischen zusammengebissenen Zähnen hervor, »vor allem, wenn ich das alles Entscheidende hier vor mir stehen habe.«

Damiens Blick war so kalt wie Eis, als er seinen Rivalen ansah, und als er nickte, war das ein unheilverkündendes Versprechen. »Wie Ihr bereits erwähnt habt, war ich Tempelritter. Ich diente im inneren Kreis, trainierte mit den Besten, um auch in ausweglosen Situationen den Sieg zu erringen. Eine Frau als Schild zu benutzen wird Euch nicht retten. Ich bin dazu in der Lage, mir die Vergeltung zu holen, die ich verlange, ob das nun Ihr seid oder irgendjemand anders, der mir im Weg steht, ohne dass ihr dabei etwas passiert.«

Sein Blick war auf Hugh gerichtet, und er mahnte sich, nicht an Alissendes Angst oder ihre missliche Lage zu denken, denn die Sorge um sie würde ihn schwächen. Mit drohender Stimme fügte er hinzu: »Nicht ganz so deutlich wurde dabei vielleicht, wie erpicht ich auf eine solche Gelegenheit bin.«

Eine deutlich wahrnehmbare Unruhe ging bei diesen Worten durch die Männer, die zu Hugh gehörten. Sie hielten ihre Klingen zwar immer noch kampfbereit in die Höhe, aber mehrere warfen nervöse Blicke zu Damien hin. Doch Hugh fasste sich soweit, dass er ein ungläubiges Lachen ausstoßen konnte. Er trat zwar nicht zurück, warf aber dem Hauptmann seiner

Wachmänner einen wütenden Blick zu. »Ihr seid zwölf, und er ist nur einer. Ich befehle, dass er sofort in Gewahrsam genommen wird, damit er eingesperrt und verhört werden kann, wie es auf Geheiß unseres großen Königs mit jedem Templer gemacht wird, den man in England aufspürt.«

»Vielleicht solltet Ihr diesen Befehl noch einmal überdenken, Hauptmann«, gab Damien zur Antwort, und auf sein Zeichen hin traten Richard und die anderen Tempelritter aus dem Schatten nahe der Tür und zeigten sich. Damien sah den Hauptmann mit zur Seite gelegtem Kopf an und heftete seinen unverwandten Blick auf ihn. »Wie Ihr sehen könnt, bin ich heute nicht der einzige Tempelritter hier. Ihr werdet uns schon alle festnehmen müssen, wenn Ihr Euch dazu entscheidet, dem Befehl Eures Herrn Folge zu leisten.«

Damien brauchte sich nicht umzudrehen. Er wusste auch so, dass die Templer hinter ihm Stellung bezogen und einen ehrfurchtgebietenden Anblick aus den härtesten und erfahrensten Kriegern, die die Welt je gesehen hatte, boten. Sie waren so gut aufeinander abgestimmt, wie das nur durch ständiges Training, die Bereitschaft zu töten und unerschütterliche Disziplin in der Kriegskunst hervorgebracht wird. Ja, sie mochten zwar Ausgestoßene sein, Templer, die unter der Verfolgung der Bruderschaft und dem Vorgehen gegen den Orden zu leiden hatten, der sie zusammengehalten und gestärkt hatte – doch trotzdem waren sie bereit, mit ihren Klingen für Gerechtigkeit zu sorgen.

Und das wussten Hughs Männer.

Die Soldaten reagierten unwillkürlich darauf, und ihre Unentschlossenheit schlug angesichts der mächtigen Templer, denen sie eigentlich mit der doppelten Anzahl von Männern überlegen waren, in blanke Furcht um. Der Priester wirkte bestürzter denn je, und er trat ein paar Schritte zurück, als würde es ihn irgendwie beflecken, wenn er zu dicht neben Hugh stand. Gleichzeitig fing Alissende an sich zu wehren.

Aber Hugh war nicht bereit aufzugeben.

»Du gehst nirgends hin, Schätzchen, außer ich erlaube es dir«, knurrte er sie an. Plötzlich bewegte sich sein Arm, und er griff nach irgendetwas an seiner Taille, ehe seine Hand blitzschnell wieder an Alissendes Kehle fuhr. Damien erstarrte, und die Furcht fuhr ihm in alle Glieder, als er einen Dolch in Hughs Hand glitzern sah.

Ruckartig zogen alle Templer ihre Schwerter, und ein Tumult brach in der kleinen Kapelle aus, wobei die Anwesenden nicht wussten, ob sie nun vor dem Altar, der hinteren Tür oder den Gängen zurückweichen sollten, da sie von allen Seiten von Männern umringt waren, die tödliche Waffen schwangen.

»Lord Harwick!«, rief der Priester, der sich endlich dazu veranlasst sah, bei diesem zweiten Ausbruch von Gewalt etwas zu tun. »Dies hier ist ein Gotteshaus, und die Drohung Blut zu vergießen, ist nicht nur unmenschlich, sondern auch eine Gotteslästerung! Ihr setzt Euch der Gefahr aus, exkommuniziert zu werden, wenn Ihr Euch so verhaltet!«

»Dann soll es so sein, alter Mann, denn ich werde sie nicht aufgeben. Der König wird mich unterstützen und dafür sorgen, dass dieser entflohene Ketzer wieder in den Gewahrsam der Inquisition überführt wird!«

Hugh packte Alissende noch fester, und die Spitze seiner Klinge grub sich in das weiche Fleisch unterhalb ihres Kiefers. Sie hob das Kinn mit einem erstickten Wimmern, als er sich vorbeugte und mit schnarrender Stimme in ihr Ohr raunte: »Jetzt komm, Alissende. Wir wollen keine Zeit mehr verlieren.«

Dann rief er seinen Männern an der Tür zu, dass sie ihm Deckung geben sollten, während er sie hinter sich herzuziehen begann und ganz vorsichtig und langsam seinen Rückzug antrat.

Richard stürmte mit seinen Männern nach vorn, doch Damien hob die Hand, um sie einen Moment lang aufzuhalten, denn er wollte keine weitere Ablenkung, die verhinderte, dass das passierte, was er im Stillen hoffte.

Verzweifelt suchte er Alissendes Blick und versuchte gleichzeitig selbst Ruhe zu bewahren. Dann nickte er und hob den Dolch, während er hoffte, dass sie die unausgesprochene Botschaft verstand. Er ermutigte sie dazu, selbst zur Tat zu schreiten, sodass er sie so vor dem tödlich glitzernden Schicksal an ihrer Kehle rettete. Und dann schien sich alles zu verlangsamen und zu einzelnen Bildern zu werden, die ihm, als Instinkt und Liebe die Führung übernahmen, das Blut gefrieren ließen.

Alissende holte tief Luft, während ihre Panik durch die Kraft von Damiens Blick nachließ. Sie spürte, wie Hugh sie zog, spürte die Klinge an ihrer Kehle, doch sie konzentrierte sich, erinnerte sich an alles, was sie gelernt hatte, und ballte die Hand zur Faust, als sie sie nach vorn streckte. Dann rammte sie Hugh mit aller Kraft ihren Ellbogen in den Bauch, während sie gleichzeitig den kleinen Finger der Hand, die den Dolch hielt, packte und nach hinten riss.

Damien und alle anderen Menschen um sie herum schienen in einem blendend heißen Licht zu verschwinden. Sie spürte, wie die Klinge zustach, spürte, wie etwas Warmes zu rieseln begann – es musste Blut sein, sagte ihr vom Schock benebelter Verstand – und an ihrem Hals herunterlief.

Ich habe versagt. Oh Gott, ich habe versagt ...

Der schreckliche Gedanke raste durch ihren Kopf, und die niederschmetternde Erkenntnis ließ Übelkeit in ihr aufsteigen. Doch dann ließ Hugh sie plötzlich los, und alles, was sie an ihn gefesselt hatte, fiel mit einem Ruck von ihr ab. Um sie herum herrschte Chaos, und etwas krachte nicht allzu hart gegen sie. Es fühlte sich so an, als wäre sie zu Boden gestürzt. Den harten Boden. Aber sie hatte nicht das Gefühl, tot zu sein, oder vielleicht doch? Verwirrt verzog sie das Gesicht und versuchte zu sprechen, aber es kam kein Laut heraus.

»Alissende – oh Gott, Alissende. Öffne die Augen, Liebste. Antworte mir.«

Die leise Stimme drang durch ihre benebelten Sinne zu ihr durch, und Ruhe breitete sich in ihr aus. Das war Damiens Stimme, und die tiefe Liebe, die darin mitschwang, weckte in ihr den Wunsch zu lächeln. Also tat sie es, während sie gleichzeitig die Augen öffnete und sah, dass er sich über sie gebeugt hatte, ehe er sie an sich zog. Dann löste er sich wieder von ihr, umfasste ihre Wange, wobei Qual, Erleichterung und Lachen auf seinem Gesicht im Widerstreit miteinander lagen, sodass sie noch breiter lächelte und murmelte: »Anscheinend bin ich nicht tot.«

»Nein, Gott sei Dank«, sagte Damien mit heiserer Stimme und lächelte ebenfalls, als er ihr aufhalf. »Die Wunde ist nur leicht und sollte eigentlich heilen, ohne dass man sie nähen muss«, sagte er leise, während er mit dem Daumen sanft über den brennenden Schnitt an ihrer Kehle strich. Einen wundervollen Moment lang schaute er ihr tief in die Augen, wobei all seine Gefühle für sie auf seinem Gesicht deutlich zu erkennen waren und seine Liebe zu ihr sichtlich die Furcht vertrieb, von der er beherrscht worden war.

Dann beugte er sich über sie und küsste sie so sanft und zärtlich, dass sie wusste, sie konnte nicht tot sein, weil sie sich gar nicht vorstellen konnte, noch solche Gefühle zu haben, wenn sie nicht mehr lebte. In der Tat genoss jeder Zentimeter ihres Körpers das wundervolle Gefühl und sehnte sich nach mehr, sodass sie ihre Hände an seine Wangen legte und ihn dichter an sich zog. Sie brachen den Austausch von Zärtlichkeiten erst ab, als sie ganz atemlos war.

Doch ehe sie noch etwas zueinander sagen konnten, kam *Mère* auf sie zugerannt und zog Alissende weinend an sich. Unter Tränen küsste sie sie und raunte ihr liebe Worte auf Französisch zu. Es war alles ziemlich verwirrend, und Damien versuchte sich offensichtlich ein bisschen zurückzuziehen, um Lady Blanche Platz zu machen, doch ihre Mutter ließ es nicht zu, sondern zog ihn wieder näher und umarmte dann auch ihn voller Dankbarkeit und Zuneigung. Doch im nächsten Moment wandte sie sich wieder Alissende zu und untersuchte die Schnittwunde, die Hugh ihr zugefügt hatte, ehe sie wie ein Wirbelwind davonsauste, um ihre Salben und Tinkturen zu holen.

»Du meine Güte, wie schnell *Mère* sich bewegen kann«, meinte Alissende leise. Ihr war noch immer ganz schwindelig von dem, was passiert war, und sie streckte die Hand nach Damien aus, der sie ganz fest an sich zog, während sie darum kämpfte, ihr inneres und äußeres Gleichgewicht wiederzufinden.

Der Anblick der Menschen – so vieler Menschen – und die Geräusche, die sie machten, während sie umhergingen und sich unterhielten, drang schließlich durch ihre betäubten Sinne. Sie schaute sich um und sah Richard und ein paar andere Templer durch die Kirche gehen. Sie fesselten Hughs Männer und versuchten, unter den Zuschauern, von denen ebenfalls einige immer noch ganz außer sich waren, wieder für Ordnung zu sorgen. Sie sah den alten Priester, der mit aschfahlem Gesicht neben dem Altar kniete und wahrscheinlich Gott dankte, dass er diese Katastrophe überlebt hatte.

Und dann sah sie ihn.

Alissende erstarrte und umfasste Damiens Hand noch fester, während sie ihren Blick nicht von Hugh abwenden konnte, der keine zehn Schritte von ihnen entfernt ausgestreckt auf dem Altar lag. Er lag auf dem Rücken, und sein Blick war gebrochen; sein Mund stand etwas offen, als hätte ihn etwas erschreckt … und das Heft von Damiens Dolch ragte aus seiner Brust.

»Dann hast du ihn also umgebracht«, sagte sie, und ihre Stimme stockte nur ganz leicht.

»Ja, Alissende. Es tut mir leid, denn ich weiß, er war dein Verwandter, aber ich durfte kein Risiko eingehen. Als er dir diese Klinge an den Hals drückte …«

Damien verstummte, und Alissende riss endlich den Blick von der Leiche los, um ihn wieder anzuschauen. Ein Nerv an seiner Wange zuckte, und ein verräterischer Schimmer lag auf seinen Augen. Doch dann schüttelte er den Kopf und schwieg noch einen Moment, ehe er fortfuhr: »Ich hätte alles getan, um dich zu retten, Liebste. Alles.«

»Warum?«, fragte sie leise. Wieder durchströmte sie das Gefühl, das sie auch erfasst hatte, als er in die Kirche gestürmt war. Aber nach allem, was passiert war, würde sie sich nicht nur damit zufrieden geben. Sie wollte hören, wie er es sagte. Sie musste ihn die Worte laut sagen hören, damit sie wusste, dass sie real waren.

Er lächelte, und in seiner Miene mischte sich Zärtlichkeit mit Verruchtheit, sanft und gleichzeitig unwiderstehlich, sodass ihr wieder heiße und kalte Schauer über den Rücken liefen – ein Gefühl, das noch verstärkt wurde, als er seine Finger von ihrer Wange zu ihrem Hinterkopf gleiten ließ und in ihr Haar schob. Er sah ihr tief in die Augen und murmelte: »Ich würde alles für deine Sicherheit tun, Lady Alissende of Surrey, weil ich dich liebe. Vielleicht mehr als ein Mann das Recht hat, eine Frau zu lieben, aber es stimmt und ich werde nicht mehr dagegen kämpfen.«

Da stiegen ihr die Tränen in die Augen, denn nach allem, was sie gemeinsam durchgemacht hatten, erkannte sie jetzt mehr denn je, was sie wirklich für ihn empfand. »Ich liebe dich genauso sehr, Damien. Ich werde nie aufhören, dich zu lieben. Ich habe in all den Jahren nie aufgehört, dich zu lieben.«

Es wirkte so, als ob ihre Worte ihn verlegen machten, aber irgendetwas schien ihn immer noch zu beschäftigen, sodass sie ihm mit den Fingern über die Stirn strich, um die Sorgenfalten zu glätten, als er wegschaute. »Was ist?«, fragte sie leise.

Seine Augen flackerten vor Unsicherheit, als er ihrem Blick wieder begegnete. »Ich werde nach Schottland müssen, wie du weißt«, sagte er, »um zumindest eine Weile dort zu bleiben und vielleicht auch für immer. Kannst du immer noch das Gleiche für mich empfinden, wenn du das weißt, Alissende?«

Oh, das war ja leicht. Die Tränen des Glücks, die sie zu überwältigen drohten, ließen ihr den Atem stocken, trotzdem schenkte sie ihm ein zittriges Lächeln und hob den Kopf, um einen Kuss auf seine Lippen zu hauchen. Dann legte sie ihre Stirn an seine, schaute unter den Wimpern zu ihm auf und flüsterte: »Mein liebster Damien, weißt du denn nicht, dass ich dich unabhängig vom Wann und Wo liebe? Es spielt keine Rolle, wohin wir gehen müssen, solange ich nur mit dir zusammen bin. Nur mit dir – denn du bist das Einzige, was ich brauche, um vollkommen glücklich zu sein.«

»Wirklich, Alissende?«

»Ja, Damien, wirklich. Mit Herz und Seele, ich schwöre es dir.«

Er stieß einen dankbaren Seufzer aus und nahm den Kopf kurz hoch. Doch als er sie wieder ansah, funkelte es in seinen Augen schelmisch. »Du weißt, dass es deine heilige Pflicht ist, zu deinem Schwur zu stehen, wenn du ihn einmal gegeben hast?«

»Nun ja, deinen letzten Schwur hast du für meinen Geschmack etwas zu knapp erfüllt.«

»Wie bitte?« Er tat so, als wäre er empört. »Ich hatte dir versprochen, innerhalb einer Woche wieder da zu sein, oder etwa nicht?« Er schaute auf, als würde er nachrechnen. »Und das war genau …«

»… heute vor einer Woche«, beendete sie den Satz für ihn und zog eine Augenbraue hoch. »Fast auf die Stunde genau.«

»Nun, ich bin rechtzeitig eingetroffen, oder nicht?«

»Gerade eben so.«

Sie streckte die Arme nach ihm aus und legte sie um seinen Hals, sodass sie ihn an sich ziehen und ihm ins Ohr flüstern konnte: »Bereite mir bitte nie wieder so große Sorgen, Liebster, denn nichts könnte mir mehr Leid zufügen, als für immer von dir getrennt zu sein.«

»Dann brauchst du nie wieder Angst zu haben, Alissende«, antwortete er, und sein warmer Atem strich über ihr Ohr, »denn ich werde immer einen Weg finden, zu dir zurückzukehren, dich zu lieben und zu ehren von jetzt bis in alle Ewigkeit.«

»Doch wie können wir da so sicher sein, Damien? Um uns herum ist so viel Finsteres am Werke und so viele …«

Sanft legte er einen Finger auf ihre Lippen und lehnte sich weit genug zurück, um ihr Gesicht mit seinen warmen Händen zärtlich zu umfassen. »Ich weiß es, Alissende«, raunte er leise, um dann kurz innezuhalten, ehe er sie voller Leidenschaft und mit so viel Gefühl küsste, dass sie fast dahingeschmolzen wäre. Dann sah er ihr lächelnd in die Augen und sagte: »Denn ich schwöre es dir.«

Epilog

Musselburgh, Schottland
Mai 1309

Als ihre Zeit gekommen war, ging plötzlich alles ganz schnell und es war unmöglich gewesen, es hinauszuzögern.

Margery Joan de Ashby kam mit einem kräftigen Schrei auf die Welt, der ihren Vater erschreckte und ihn ins Geburtszimmer stürzen ließ, weil er der festen Meinung war, dass etwas passiert wäre, und ihre Mutter dazu brachte, unter Lachen Tränen des Glücks zu vergießen, weil er fest davon überzeugt war, dass dieses kleine, sich windende Etwas die Stimme eines Engels hätte, egal, wie laut sie brüllte.

Dieses Kind war der Höhepunkt einer ganzen Reihe von Wundern gewesen, die mit ihrer Flucht aus England begonnen hatte, dachte Alissende. Das glücklichste Wunder allzumal, weil es ihnen gemeinsam, ihr und Damien, zuteil geworden war.

»Soll ich sie eine Weile nehmen, *chérie?* Michael ist ganz erpicht darauf zu erfahren, wie sie aussieht, wenn sie mal nicht schreit«, sprach Lady Blanche und nahm ihrer Tochter das warme Bündel aus den Armen, nachdem diese zustimmend genickt hatte.

»Ja, *Mère.* Sie hat getrunken – schon wieder«, sagte Alissende und lehnte sich mit einem Seufzer ins Kissen zurück. »Sie müsste jetzt zumindest eine Stunde lang ruhig sein«, fügte sie lächelnd hinzu. »Aber wenn sie anfängt unruhig zu werden, bring sie mir zurück, denn am liebsten würde ich die ganze Zeit in ihr winziges Gesicht schauen, auch wenn sie so fordernd brüllt.«

Auch Lady Blanche lächelte und drehte sich nur noch einmal um, als sie schon auf dem Weg war, das Zimmer zu verlassen, und meinte: »Ach, beinahe hätte ich es vergessen. Dein Ehemann ist gerade nach Hause gekommen.«

Alissende gab einen unwirschen Laut von sich, weil ihr die Vorstellung nicht gefiel, dass ihre Mutter ihr solch eine Nachricht auch nur einen Moment lang vorenthalten hatte. Doch ehe sie irgendetwas sagen konnte, stürmte Damien auch schon in den Raum. Er war ganz zerzaust vom Wind und sah so unsagbar gut aus. Alissende floss über vor Liebe, und sie streckte die Arme nach ihm aus, als er zu ihr kam und sie in seine Arme schloss.

»Oh, wie sehr ich dich vermisst habe, meine Alissende«, murmelte er in ihr Haar, um dann zarte Küsse auf ihre Stirn und Schläfe zu hauchen, ehe er ihren Mund mit einem leidenschaftlichen Kuss verschloss. »Wie ist es dir und unserem süßen Baby ergangen, während ich fort war?«

»Es waren doch nur drei Tage, Damien«, erwiderte Alissende lachend. »Du redest, als wärst du Monate lang weg gewesen.«

»Es kam mir wie Jahre vor.«

Sein Gesichtsausdruck brachte sie wieder zum Lächeln, und sie zog ihn enger an sich, wobei sie ihn dazu einlud, sich neben ihr auf dem Bett auszustrecken. Flink schlüpfte er neben ihr unter die Decke und zog sie an sich, woraufhin sie vor lauter Zufriedenheit seufzte. Sie hätte sofort einschlafen können. Doch davor musste sie ihn noch nach seiner Reise fragen.

»Hast du in Edinburgh etwas Neues über Alex erfahren?«

Sie legte den Kopf in den Nacken und sah ihm in die Augen, wobei sie sich in der Liebe sonnte, die sie darin erblickte, als sie hinzufügte: »Hast du herausfinden können, ob er überhaupt in Schottland ist?«

Damien schüttelte den Kopf und lehnte sich auch mit einem Seufzer zurück. »Wie ich meinen Bruder kenne, könnte der überall sein und gerade alles Mögliche tun. Die Geister der Vergangenheit verfolgen ihn immer noch zu sehr, um es wohl irgendwo lange aushalten zu können. Und was den Templerschatz betrifft, den er mitnahm, als er ging …«

Seine Stimme wurde immer leiser und verstummte schließlich, als er wieder den Kopf schüttelte. »Ich kann nur hoffen, dass er gut auf ihn aufpasst und nicht etwa verkauft.«

»Du meinst, er würde etwas so Wertvolles für Geld weggeben?«, fragte sie.

»Ich weiß es nicht. Ehrfurcht gehörte nie zu seinen Stärken. Aber Alex hat mich auch schon früher überrascht. Vielleicht findet er ja seinen Frieden und kommt irgendwann zu uns zurück. So Gott will, wird es so kommen. Trotzdem werde ich, bis es so weit ist, nach ihm suchen.«

Alissende nickte schweigend. Dann schloss sie die Augen und kuschelte sich wieder an ihren Mann. Ihren Ehemann. Der Gedanke und das Wissen, dass es wirklich stimmte, waren immer noch so wunderbar. Damien war vor Gott und der Welt ihr Ehemann, und nichts würde das je ändern.

»Ich liebe dich, Alissende«, sagte Damien mit den Lippen in ihrem Haar. »Ich will, dass du das weißt.«

»Und ich liebe dich, Damien. Ich werde jeden Tag bis ans Ende meines Lebens dankbar sein für jeden Augenblick, der uns gemeinsam vergönnt ist.«

»Nein, Liebste, sogar noch länger«, murmelte er, und sie hörte, auch als sie schon einnickte, das Lächeln in seiner Stimme.

»Wie lange denn?«, konnte sie gerade noch flüstern.

Sein Herz schlug gleichmäßig kräftig unter ihrem Ohr, und obwohl ihre Augen geschlossen waren und sie jetzt gleich einschlafen würde, lächelte sie auch, als er schließlich antwortete.

»Bis in alle Ewigkeit, Alissende … bis in alle Ewigkeit.«

Anmerkung der Autorin

Obwohl es so viele historische Details gibt, von denen ich Ihnen gern erzählen würde – sei es nun zu Ereignissen oder zu Personen aus diesem Buch –, ist es wohl am besten, wenn ich einen der Aspekte herausgreife, bei dem es mir schwerfiel, ihn realistisch darzustellen, wenn ich gleichzeitig die Ansprüche erfüllen wollte, die an das Genre Liebesroman gestellt werden: die Schilderung der Folter, der Damien von der französischen Inquisition ausgesetzt war.

In Wahrheit konnten nur sehr wenige Templer oder andere der Inquisition während der Jahre, die den Massenverhaftungen in Frankreich folgten, entfliehen – und die Foltermethoden, die bei den Verhören angewandt wurden, waren noch viel grausamer als das, was ich über die Qualen schrieb, die Damien erleiden musste. Aber statt hier die schrecklichen Einzelheiten zu beschreiben, möchte ich verschiedene Texte empfehlen, die sich nicht nur mit den grausameren Aspekten der Verhöre beschäftigen, sondern auch die Hintergründe von Aufstieg und Fall der Templer erhellen sowie Berichte über tatsächlich in verschiedenen Ländern stattgefundene Prozesse enthalten neben Anmerkungen darüber, wie der Orden als Ganzes wahrgenommen wurde. Dazu gehören die Bücher: *The Knights Templar in Britain* von Evelyn Lord, *The Templars* von Piers Paul Read und *The Trial of the Templars* von Malcolm Barber. Sie waren alle von unschätzbarem Wert bei der Recherche für dieses Buch und die gesamte Templer-Reihe.

Die letzte Szene von *In den Armen des Templers* beruht übrigens auf einem Ereignis, das in Barbers Buch beschrieben wird. Anscheinend wurden in den Jahren nach den Verhaftungen in Frankreich mehrere Ratsversammlungen im Rheinland abgehalten, bei denen über das weitere Vorgehen gegen die Templer verhandelt wurde. Bei einer dieser Versammlungen im Jahre 1310, die vom Erzbischof von Mainz geleitet wurde, schritten zwanzig voll bewaffnete Tempelritter, die von Hugo von Salm, dem Präzeptor von Grumbach, angeführt wurden, in den Saal. Sie protestierten voller Empörung gegen das Verfahren, das gegen die Bruderschaft im Gange war. Sie nutzten letztendlich ihre beeindruckende militärische Präsenz, um den Rat einzuschüchtern und für ein Ende des Verfahrens zu sorgen. In meinem Buch *In den Armen des Templers* habe ich versucht, Hughs Männer und ihre Reaktion auf die bewaffneten und gefährlichen Tempelritter so zu schildern, wie sich wohl der Rat im Rheinland beim Anblick der ehrfurchtgebietenden Templer, die sie umzingelt hatten, gefühlt haben muss.

Außerdem sei erwähnt, dass die Szene, in der Damien Alissende in die Kunst der Selbstverteidigung einführt, ebenfalls historisch belegt ist. Während der Recherche stieß ich auf Berichte über die Region Beni Hasan in Ägypten, wo es vier verschiedene Gräber mit Hunderten von Wandmalereien aus dem siebten vorchristlichen Jahrhundert gibt, die eine alte Form des Kampfes und der Selbstverteidigung zeigen. Reisende in der Region wären bestimmt erstaunt und beeindruckt davon gewesen, und so habe ich mir erlaubt, diese interessante Information in meine Geschichte einzubauen.

Und jetzt noch ein paar Einzelheiten, die das Verhältnis zwischen Damien und Alissende betreffen, wie es in diesem Buch dargestellt worden ist …

Ich hatte viel Spaß, als ich die Turnierszene auf Odiham

schrieb. In meiner ersten Fassung des Manuskriptes gab es dann auch mehr Details über das Publikum, die Verkäufer und einige Vorfälle, wie sie sich wahrscheinlich vor dem Auftreten der Wettkämpfer zugetragen haben könnten. Turniere gehörten zum Leben im Mittelalter und stellten für Männer von niederer Geburt eine der wenigen Möglichkeiten dar, gesellschaftlichen Respekt zu erringen. Das gelang besonders in Damiens Fall, dem mit seinen Fähigkeiten als Ritter und deren erfolgreichem Einsatz auf dem Turnierplatz eine der wenigen Möglichkeiten zur Verfügung stand, auf seinen gesellschaftlichen Rang positiv Einfluss zu nehmen.

In Bezug auf die Gesetzgebung bei Stellvertreterheiraten, die im Buch Erwähnung findet, habe ich das, was damals allgemein üblich war, ein wenig übertrieben dargestellt. In jener Zeit waren kirchliche Eheschließungen, ob sie nun auf den Stufen, im Kirchenschiff oder sonst wo stattfanden, nicht eben weit verbreitet. Dieser Aspekt beim Eingehen einer ehelichen Verbindung scheint sich erst im Laufe des nächsten Jahrhunderts entwickelt zu haben. Bei den meisten Paaren reichte es tatsächlich, wenn sie ihre Heirat verkündeten und die Ehe vollzogen, damit sie von der Gesellschaft als bindend angesehen wurde. Wobei natürlich eine Frau, die wie Alissende Ländereien oder anderes Vermögen mit in die Ehe brachte, meist eine arrangierte Ehe erdulden musste oder zumindest von denen, die ein Interesse an der Verbindung hatten, die sie einging, genau beobachtet wurde. Dies habe ich in meinem Buch versucht darzustellen.

Abschließend muss ich sagen, dass Damien und Alissende zu den Paaren gehören, über die zu schreiben mir bisher am meisten Freude gemacht hat. Ich glaube, es hat wohl etwas damit zu tun, dass es dabei um ein Liebespaar geht, das sich wiedergefunden hat, aber besonders genoss ich auch das

Herausarbeiten der Charaktere. Vor allem Damien hatte ich von Anfang an im Kopf, als ich mit dem Schreiben der Tempelritter-Reihe begann. Die Schilderung dieses gequälten, todbringenden Kriegers in Engelsgestalt, dessen Liebe verhöhnt und der aus seiner Position, in der er hohes Vertrauen und gesellschaftliche Anerkennung genossen hatte, gestürzt worden war, ehe er alles (und noch mehr) zurückgewann, ließ mein Schriftstellerherz schneller schlagen. Mit Alissende versuchte ich eine Frau zu erschaffen, die es mit Damien in Temperament, Sinnlichkeit, Leidenschaft und der Tiefe der Gefühle aufnehmen konnte. Das Herzeleid und die Geheimnisse, mit denen sie selber zu kämpfen hatte, machten meine Bemühungen, die beiden zusammenzubringen, zu einer Herausforderung, die zugleich höchst befriedigend war.

Ich kann nur hoffen, dass ich zumindest ein klein wenig Erfolg damit hatte, die Lektüre für Sie, die Leserin meiner Geschichte, zu einem genauso großen Genuss zu machen. Wie immer danke ich Ihnen, dass Sie mich auf dieser Reise begleitet haben.

Mary Reed McCall

Danksagung

Mein aufrichtiger Dank gilt:

John, Megan und Rebecca, die jeden Tag zu einem Geschenk machen, das nur darauf wartet, geöffnet zu werden …

David und Marion Reed für ihre kritische, liebevolle und nie versagende Unterstützung – besonders wenn ich mir wegen einer schwierigen Figur, einer Szene oder eines Dialogs am liebsten die Haare ausreißen würde …

Den Künstlern, die mir die Arbeit an diesem Buch durch ihre Musik so viel leichter gemacht haben. Dazu gehören Josh Groban, Sarah McLachlan, Enya und Patrick Doyle, dessen Partitur von »Non Nobis Domine« aus dem Soundtrack von *Henry V.* jedes Mal im Hintergrund spielt, wenn ich eine Templer-Szene schreibe …

Annelise Robey und Meg Ruley, weil sie ihre enormen Talente so großzügig mit mir teilen …

Und Lyssa Keusch, die es so wunderbar versteht, sich auf der Suche nach dem winzigen Edelstein durch harten Fels zu arbeiten – und mir dann dabei hilft, ihn so lange zu polieren, bis er glänzt …

Ich danke euch allen.

blanvalet

Ein historischer Liebesroman voller Romantik, Witz und Erotik

Roman. 440 Seiten. Übersetzt von Ute-Christine Geiler

ISBN 978-3-442-36808-2

Lesen Sie mehr unter: **www.blanvalet.de**